Lisa Heven

Das Rote Gold

SPUREN DES VERLANGENS
Band III

AF161781

Nach dem verheerenden Anschlag auf das Anwesen wird immer mehr klar, dass viele gnadenlose Mächte am Werk sind, um dem Vampirclan weiter zu schaden. All das, bringt Maddy und die Clankrieger zusehends in größere Gefahr, obwohl sie ihre eigenen Reihen verstärkt haben. Auch wenn der Clan weiterhin bemüht ist, sich um das Wohl von Maddy zu kümmern, will diese sich nicht damit abfinden, um darum zu kämpfen, eine geliebte Person wieder zurückzuholen.

Die großen Schwierigkeiten, die sich unterdessen fernab vom Anwesen im Norden von England abspielen, übertreffen alles, was sich ein Mensch – geschweige ein Vampir – vorstellen kann.

Dennoch weiß die Vampirgemeinschaft nicht, dass sich ihnen eine viel größere Macht nähert, wovon sie alle nicht gedacht hätten, dass es sie noch gibt …

Impressum:
© 2016 Lisa Heven
1. Auflage
Satz und Layout: BookDesigns, Potsdam, www.bookdesigns.de
Coverfoto: © Jack Moik, http:www.artofjack.com
Lektorat: Katja Hase

Herstellung und Verlag: BoD - Books on Demand, Norderstedt
Printed in Germany
ISBN: 9783739238852

Das Werk, einschließlich seiner Teile, ist urheberrechtlich geschützt. Jede Verwertung ist ohne Zustimmung des Verlages und des Autors unzulässig. Dies gilt insbesondere für die elektronische oder sonstige Vervielfältigung, Übersetzung, Verbreitung und öffentliche Zugänglichmachung.

Bibliographische Information der Deutschen Nationalbibliothek:
Die Deutsche Nationalbibliothek verzeichnet diese Publikation in der Deutschen Nationalbibliographie; detaillierte bibliographische Daten sind im Internet über http//dnb.d-nb.de abrufbar.

Lisa
Heven

Das Rote Gold

SPUREN DES VERLANGENS

Band III

Roman

Die deutsche Autorin wurde 1969 geboren. Sie verschlang etliche Vampirromane, bevor sie selbst zu schreiben begann. Unter Pseudonym hat sie ihren dritten Romantic Fantasy Roman geschrieben. Gegenwärtig lebt sie mit ihrer Familie in Berlin.

Die Romane von Lisa Heven:

DAS ROTE GOLD

Band I   – Erwachen des Mysteriums
Band II   – In dunkler schwarzer Nacht
Band III – Spuren des Verlangens
Band IV – Schergen des Todes

Wenn Begierde den Körper quält,

und nur die Sucht nach dem Blute zählt,

beginnt die Jagd bei Nacht,

denn nur die Finsternis hat Macht.

Dieter Neiß

1. Kapitel

Der sonst so besonnene Redner war seit einiger Zeit verstummt. Seine knöchernen Hände ruhten am Kamin und seine leichenblasse Haut schimmerte im Schein des Feuers. Mit seinen fast regungslosen Gesichtszügen stand er dort, leicht gebeugt vom Alter, welches er mit sich trug. Seine glanzlosen Augen, die von etlichen Falten gezeichnet waren, starrten nachdenklich in die Flammen. Verdrängte Sorgen und tiefe Ängste trafen ihn wie Ohrfeigen mit voller Wucht ins Gesicht, so dass er Mühe hatte, sich aufrecht zu halten. Sein einziger Gedanke schien zu sein, alle Erinnerungen an das Vergangene aus seinem Kopf zu verbannen. Er vermochte nicht daran zu denken, welcher Graben sich vor ihm auftat. Wie sehr hatte er die Einsamkeit und Stille lieben gelernt, die ihm innerhalb von Minuten brutal entrissen worden war. Die Bilder, die vor seinem geistigen Auge aufblitzten, riefen bittere Abgründe herauf. Es bildete sich ein fahler Geschmack in seinem Mund, der langsam seine Kehle hinunter kroch, um sich in seinen Eingeweiden zu laben. Die alte Geschichte mit neuen Figuren. Der andauernde Kampf gegen das Unheil dieser Welt. Er dachte, sein Leben würde zur Ruhe kommen, doch nun war alles anders. Diese ihm verhasste Begegnung hatte er schon immer kommen sehen und verfluchte den Augenblick, wo sein Gast seine Türschwelle überschritten hatte. Wortlos hatte er ihn hineingebeten und sah ihm schon die Qual an, die er mit sich herumtrug. Sie hatten im Kaminzimmer Platz genommen und nach dem sein Besucher seinen Kummer vorgetragen hatte, war er aufgestanden und verharrte immer noch in seiner Position vor dem Kamin.

Die intensive Ausstrahlung, die seinen Gastgeber umgab, war eisig und es breitete sich ein Schauergefühl über den gesamten Raum aus. Jonathan wurde von diesem Gefühl durchbohrt und in seinem Herzen bildete sich ein Klumpen des Elends. Unerachtet seines Gegenübers versuchte er, sein Augenmerk auf das goldene Dreieck zu lenken, welches vor ihm auf dem kleinen Tisch lag. Doch das Schweigen, welches den Raum eingehüllt hatte, lastete schwer auf ihm, so dass er nicht einmal wagte zu atmen. Nur das Ticken der großen Standuhr und das Knistern des Feuers zerrissen die grauenvolle Stille. Er wusste, dass er das Siegel zwischen ihnen gebrochen hatte und dafür gab es keine Entschuldigung. Die Person, die er vor sich hatte, zollte ihm weder die Anerkennung noch den Respekt, den er sonst als Clanoberhaupt gewohnt war.

Im Gegenteil.

Er kroch vor dieser Gestalt im Staub, ohne den Boden zu berühren.

Eine Woche zuvor ...

In der Kommandozentrale saß Raban hoch konzentriert an seinem Computer und beobachtete das schwache Signal, welches von dem Mini Chip, den Conzuela trug, gleichmäßig ausging. Er hatte ihr diesen in ihren Blutkreislauf eingepflanzt, um sie jederzeit ausfindig machen zu können. Sein modernes System war zwischenzeitlich zusammengebrochen. Er hatte Ament versprochen, dass er sich keine Gedanken zu machen bräuchte, doch die Technik war nicht so zuverlässig, wie Raban es sich vorgestellt hatte. Mittlerweile hatte er schon zwei Satelliten angezapft, um einen besseren Empfang zu erreichen. Doch das Signal veränderte seine Position fast stündlich, was ihn an den Rand des Wahnsinns trieb.

„Verdammt noch mal!", zischte er zwischen seinen Zähnen hervor. „Ich möchte zu gerne wissen, wen die engagiert haben, um mir das Leben so schwer zu machen?"

„Bist wohl doch nicht so ein Genie, wie du immer vorgibst?" zwitscherte Ortischa ironisch von der Couch herüber.

„Halt bloß die Klappe und nerve jemanden anderen", gab er bissig zurück, ohne dabei seinen Blick vom Bildschirm abzuwenden.

Mit zusammengebissenen Zähnen fauchte Ortischa ihn an.

„Ament wird dich töten, wenn du sie verlierst!"

„Das weiß ich selbst. Daran brauchst du mich nicht ständig erinnern." Sämtliches Blut wich ihm plötzlich aus dem Gesicht, als das Signal erneut verschwand.

„Sie hätte gar nicht erst gehen dürfen. Wir hätten Jacques auch anders befreien können." Sie griff sich mit den Händen in ihre schwarze Lockenmähne.

„Klar, oder wir hätten ein weiteres Menschenleben auf dem Gewissen", sagte Mehit, als er den Raum betrat und auf einem der Stühle Platz nahm.

„Wenn Conzuela wirklich -die Stimme- ist, dann haben wir einen der wertvollsten Vampire an unsere Gegner verloren und das ... wegen eines Menschen", keifte Ortischa angewidert.

Mehit studierte sie eindringlich.

„Das hättest du dann aber Mona erklärt", knurrte er zurück.

„Könntet ihr bitte draußen weiterstreiten?" fuhr Raban dazwischen. „Geht trainieren oder macht sonst irgendetwas, aber geht mir nicht auf die Nerven!"

Verdutzt drehten sich beide in seine Richtung. Sie fühlten seine Gereiztheit, die aus jeder seiner Poren kroch.

„Wo ist das iPad? Ich werde Philippe und Corinne ihr neues Zuhause zeigen."

Mehit folgte der Handbewegung Rabans und nahm das Gerät vom Ende des Schreibtisches. Mit einem prüfenden Blick über seine Schulter, verließ er damit die Kommandozentrale.

Als er die Küche betrat, schaute Philippe neugierig zu ihm auf.

„Mehit, schön dich zu sehen. Hast dich die letzten Tage ganz schön rar gemacht. Möchtest du einen frischen Kaffee?"

„Gerne", antwortete er, wobei sein Blick auf Maddy ruhte, die noch nicht einmal aufgesehen hatte.

Sie rührte mit ihrem Löffel in der Teetasse herum und war tief in ihren Gedanken versunken.

Alle Eingeweihten kämpften immer noch mit der Situation, die sich vor kurzem auf dem Anwesen abgespielt hatte.

Selbst Angel, die ebenfalls am Ende des Tisches saß, starrte vor sich hin. Sie war bei dem Überfall durch den Rat schwer verletzt worden, doch Maddy hatte darauf bestanden, ihr einige Tropfen ihres starken Blutes zu geben, damit ihre Wunden schneller verheilten. Seitdem wich Angel nicht mehr von Maddys Seite. Sie war ihr Schatten geworden, was Mehit wirklich verwunderte. Denn die störrische Amerikanerin hatte sich anfangs wenig kooperativ dem Clan gegenüber gezeigt. Doch bei dem verheerenden Angriff hatte sie sich aufopferungsvoll geschlagen und Mehit wertete dies als positives Zeichen. Selbst gegenüber den menschlichen Bewohnern auf dem Anwesen verhielt sie sich korrekt und zurückhaltend. Er dachte auch an Ivan, der sich als wirklicher Gewinn ausgezeichnet hatte. Das jüngste Clanmitglied hatte sich akribisch um den Wiederaufbau des Eingangsbereichs gekümmert, da Raban zu sehr mit seinem Überwachungssystem beschäftigt war. Das Anwesen erstrahlte wieder in seiner vollen Pracht und auch der gepflasterte Eingangsbereich war wieder vollständig hergerichtet worden. Was Ivan dabei verwundert hatte, war, dass der verbrannte Rasen sich innerhalb eines Tages komplett regeneriert hatte. Auch Mehit konnte ihm das nicht erklären. Die Vorkommnisse, die die Flora auf diesem Grundstück vollzog, waren auch ihm immer noch ein Rätsel. Er zog sich schnell aus seinen Gedanken wieder in die Gegenwart zurück, als ihm ein duftender Kaffee unter die Nase gehalten wurde.

„Danke", sagte er und nahm Philippe die Tasse ab.

„Du siehst angespannt aus. Du solltest dir mal ein paar freie Tage gönnen." Sein Blick wanderte zu Maddy. „Deine Chefin wird sicher nichts dagegen haben, oder?" Er neigte seinen Kopf und wartete auf ihre Antwort.

Bevor sie jedoch antworten konnte, sagte Mehit schnell: „Philippe, es ist alles in Ordnung. Ich war nur in Gedanken. Ich habe hier etwas, was dir gefallen könnte." Er setzte sich an den Tisch und Philippe nahm ihm gegenüber Platz.

Mehit rief eine Datei auf und schob dann das iPad zwischen Philippe und Corinne, wo das erste Foto erschien. Daraufhin lehnte sich Mehit entspannt zurück und warf Maddy einen vielsagenden Blick zu.

Maddy sah erstaunt auf.

Neugierig inspizierten Philippe und Corinne das erste Bild, welches ein Eckhaus zeigte, dass im Erdgeschoss einen Laden beherbergte.

„Das ist aber hübsch", sagte Corinne und deutete mit ihrem Finger auf das iPad.

Philippe rief das nächste Bild auf, welches die Seitenansicht des Gebäudes zeigte. Es folgten Bilder vom geräumigen Innenhof, von den Räumlichkeiten des Bistros, der riesigen Küche und dem Übergang zum privaten Wohnbereich. Weitere Räume in der ersten Etage wurden ebenfalls gezeigt. Einige Zimmer waren sogar mit einem Balkon ausgestattet. Die Bäder waren exklusiv und sehr hochwertig eingerichtet.

Maddy fragte. „Und? Gefällt es euch?"

Stockend kamen die Worte über Philippes Lippen.

„Es ist fantastisch. Die Räume sind absolut perfekt, die Küche ist der Wahnsinn und der Rest erinnert eher an eine Luxusvilla."

Mehit reichte Maddy eine kleine Schachtel, wobei seine kristallblauen Augen sich tief in sie bohrten.

Sie nahm diese, schaute hinein und sagte: „Dann ist das hier für euch."

Philippe starrte sie verwundert an, als sie ihm die kleine Schachtel reichte.

„Was ist das?"

„Guck rein", forderte Maddy ihn auf.

Er öffnete den Deckel. „Oh, mon dieu. Es ist doch nicht etwa das, was ich glaube, dass es das ist." Seine Stimme zitterte.

„Doch, das ist es."

„Cherie … das ist ein Schlüssel. Der Schlüssel?" Mit zwei Fingern nahm er den Metallring heraus, an dem der Schlüssel baumelte.

Ungläubig starrte Corinne ihn an. „Der Schlüssel zu was?"

„Der Schlüssel zu dieser Wohnung und dem Bistro", sagte Philippe aufgeregt.

„Das kann nicht sein", stammelte Corinne.

„Da hast du Recht, Corinne. Das ist nicht der Schlüssel zu einer Wohnung. Dieser öffnet das ganze Haus - inklusive eines Bistros." Maddy versuchte, ihrem Gesicht ein Lächeln zu verpassen, doch es sah sehr gequält aus.

„Das können wir uns nicht leisten, Maddy. So viele Ersparnisse haben wir nicht."

„Dieses Haus gehört euch. Es ist ein Geschenk."

Abwertend hob Philippe die Hände. „Nein, das können wir nicht annehmen, niemals."

„Dazu ist es zu spät. Das Haus haben wir bereits gekauft und grob hergerichtet. In einer Woche könnt ihr einziehen", erklärte Maddy.

„Maddy … das können …"

„Doch ihr könnt. Ich habe die Möglichkeiten, nun lasst mich auch helfen."

Überwältigt traten Corinne Tränen in die Augen, als sie sich erhob und um den Tisch lief.

„Wie sollen wir das denn je wieder gut machen? Das ist unmöglich!" Sie umarmte Maddy.

„Ihr sollt gar nichts wieder gut machen. Ich will, dass es euch wieder besser geht."

„Da kannst du dir sicher sein", sagte Philippe, als er auf Maddy zutrat. „Unter einer Bedingung nehmen wir dieses großzügige Geschenk an." Nun wurde sein Gesicht ernst.

„Und die wäre?"

„Wenn du mir versprichst, uns dort öfter besuchen zu kommen." Sein breites Lächeln, ließ seinen Schnauzer in die Höhe schnellen.

„Das Versprechen gebe ich dir nur zu gerne", sagte Maddy zuversichtlich.

Fassungslos starrte Philippe immer noch auf den Schlüssel, der in seiner Hand glänzte.

„Cherie, wir müssen das sofort Sophie erzählen. Komm, lass uns zu ihr gehen. Vielleicht möchte sie auch bei uns bleiben, wenn wir ihr ein Zimmer bei uns anbieten?", ergriffen verließen die zwei die Küche, wobei Philippe sich das iPad mit einem verschmitzten Grinsen vom Tisch genommen hatte. Er liebte dieses kleine technische Gerät.

Maddy blickte ihnen zufrieden nach. „Es ist schön … sie wenigstens glücklich zu sehen." Tiefe Resignation schwang dabei in ihren Worten mit.

Mehit legte seine Hand sanft auf ihre Schulter.

„Als Nächstes sollten wir Mona und Jacques hochholen. Denn sie können nicht ewig bei uns unten bleiben."

Sie blickte auf. „Du hast Recht. Wir müssen mit den beiden reden."

Mehit nickte zustimmend.

Nachdenklich schaute sie ihn an. „Hast du ihn gefunden?"

„Ja, das habe ich. Er will aber niemanden sehen." Er wollte sie nicht beunruhigen, denn das hätte er, wenn er ihr gesagt hätte, dass er Ament kurz vor dem Sonnentod gerettet hatte. Ament glühte bereits, als die ersten Sonnenstrahlen ihn erreichten. Es roch nach versengtem Fleisch, als Mehit ihn fand. Er sprang auf ihn zu und jagte ihm die Injektion mit dem Tagesserum direkt in die Halsschlagader. Dann stellte er sich schützend vor ihn. Schnell schüttelte er diesen Gedanken wieder von sich, als Maddys Stimme ihn leise anflehte.

„Ich möchte zu ihm."

Er senkte seinen Blick und schüttelte den Kopf.

„Besser nicht. Seine Verfassung ist nicht gerade die Beste, wie du dir vorstellen kannst."

„Deswegen ja. Er braucht uns. Wir müssen ihm zur Seite stehen." Aufgebracht funkelten ihre Augen ihn an.

„Maddy", sagte er gedehnt. „Vampire funktionieren da etwas anders. Ament ist gerade in einer sehr schwierigen Phase und wir können froh sein, wenn er uns nicht vollkommen entgleitet." Er hoffte, dass Maddy ihren Wunsch noch einmal überdenken würde.

Doch Maddy gab nicht so einfach auf. „Trotzdem! Bring mich zu ihm. Bitte."

Mehit kämpfte mit sich, ob er die Bitte seines Schützlings erfüllen sollte. Er wusste, dass Ament die größte Bindung zu Maddy hatte, da er das meiste Blut von ihr in sich aufgenommen hatte. Vielleicht konnte sie zu ihm durchdringen? Oder ihm den Todesstoß versetzen? Im Zwiespalt mit sich, presste er seine Lippen zusammen. Einige Sekunden verstrichen, bis er endlich sagte:

„Gut. Wir werden zu ihm gehen. Sollte er aber ausrasten, war es das!" Er forderte ihre Zustimmung ein.

Maddy nickte und beide verließen die Küche.

Die Brandung umspülte die Felsen der Steilklippe. Die Gischt bäumte sich meterhoch hinauf, um dann den kargen Sandstrand unter sich zu begraben. Inmitten dieser Felsen saß Ament – schon seit einigen Tagen. Seine Stiefel standen bis zum Schaft im seichten Wasser und sein unnachgiebiger Blick war auf den Horizont gerichtet, wo vor einiger Zeit die Sonne ihren Untergang inszeniert hatte. Sein Gesicht war starr und ihm klebte sein dreckiges Haar an den Wangen. Auf seinen Lippen hatten sich bereits kleine Salzkristalle gebildet. Seine ausgedörrte Kehle schrie ihm tobend entgegen, endlich den Durst zu stillen, dem er sich schon seit Tagen aussetzte. Doch quälend unterdrückte er ihn. Er war immer noch unsagbar wütend, weil Mehit ihn gefunden hatte. Wütend, weil sein Entschluss, sich der Sonne zu stellen, damit zunichte gemacht worden war. Doch das war nicht das Einzige, was ihn in den Untergang trieb. Jede Sekunde dachte er an *seine Conzuela*. Sie hatte nicht aufgegeben, hatte um ihre Liebe gekämpft und ihn mit ihrer Zuneigung und Hartnäckigkeit erobert. Er hingegen hatte sich nach langer Zeit wieder geöffnet, sich verliebt und war dann mit ihr die Blutsverbindung eingegangen. Nie hatte er gedacht, solches Glück wieder empfinden zu können. Doch dann hatten Isfets Leute Jacques entführt und einen grausamen Handel vorgeschlagen. Seine Conzuela gegen das Leben von Jacques. Conzuela hatte sich, trotz der Einwände von Ament, gegen ihn entschieden und war gegangen. Sie wollte dem Menschen das Leben retten, nur das zählte für sie. Er wollte diesen Umstand nicht wahrhaben, dass ein Menschenleben mehr wert sein sollte als er selbst. Bitter stieß es ihm aus der Kehle auf. Ihre Aufopferung ging nicht in seinen dicken Schädel. Er hatte sie gebeten, ja fast angefleht zu bleiben, doch sie hatte es nicht getan. Sie hatte ihm den Rücken zugekehrt und dennoch auf seine Zustimmung gehofft. Grollend jagte seine Wut durch seinen ausgelaugten Körper. Nun war es sein Egoismus, der durch seine Adern kroch. Wie Rasierklingen durchflutete es seine Muskeln und Knochen. Er mauerte eine Wand, um seine Gefühle zu Conzuela. Er wollte sich nicht weiter von ihr versklaven lassen. Doch immer wieder erinnerte ihn die geschlossene Blutsverbindung an seine Frau. Seine Lider senkten sich. Zerrissenheit machte sich in jede seiner Zellen breit. Er musste sich entscheiden. Entweder er würde mit aller Macht um sie kämpfen, oder sie für immer aus seinem Leben verbannen. Sein Zorn spie ihn an, sie zu verbannen, und forderte seine letzten Reserven.

Der Nachthimmel bot das ganze Schauspiel seiner Düsterheit auf, als Maddy und Mehit durch die Terrassentür auf den Mosaikweg hinaustraten. Mehits prüfender Blick wanderte unruhig umher, bis sie an der Steilklippe ankamen. Er wandte sich Maddy zu.

„Bist du dir sicher?", fragte er und runzelte seine Stirn.

Sie reckte ihr Kinn nach oben und erwiderte entschlossen: „Vollkommen sicher."

Er öffnete seine Arme, umfing blitzschnell Maddys Taille und presste sie an seinen harten Körper.

„Fertig?"

Bevor Maddy jedoch antworten konnte, sprang er mit ihr bereits über die Felsen und sauste den Steilhang hinunter in die Tiefe. Nur das dumpfe Geräusch von Mehits Stiefel ließ Maddy ihre Augen wieder öffnen. Ihr Blick glitt an der kargen Steilwand nach oben, und sie fing an zu stammeln.

„Du ... bist nicht ... gerade mit mir von da oben runter gesprungen?"

„Doch", ein überhebliches Grinsen machte sich auf seinem Gesicht breit.

„Ihr Vampire seid doch irre. Zum Teufel mit euch!" Gerade wollte sie sich aus seinen Armen winden, als er sie weiter festhielt.

„Vorsicht! Das Gebiet ist vermint. Ich werde dich tragen." Er ging in die Knie und hob sie auf seine starken Arme.

„Du Fliegengewicht", sagte er, was ihm einen Knuff auf seinem Oberarm einbrachte. Behutsam trat Mehit zwischen den einzelnen Minen hindurch, bis sie endlich bei Ament angekommen waren. Dort setzte er sie vorsichtig auf einem Felsvorsprung ab.

In der Dunkelheit zeichnete sich die Silhouette des gefährlichen Clankriegers ab und Maddy verspürte den Drang, ihn in ihre Arme zu schließen.

„Hey? Ich bin es … Maddy", sagte sie sanft.

„Das war nicht zu überhören", gab Ament knirschend zurück, ohne sie dabei anzusehen.

Mehit hatte sich zwischen die beiden postiert, um bei einer Eskalation der Situation sofort eingreifen zu können.

Nun nahm Maddy all ihren Mut zusammen.

„ICH wollte zu dir."

Keine Antwort.

„Ich wollte sehen, wie es dir geht."

Wieder keine Antwort.

„… dich zurückholen!", sagte Maddy leise und verlagerte ihren Oberkörper leicht nach vorne. „Ich wollte mich selbst davon überzeugen, dass du dich in Selbstmitleid ertränkst!"

Sein Kopf schnellte herum, und in seinen Augen fingen kleine Funken an zu tanzen.

„Bleib ruhig Ament", warnte ihn Mehit und hob seinen Arm.

„Selbstmitleid, dass ich nicht lache!", knurrte er bitter. „Haut ab und lasst mich einfach in Ruhe!"

„Nein, das werden wir nicht. Denn wir brauchen dich Ament. Du bist ein Teil von uns."

Wütend richtete er sich zu seiner vollen Größe auf und riss die Arme hoch in die Luft.

„Ach, und Conzuela war kein Teil von uns?"

„Doch natürlich, und das ist sie immer noch!" verteidigte Maddy ihre Aussage.

„Warum habt ihr sie dann gehen lassen? Warum habt ihr sie nicht aufgehalten?" Aments unbändige Wut kochte in seinen Adern.

Maddy stemmte ihre Hände in die Hüfte. „Es war ihre Entscheidung, und das weißt du ganz genau! Aber wenn wir weiter hier rumsitzen und gar nichts tun, wird sie auch nicht zurückkommen. Wir müssen uns überlegen, wie wir vorgehen, um sie zu befreien. Dabei ist es nicht gerade hilfreich, nur auf das Meer zu starren." Sie verschränkte demonstrativ ihre Arme vor der Brust und hatte nun einen ebenso wütenden Gesichtsausdruck. Ihre langen schwarzen Haare peitschten um sie herum und die Gischt durchnässte ihre Kleidung.

„Ich werde jedenfalls nicht tatenlos zusehen. Wenn du der Meinung bist, hier vor dich hin vegetieren zu müssen, dann mach das. Dann müssen wir eben ohne dich agieren. Mehit, komm wir gehen!" Sie richtete sich auf und streckte die Arme nach Mehit aus.

Diesem blieb der Mund offen stehen, denn unter normalen Umständen, hätte Ament nicht so mit sich reden lassen. Er wäre aufgesprungen und hätte sein Gegenüber in der Luft zerrissen. Aber selbst ihm blieben jetzt die Worte im Hals stecken.

Ament hielt seinen Blick gesenkt und in ihm hallten immer noch die Worte von Maddy nach. Er hätte ihnen gerne Glauben geschenkt, doch er zweifelte daran, und sein Zorn gab ihm den Rest.

„Mehit?" forderte Maddy ihn erneut auf.

Dieser trat daraufhin dicht an sie heran, nahm sie auf den Arm und trug sie zurück durch das Minenfeld, während ihm die Reaktion von Ament nicht aus dem Kopf gehen wollte. Nie hatte er ihn so ungehalten und resigniert gleichzeitig gesehen.

„Festhalten", sagte Mehit, als er Maddy an sich presste und in die Luft sprang. Sie landeten wieder auf dem Mosaikweg, wo er sie sanft aus seinen Armen gleiten ließ.

Eine heftige Welle von Gefühlen überrollte Maddy nun. Ihr Atem ging stoßweise und ihr Kopf schien zu explodieren. Sie lief einige Schritte auf die Wiese zu und sank dann auf ihre Knie. Ihre Haare fielen über ihre Schulter und bedeckten ihr Gesicht.

„Alles in Ordnung?" fragte Mehit nervös, als er sich neben sie kniete.

Nun keifte Maddy wütend.

„Nein, nichts ist in Ordnung! So kann es nicht weitergehen. Verdammter Mist. Wir müssen Conzuela befreien und das schnell. Ich will, dass wir uns alle in der Kommandozentrale treffen und besprechen, wie wir am besten vorgehen. Sie sollte keinen weiteren Tag bei diesen Hurensöhnen verbringen müssen. Ich will …".

Ihre Stimme brach und sie kämpfte mit den Tränen.

Eine Hand streichelte ihr sanft über den Kopf.

„Hör auf, mich zu tätscheln, wie ein kleines Kind, denn das bin ich wahrlich nicht mehr." Als sie wütend ihren Kopf anhob, schaute sie plötzlich in das starre Gesicht von Ament, der sie mit seinen rotglühenden Augen ansah.

Sie warf sich an seine breite Brust und weinte bitterlich.

„Versprich mir, dass wir sie befreien!"

Ament schloss sie in seine muskulären Arme und senkte seinen Kopf, sodass seine Lippen auf ihren Scheitel trafen.

„Schauen wir mal!" Gleichgültigkeit statt Hoffnung schwang in diesen Worten mit.

Mehit hatte sich schweigsam wieder aufgerichtet und versuchte Ament zu verstehen, aber es gelang ihm nicht. Keine Gefühlsregung, war seinem Gesicht zu entnehmen. Dass er seine Position wegen Maddy an den Felsen aufgegeben hatte, verwunderte ihn - und machte ihn äußerst wachsam. Denn der sonst so störrische Krieger ließ sich nie von irgendjemandem überzeugen. Anscheinend hatten Maddys Vorwürfe funktioniert. Dennoch schwang eine bittere Aura um ihn herum.

Nach einer gewissen Zeit des Schweigens erhoben die beiden sich wieder und liefen dann gemeinsam mit Mehit auf das Herrenhaus zu, als Maddy sagte:

„Die Gefangene sitzt immer noch in unserer Zelle. Vielleicht könnten wir aus ihr Informationen über Isfets Leute herausholen, die uns helfen, Conzuela zu befreien?" Immer noch hielt sie Ament an der Taille fest umklammert.

„Ihr habt sie noch nicht verhört?" fragte Ament mit leichtem Interesse.

„Nein, haben wir nicht. Ich wollte, dass du dabei bist, wenn wir damit beginnen", antwortete Mehit trocken.

„Nicht nur er. Ich will auch dabei sein!", erwiderte Maddy und wand damit ihren Kopf an Aments Brust nach oben.

Er nickte ihr zu und Erleichterung machte sich bei ihr breit.

Ivan tauchte aus dem Wasser des Swimmingpools auf und holte tief Luft. Nachdem er bei einem Auftrag in Russland vier von seinesgleichen in einem Pool bestialisch ermordet hatte, war er schon seit langem in keinen Pool mehr gestiegen. Doch das war jetzt lange genug her und es fühlte sich gut an, durch das Nass zu gleiten. Der Pool des Clans ließ aber auch keine Wünsche offen. Neben dem geräumigen Becken, indem das Wasser Türkis glitzerte, befanden sich am Rand mehrere Liegen mit dicken weichen Auflagen, worauf je ein flauschiges Handtuch am Fußende lag. Ein Stück weiter hinten im Raum zeigte sich ein Whirlpool, der geradezu dazu einlud, sich in ihm zu entspannen. Einen Moment lang dachte er, wie schön eine ausgiebige Massage im Anschluss wäre. Leider musste er diesen Gedanken verwerfen, als über den Lautsprecher Rabans Stimme ertönte.

„In zehn Minuten in der Kommandozentrale!" Diese Nachricht hallte durch alle Trainings- und Aufenthaltsräume der unteren Etage.

Abermals tauchte Ivan unter die Wasseroberfläche und ließ sich bis zum Grund sinken. Er genoss die Perspektive, die sich ihm hier bot. Ruhe und Ausgeglichenheit strahlten von den blaugefliesten Wänden wieder. Nach dem er den Boden berührt hatte, stieß er sich kraftvoll ab und glitt wieder an die Wasseroberfläche. Mit seiner rechten Hand strich er über sein Gesicht und über seinen Flat-Haarschnitt. Dann stemmte er seinen massigen Körper am Beckenrand empor, wobei das Wasser in Rinnsalen an seinem gestählten Körper hinablief. Er griff nach einem weichen Handtuch und trocknete sich ab. Sein Blick fiel auf die Tätowierung auf seiner Brust. Er ließ seinen Kopf in den Nacken fallen und stieß einen russischen Fluch aus.

Darja.

Seit dem er beim Clan angeheuert hatte, war jeglicher Kontakt zu ihr abgebrochen. Auch von der Verwandlung zum Clankrieger wusste seine Schwester nichts. Zwei Mal hatte er schon den Versuch gestartet, Raban darauf anzusprechen, doch dieser war mit der Überwachung von Conzuela so eingebunden, dass er sein Anliegen immer verdrängte. Er griff nach seiner Moleskin-Hose und ließ seine muskulären Beine hineingleiten. Seinen Oberkörper hüllte er in ein eng anliegendes graues T-Shirt und schlüpfte in ein paar Kampfstiefel. Mit einem fast sehnsüchtigen Blick über die Schulter verließ er den SPA-Bereich und trat auf den Flur hinaus. Er lief ihn entlang bis zur letzten Ecke, um dann zur Kommandozentrale abzubiegen. Er blieb abrupt stehen, als Mehit, Maddy und Ament ihm entgegenkamen. Sein Mund öffnete sich, aber es kam kein Ton heraus. Mit seinen violetten Augen musterte er Ament eindringlich von Kopf bis Fuß. Seine feinen Sinne sagten ihm, dass Ament unter seiner äußerlich ruhigen Fassade wie ein Vulkan tobte, der kurz vor der Eruption stand. Diese heftigen Schwingungen übertrugen sich auf den gesamten Flur, was die Neonröhren in der Decke zum Knistern brachte. Das gesamte Erscheinungsbild von Ament glich dem eines Penners aus der dreckigsten Gosse. Von seinem Geruch ganz zu schweigen und trotzdem klebte Maddy an ihm, wie eine Klette.

Ament, der den prüfenden Blick von Ivan auf sich spürte, wandte sich aus Maddys Umarmung mit den Worten: „Ich will duschen!"

Mit großen Schritten lief Ament an dem irritierten Ivan vorbei, ohne ihn weiter eines Blickes zu würdigen.

Maddy blieb stehen. „Er … ist wieder da." Fast sehnsüchtig klangen ihre Worte, als sie erleichtert ausatmete und die Kommandozentrale betrat.

„Shit!" zischte Raban hervor. „Das kann doch wohl nicht wahr sein! DU … bist nicht besser als ich, das kannst DU vergessen!" Wie wild hämmerte er auf seine Tastatur ein.

Kritisch fragte Mehit. „Mit wem redest du da?"

„RUHE!" keifte dieser nur zurück.

Schnell zog Ortischa Mehit am Arm und Maddy an ihrer Hand wieder nach draußen. Im Flur drehte sie sich noch einmal um.

„Wir sollten lieber in den Aufenthaltsraum gehen", sagte sie und deutete mit einer einladenden Handbewegung den Flur entlang.

Sofort folgten Ivan und Angel ihnen, nachdem sie die Glastür der Kommandozentrale hinter sich geschlossen hatten.

Nach und nach ließen sie sich alle auf der großen Ledercouch im Aufenthaltsraum nieder. Mehit war an den Kühlschrank getreten und hatte sich an einem Blutbeutel genährt. Anschließend griff er nach einer Cola, die er bereits im Gehen öffnete und Maddy überreichte. Dankend nahm Maddy ihm die Flasche ab.

Nach einigen Minuten sagte Ortischa. „Wie habt ihr das denn geschafft, dass Ament wieder zurückgekommen ist?"

Fast triumphierend sagte Mehit. „Maddy hat ihm die Leviten gelesen. Aber sag, was hat denn Raban schon wieder?"

„Er ist schon die ganze Zeit so." Sie verstummte als Ament den Raum betrat und ihre Augen weiteten sich. Seine lange rotbraune Mähne war einer Glatze gewichen, was nun alle in seine Richtung starren ließ.

Dem erstaunten Mehit blieb der Mund offen stehen.

Verwundert sah auch Ivan seinen Clanbruder an.

Angel hingegen studierte eher Maddy, als sich für die neue Frisur von Ament zu interessieren.

„Warum hast du sie abgeschnitten?", fragte Maddy schockiert.

Keiner der anderen Anwesenden hätte sich je zu dieser Äußerung hinreißen lassen.

„Es war Zeit für eine Veränderung", gab Ament emotionslos zurück. Die prüfenden Blicke spürend lehnte er sich an die Wand, so wie er es immer getan hatte. Ihm war es vollkommen egal, was die anderen von seiner Frisur hielten. Er schaute zu Maddy, die ihn weiter fixierte. Aber ihr Blick war nicht mehr schockiert, sondern akzeptierend.

Sie nickte ihm aufmunternd zu, als Ortischa anfing, Mehits Frage zu beantworten.

„Anscheinend haben die bei Isfets Leuten jemanden, der genauso gut mit Computern umgehen kann wie Raban selbst. Und dieser jemand stört ständig das Signal von … Conzuela." Ihr rastloser Blick flog in Aments Richtung, doch dieser blieb regungslos.

„Ich habe davon nicht so viel Ahnung. Aber was ich verstanden habe ist, dass sich das Signal fast stündlich bewegt und er schon einen Satelliten angezapft hat, um das Signal zu verstärken. Seit diesem gewissen Abend sitzt er vor dem Computer. Das Einzige, was er macht, ist Blut zu sich zu nehmen. Ich glaube aber, dass er langsam an seine Grenzen kommt. Er muss sich auch mal ausruhen. Wir sollten uns vorsichtshalber jemanden suchen, der ihn im Notfall ersetzen kann. Was haltet ihr davon?" Nun blickte sie fragend in die Runde.

Ivan, der mit gesenkten Kopf, den Sätzen von Ortischa gefolgt war, sagte: „Ich könnte vielleicht helfen. Ich bin zwar nicht so ein As darin wie Raban, aber er könnte mir zeigen, was ich tun muss."

„Gut, dann hätten wir das geklärt. Nun zu unserem eigentlichen Problem. Wie wollen wir es anstellen, Conzuela zu retten?"

Betretende Mienen spiegelten sich auf den Gesichtern wieder und minutenlang sagte keiner ein Wort.

Maddy besann sich und schlug etwas verhalten vor: „Vielleicht sollten wir uns auf meine Cousine, Lady Senteberry, konzentrieren? Sie war diejenige, die im Bistro von Isfets Leuten begleitet wurde. Also muss sie auch über die Machenschaften Bescheid gewusst haben, oder ist sogar selbst involviert."

Erneut machte sich betretendes Schweigen im Raum breit.

„Das wäre eine Möglichkeit", sagte Mehit zögernd. „Ich glaube, wir hatten alle nicht damit gerechnet, dass Lady Senteberry unserem Gegner hilft. All die Jahre gab es keine Verbindung, die wir erkannt hätten." Er schüttelte resigniert den Kopf.

„Aber vielleicht gibt es noch einen anderen Weg?", meinte Angel nun leise.

Ortischa drehte ihren Kopf in ihre Richtung und die schwarze Lockenmähne schwang über ihre Schulter.

„Was meinst du damit?"

„Isfets Leute agieren nicht nur in Europa. In Amerika sind sie ebenfalls vertreten. Vor einigen Jahren, als mein Bruder noch unsere Gang anführte, haben wir oft gegen sie gekämpft."

„Was hat das nun mit uns zu tun?", fragte Ortischa genervt.

„Eines Tages bekam er wieder einen Auftrag. Doch das Ganze war eine Falle. Isfets Leute hatten ihn in einen Hinterhalt gelockt und ihn bestialisch ermordet. Anfangs wusste keiner von uns, dass das Isfets Leute gewesen waren. Daraufhin hat sich die Gang aufgelöst und jeder ging seiner Wege. Erst als ich die persönlichen Sachen von meinem Bruder in seiner Unterkunft durchschaute, fielen mir einige merkwürdige Dinge auf. In einem Buch, beispielsweise, fand ich eine Seite, wo einzelne Buchstaben umrandet wurden. Und Telefonnummern, die ich vorher nicht kannte, oder Eintragungen in seinem Computer, die einem Puzzle glichen. Es dauerte eine gewisse Zeit, bis ich einen kleinen Teil davon entziffern konnte. Demnach hat mein Bruder, ohne es zu wissen, einige Aufträge von Isfets Leuten durchgeführt. Doch dann eines Nachts, als ich auf der Jagd war, explodierte das Apartment von meinem Bruder und alle Beweise, die ich zusammengetragen hatte, gingen dabei in Flammen auf. Nur dieser hier nicht." Sie öffnete ihr Portemonnaie und holte einen gefalteten Zettel hervor. „Leider konnte ich damit nichts anfangen." Sie reichte ihn Ortischa.

Diese überflog den Zettel mit den Worten.

„Damit kann ich auch nichts anfangen. Sagt euch der Name „Issi" etwas?"

Keiner antwortete.

„Vielleicht gibt es eine Verbindung zwischen dem Namen und der Telefonnummer, die etwas weiter unten steht. Die anderen Zahlen sehen eher nach Daten aus. Raban könnte sie in den Computer eingeben. Er ist geschickter als ich." Ihre blauen Augen glänzten im Licht der Deckenbeleuchtung, denn ihre Vergangenheit schmerzte sie immer noch sehr.

„Könntest du das übernehmen?" Ortischa reichte den Zettel an Ivan weiter, der ihn aufmerksam studierte.

Mehit sah Ament an, der leicht nickte.

„Dann werden wir uns jetzt der Gefangenen widmen."

„Gut, ich werde mit Mona und Jacques sprechen. Vielleicht kann uns Jacques noch Hinweise geben, wo er festgehalten wurde", warf Ortischa noch in die Runde und alle verließen damit den Aufenthaltsraum und gingen ihren Aufgaben nach.

Maddy lief zwischen Ament und Mehit und konnte kaum mit den beiden Schritt halten. Doch in der Nähe der beiden, fühlte sie sich immer noch am wohlsten. Als sie um die Ecke bogen, blieb Mehit stehen und sagte:

„Du gehst hier rein. Das ist der Nebenraum, der durch eine Glasscheibe vom Verhörraum getrennt ist. Hier kannst du jedes Wort hören und sehen was passiert."

Sie nickte ihm zu und betrat den Raum.

Hinter ihr verriegelte Mehit mental die Tür.

Maddy schaute sich in dem kargen Raum um. Die Betonwände waren allesamt grau und außer einem Stuhl, gab es nichts darin. An der Seite der Scheibe befand sich ein kleiner Kasten, in dem ein kleines Schaltpult eingelassen war. Sie blickte neugierig durch die Scheibe in den Nebenraum, dort stand ein Tisch und auf beiden Seiten je ein Stuhl. Eine Neonröhre erhellte in kaltem Licht den Raum.

Sie schrak zusammen, als die Tür plötzlich aufflog und Ament ziemlich unsanft die Vampirin in den Raum schleuderte, bevor er dann selbst weiter in den Raum vordrang.

Sie prallte gegen die gegenüberliegende Wand und rieb sich anschließend ihren Arm, als sie unsanft auf der Erde landete. Ihre braunen langen Haare waren ziemlich verknotet, äußerst dreckig und hingen vor ihrem Gesicht.

Nun betrat auch Mehit den Raum und schloss die Tür hinter sich. Seine Fangzähne, wie auch die von Ament, waren voll ausgefahren und glänzten in der Deckenbeleuchtung.

Die Vampirin rappelte sich langsam hoch und auch ihre Fänge kamen langsam zum Vorschein.

„Setz dich!", knurrte Mehit.

Die Vampirin drückte sich an die Wand und folgte seiner Anweisung nicht.

„SETZ DICH!", brüllte er.

Ein leichtes Zucken ging durch ihren Körper und zog zaghaft den Stuhl zu sich heran. Dann setzte sie sich in die Ecke.

Ament lehnte mit verschränkten Armen an der Tür und beobachtete jede einzelne ihrer Bewegungen. Beide Clankrieger wussten, dass die Vampirin ihnen in jeglicher Hinsicht unterlegen war. Ihre Kraft reichte bei Weitem nicht aus, sich auch nur gegen einen der beiden zur Wehr zu setzen.

„Wie heißt du?", fing Mehit an, wobei er sich auf den anderen Stuhl setzte und seine Stiefel landeten auf der Tischplatte.

Keine Antwort.

„Ich habe gefragt, wie du heißt?" Seine kristallblauen Augen funkelten böse. „Wir können das auch auf die harte Tour machen, wenn du nicht kooperativ bist." Nun fletschte er die Mundwinkel.

Die Vampirin bewegte sich leicht nach vorne und Ament verspannte sich sogleich.

„Mein Name ist ... Tine", sagte sie zögerlich, denn sie erkannte die Ausweglosigkeit der Situation.

„Am Abend des Balls. Was wolltest du auf dem Parkplatz?", wollte Mehit von ihr wissen.

„Ich war beauftragt worden, den Parkplatz zu inspizieren", gab sie ruhig zurück.

„Wo ist euer Quartier, aus dem du hervorgekrochen bist?"

Sie hob leicht den Kopf, wobei eine Strähne zur Seite fiel und ein wenig von ihrem Gesicht freigab.

„Das kann ich euch nicht sagen. Wenn ich etwas preisgebe, werde ich getötet." Ihre Stimme klang emotionslos.

„Was glaubst du eigentlich, was wir mit dir machen, wenn du uns nicht die Informationen gibst, die wir wollen?" Er zog seine Augenbrauen nach oben und grinste sie herausfordernd an.

Im Nebenraum wurde Maddys Körper von einer Gänsehaut überzogen. So hatte sie Mehit noch nie erlebt.

Eiskalt und knallhart.

Aber sie wusste, dass das die einzige Möglichkeit war, die feindliche Vampirin zum Reden zu bringen.

„Ich bin sowieso tot", sagte diese nun niedergeschlagen.

„Bei einer solchen Einstellung, wird es dir nicht schwer fallen uns alles zu erzählen, was wir wissen wollen." Mehit hätte nicht gedacht, dass das Verhör von so viel Resignation geprägt wäre. Er hätte viel mehr Schweigen erwartet.

Zaghaft strich sich die Vampirin eine dicke Strähne hinters Ohr und gab somit einen Blick auf ihr Auge frei. Das Lid war gesenkt und ihre vollen Wimpern legten sich wie ein Fächer darum. Ihre braune Haut erschien im Neonlicht fahl und grau und ihre schlanken Finger zitterten.

Es vergingen einige Minuten, bis sie erneut ihre zarte Stimme erhob.

„Ich kann euch nicht helfen", sagte sie nun. „Ich bin ein Nichts. Ich war nie mit großen Aufgaben betraut. Ich mache nur kleine Botengänge oder inspiziere mal einen Parkplatz wegen einem Auto. Zu mehr wurde ich nie eingesetzt."

Mehit hörte Traurigkeit in ihren Worten, doch er wollte sich davon nicht täuschen lassen.

„Auch das kleinste Glied einer Kette ist von Nutzen", widersprach er.

Nun hob sie leicht ihren Kopf und schlug ihre Augen auf. Das fahle Grau, welches ihn nun anstarrte, ließ sein Blut hochkochen.

„Ihr wisst nicht wie es ist, immer nur benutzt zu werden." Mit starrem Blick richtete sie sich etwas auf. „Wurden an euch auch Tests durchgeführt? Oder wurdet ihr wie ein Tier im Käfig gehalten? Nein, mit Sicherheit nicht. Also kann das hier für mich auch nicht schlimmer werden, denn sterben werde ich so oder so." Die Gleichgültigkeit, die aus ihr sprach, ließ Mehit einen Moment lang innehalten.

„Was für Tests wurden an dir durchgeführt?" fragte er nun sichtlich neugieriger.

Sie schüttelte leicht den Kopf. „Warum haben wir wohl alle diese grauen Augen?"

„Du sollst meine Fragen beantworten und mir keine Gegenfragen stellen!", knurrte Mehit, als er seine Füße vom Tisch nahm und die Fäuste ballte.

„Bluttests!", antwortete sie ihm barsch. „Um die Formel für das verdammte Tagesserum zu erlangen. Jeder von uns wird damit vollgepumpt, ob er will oder nicht. Es ist ihnen egal, ob man dabei draufgeht oder nicht. Man wird einfach festgeschnallt und dann bekommt man die Injektionen. Soweit ich gehört habe, gibt es mittlerweile wohl ein paar Exemplare, die tatsächlich am Tage unterwegs sein können." Ihre Worte strotzten nur so vor Abneigung.

Mehit erinnerte sich an den Van, der den Bentley gerammt hatte, als sie damals das Atelier verlassen hatten. Beide Vampire waren damals am Tage unterwegs gewesen, also entsprach das der Wahrheit.

„Viele von uns sind jedoch gar nicht so privilegiert, um in diese Riege aufzusteigen. Die meisten, so wie ich, verrichten nur die dreckigen Kleinarbeiten", kam ihr über die trockenen Lippen.

„Wo schafft ihr eure Gefangenen hin?", schaltete sich Ament jetzt ein.

Beide Clankrieger dachten, dass sie darauf mit einer Lüge antworten würde.

„Sie haben mehrere Unterschlupfe auf der ganzen Welt. Was ich mitbekommen habe ist, dass sie nie lange an einem Ort gehalten werden, da die Gefahr besteht, dass IHR oder der Rat sie dort aufspüren. Das ist aber wieder eine ganz andere Einheit, die mit solchen Dingen betraut ist." Sie fühlte die Erregung der beiden Clankrieger und sagte. „Wenn sie jemanden gefangen oder gekidnappt haben, der aus euren Reihen ist, dann wird es verdammt schwierig werden, diesen wieder aufzuspüren."

Aments Faust krachte gegen die Betonwand und einzelne Fragmente fielen zu Boden.

„Unsere Sache!", knurrte er hervor.

Die Vampirin zuckte zurück, riss ihre Augen weit auf und schrie. „Ich habe niemanden entführt. Das müsst ihr mir glauben!" Ihr Gesichtsausdruck war dabei wild verzehrt.

Nun schoss Ament blitzschnell auf sie zu, riss sie vom Stuhl hoch und rammte ihr seinen Unterarm unsanft gegen die Kehle. Sein heftiger Stoß beförderte sie mit dem Rücken gegen die Wand. Der Aufprall ließ den Beton rieseln. Heftig rang sie nach Luft, dennoch ließ Ament nicht locker. Seine Augen fingen an, kleine Funken zu sprühen, und sein Atem traf ihr Gesicht.

„GENUG!", schrie Mehit und hob beschwichtigend den Arm. „Wir beenden das Verhör für heute."

Doch Ament konnte sie einfach nicht loslassen. Unbändige Wut kochte durch seine Eingeweide und er hätte sie am liebsten auf der Stelle getötet. Ihm war es egal, ob sie die einzige Möglichkeit war, Conzuela wiederzufinden. Ihm war nach Rache und Tod.

„AMENT!", hallte es hinter ihm drohend.

Nun löste Ament seinen Arm vom Hals der Vampirin und gleichzeitig ergriff er ihr Handgelenk, riss sie von der Wand weg und schleifte sie hinter sich her aus dem Verhörraum.

Sie stolperte und wand sich unter seinem unerbittlichen Griff. Flehend stemmte sie sich immer wieder gegen seine enorme Kraft, doch es war aussichtslos.

„Lass mich los, du Bastard!", schrie sie ihn an.

Doch das interessierte ihn keineswegs. Er brachte sie zurück in ihre Zelle, wo sie durch eine zentnerschwere Tür daran gehindert wurde, diese zu verlassen.

Im Nebenraum der Verhörzelle saß Maddy wie gelähmt auf ihrem Stuhl und wartete, dass Mehit zu ihr herüberkam. Die Härte, die die Clankrieger angewandt hatten, wirkte verstörend auf sie.

Als Mehit den Raum betrat konnte er bereits ihre Unsicherheit spüren.

„Das war noch harmlos", sagte er zu ihr. „Wenn Ament erst einmal richtig in Rage gerät, sieht das noch ganz anders aus." Er wollte sie nicht schonen, denn ihr etwas vorzumachen, schien ihm nicht richtig zu sein.

Fast zögerlich antwortete sie ihm. „Ich wollte es ja so, also kann ich mich jetzt auch nicht beschweren. Meinst du, sie sagt die Wahrheit?"

Er zuckte mit den Schultern.

„Sie hat Angst, verständlicherweise. Aber ich habe auch Traurigkeit und Resignation in ihrer Stimme gehört. Wir müssen jedoch auf der Hut sein. Sie wird alles tun, um uns zu täuschen. Isfets Leute sind Meister darin. Nicht, dass die Leute vom Rat freundlicher wären." Ein düsterer Schatten glitt über sein Gesicht und er wandte sich ab, um Maddy nicht noch weiter zu beunruhigen. So ruhig er konnte, sagte er daraufhin.

„Komm, wir gehen zu Raban."

Maddy verdrehte die Augen. „Hast du mal auf die Uhr gesehen? Es ist schon weit nach Mitternacht. Ich glaube, ich werde besser schlafen gehen. Der Abend war aufregend genug." Mit einem Gähnen wollte sie sich gerade verabschieden, als sie sich noch einmal zu ihm umdrehte. „Ich könnte doch auch hier unten schlafen, oder?"

Mit gedämpfter Stimme antwortete er ihr. „Klar kannst du das. Du brauchst doch nicht um Erlaubnis fragen. Die Suite, in der du schon einmal geschlafen hast, steht dir zur freien Verfügung. Ich bringe dich hin, wenn du willst?"

Sie nickte und beide traten auf den Flur hinaus und liefen dann schweigsam den Marmorflur entlang. Sie hörten, dass ihnen Ortischa entgegenkam und blieben gleichzeitig stehen.

„Und? Wie ist es gelaufen?" fragte Ortischa neugierig, doch ihr ernster Gesichtsausdruck spiegelte Frustration wider.

Mehit sagte nun wirklich gelassener.

„Es ging so. Sie scheint nur ein kleiner Fisch zu sein. Wir müssen abwarten, was sich daraus entwickelt. Und bei dir?"

Sie senkte leicht ihren Kopf, wobei einige Locken über ihre Schulter nach vorn rutschten.

„Auch nicht viel besser. Im Grunde genommen weiß Jacques eigentlich gar nichts. Sie haben ihn anscheinend die ganze Zeit in eine Art Trance gehalten. Das Einzige, woran er sich wirklich gut erinnern kann, ist der Campus, auf dem er, von Mike, gefangen genommen wurde. Seit der Autofahrt fehlt ihm jedoch jede Erinnerung. Er sagt, er wurde dann erst wieder wach, als er in einem kargen Raum gesessen hatte, der einer Zelle ganz ähnlich war. Dort war er dann die ganze restliche Zeit eingesperrt. Bis zu dem Tag, wo der Austausch der Beiden stattgefunden hat. Die ersten Bilder, an die er sich wieder erinnern kann, sind dann die auf dem Parkplatz."

„Also, ist ihm wenigstens kein Schaden zugefügt worden?", sagte Maddy andächtig.

„Körperlich nicht, aber seelisch?" Ihre braunen Augen sahen sie fast mitleidig an. „Und bei Mona ist das nicht viel anders. Der fast tödliche Überfall hat Spuren bei ihr hinterlassen. Ich wollte beiden schon die Erinnerung an die Geschehnisse nehmen, aber …" Sie verstummte, als sie Maddys unerbittlichen Blick sah. „… aber ich habe es nicht getan", fügte sie schnell hinzu. „Wir haben uns abgesprochen, dass beide morgen auf das Anwesen kommen sollen, um dann mit Philippe und Corinne zusammen in das neue Haus umzuziehen. Edward wird dann beide im Bentley herausschmuggeln und nach einiger Zeit wiederkommen. Jacques will dann sagen, dass er sich mit seinem Professor überworfen hat und nun in das Geschäft seines Vaters einsteigen möchte. Gegenüber von dem Bistro befindet sich ein modernes Schuhgeschäft, welches von unserer Art betrieben wird. Sie haben eingewilligt, Mona dort zu beschäftigen und zusätzlich auf sie aufzupassen."

„Das hört sich doch fantastisch an. Oder?" Freude stieg in Maddy hoch.

Mit einem verschmitzten Lächeln schaute Ortischa sie an.

„Tja, es muss ja auch mal etwas funktionieren, nicht wahr?"

Maddy umarmte Ortischa, die über diese Geste sichtlich überrascht war.

Unterdessen war Ivan in die Kommandozentrale gegangen und hatte auf einem Stuhl neben Raban Platz genommen.

Dieser hatte ihm jedoch nur einen abschätzigen Blick zugeworfen.

„Was willst du hier?", fragte er nach einiger Zeit argwöhnisch.

„Ein bisschen helfen …", gab Ivan mit einem hämischen Grinsen zurück.

Entgeistert runzelte Raban die Stirn. „Ich brauche keine Hilfe. Nicht von dir oder sonst irgendjemanden. Hast du verstanden?"

Wortlos lehnte Ivan sich auf dem Stuhl zurück und verschränkte seine Arme hinter dem Kopf. Sein Blick glitt zu dem Computer und er beobachtete Rabans Handgriffe ganz genau, und sah zu wie er auf die Tastatur einhämmerte. Sein Gehirn konnte sich nach kürzester Zeit die Befehle, die zur Satellitensteuerung nötig waren, einprägen. Nach einer knappen halben Stunde, konnte er jeden Befehl, den Raban eingegeben hatte, nachvollziehen.

Seinen Blick hatte Raban aus dem Augenwinkel heraus missmutig registriert.

„So, nun starrst du bereits seit über einer halben Stunde auf meine Monitore und auf meine Finger. Verliere ich jetzt meinen Job?" Fast wütend stieß er diese Worte aus und drehte kurz seinen Kopf in Ivans Richtung, wobei die grünen Sprenkel in seinen Augen anfingen zu leuchten.

„Bleib ganz ruhig. Niemand will deinen Job. Den kannst du gut und gerne alleine machen. Ich habe früher auch ein wenig mit Computern gearbeitet. Ich möchte dich nur ein wenig unterstützen. Denn wenn du mal eine kurze Pause brauchst, kann ich dich notfalls vertreten. Was hältst du davon?" Der russische Akzent rollte durch die Kommandozentrale, wie Wodka die Kehle hinunter.

„Auf wessen Mist ist das denn wieder gewachsen?" Raban zog die Augenbrauen zusammen, was sein Gesicht sehr grimmig wirken ließ.

Ivan konnte und wollte Raban nicht anlügen. „Ortischa", sagte er ruhig.

„War ja klar, dass die Zuckerpuppe wieder ihre Finger im Spiel hat", gab er gereizt zurück.

„Wir sind ein Team, vergiss das nicht!", antwortete Ivan gelassen.

Ein Moment lang überlegte Raban, bis er schließlich viel ruhiger sagte. „Du hast Recht. Einzeln erreichen wir gar nichts." Es behagte ihm zwar nicht, jemanden an seine geliebten Computer zu lassen. Aber er sah ein, dass dies notwendig war. Sein Körper war ausgelaugt und unter den gegebenen Umständen, würde er nicht mehr lange durchhalten. Kurzerhand wies er den Clankrieger in alle Einzelheiten ein und sein wissbegieriger Schüler hörte zu.

Der heftige Schlag von Ament's Faust gegen die Gefängniswand ließ beide aufhorchen.

„Scheint ja eine heftige Befragung zu sein", äußerte Ivan. „Wäre sehr gern dabei gewesen."

Raban sah, wie die violetten Augen von Ivan anfingen zu glitzern. Er wandte sich wieder seinem Computer zu und presste hervor: „Wenn das zur Folge hätte, dass wir endlich mal Informationen bekommen würden, wäre das ein echter Vorteil."

„Ach, in punkto Informationen. Vorhin bei der Besprechung hatte mir Angel einen Zettel gegeben. Es handelt sich um einen Namen und eine Telefonnummer, den sie in den Unterlagen ihres toten Bruders gefunden hat. Wir sollten das mal überprüfen."

„Gib mal her."

Ivan überreichte Raban nun den gefalteten Zettel, den Angel, wie ihren Augapfel gehütet hatte.

Kurzerhand rutschte Raban an einen weiteren Computer und entfaltete dort das Papier.

„Übernimm mal." War seine knappe Anweisung.

Raban gab die Telefonnummer auf dem Tastenfeld seiner Tastatur ein und ließ sie durch mehrere Datenbanken gleichzeitig laufen. In unterschiedlichen Fenstern erschienen jede Menge Datenströme, die sich in Sekundenschnelle auf dem Monitor überlappten. Als er den Zettel bis zum Ende gelesen hatte, schoss er ruckartig von seinem Stuhl hoch.

„Shit!", schrie er sichtlich wütend. Mit dem Blick auf das Stück Papier geheftet, durchquerte er mit großen Schritten die Kommandozentrale, warf einen der Stühle um und griff sich mit den Händen an seinen Kopf.

„NEIN! NEIN! NE …"

Seine Stimme brach ab und er schmetterte der Länge nach zu Boden.

Irritiert sah Ivan zu ihm. „Raban? Was ist los?"

Keine Antwort.

Hilflos drückte Ivan das Notsignal.

Als Ortischa, Mehit und Ament gleichzeitig an der Kommandozentrale ankamen, bot sich ihnen ein schreckliches Bild. Die gesamte Kommandozentrale war übersät von glitschigen Schlingpflanzen.

Selbst der sonst so ruhige Ivan, hatte bereits Schwierigkeiten, sich gegen sie zu wehren. Sie hatten sich um seinen Stuhl und seine Beine gewickelt und krochen immer weiter an seinem Körper empor.

„Holt Raban da raus!", wies er die anderen an.

Mehit war eine Sekunde lang von der Sorge, die Ivan geäußert hatte, fasziniert. Wie schnell er doch wie ein Clankrieger dachte und handelte. Dann besann er sich seiner eigentlichen Aufgabe.

„Hey Raban, was machst du hier für einen Quatsch?"

Doch er erhielt keine Reaktion und die Pflanzen breiteten sich immer weiter aus.

„Du kannst jetzt bitte damit aufhören!", rief er.

Doch die Pflanzen krochen ungehindert hinaus auf den Flur und reckten sich nach allem, was sie fassen konnten.

Maddy kam um die Ecke gerannt und schlitterte direkt in eine von ihnen hinein. Die Schlingpflanze erfasste sofort ihren Fuß und wickelte sich in Sekundenschnelle an ihrem Bein empor.

„Lass los …", schrie Maddy verzweifelt.

Ament ließ einen gezielten Feuerball auf die Schlingpflanze los und gleichzeitig riss Ortischa Maddy nach hinten und führte sie den Gang zurück.

„Was ist mit Raban?", rief sie den Flur entlang.

„Er ist außer Kontrolle", gab Ament ruhig von sich. Seine Arme richteten sich auf das nähere Umfeld des am Boden liegenden Vampirs.

Beruhigend versuchte Mehit, auf Raban einzureden, doch es half alles nichts. Sein Blick traf den von Ament, der nun seine Gabe durch die Kommandozentrale schleuderte. Die glühenden Feuerbälle verteilten sich um Raban herum.

Zügig breitete sich ein beißender Geruch im gesamten Untergeschoss aus.

Nun kam auch Angel herbeigeeilt.

Als sie Ivan in dem ganzen Schlamassel entdeckte, stockte ihr der Atem. Eine der Pflanzen hatte sich ihren Weg um seinen Hals gebahnt, und drohte ihn zu erwürgen. Ohne groß nachzudenken, stürzte sie sich in das Gestrüpp und kämpfte sich bis zu Ivan durch. Sie zog ein Messer aus ihrem Stiefel hervor und schnitt kurzerhand alle Pflanzenstile durch, die auch nur in der Nähe von Ivan waren. Ihre eigene Unaufmerksamkeit ließ sie nun zu Boden fallen. Die glitschigen Pflanzen überzogen ihre langen Beine. Mit hastigen Schnitten durchtrennte sie die lästigen Schlingpflanzen und befreite sich selbst von ihnen.

„Was ist das für ein Mist hier?", rief sie zähneknirschend. Doch die Pflanzen dachten nicht an einen Rückzug. Energisch krochen die nichtverbrannten Enden wieder auf die Füße von Angel zu.

„Verpisst euch", zischte sie und trat hektisch mit ihren Stiefeln nach den zappelnden Enden der Ranken.

Währenddessen sprach Mehit ungehindert auf den am Boden liegenden Raban ein.

Auch Ortischa gesellte sich nun zu ihnen und trat an Mehit vorbei auf die verbrannten Pflanzenteile zu. Mit zielstrebigen Griffen teilte sie die Pflanzen und zog das Handgelenk von Raban darunter hervor.

„Raban!" keifte sie ihn an.

Doch es passierte nichts. Aus seinem Handgelenk schoss nur eine weitere Schlingpflanze, die sich in Windeseile um seine Hand hinauf bis zum Oberarm rankte.

„Was sollen wir denn nur tun?" fragte Ortischa ratlos.

„Keine Ahnung!", erwiderte Mehit ihr schulterzuckend, als die Schlingpflanzen an seinen Kampfstiefeln emporkrochen.

In diesem Moment sauste Ament an ihnen vorbei, riss Raban von der Erde hoch und schoss mit ihm die Treppe nach oben. Dort trat er vor die Tür und warf ihn in hohem Bogen auf die große Rasenfläche, drehte sich um und ging zurück ins Herrenhaus, als ihm Angel und Ortischa bereits entgegenkamen.

„Was hast du getan?", tadelte Ortischa ihn.

Ament ließ das kalt, als er die Stufen wieder hinabstieg. Er erkundigte sich als Erstes bei Mehit, ob es ihm gut ginge.

Dieser sagte: „Alles okay bei mir. Was ist mit den anderen?", währenddessen versuchte er, Ivan weiter zu befreien.

„Keine Verluste." War die kurze Antwort des wortkargen Kriegers.

„Und Raban?"

„Draußen!"

Kurz sah Mehit auf und war nicht erstaunt, das Ament ihn ignorierte.

„Willst du mir nicht helfen den Mist hier zu entsorgen?", fragte Mehit.

„Nein!" Ament wich seinem prüfenden Blick aus.

2. Kapitel

Nach dem Chaos in der Kommandozentrale hatte Ament diese wieder verlassen. Mit funkensprühendem Blick schritt er den Marmorflur zu seinem Quartier entlang. Er öffnete mental schon die Tür, bevor er sie erreicht hatte. Als er seine Räumlichkeiten ein weiteres Mal betrat, blickte er sich um, schloss kurz seine Augen und atmete tief ein. Seine Lippen zuckten, als ihn der liebliche Duft *seiner Conzuela* traf. Ihr einzigartiger Duft war zurückgeblieben, wenn das auch nur ein Hauch von ihr war. Fast sehnsüchtig wollte er die Augen nie mehr öffnen, weil er dachte der Duft könnte dadurch verschwinden. Für einen Moment lang ließ er sich in einen emotionalen Strudel ziehen, doch dann riss er die Augen auf, schnaubte und ballte seine Hände zu Fäusten, dass seine Knochen sich hart durch das Fleisch bohrten. Seine Haut fing an zu Kribbeln. *Nein! Du … wirst mich nicht länger foltern. Du … hättest bleiben sollen, aber nein, du musstest ja die Heldin spielen und …* seine Gedanken überschlugen sich und er wollte diese Welle der Gefühle nicht wieder hochkommen lassen, die er gerade so vehement niedergekämpft hatte. Seine Frustration saß noch zu tief. Zielstrebig durchquerte er das Wohnzimmer und glitt in das Ankleidezimmer, wo er sich aus seinem Waffenschrank noch zwei Pistolen in den hinteren Hosenbund steckte. Sein Ledermantel schmiegte sich an seinen massigen Körper, als er ihn überstreifte. Beim Hinausgehen griff er nach seinem Autoschlüssel, der auf der Kommode lag. Dann schlug er die Tür seines Quartiers hinter sich zu.

In der Tiefgarage angekommen, bestieg er seinen Audi R8. Erst als er den Motor startete durchfuhr ihn ein Gefühl der Befriedigung. Das Dröhnen des Motors kribbelte durch seinen gigantischen Körper und er fühlte sich seit Langem wieder einmal lebendig. Seine Hände griffen nach dem Lenkrad und er atmete erleichtert aus, als er aus der Garage fuhr und das Anwesen hinter sich ließ.

Seine mehrstündige, ziellose Fahrt endete vor dem angesagtesten Club, von dem er bisher immer nur gehört hatte. Die enorme Menschenschlange auf dem Bürgersteig zeigte ihm, dass er heute nicht hungrig bleiben würde. Speichel schoss in seinen ausgetrockneten Mund und er beleckte sich seine Zähne.

„Perfekt", kam es zufrieden über seine Lippen, die geradezu danach lechzten mit Blut benetzt zu werden. Er schwang seinen hünenhaften Körper vom Sitz und verschloss seinen Wagen. Dann steuerte er geradewegs an der wartenden Menschenschlange vorbei auf den Türsteher zu. Ein Blick aus seinen, kurz aufglühenden, Augen verschaffte ihm sofort Eintritt und ein höllisches Theater von den aufgebrachten Menschen, die ebenfalls alle auf Einlass warteten.

Dies alles scherte Ament jedoch einen Dreck. Er drängte sich in das Innere des Clubs, wo ihm bereits dröhnende Bässe entgegenschlugen. Sogar gestandene Männer wichen ihm im Innern aus und den Frauen blieb teilweise der Mund offen stehen, als er an ihnen vorbeiging. Seine imposante Erscheinung, die in dem fast bodenlangen Ledermantel steckte, ließ so manchen Besucher an einen Gangsterboss denken. Was auch eigentlich nicht verkehrt war, denn wenn sie gewusst hätten, was Ament alles an Waffen unter diesem Mantel trug, wären sie wahrscheinlich schreiend davongelaufen.

Der Raum war erfüllt von seiner unbändigen Macht und einige der anwesenden Vampire rümpften missmutig ihre Nasen. Ein paar von ihnen verließen daraufhin eiligst den Club, andere hingegen starrten ihn fasziniert an. Einen wie ihn bekam die Zivilbevölkerung der Vampire nur selten zu Gesicht.

Unterdessen bahnte sich Ament seinen Weg entlang des Tresens. Dort hielt er kurz inne und verlangte nach einem Bier.

Die beschäftigte Bardame griff nach einer Flasche, öffnete diese und ließ sie über den Tresen zu ihm rutschen, sodass sie in Aments Hand landete. Er nahm einen großen Schluck und setzte seinen Weg fort.

Am VIP-Bereich angekommen, konnte er diesen ungehindert passieren und suchte sich einen leeren Tisch, an dem er sich niederließ. Ihn scherten die Blicke nicht, die auf ihn gerichtet waren. Sein Augenmerk war einzig und allein auf seine Flasche gerichtet, die er in der Hand hielt. Seine Stiefel fanden auf einem angrenzenden Stuhl Platz und sein gesenkter Blick verbarg seine todbringenden Augen.

Erst als ein Schatten sein Sichtfeld verdunkelte, sah er langsam auf.

„Verschwinde!", knurrte er seinem Gegenüber zu.

Unbeeindruckt neigte sich der elegant gekleidete Vampir nach vorn.

„Etwas Freundlichkeit hat noch keinem geschadet, Kumpel."

Ament war nicht danach, jetzt eine ausgiebige Unterhaltung zu führen. Er schwieg, doch seine Sinne nahmen wahr, dass es sich bei seinem Gegenüber ebenfalls um einen Vampir handelte. Aus seinen Poren kroch Überheblichkeit. Angewidert ließ er seinen Blick nach oben schweifen.

„Ich sagte … verschwinde!"

Ruckartig beugte sich der Vampir tiefer.

„Hör zu, mein Freund. Du bist hier in meinem Revier und ich will keinen Ärger mit dem Clan. Also benimm dich, dann kannst du bleiben, so habe ich mich mit Mehit geeinigt." Seine Fänge waren voll ausgefahren, doch wurden sie noch von seinen langen schwarzen Haaren verdeckt.

Eine der Bedienungen unterbrach die beiden.

„Haben Sie noch einen Wunsch?" Ihr knappes Outfit bedeckte kaum ihre Kurven, und dennoch lenkte sie den Blick von Ament auf sich.

„Er möchte noch ein Bier, Mina. Er ist heute mein Gast und bekommt alles was er haben will. Alles!"

„Okay Mamba", antwortete Mina. Sie huschte die Treppe vom VIP- Bereich rasch nach unten und ging zielstrebig auf den Tresen zu.

Mamba wandte sich wieder Ament zu.

„Brauchst du sonst noch etwas?"

Aus unnachgiebigen Augen starrte Ament ihn an.

Mamba zog es vor, sich sicherheitshalber aus Aments Reichweite zu bringen. Seine Fangzähne sollten nicht von den Menschen im Club gesehen werden, deshalb machte er sich schnell auf den Weg in sein Büro und schloss die Tür hinter sich. An seinem Schreibtisch angekommen griff er hektisch nach seinem Handy und wählte.

Es dauerte einen Moment, bis am anderen Ende endlich abgenommen wurde.

„Was willst du, Mamba?"

„Einer deiner Krieger ist hier und wie mir scheint, hat ihn irgendjemand mächtig ans Bein gepisst. Entweder ihr kommt und holt ihn ab oder …" Weiter kam er nicht.

„Ich komme! Eins noch. Lass ihn bloß in Ruhe, wenn du nicht willst, dass sich dein Laden in einen Aschehaufen verwandelt." Damit beendete Mehit das Gespräch.

„Verdammt noch mal! Wenn Ament jetzt ausrastet, dann wird es ein Massaker geben, was viele Menschenleben fordern kann. Ruf Ivan, er soll zu meinem Wagen kommen. SOFORT!"

Raban nickte. Seine Worte blieben ihm im Hals stecken, denn er wusste, dass er an dem Leid von Ament mit Schuld trug. Niedergeschlagen öffnete er das Garagentor des Anwesens, sodass der Mustang rasch hinausschießen konnte. Er selbst wandte sich wieder seinen Rechnern zu. Sein Zusammenbruch vorhin hatte alle skeptisch werden lassen. Etliche Male hatten Orticha und Angel ihn nun schon gefragt, ob alles wieder in Ordnung sei. Er hatte ihnen versichert, dass alles nicht so schlimm war, wie es ausgesehen hatte. Er schob seinen Ausraster auf den fehlenden Schlaf und die Überanstrengung der letzten Tage. Doch innerlich ging es ihm gar nicht gut. Als er auf dem Zettel, den Ivan ihm gereicht hatte, den Namen Issi gelesen hatte, war seine Vergangenheit so schlagartig zurückgekehrt, dass er keine Chance gehabt hatte seine Fähigkeit zu kontrollieren. Er schämte sich für seine Hilflosigkeit, doch wollte er erst einmal Fakten sammeln, bevor er die anderen einweihte.

Das Brennen tief in seinem Innern ließ ihn wachsam sein. Er öffnete einen Laptop, gab einige Daten ein und ließ ein Suchprogramm seine Arbeit tun.

Sollte sich sein Verdacht bewahrheiten, hätte es der Clan mit einem weitaus gefährlicheren Gegner zu tun, als sie es bisher alle gedacht hatten.

Zur gleichen Zeit stand Elisa am Fenster ihres kleinen Zimmers. Ihre Fingerspitzen glitten durch den Gardinenstoff, der von feinster Handarbeit war. Ihr wehmütiger Blick wanderte in den Innenhof des Klosters. Der perfekt gepflegte Garten umrundete einen Springbrunnen, der von einem Engel flankiert wurde. Er war aus reinstem Marmor und erstrahlte gerade im tiefsten Mondschein. Bei seinem Anblick musste Elisa fast ironisch Lächeln. *Diese Reinheit, die dieser Engel ausstrahlt, trifft hier auf den Abgrund der Hölle.* Fast unmerklich schüttelte sie den Kopf. Seit dem sie vor einigen Wochen hierher gebracht worden war, bestand ihre Welt nur noch aus diesen Zimmer. Das einzige Highlight ihrer Tage waren ihre Rationen Blut, die ihr von einer Nonne gereicht wurden.

Elisa hatte versucht, mit ihr ins Gespräch zu kommen, doch die Nonne signalisierte ihr, dass sie stumm war. Da Elisa keine Gebärdensprache konnte, waren ihre Besuche deshalb immer sehr einseitig verlaufen. Sie wusste schon nicht mehr, wie oft sie die Nonne gefragt hatte, wann sie dieses Zimmer endlich verlassen dürfte. Doch jedes Mal hatte die Nonne nur mit ihren Schultern gezuckt und ihr einen traurigen Blick zugeworfen. Die Gedanken von Elisa schweiften immer wieder zurück zu ihrem alten Leben. Sie war so glücklich in der Klinik von Dr. Anderson gewesen. Doch ihr Vater hatte alles zerstört. Seine Stellung innerhalb der Vampirbevölkerung gab ihm sehr viel Einfluss, den er gnadenlos ausnutzte. Er hatte sie nach Calabria, in dieses Kloster zu ihrer Tante Theresia, verbannt, weil sie nicht so funktionierte, wie er sich das vorgestellt hatte. Elisa hasste ihn dafür und flehte nun den Nachthimmel an, ihr aus dieser ausweglosen Situation zu helfen. Als sie dort einige funkelnde Sterne sah, traf es ihr Herz erneut, denn der Glanz erinnerte sie an die kristallblauen Augen von Mehit.

Schwere Schritte näherten sich nun ihrem Zimmer. Sie warf einen Blick über ihre Schulter, als sich die Klinke ihrer Tür senkte, während aufgeschlossen wurde.

Ein hünenhafter, dunkelhäutiger Vampir betrat den Raum.

Elisa zuckte zusammen.

Der Vampir raffte die Schultern und sein Gesichtsausdruck war hart als er sagte: „Theresia möchte dich sprechen." Kalt und emotionslos drangen die Worte durch den kleinen Raum.

Elisa entspannte sich etwas, stellte sich in die Mitte des Raumes und senkte ihren Kopf auf die Brust. Sie wusste schon durch frühere Begegnungen, dass man Tante Theresia nie direkt ansehen durfte. Ihr entstelltes Gesicht, welches sie meist mit einem Schleier bedeckte, war grausam anzusehen. Ihr Vater hatte ihr einmal erzählt, dass Theresia diese Verletzungen in einem bestialischen Feuer erlitten hatte. Daraufhin hatte Elisa ihren Vater nur entgeistert angesehen, denn normalerweise verheilten Verletzungen bei Vampiren restlos. Ihr Vater fügte dem hinzu, dass Theresia damals auch einen Schleier trug, der in Flammen aufging. Das Material des Schleiers verbrannte nicht, sondern schmolz und setzte sich in ihre tiefen, offenen Wunden. Während ihr schneller Heilungsprozess einsetzte, verband sich der geschmolzene Schleier mit ihrer regenerierenden Haut und so entstanden diese hässlichen Narben, aus denen teilweise noch das Material herausschaute. Immer wieder fingen diese Narben an, zu eitern, und fügten ihr höllische Schmerzen zu.

Elisa riss sich aus ihren Gedanken, als weitere Schritte in dem Raum zu hören waren. Sie erahnte, dass Tante Theresia ihnen folgte. Das Rauschen eines langen Gewandes glitt durch die Stille in den Raum.

„Elisa", kühl kam Theresia der Name ihrer Nichte über die Lippen.

„Tante Theresia", antwortete Elisa höflich, ohne ihre Haltung zu ändern.

„Dein Vater hat mir von deinem aufsässigen Verhalten berichtet", sagte sie abwertend.

Elisa antwortete nicht, denn es war keine Frage. Auch das war ein Punkt, den ihr Vater ihr eingetrichtert hatte. Man antwortete Theresia nur, wenn man gefragt wurde. Auch ihr Vater hatte das früher mit ihr so praktiziert.

„Du wirst hier wieder auf den rechten Weg kommen, das habe ich deinem Vater versprochen. Demut und Gehorsam werden dich von nun an begleiten. Deinen gesellschaftlichen Aktivitäten zu frönen, ist vorbei. Oder willst du weiterhin deinem Vater solche Schande bereiten?" Ihre Worte klangen äußerst herablassend.

„Mitnichten, Tante Theresia. Ich hatte nie vor, meinen Vater zu kompromittieren.", antwortete Elisa so ruhig sie konnte, obwohl die Worte wie Säure auf ihrer Zunge brannten.

„Ich hoffe, deinen Worten folgen auch Taten. Ich gebe dir eine Chance, dich zu beweisen. Mit deiner Ausbildung setze ich dich auf unserer Krankenstation ein. Du wirst den Schwestern zur Hand gehen und im Operationssaal assistieren. Sollten mir Beschwerden zu Ohren kommen, gibt es hier noch sehr viel hässlichere Aufgaben, die ich dir dann zuteilen werde." Ironie schwang in ihrer Stimme mit und Elisa lief eine Gänsehaut über den Rücken.

„Zudem teile ich dir einen meiner besten Männer zu. Er wird dich beobachten und mir jeden noch so kleinen Fauxpas berichten. Also überlege dir ganz genau, was du tust." Die Stimme von Theresia hatte einen drohenden Ton angenommen.

„DESMOND!" rief Theresia in den Gang hinaus.

Schwere Stiefel dröhnten erneut den Flur entlang, bis sie den Raum betraten und etwas von ihr entfernt stehenblieben.

„Er wird dir alles zeigen, und denke an meine Worte!"

Das Rauschen von Stoff signalisierte Elisa, dass Theresia den Raum wieder verließ.

Die Vampire von Theresias Garde folgten ihr unmittelbar und der Letzte von ihnen schloss die Tür hinter sich.

Elisa wagte kaum zu atmen, geschweige denn aufzusehen. *Oh mein Gott, wie soll ich das hier nur aushalten?* Dachte sie sich. Sie wandte ihren gesenkten Blick langsam in die Richtung des Vampirs. Schwarze Kampfstiefel traten in ihr Blickfeld. Langsam hob sie ihren Kopf und musterte diesen Desmond aufmerksam, während sie leicht zitterte. Er trug dunkle weite Hosen, die seine durchtrainierten Beine verdeckten. Ihre Augen wanderten höher. Er hatte die Arme vor der breiten Brust verschränkt und seine schokoladenfarbene Haut war an den Unterarmen mit reichlichen Tätowierungen verziert. Diese schlängelten sich bis zu seinen Oberarmen empor. Der breite Bizeps spannte unter dem schwarzen T-Shirt, welches er trug. Auch zeichneten sich seine Brustmuskeln unter dem eng anliegenden T-Shirt ab. Eine kleine goldene Kette umrahmte seinen Hals. Sein markantes Gesicht war von einer Narbe durchzogen, die von der Stirn bis zu seinem Kinn verlief. Durch seine vollen Lippen, welche er leicht geöffnet hatte, erschien sein Gesicht etwas weicher. Seine fast schwarzen Augen starrten sie regungslos an. Sein Schädel war kahl rasiert und auf ihm konnte sie ebenfalls eine Tätowierung entdecken. Er überragte sie um einen ganzen Kopf und seine imposante Erscheinung flößte ihr Unbehagen ein. Elisa zuckte zusammen, als er seinen Kopf leicht zur Seite neigte und seine tiefe Stimme erklang.

„Hast du jetzt alles gesehen?"

Sie schluckte und wandte ihren Blick von ihm ab.

„Tut mir leid, dass ich so neugierig war." *Demut zeigen ist gut.* Spornte sie sich selber an.

Er verzog die Mundwinkel zu einem verächtlichen Grinsen.

„Wer soll dir das denn abnehmen? Die Show kannst du dir bei mir sparen."

Er ließ seine Arme sinken und wirkte dadurch noch bedrohlicher.

Keine Widerworte geben. Keine Widerworte geben, hämmerte es in ihrem Kopf.

„Ich werde dir jetzt die Krankenstation zeigen, und tu uns bitte beiden einen Gefallen und mach keinen Blödsinn", dabei zog er eine Augenbraue nach oben.

„Werde ich nicht", gab Elisa verhalten zurück. „Ich bin Elisa", sagte sie freundlich und reichte ihm die Hand.

Er blickte auf die ihm dargebotene Hand und ergriff diese mit festem Druck.

„Desmond"

Elisa spürte die unbändige Kraft, die in ihm loderte und das Blut in ihren Adern fühlte sich eisig an. „Ich will mir nur kurz die Haare zusammenbinden, dann können wir los." Sie wartete auf seine Zustimmung. Als er nickte, lief sie schnell ins Badezimmer. Sie band sich im Gehen einen Pferdeschwanz und richtete anschließend ihre Bluse, bis sie vor ihm stehenblieb.

„Bekomme ich Kleidung auf der Station, denn meine Sachen sind nicht gerade steril?" Sie probierte ein kleines Lächeln.

„Wir gehen als Erstes zur Wäscherei, dann zur Krankenstation."

Beide verließen das Zimmer und gingen den langen Flur entlang, der mit seinen kargen und grauen Wänden nicht gerade ein freundliches Bild darbot. An der Steintreppe angekommen, hielt Desmond sie am Arm fest und flüsterte.

„Eins noch. In den Gängen des Klosters wird nur geflüstert!"

Daran hatte sich aber Theresia vorhin nicht gehalten, erinnerte sich Elisa.

Er deutete ihr an, die Treppe hinabzusteigen, und sie folgte.

Als beide im Eingangsbereich angekommen waren, steuerte Desmond auf die große Eingangstür zu, die er durch einen Code auf einem Tastenfeld öffnete. Dann traten beide hinaus in den Innenhof.

Mina servierte Ament unterdessen sein viertes Bier.

„Kann ich sonst noch etwas für Sie tun?" Diese Frage stellte sie ihm jedes Mal, sobald sie die Flasche vor ihn auf den Tisch gestellt hatte.

Die anderen Male hatte er ihr nicht geantwortet. Zu sehr war er mit seinen Gedanken beschäftigt. *Conzuela ... auf ewig ... so ein Blödsinn ... auf ewig ... nichts ist für ewig ...*

Er griff nach Minas Handgelenk und zog sie dicht an sich heran, ohne sie anzuschauen. Er genoss es, wie ihr Puls unter seinen Fingern pochte. Sie war sehr nervös, das konnte er aus jeder ihrer Poren riechen. Sein Mundwinkel zuckte leicht, als er sie wieder losließ.

„Ich verspüre Hunger", sagte er so leise, dass es nur Mina hören konnte.

„Folge mir!", sagte sie ruhig und ging mit ihrem lasziven Hüftschwung den Seitengang entlang, wobei ihr Blut durch ihren Körper rauschte. *Mist ... warum gerade in meiner Schicht?* fragte sie sich.

Der schmale Gang wurde von mehreren Türen gesäumt und war nur schwach beleuchtet.

Mina blieb vor eine der Türen stehen und spürte den warmen Atem von Ament, der ihren Hals streifte.

Sein Blick war auf ihren schlanken Hals gerichtet. Ihr flatternder Puls zog ihn magisch an und er wollte begierig seine scharfen Fangzähne in ihr zartes

Fleisch schlagen. Genauso hätte er sich eine Menschenfrau nehmen können, doch im Moment es war ihm lieber, sich von seinesgleichen zu nähren.

Mina öffnete die Tür mit einer Chipkarte, die sie an ihrem Gürtel trug.

Er folgte ihr lautlos.

Im Raum war es stockdunkel und es roch nach kaltem Rauch und abgestandener Luft. Minas Arm tastete nach dem Lichtschalter, doch Ament legte seine Hand auf ihre schlanken Finger.

„Kein Licht", sagte er drohend.

Mina zuckte zurück und prallte gegen Aments breite Brust, dabei entwich ihr ein tiefer Seufzer.

„Was zuerst? Blut oder Sex?", fragte Mina erregt.

Ament wunderte sich über die Reihenfolge, die Mina gewählt hatte.

„Genau in der Reihenfolge", gab er trocken zurück und Minas Puls explodierte fast. Seltsamerweise erregte ihn die Unsicherheit dieser Frau nur noch mehr und seine Kehle wurde immer trockener.

Unbeholfen wollte sie sich im Dunkeln vorwärts tasten, doch der Gedanke an das, was jetzt auf sie zukam, ließ sie innehalten. Dieser Vampir wollte Blut und Sex von ihr. *Verdammt ... warum gerade ich ... die anderen sind doch alle auf so etwas aus ...* unmerklich schüttelte sie den Kopf.

Ament nahm diese kleine Bewegung wahr und seine Augen verengten sich.

„Angst?" flüsterte er ihr ins Ohr, als er sie wieder an sich zog. Seine Worte klangen samtig und Mina war geneigt, ihren Kopf in seine Richtung zu drehen.

Eine Gänsehaut machte sich auf ihrem Körper breit und ihr eigener Blutstrom dröhnte ihr in den Ohren. Sein warmer Atem war so dicht, dass sie seinen Körper an ihrem Rücken spüren konnte. Muskel für Muskel war er pure, geballte Kraft. Zu ihrer eignen Unsicherheit gesellte sich plötzliche Erregung. Hitze schoss in ihren Schoß und breitete sich dort ungehindert aus. Sein starker Arm umschloss ihre Taille, sodass sie keine Möglichkeit mehr hatte, ihm zu entfliehen.

Sie wusste, dass sie Mambas Vorgaben erfüllen musste. Sie mochte diese Regeln jedoch nicht. Oft hatte sie sich davor gedrückt, diesen Teil der Vereinbarung erfüllen zu müssen. Meistens fand sich dafür eine ihrer Kolleginnen, die ganz heiß auf solche Dates waren. Sie wurden sehr gut bezahlt, aber das war Mina egal. Sie wollte in diesem Laden arbeiten, aber nicht ihren Körper präsentieren. Doch hier, mit diesem Vampir in einem Raum zu sein, ließ Minas Herz heftiger schlagen. Ihr wurde bewusst, dass er jeden Moment seine Fänge in sie schlagen würde. Zitternd strich sie sich ihre schulterlangen roten Haare zur Seite, neigte ihren Kopf und entblößte ihren schlanken Hals.

Ament zog scharf die Luft ein und leckte sich über seine trockenen Lippen. Er presste seinen Arm um ihre Taille und dann schabte er mit seinen ausgefahrenen Fängen an ihrer flatternden Halsschlagader entlang. Seine Spitzen bohrten sich in ihre zarte Haut und das Blut quoll heraus. Der kupferne Geruch ließ ihn gierig einige kräftige Züge nehmen. Das Blut lief seine Kehle hinab und drang tief in seine Eingeweide ein. Es näherte ihn und plötzlich regte sich noch ein ganz anderer Teil. Seine Männlichkeit drückte fordernd gegen seine Jeans. Verwundert über sich selbst, zog er sie noch dichter an sich, sodass ihr Po sich gegen seinen Unterleib presste.

Mina konnte seine harte Erektion spüren, doch verhielt sie sich ruhig. Sie war zu fasziniert über das, was dieser Mann gerade an ihrem Hals tat. Er saugte an ihrer Ader und mit jedem Schluck wuchs das Verlangen in ihr. Sein Arm, der sie hielt, war so kraftvoll und sie überlegte, wie es wohl wäre ihn direkt anzusehen. Sie versuchte, sich umzudrehen, doch sein Griff war unnachgiebig. Das Einzige, was trotz der Dunkelheit in Erscheinung trat, war ein roter Schein, der das Zimmer erhellte.

Aments Augen glühten förmlich und er wollte seinen Durst an dieser Frau stillen. Aber nicht nur seinen Durst. Seine Lenden lechzten nach Erlösung. Er versiegelte die Einstichstellen und nahm ihren schweren Atem wahr, was ihn schmunzeln ließ. Er drückte ihren Oberkörper nach vorn, fuhr ihr mit der Hand über den Rücken bis zu ihrem Minirock hinab. Er schob seine Hand zwischen ihre gespreizten Schenkel und fühlte den Spitzenstoff, aus dem ihr String gemacht war. Ihre Haut war so weich und mit jeder fließenden Bewegung schmiegte sich Minas intimer Kern an seine Hand. Im gleichmäßigen Rhythmus bewegten sie sich in der Dunkelheit.

Mina stieß ein Stöhnen aus, als ihr String zerriss und seine Finger sich einen Weg in ihre Mitte bahnten. Sie war ganz benommen, als er mit seinen Fingern in sie eindrang und sie wie auf Schwingen einem Orgasmus entgegentrat.

Ruckartig zog er sich zurück und eisige Kälte machte sich zwischen ihren Körpern breit. Dann hörte sie, wie er den Reißverschluss seiner Hose öffnete. Ihre Lust überlagerte alles, was sie bis zu diesem Zeitpunkt gekannt hatte. Dieser wildfremde Vampir eröffnete ihr eine Ebene und sie wollte, dass die Zeit stehen bliebe.

Seine Hand griff an ihren wohlgeformten Hintern. Gierig wartete sie darauf, dass er in sie drang, doch er zögerte.

In diesem Moment wurde die Tür aufgerissen und ein greller Lichtschein erfüllte den Raum.

„Bist du irre?", brüllte jemand mit einer tiefen Stimme in den Raum hinein. Er entzog sich ihr, schloss seinen Reißverschluss und wandte sich von ihr ab.

Unbändige Leere schlug Mina um die Ohren, und sie konnte es nicht fassen so entblößt dazustehen. In ihrem Leben war ihr schon viel untergekommen, doch solch eine Schmach setzte allem die Krone auf. Schamesröte machte sich auf ihrem erhitzten Gesicht breit. Sie schob ihren Minirock wieder herunter und griff nach ihren Sachen, ohne sich noch einmal umzudrehen.

„Verpiss dich!", antwortete der Mann, der ihr gerade noch solche Lust bereit hatte und nun ihren Körper abschirmte.

„Ament, das kannst du nicht tun. Jetzt nicht mehr!", entgegnete ihm der andere.

„Ich kann tun und lassen, was ich will. Niemand ... schreibt mir etwas vor!", knurrte dieser bitter zurück.

Doch sein Gegenüber gab nicht auf.

„Nur weil Conzuela nicht da ist, musst du nicht mit der Nächstbesten vögeln!"

„Auch das geht dich nichts an!"

Mina wagte es kaum zu atmen, als die beiden stritten, während sie ihren Slip suchte.

Mehit war aufgebracht. „Musst du dich auf so ein Niveau herablassen? Reicht es dir nicht, was wir auch so schon um die Ohren haben?"

„Ich hab dir gesagt ... das ist meine Sache!" Dieser Satz gab keinen Freiraum für eine weitere Diskussion.

Selbst Mina konnte spüren, wie ernst ihm diese Aussage war.

Beide Männer verließen ohne ein weiteres Wort den Raum.

Mina setzte sich verwirrt auf den Fußboden. *Was für ein Kerl. Aber so wie es scheint ist er schon vergeben. Schade eigentlich, denn so ein Prachtexemplar gibt es nicht oft auf dieser Welt. Zumindest nicht in meiner.* Sie richtete ihre Kleidung, öffnete die Tür und schrak zusammen.

Der andere Mann stand vor ihr und durchbohrte sie mit seinen kristallblauen Augen. Seine bedrohliche Statur ähnelte dem anderen sehr.

„Ist alles in Ordnung?", drang ihnen vom Ende des Flures entgegen. Mamba kam aus den tiefen Schatten und trat auf Mehit zu. Fast freundschaftlich legte er seine Hand auf dessen Schulter.

Mehit strafte ihn mit einem verächtlichen Blick, was Mamba sogleich zur Kenntnis nahm und seine Hand wieder zurückzog.

„Ja", antwortete Mehit, wandte sich von beiden ab und lief zurück in den Clubraum, wo die Bässe dröhnten.

Eingeschüchtert sah Mina zu Mamba auf. Sie machte sich auf eine Standpauke gefasst, doch diese blieb aus, denn Mamba mochte keine Schwierigkeiten in seinem Club.

Ohne sie anzuschauen, sagte Mamba trocken. „Hat er sich anständig benommen?"

„Ja, das hat er", gab sie zurück.

„Dann zurück an die Arbeit." Er drückte ihr einige Geldscheine in die Hand und gab ihr einen Klaps auf ihren Hintern.

„Wer gute Arbeit leistet, wird auch gut belohnt." Mamba grinste sie überheblich an und es kam ihr so vor, als ob das Schwarz seiner Augen noch dunkler wirkte als sonst. Ihr lief ein Schauer über den Rücken, als er sich abwandte.

Mina starrte das Geld in ihrer Hand an und konnte immer noch nicht den ganzen Umstand verstehen. Geld zu bekommen, für etwas was nicht stattgefunden hatte? Dieser Job gefiel ihr. Sie steckte die Geldscheine in ihren BH und ging zurück in den VIP-Bereich. Hektisch sah sie sich nach ihrem Gast um. Doch der Tisch, an dem er zuvor gesessen hatte, war nun leer, nur noch seine Bierflasche stand auf dem Tisch. Ihr Blick schweifte über die volle Tanzfläche bis hin zum Eingang, wo sie sah, wie er und sein Kumpel gerade das Etablissement verließen.

Draußen auf der Straße trabte Ament wortlos neben Mehit her.

„Wie kannst du nur?", gab Mehit angewidert von sich. „Du hast eine wunderschöne Frau und gibst dich mit so etwas ab?" Er deutete abwertend auf den Club, wobei seine Gesichtszüge verzerrt waren. „Es gab Zeiten, wo wir uns Frauen in solchen Clubs gesucht haben. Aber nicht mehr, seit dem du eine Verbindung eingegangen bist!"

Mehit wurde hart gegen die Hauswand geschleudert und der Putz bröckelte an seiner Lederjacke hinab.

Ament funkelte ihn mit seinen rot glühenden Augen und ausgefahrenen Fangzähnen an.

„Es ist mir scheißegal, was du denkst. SIE … hat mich verlassen. SIE hat mir den Rücken zugekehrt, obwohl ich gesagt habe, dass SIE bleiben sollte. SIE war der Meinung zu gehen, was SIE auch getan hat. Ich werde mein Leben in Zukunft so leben, wie ich es will. Es war der zweite große Fehler in meinem Leben, in diese Verbindung einzuwilligen. Ich wusste von Anfang an, dass das nicht der richtige Weg sein würde. Aber ihr wart ja alle so klug mir einzureden, dass sie mich lieben würde und dass ich über die Schatten meiner Vergangenheit springen sollte. Und? Was hat es gebracht? Nichts. Gar nichts. Im Gegenteil. Ich fühle mich beschissener als je zuvor. Also schreib du mir nicht vor, was ich zu tun habe." Wütend ließ er damit von Mehit ab und lief auf seinen Wagen zu, riss die Tür auf, stieg ein und startete den Motor. Der aufheulende Motor zerriss die nächtliche Stille, als er davon fuhr.

Erschrocken sah Mehit ihm mit zusammengekniffenen Augen nach. Er konnte Aments Zerrissenheit fühlen und auch nachempfinden. Ament war ein tödlicher Krieger, der ohne Gnade töten würde, nur um sein Ziel zu erreichen. Doch die Situation um Conzuela, hatte ihn ein weiteres Mal aus der Bahn geworfen. Mehit hoffte, dass es noch nicht zu spät war.

Die kühle Nachtluft kitzelte Elisa und sie atmete tief ein.

„Bist du schon lange hier?" Elisa probierte erneut ein Gespräch anzufangen, doch Desmond ignorierte ihre Frage.

„Komm, weiter hier entlang", sagte er energisch, jedoch wieder in normaler Lautstärke.

Sie bemühte sich, mit seinen großen Schritten mitzuhalten.

Nachdem sie die Wäscherei aufgesucht hatten, machten sie sich auf den Weg zur Krankenstation. Der weitläufige Hof war sehr gepflegt, was sie schon aus ihrem Zimmer gesehen hatte. Als sie nun an einem weiteren Gebäude vorbeikamen, konnte Elisa die Krankenstation sehen. Sie war durch ein großes, rotes Kreuz gekennzeichnet. Dahinter ragte ein weiterer Bau hervor. Dieser erschien im Gegensatz noch trister als das Kloster. Elisa konnte nur erahnen, dass dies das Gefängnis von Calabria sein musste.

„Das Gebäude dort ...", sie deutete mit der Hand in die Richtung „... ist, dass das Gefängnis?" fragte sie, wobei ihr die Antwort nicht einmal wichtig war. Sie versuchte nur, mit dem Vampir eine zwanglose Unterhaltung zu führen. Doch dieser lief stur weiter, ohne zu antworten oder sie weiter zu beachten.

Sie betraten die Krankenstation, wo am Empfang zwei Vampire postiert waren, die Desmond freundlich zunickten.

„Miles, Raymond", begrüßte er die beiden kühl.

Als sie Elisa an seiner Seite entdeckten, sagte einer der beiden:

„Oh, du hast also die glorreiche Aufgabe erhalten, den Leckerbissen zu bewachen. War ja klar. Vielleicht kann ich dich ja mal ablösen?" Dabei warf er Elisa einen lustvollen Blick zu und spitzte seine Lippen.

„Miles? Du kannst sie haben, wenn ich mit ihr fertig bin", antwortete Desmond überheblich.

„Du könntest ruhig mal teilen, Desmond. Es ja nicht so, dass hier jeden Tag so eine heiße Schnitte vorbeikommt", gab Miles unverblümt zurück. Er befeuchtete seine Lippen mit seiner Zunge und ließ Elisa nicht aus den Augen.

„Ich glaube du hast zu tun, oder sollte ich mich da irren?", antwortete Desmond jetzt angefressen.

„Ist ja schon gut. Ein Spaß darf doch wohl noch sein." Miles rollte leicht mit den Augen. Raymond hielt sich derweil dezent zurück und beobachtete die Situation aus einiger Entfernung.

„Mach uns lieber die Tür auf, als nur blödes Zeug zu quatschen", knurrte Desmond.

Der Summer ertönte und die mit Riffelglas versehene Tür öffnete sich.

Desmond trat als Erster hindurch und Elisa huschte hinter ihm her. Ihr waren die wollüstigen Blicke der beiden Vampire nicht entgangen und sie war froh, nicht einem von ihnen zugeteilt worden zu sein. Aber wie sicher sie sich bei Desmond fühlen konnte, war ihr im Moment auch noch nicht klar.

„Idioten!", schnaubte Desmond vor sich hin, als er die Tür hinter Elisa schloss.

„Na, na, na, Desmond, das habe ich nicht gehört", sagte eine weibliche Stimme rügend. Eine ältere Vampirin bog um die Ecke. Sie trug die Tracht einer Nonne.

„Schwester Marie … es tut mir leid, dass ich dieses Wort in eurer Gegenwart benutzt habe." Desmond verbeugte sich vor der Schwester und seine Worte klangen ehrlich und aufrichtig.

Elisa war verwundert über sein so verändertes Verhalten.

„Ach Desmond … es gibt viel schlimmere Dinge." Sie küsste seine Stirn, erst dann erhob er sich wieder zu seiner vollen Größe.

Wow, ein Schrank von einem Mann und kuscht vor einer Nonne. Das kann ja lustig werden. Dachte sich Elisa. *Vielleicht sollte ich Nonne werden?*

„… und das ist sicher Elisa?" Ein freundliches Lächeln machte sich auf dem Gesicht von Schwester Marie breit, während sie Elisa beide Hände entgegenstreckte.

„Ja, ich bin Elisa." Sie reichte der Schwester die Hände und wurde mit einem Küsschen auf jede Wange bedacht.

„Ich freue mich, dich hier begrüßen zu können. Es ist sehr lange her, dass ein Familienmitglied das Kloster betreten hat. Du warst damals auch nur einmal mit deiner Mutter hier, aber da warst du noch sehr klein." Bei den freundlichen Worten, erschien es Elisa, als wenn Schwester Marie ihre Mutter gemocht hatte.

„Deine Unterstützung auf der Krankenstation kommt uns gerade recht. Zwei von meinen Schützlingen verlassen uns und werden in einer nahegelegenen Klinik arbeiten. Ich bin froh, dass sie wieder auf den rechten Weg gekommen sind." Sie nahm Elisa an die Hand und lief mit ihr den Flur entlang.

Desmond folgte den beiden wortlos.

„Ich zeige dir erst einmal die Umkleide und dann stelle ich dich allen vor." Marie öffnete eine Tür, in der mehrere schmale Kleiderschränke standen. „So, da wären wir." Sie schob Elisa in den Raum und schloss die Tür hinter ihr. Hastig entledigte sie sich ihrer Sachen und verstaute sie in einen der leeren Schränke. Sie schlüpfte in ihre weiße Hose und zog den Kaftan darüber. Ihre Sandalen tauschte sie gegen zweckmäßige Sneakers. Nachdem sie noch einmal tief durchgeatmet hatte, öffnete sie die Tür wieder.

„Das ging aber flott, meine Liebe", sagte Marie, die sie sogleich wieder an die Hand nahm.

Desmond wollte gerade zu den beiden aufschließen, als Marie sich zu ihm umdrehte.

„Du kannst dir ruhig einen Kaffee holen, Desmond. Ich werde Elisa erst einmal die Station zeigen und den Kollegen vorstellen. Das wird eine Weile dauern und …"

„Ich habe meine Befehle, Schwester Marie", unterbrach er sie sanft.

Sie neigte ihren Kopf und legte die freie Hand auf seinen Unterarm.

„Desmond! Wo soll sie denn hin? Die Station ist hermetisch abgeriegelt, da kommt nicht mal ein Floh rein und raus. Lass ihr doch ein wenig Luft zum Atmen. Oder willst du bei jeder Infusion oder Blutentnahme neben ihr stehen?" Sie riss ihre Augen auf und wartete auf seine Antwort.

„Okay, okay, aber ich bleibe in der Nähe." Dabei wanderte sein Blick zu Elisa, die zustimmend nickte.

Nach einer zweistündigen Führung durch die gesamte Krankenstation, betraten Elisa und Marie den Aufenthaltsraum, wo Desmond sich gerade einen weiteren Kaffee einschenkte.

„Siehst du, es ist nichts passiert. Du kannst Theresia ausrichten, dass ich froh bin, eine solch aufmerksame Schwester bekommen zu haben." Dann wandte sie sich noch einmal an Elisa. „So, ich muss jetzt noch zu einem Entlassungsgespräch, wir sehen uns dann morgen. Ach und eins noch: du bist deiner Mutter wie aus dem Gesicht geschnitten, das wollte ich dir schon die ganze Zeit sagen."

Elisa lächelte sie an und neigte ihren Kopf.

Schwester Marie gab ihr einen Kuss auf die Stirn und verabschiedete sich von den beiden. Erleichtert über die Herzlichkeit Schwester Maries, drehte sie sich zu Desmond um.

„Dann kannst du mich jetzt wieder in mein Gefängnis bringen."

Er kniff seine Augen zusammen, antwortete ihr aber nicht.

Beide verließen den Aufenthaltsraum und Elisa steuerte auf die Umkleidekabine zu. Als sie die Tür hinter sich schließen wollte, hielt Desmond diese fest.

„Was machst du?", erschrocken starrte sie ihn an.

Er schob sie unsanft in den Raum hinein und drängte ihren Rücken gegen einen der Metallschränke. Seine stählerne Brust war nur einige Zentimeter von ihrer entfernt und sie konnte seinen warmen Atem an ihrem Hals spüren. Ihr Puls fing an zu rasen, als er sich weiter über sie beugte. Tödliche Angst machte sich bei ihr breit und ihr Atem ging nur noch stoßweise.

„Wenn du denkst, du kannst mit mir spielen, dann hast du dich getäuscht, mein Täubchen", knurrte er bissig hervor, wobei seine messerscharfen Fangzähne sich ausfuhren und er die Tür mental verriegelte. Das metallische Geräusch ließ Elisa zusammenzucken.

Zitternd brachte sie hervor: „Ich spiele nicht mit dir." Sie legte ihre gesamte Überzeugung in diese Worte.

„Ist das so?" Seine Stimme klang nicht so, als ob er ihr Glauben schenken würde.

Seine Hände umfassten ihre Handgelenke und ruckartig riss er sie ihr über den Kopf und sagte zähnefletschend:

„Wage es nicht, mich zu verarschen! Das bekommt dir nicht!"

Seinen Kopf senkend fuhr er ihr mit seiner Zunge langsam über die Wange und hinterließ einen feuchten Streifen. Sein heißer Atem folgte ihm, wie eine gierige Schlange.

Das blanke Entsetzen stand Elisa ins Gesicht geschrieben, und sie wagte nicht zu antworten.

Er nahm beide Handgelenke in seine große Hand und ließ seine freie Hand von ihrer Schläfe bis zum Kinn hinabbegleiten.

„Es wäre wirklich schade, wenn diesem hübschen Gesicht etwas zustoßen würde, oder?"

Tränen traten in Elisas Augen und sie nickte.

„Gut! Ich nehme meine Befehle sehr ernst. Du solltest gehorchen, dann haben wir keine Probleme miteinander!", sagte er schneidend.

„Ich werde dir keine Schwierigkeiten machen", stammelte sie, wobei ihre Augen wild umherblickten.

„DAS ... werden wir sehen." Die verruchten schwarzen Augen, die sie nun anstarrten, zeigten keine Regung, als seine Hand an ihrem Hals weiter hinabglitt. Als sie ihr Schlüsselbein traf, glaubte Elisa er würde innehalten, doch das tat er nicht. Seine Hand bahnte sich ihren Weg an der Außenseite ihrer Brust weiter hinab, was Elisa ihre Augen weit aufreißen ließ. Ihr Blut hämmerte wie wild durch ihren Körper und ihr versagte der Atem. Sie spürte seine Finger, wie sie sich weiter nach unten bewegten. Als er an ihrer Taille angekommen war, hielt er kurz inne.

„Du hast Feuer in dir, das macht mich besonders an." Nun berührte seine muskelbepackte Brust die von Elisa, und sie konnte seinen Herzschlag spüren, der wesentlich ruhiger war, als der ihre. Sein Arm umfasste ihre Taille und kraftvoll zog er sie an sich, während er mit seiner Zunge über ihren schlanken Hals leckte. Seine Fangzähne schabten an ihrer Haut, was Elisa noch mehr Beben ließ. Er bereitete ihr unheimliche Angst, doch sie hielt still.

„So ist es brav", raunte er überlegen an ihrem Ohr, während seine Hand sich um ihren wohlgeformten Po legte. Schlagartig ließ er sie dann los und trat einen Schritt zurück.

Verwirrung stand Elisa im Gesicht, als sie dabei fast nach vorn überfiel.

Er stellte sich mit dem Rücken gegen die Tür und sagte fordernd.

„Zieh dich um!"

Erschrocken holte Elisa ein paar Mal tief Luft und trat an den Schrank, wo sie ihre Sachen hineingelegt hatte. Sie warf ihm einen fragenden Blick über die Schulter zu, worauf er nur leicht die Lippen zu einem hämischen Lächeln verzog. Sie wandte ihm den Rücken zu und zog den Kaftan über den Kopf und warf ihn auf den Boden. Als sie nach ihrer Bluse greifen wollte, spürte sie seinen heißen Atem erneut an ihrer Schulter und hielt inne. *Oh mein Gott, bitte hilf mir.* Betete sie. Zaghaft trat sie einen halben Schritt nach vorne und zog sich die Hose von den Beinen. Ihre aprikotfarbene Spitzenunterwäsche schimmerte auf ihrer Haut, als sie sich zu ihm umdrehte.

„Du lernst schnell", sagte er leicht amüsiert, wobei etwas Gefährliches in seinen Augen aufblitzte. Sein durchdringender Blick wanderte nun von ihrem schlanken Hals zu den Schultern, dann über ihr Dekolleté zu ihren Brüsten, die in einem BH aus feinster Spitze steckten. Er leckte sich lasziv über seine Lippen, als sein Blick weiter über ihren Körper wanderte. Ihr flacher Bauch und der Spitzentanga schienen seine Begeisterung noch zu steigern. Er musterte sie bis zu den Zehenspitzen. Als er wieder aufsah, loderte heftige Begierde in seinen Augen.

„Desmond ... bitte ... nicht", flehte Elisa, wobei ihre Stimme nur noch ein Flüstern war.

Ein breites Grinsen trat auf sein Gesicht und er griff nach den Sachen im Schrank und warf sie ihr mit den Worten zu:

„So taff bist du dann doch nicht! Ich dachte nicht, dass man dich so schnell einschüchtern kann. Die Berichte, die mir aus London übermittelt wurden, haben mich stutzig gemacht. Anscheinend brauchen die Leute deines Vaters einige Nachhilfestunden in Sachen Überzeugungsarbeit. Bei mir ... wirst du dir solche Sachen NIE erlauben!"

Elisa hielt krampfhaft ihre Sachen an ihren Körper gepresst und lauschte seinen Worten.

„Zieh dich an ... na los." Er wandte sich von Elisa ab und trat an die Tür.

Hastig streifte sie ihre Anziehsachen über und richtete ihren Pferdeschwanz. Die Arbeitskleidung stopfte sie in einen Wäschewagen und trat bis auf einen Schritt hinter Desmond. Dieser entriegelte mental die Tür und öffnete sie so weit, dass Elisa an ihm vorbeitreten konnte. Wortlos schritt sie neben ihm den Flur entlang.

Als beide den Eingangsbereich passierten, sagte Miles:

„Wie? Die Schicht ist schon beendet? Oder habt ihr noch etwas Besseres vor?" Sein Gesicht verzog sich zu einem süffisanten Lächeln.

Desmond warf ihm einen vernichtenden Blick zu, was ihn im Nu zum Schweigen brachte. Nun war es Raymond, der ihn ansprach.

„Kommst du nachher noch in die Grotte?"

Gleichgültig schaute Desmond ihn an.

„Mal sehen", war seine knappe Antwort.

Als sie aus dem Gebäude traten, kam Elisa die Nachtluft viel kälter vor und sie rieb sich die Arme. Schweigsam gingen sie zum Kloster hinüber.

Desmond öffnete erneut die Tür über den Zugangscode und ließ Elisa eintreten. Fast lautlos stiegen sie die Treppe nach oben. An ihrem Zimmer angekommen, starrte Desmond auf sie nieder. Sie wagte nicht, etwas zu sagen, daher trat sie an ihm vorbei in ihr Zimmer und wartete. Aber die Tür schloss sich nicht hinter ihr. Wild ging ihr Blick durch den Raum, doch sie drehte sich nicht um. Sekunden verstrichen, doch nichts geschah. Sie wusste nicht, was sie machen sollte. Ratlosigkeit machte sich in ihr breit und ließ ihren Puls wieder hochjagen. Sie spürte, dass er immer noch hinter ihr stand. *Verdammt, was soll ich denn nur tun?* fragte sie sich. Zaghaft blickte sie über ihre Schulter.

Desmond stand breitbeinig im Türrahmen, seine muskulösen Arme vor der Brust verschränkt und seine Miene glich einem Stein. Düstere Schwingungen umgaben seinen Körper und Elisa konnte seinen inneren Kampf fühlen.

Elisa öffnete ihre Lippen, doch es kamen keine Worte heraus. Einige Sekunden blickten sich beide tief in die Augen.

„Gute Nacht", sagte er ruhig, drehte sich um und schloss die Tür.

Sie atmete tief und zitternd aus, streifte ihre Schuhe von den Füssen und ließ sich auf ihr Bett fallen. Sie vergrub ihr Gesicht im Kissen. *Ich will hier weg. Wie soll ich das hier nur aushalten*, schoss es durch ihren Kopf. Doch plötzlich wurden ihre Gedanken in eine Richtung gelenkt, die sie versucht hatte zu vermeiden. Mehit. Seine kristallblauen Augen strahlten sie an und sie konnte sein markantes Gesicht vor sich sehen. Alles um sie herum verschwamm und sie fühlte sich … frei. Sie seufzte auf bei der Erinnerung an seine gefühlvolle Umarmung und seinem leidenschaftlichen Kuss. Ein Kribbeln durchzuckte ihren Körper, als sie sich an seine Nähe erinnerte. Selbst seinen herben Geruch konnte sie riechen. Doch als sie den Kopf hob und ihre Augen öffnete, wurde sie zurück in ihr trostloses Zimmer katapultiert. Etwas wacklig richtete sie sich weiter auf und wischte sich mit der Hand über das erregte Gesicht. *Er muss meine Nachricht bekommen haben. Er muss. Er muss einfach.* Sie sank zurück in ihre Kissen und weinte sich bitterlich in den Schlaf.

Ivan, der an den Mustang gelehnt stand, hatte die Szene, die sich zwischen den beiden Clankrieger abgespielt hatte, regungslos beobachtet.

„Shit", fluchte Mehit, als er sich auf Ivan zubewegte.

„Mehit?" Eine zarte Frauenstimme durchbrach seine düsteren Gedanken.

„Du bist es wirklich?"

Kurz überlegte er, woher er diese Stimme kannte, bevor er sich umdrehte.

In diesem Moment stürmte auch schon Susan auf ihn zu. „Hat dich meine Nachricht endlich erreicht?"

Einen Moment lang stand er orientierungslos da und versuchte, nicht allzu blöd auszusehen, als ihre Arme sich um ihn schlossen.

„Ricky konnte mir nichts sagen, deshalb freut es mich umso mehr, dass ich dich hier treffe. Wie geht es dir denn so? Wir haben uns ja schon lange nicht mehr gesehen."

Der Schwall an Worten raste nur so auf ihn ein, doch seine Gedanken waren immer noch bei Ament. Als er nun aber in die großen Augen von Susan sah, traf ihn die Hilflosigkeit dieser Frau wie ein Schlag. Ihr ganzes Gesicht war von Sorge gezeichnet und er schämte sich dafür, Ricky nicht noch einmal angerufen zu haben. Er versuchte, sich aus dieser misslichen Lage herauszureden.

„Hi, Susan", seine Stimme schwankte etwas.

Ivan sah ihn argwöhnisch an, als er sich mit der Menschenfrau unterhielt. Ein schlanker Mann näherte sich den beiden ebenfalls und Ivan verspannte sich. Er drückte sich vom Wagen ab und verschränkte seine muskulösen Arme vor der Brust.

Der Mann ging geradewegs auf die zwei zu und Mehit machte keine Anstalten etwas dagegen zu tun.

„Mehit ... wie geht es dir?" fragte nun auch der Mann.

„Ricky ... ich wollte mich bei euch melden, aber leider ..."

„Ist doch kein Problem. Dafür bist du jetzt da. Sag, hast du Elisa noch vor ihrer Abreise sprechen können? Sie hatte so sehr gehofft, dich noch zu treffen. Sie klang so verzweifelt."

„Susan, Liebes, hol erst einmal Luft und lass Mehit zu Wort kommen." Liebevoll legte Ricky seinen Arm um Susan.

Irritiert sah Ivan dem Schauspiel auf dem Gehweg zu. Der vertraute Umgang des Vampirs mit einer Sterblichen war für ihn sehr ungewöhnlich. Auch war er über die Vertrautheit der beiden zu Mehit verwundert. Er entschloss sich, sich erst einmal bedeckt zu halten.

Mehits Augen waren starr auf Susan gerichtet.

„Leider konnte ich Elisa vor ihrer Abreise nicht mehr sprechen." Als die Worte seinen Mund verlassen hatten, fühlte es sich so an, als ob ihm jemand einen Pflock in sein Herz gerammt hätte. „Aber ...", es fiel ihm schwer, weiterzusprechen. „... ich werde nichts unversucht lassen, ihr sofort eine Nachricht zukommen zu lassen."

Er wusste genau, wo sie war. In Calabria. Calabria hieß von nun an ihr neues Zuhause, wo ihr Vater sie hin verbannt hatte. Das sicherste Gefängnis und Kloster, was die Vampirwelt zu bieten hatte. Ausbruch war dort undenkbar oder besser gesagt, auch noch nie einem gelungen. Bei diesem Gedanken blitzte etwas Gefährliches in seinen Augen auf und Wut und Machtlosigkeit überkam ihn, die er aber auf keinen Fall vor den Anwesenden zeigen wollte.

Ricky verstand den Wink, den Mehit damit geben wollte.

„Siehste Susan, hab ich dir doch gesagt. Mehit wird sich melden", beruhigte er sie.

„Na, das ist doch wunderbar. Ach, da fällt mir ein Stein vom Herzen. Das wird Elisa freuen, da bin ich mir sicher."

Als Susan den Namen von Elisa erwähnte, zog sich Mehits Herz noch mehr zusammen. Er erinnerte sich an ihr gemeinsames Telefonat, wo sie ihm verboten hatte, noch einmal anzurufen. Sie hatte ihn gebeten, sich aus ihrem Leben rauszuhalten und dann ... etwas später ... kam ihr Hilferuf. Zurück in die Gegenwart gezogen, fehlten Mehit die Worte.

„Wollen wir etwas trinken gehen? Ricky und ich haben eine wunderschöne, neue Bar ausfindig gemacht. Wusstest du, dass unsere Bar zerstört wurde? Ein wild gewordener Autofahrer ist hinein gerast und hat sie vollkommen zerstört. Es gab sogar Tote und mehrere Schwerverletzte."

Der aufgebrachte Ausdruck in Susans Augen ließ Mehit kurz darüber nachdenken, wie die menschliche Version in den Nachrichten rübergekommen sein musste. Auch er konnte den Moment wieder vor sich sehen, als die Zerstörung ihren Lauf genommen hatte. Dass es sich um einen Angriff des Rates handelte, war wunderbar vertuscht worden. Viele vampirische Auseinandersetzungen wurden unter den Teppich gekehrt, um die Menschen zu schonen. Nach kurzer Überlegung stimmte Mehit dem Vorschlag von Susan zu.

„Ja ... lasst uns etwas trinken gehen. Mein Kumpel Ivan kommt auch mit", erwiderte Mehit entschlossen.

Ricky und Susan sahen in die Richtung von Mehits Mustang, wo ein hünenhafter Kerl in Lederkluft stand. Verwundert, dass er eine Sonnenbrille trug, musterte Susan ihn.

„Kommt wir gehen. Es ist gleich um die Ecke", sagte Ricky schnell, der die neugierigen Blicke seiner Freundin bemerkt hatte.

Als die Vier die Bar betraten, wurden sie von den anderen Gästen aufmerksam beobachtet. Wie auch im Club von Mamba, waren hier Vampire und Menschen zeitgleich zugegen. Diese Arrangements gab es in vielen Bereichen. Dennoch kam es sehr selten vor, dass ein Clankrieger eine Bar betrat. Heute waren es sogar gleich zwei, was die Luft in der kleinen Bar knistern ließ.

Sie nahmen an einem Tisch Platz und bestellten ihre Getränke.

Ivan war der Schweigsamste von allen. Er beobachtete hinter seiner dunklen Sonnenbrille die anderen Gäste und ließ auch Ricky und Susan nicht aus den

Augen. Er war immer noch irritiert, dass Mehit die beiden kannte und was ihn noch viel mehr wunderte war, dass es anscheinend eine Frau gab, die Mehit auf unerklärliche Weise beschäftigte. Beobachtend nahm er einen weiteren Schluck Wodka zu sich.

„Und was machst du beruflich, Ivan?" Die Direktheit, die Susan vorlegte, ließ ihn ein wenig unruhiger wirken.

„Er ist in der Security Branche beschäftigt, so wie ich", half ihm Mehit, der seine Ungläubigkeit sah.

Susan musterte Ivan und griff ihm an den muskulären Oberarm. „Wow, der hat genauso harte Muskeln wie Mehit."

Ivan blieb der Mund offen stehen, als Susan ihre Hand wieder von seinem Oberarm löste. *Kein Mensch hatte es bisher gewagt, mich ohne meine Einwilligung zu berühren.*

Ricky und Mehit spürten die Unruhe, die Ivan ausstrahlte und griffen beherzt in die Situation ein.

„Liebes, du kannst doch Ivan nicht so einfach berühren, das würde dir auch nicht gefallen, oder?", neckte Ricky sie.

„Hast du denn von Elisa noch etwas gehört?" Mehit versuchte, die Situation in eine andere Richtung zu lenken, was ihm auch gelang.

„Ach Mehit, leider nicht." Ihr Gesicht war von einem wehleidigen Ausdruck überzogen. „Ich dachte … du könntest mir etwas mehr sagen. Ich glaube ja nicht so ganz an die Kranke-Tante-Story. Mir kommt das alles sehr spanisch vor. Auch früher schon war Elisa nie diejenige gewesen, die an Aktivitäten außerhalb der Arbeit teilgenommen hat. Für sie zählte immer nur die Arbeit und dann … ab nach Hause. Aber dieses Mal war alles anders. Sie war so niedergeschlagen. Irgendwie total verstört. So habe ich sie noch nie erlebt. Ich glaube, man zwingt sie, dort zu sein. Wenn ich wüsste, wo sie ist, würde ich schon auf der Schwelle dieser Tante stehen und nach ihr sehen." Ihre Augen funkelten wütend.

Mehit schmunzelte in sich hinein. *Wenn du wüsstest, wo Elisa ist, würdest du das sicher nicht sagen. Calabria ist die Hölle, und Elisa steckt mittendrin.* Er erinnerte sich an ihre wunderschönen blaugrünen Augen, aus denen sie ihn damals angesehen hatte. In denen er versunken war und das gab ihm einen weiteren Stich ins Herz. Er senkte seine Lider und musste die wiederaufkeimende Wut unterdrücken, die sich gerade durch seine Eingeweide bohrte.

Nun war es Ivan, der die Situation an sich riss.

„Familienmitglieder können ganz schön nervig sein."

Ein Blick aus Mehits Augen zollte ihm Dankbarkeit.

„Aber es kann doch nicht sein, dass sie dort nicht einmal ihr Handy an hat", genervt schüttelte Susan den Kopf.

Ricky strich ihr sanft über den Unterarm.

„Es gibt immer noch Regionen, in denen der Handyempfang sehr schlecht ist oder gar nicht funktioniert", gab Ivan entwaffnend von sich.

Susan seufzte schwer. „Sie fehlt mir so. Nicht nur als Kollegin, sondern auch als Freundin. Ich hatte immer das Gefühl, dass sie nicht nur so ein oberflächlicher Mensch ist. Wenn ich mit ihr gesprochen habe, hatte ich immer ihre volle Aufmerksamkeit."

Ivan stutzte. *Sollte diese Elisa wirklich eine freundschaftliche Beziehung zu einem Menschen haben?* fragte er sich.

„Ich glaube, du kannst dir sicher sein, das Elisa dir eine wahre Freundin war", sagte Mehit.

„Wieso war?" Susan sah ihn erschrocken mit weit aufgerissenen Augen an.

„Entschuldige meine unglückliche Wortwahl. Ich wollte nicht damit andeuten, dass ihr …"

Hilfesuchend sah er die anderen beiden an.

Ivan zuckte nur mit den Achseln, denn er verstand immer noch nicht die kompletten Zusammenhänge.

Ricky hingegen verstand sehr gut und spürte auch, dass sich Mehit gerade um Kopf und Kragen redete.

„Schatz, lass es gut sein. Elisa wird wiederkommen und dann wirst du sehen, dass ihr immer noch die besten Freundinnen seid, glaube mir." Er hob ihre Hand an seinen Mund und schenkte ihren Fingern zarte Küsse.

Ivan schluckte schwer, als er den flatternden Puls an Susans Handgelenk bemerkte. Seine Selbstkontrolle war schwer zu erschüttern, doch Mehit riss ihn aus seiner Starre.

„Wir werden uns jetzt verabschieden. Susan, ich verspreche dir, wenn ich etwas über Elisa erfahre, bekommst du sofort Bescheid. Einverstanden?" Er reichte ihr zum Abschied seine Hand und seine kristallblauen Augen bohrten sich tief in sie.

Sie erwiderte den Händedruck. „Mehit, ich hoffe, ich bekomme sehr bald Nachricht und … ich danke dir. Ich muss dir sagen, dass Elisa sehr angetan von dir war." Dabei zog ein kleines Lächeln über ihr Gesicht.

Mehit nickte zum Abschied und legte einige Geldscheine auf den Tisch. Fast zeitgleich erhoben er und Ivan sich. Beide verließen das Etablissement und traten in die kühle Nachtluft hinaus.

Nach einigen Metern räusperte sich Ivan.

„Ist Elisa deine heimliche Flamme?" Sein Blick war von einem kalten Lächeln gezeichnet.

„Nein!"

„Mir machst du nichts vor. Dein Puls fängt an zu rasen, wenn du ihren Namen hörst. Deine Augen leuchten wie Kristalle und …"

„Sei ruhig!", knurrte Mehit und winkte ab. „Ja … ja, ich mag sie. Sie ist nur leider die Tochter unseres Feindes. Ihr Vater ist das Ratsmitglied Hamilton. Das höchste Tier hier in England. Auf seinen Befehl hin wurde das Anwesen angegriffen."

Kapitel 3

Wieder neigte sich eine Nacht in Calabria zur Neige. Die Sonne stieg am Himmel empor und gewann den Kampf, sodass sie ihre Schwingen über das Kloster und das Gefängnis legen konnte. Zwei Stockwerke unter der Erde bekam jedoch keiner der Gefangenen mit, ob es gerade Tag oder Nacht war. Sie hatten jegliches Gefühl für die Tageszeiten verloren. Je tiefer ein Gefangener hier eingekerkert wurde, desto gravierender war seine Tat gewesen.

Die, denen kleinere Delikte vorgeworfen wurden, saßen im Erdgeschoss. Im ersten Untergeschoss saßen Mörder, Vergewaltiger oder solche, die Verrat am Vampirvolk begangen hatten. Dies wurde vom zweiten Untergeschoss noch gesteigert. Vampire, die dort eingekerkert waren, hatten keine Chance auf Begnadigung. Sie wurden wegen mehrfachen Morden, oder auch Attentaten, bei denen Menschen ums Leben gekommen waren, eingesperrt. Die meisten aber hatten, auf bestialische Weise, Menschen den letzten Lebenstropfen aus dem Körper gesaugt. In der Vampirbevölkerung galt dies als schändlichste Sünde, genauso wie die Verwandlung von einem Menschen in einen Vampir ohne Zustimmung des Rates. Dann gab es noch Vampire, die mit Menschen Verbindungen eingegangen waren. Auch dafür gab es heftige Strafen.

Ein Kandidat, der hier unten einsaß, war sämtlicher Vergehen beschuldigt und verurteilt worden. Er sollte sein restliches ewiges Leben in diesen Mauern verbringen. Seine Zelle lag am Ende des Ganges. Sie war mit Extramechanismen verriegelt und durch eine Glastür einsehbar. Der Gefangene, der hier eingekerkert war, wurde an seinen Gliedmaßen mit Kristallfesseln gehalten und mit Silberketten auseinander gezogen. Nur wenn er Nahrung bekam, oder ein weiteres Verhör anstand, wurde sein Rumpf auf einen Metalltisch abgesenkt. Ansonsten schwebte er in der Luft. Das Einzige, was den Boden berührte, war sein blondes langes Haar, welches dreckig und schmierig an ihm herabhing. Es maß schon einige Meter und hatte sich mittlerweile auf einen Haufen aufgetürmt.

Er hatte sich im Laufe der Zeit an diesen elenden Zustand gewöhnt. Er ertrug seine Qualen, ohne auch nur einen Laut von sich zu geben. Am Anfang seiner Gefangenschaft waren die Ketten noch lockerer gewesen und er hatte sich gewunden und gegen sie angekämpft. Dies hatte ihm aber nur unendliche Schmerzen bereitet, denn die Silberketten verbrannten sein Fleisch an den Hand- und Fußgelenken. Durch die wenige Nahrung, die er bekam, entzündeten sie sich und der Heilungsprozess trat nur sehr langsam ein. Teilweise hatte er schon hässliche Narben davon getragen. Seine Ungehaltenheit hatte ihn gestraft und auf ewig gezeichnet.

Seine Peiniger hatten daraufhin beschlossen, die Ketten soweit zurückzuziehen, dass er frei schwebte. Sie hätten ihn auch auseinanderreißen können, wie es zu trojanischen Zeiten weit verbreitet gewesen war, doch er war ihnen zu wichtig. Sie wollten ihm sein Geheimnis entlocken - um jeden Preis.

Doch er schwieg.

Seit Jahrzehnten versuchten sie nun schon, ein Wort aus ihm herauszubekommen, doch dies gestaltete sich schwieriger, als sie es sich je vorgestellt hätten.

Gedankenverloren dachte der Gefangene an eine frische Brise, die tief durch seine Lunge kroch. Doch musste er feststellen, dass es wieder nur eine Fantasie war, der er nachhing. Oder war es doch Realität? Er wusste es nicht mehr. Seine Gedanken oder Träume spielten mit ihm. Unfähig zu entscheiden, genoss er den Zustand, der ihm gerade von seinem Verstand vorgespielt wurde. Er sah sich am Ufer des Baikalsees stehen, der zu den ältesten und tiefsten Seen der Erde gehörte. In der Nähe war er geboren worden und dort wuchs er auf. Als Teenager war er mit seinem Zwillingsbruder Leanderos und seinen Freunden am über 2000 km langen Ufer entlang gerannt. Und wenn er sich richtig quälen wollte, dann durchschwamm er ihn zusätzlich. Er konnte sich an das milde Klima und die Vegetation erinnern, und wie der Duft der Wiesen war. Seine Gedanken trieben ihn weiter, als er dann als junger Mann in die zweitgrößte Stadt Russlands ging. Sankt Petersburg. Im Nordwesten, an der Mündung der Newa, hatte anfangs des 17. Jahrhunderts Peter der Große diese Stadt auf Sumpfgelände gegründet. Er hatte sich damals als Steinmetz ausbilden lassen und arbeitete dann einige Jahre an der Erbauung der neuen russischen Hauptstadt mit. Viele seiner menschlichen Kollegen starben am Hunger, dem Sumpffieber oder Entkräftung. Durch die große Zahl der Toten beim Bau der Stadt, sprachen viele Leute davon, dass diese Stadt auf Skeletten ruhen würde. Seine Wenigkeit hingegen benötigte nur Blut, welches in großer Anzahl vorhanden war.

Blut. Seine ausgetrocknete Kehle katapultierte ihn wieder in die Gegenwart. Am liebsten hätte er geschrien, doch sein kraftloser Körper zuckte nicht einmal.

Am nächsten Morgen bestieg Edward den Bentley und ließ seinen Blick über das formschöne Armaturenbrett gleiten. Seine behandschuhten Finger strichen behutsam über das Lenkrad, als er eine leichte Staubschicht auf den Lüftungsschlitzen bemerkte. Er förderte ein Tuch zum Vorschein und entfernte diese in Windeseile.

„So, jetzt ist es perfekt."

Mittlerweile hatte er sich viele Eigenarten von James angenommen. Anfänglich schienen ihm diese zu übertrieben und altertümlich, doch je länger er unter ihm lernte, desto öfter ertappte er sich dabei, selbstkritischer zu sein als je zuvor.

Diese Einsicht ließ ihn schmunzeln, doch plötzlich klopfte es an der Seitenscheibe.

„Fertig oder was?" Ein kaltes Lächeln zeigte sich auf Ortischas Gesicht.

„Ja ... selbstverständlich", sagte er hastig.

Der Kofferraum öffnete sich und zuerst kletterte Mona und dann Jacques hinein.

Ortischa ließ den Deckel herab und klopfte zweimal darauf. Im Rückspiegel nickte Edward Ortischa zu, und der Wagen rollte aus der Garage.

„Das wäre geschafft", gab Ortischa erleichtert von sich.

Eine tödliche Macht glühte in ihrem Blick, als sie herumfuhr und Mehit erblickte, der sie finster anstarrte.

„Was ist dir denn am frühen Morgen über die Leber gelaufen?"

„Dreimal darfst du raten."

„Ament ... schon wieder." Ihr Gesicht entglitt ihr, denn sie hatte schon von der letzten Nacht im Club erfahren.

„Er ist eine wandelnde Zeitbombe. Seine Selbstkontrolle ist vollkommen hinüber. Kannst du ihn beruhigen, oder müssen wir uns Sorgen machen? Ich meine, das auch in Bezug auf Maddy?"

„Er ist hart an der Grenze. Ich kann mich aber nicht um alle gleichzeitig kümmern. Ich bin nicht Jonathan! Und ehrlich gesagt, habe ich auch keine Lust mehr, länger das Kindermädchen für jeden von euch zu spielen." Er wandte sich ab und seine Stiefel hinterließen dabei einen dumpfen Klang in der Garage.

Ortischa war klar, dass sie jetzt keine Diskussion anzufangen brauchte. Sie überlegte, wie sie den Druck von Mehit nehmen konnte. Doch es fiel ihr im Moment nichts ein, was die Situation verbessern könnte. Wütend schritt sie ihm hinterher und als sie in der Kommandozentrale ankam, konnte sie weder Mehit noch Ament dort ausmachen.

Maddy, die gerade in ein belegtes Brötchen biss, schaute auf, als Ortischa den Raum betrat.

„Guten Morgen Ortischa", wurde sie mit vollem Mund von ihr begrüßt.

Ivan nickte ihr wohlwollend zu.

„Ob der gut wird, werden wir noch sehen. Wo sind Mehit, Ament, Raban und Angel?"

„Angel versorgt die Gefangene mit Nahrung. Raban hat sich hingelegt. Ament ist in seinem Quartier, was auch gut ist, denn ich habe noch etwas mit ihm zu besprechen, und wo Mehit steckt ... keine Ahnung. Aber ... gib mir eine Minute, dann sage ich es dir." Er tippte etwas auf der Tastatur, und konnte dabei den prüfenden Blick in seinem Rücken spüren.

„Hab ihn ... er ... er ..."

„Könntest du in einem ganzen Satz antworten?", fuhr ihn Ortischa fauchend an.

Ivan sprang aus seinem Stuhl und stand sogleich vor Ortischa.

„DU … hältst jetzt mal die Klappe, mein Fräulein." Ivans Gesicht war wutverzerrt. „Wir alle hier sind am Anschlag, da brauchen wir niemanden, der hier auch noch die Oberzicke spielt."

Die Luft zwischen den beiden war hochexplosiv.

Überrascht von Ivans Reaktion, kniff Ortischa ihre Augen zusammen und murmelte einen spanischen Fluch. Sie riss ihre Hand drohend in die Luft und wandte sich von ihm ab, als sie in das erschrockene Gesicht von Maddy blickte.

„Super! Echt super hinbekommen." Ortischa ging auf Maddy zu und schloss sie in ihre Arme. „Ist schon gut", sagte sie beruhigend. „Wir sind … alle etwas gereizt." Mit einem verächtlichen Blick, sah sie über Maddys Schulter zu Ivan.

Dieser quittierte ihren Blick ebenso grimmig.

„Wo ist denn nun Mehit?", fragte Maddy unsicher.

Ivan, der den Blick weiter auf Ortischa gerichtet hielt, sagte trocken: „In der Gruft."

„Was macht er denn da?"

„Hellseher bin ich noch nicht."

„Klugscheißer!"

„Zicke!"

„Hört auf!", fuhr Maddy dazwischen.

Nun richteten sich beide Augenpaare auf sie.

„Hört euch doch mal zu." Wild gestikulierend lief sie aus der Kommandozentrale in Richtung Labor.

Diese Vampire können einem manchmal gehörig auf die Nerven gehen. Fluchend passierte sie das Labor und steuerte gradewegs auf die Metalltür zu, die den unterirdischen Gang verbarg. Zu ihrer Verwunderung war die Tür nicht verschlossen, sondern stand einen Spalt offen. Ein Hauch ließ eine ihrer Haarsträhnen über ihre Wange gleiten.

„Ramos", flüsterte sie erleichtert. „Endlich … wo warst du denn die ganze Zeit? Ich habe mir Sorgen gemacht."

Ihr Redeschwall wurde von einem weiteren Hauch in ihrem Haar unterbrochen.

„Oh … entschuldige. Ich habe vergessen, dir Fragen zu stellen. Tut mir leid. Aber momentan ist hier eine sehr gereizte Stimmung, aber das hast du sicher schon mitbekommen. Ich will gerade zu Mehit. Er ist in der Gruft und …" Jetzt stockte ihr der Atem. „Tja, ich weiß nicht einmal den Weg dorthin. Verdammt."

Ramos hätte sie am liebsten in den Arm genommen, doch in seinem hüllenlosen Körper war dies unmöglich. *Ich würde dir gerne den Weg zeigen, aber ver-*

dammt noch mal, wie soll ich das machen? Über seine Unfähigkeit, ihr den Weg zu zeigen, ärgerte er sich zutiefst.

Er ballte seine Hände zu Fäusten, doch dann schaute er erstaunt auf Maddys Hand.

„Ramos … führe mich." Ihre Hand in die Leere gestreckt, schloss sie ihre Augen.

Ramos atmete tief aus. *Sollte das eine Möglichkeit sein?*

„Führ mich!", befahl sie.

Ramos gehorchte, legte seine Hand in ihre und konzentrierte sich mit aller Macht. Seine Fingerspitzen fühlten sich nicht in der Lage, die Haut von Maddy wahrzunehmen. *Mist, es funktioniert nicht!* Er entzog ihr seine Hand, ballte sie zur Faust und schlug sie fest gegen seine andere Handinnenfläche. Wut kochte in ihm hoch. Leider konnte er sich nicht weiter in seinen Emotionen suhlen, denn erneut erhob Maddy ihre Stimme.

„Ramos! Versuch es … bitte … mit dem Laken in meinem Zimmer hatte es doch auch funktioniert." Ihre Wangen röteten sich und Ramos konnte das pulsierende Blut in ihren Adern rauschen hören. Auch er war sogleich in ihre gemeinsame erotische Begegnung zurückversetzt. *Ja … das war wunderschön*, dachte Ramos. Seine geballte Faust öffnete sich erneut und er versuchte es noch einmal. Diese Gefühle, die sie beide gefühlt hatten, katapultierte er in seine Fingerspitzen. Er wollte sie für alles in der Welt spüren. Seine Augen schlossen sich und er atmete erneut tief ein. Dieses Mal war es anders. Ein Kribbeln überzog seine Fingerspitzen und er erschrak, als er schwach die Konturen von Maddys Finger fühlen konnte.

Zur gleichen Zeit zuckte auch Maddy zusammen. Sie spürte ihn.

Zögerlich flüsterte sie. „Ramos … es funktioniert … ich kann dich fühlen." Ihre Freude darüber ließ ihr Herz rasen, und ihr Körper fing an zu zittern.

„Lass uns gehen … Ramos … ich vertraue dir …"

Der leichte Druck, den Maddy nun an ihren Fingerspitzen spürte, ließ sie eine Gänsehaut bekommen.

„Los", hauchte sie.

Ramos gehorchte.

Behutsam stiegen sie die Steintreppe nach unten. Als sie unten angekommen waren, blieb Maddy stehen.

„Warte!", sagte sie fast keuchend, woraufhin Ramos sie skeptisch musterte.

„Ich … kann nicht." Angst kroch aus jeder Pore ihres Körpers. Tief atmete sie ein und aus. Der modrige Geruch im Tunnel trug nicht gerade dazu bei, dass es ihr besser ging. „Gib mir eine Minute", ihre Worte kamen ihr nur zögerlich über die Lippen.

Ramos nickte, doch das sah Maddy natürlich nicht.

„Ich schließe jetzt meine Augen und du führst mich!" Dieser zarte Befehl wurde von Ramos wohlwollend entgegengenommen.

Er drückte zart ihre Hand und setze sich in Bewegung.

Maddy folgte ihm.

Langsam tasteten sie sich beide den düsteren Gang entlang.

Ramos wollte auf keinen Fall, dass Maddy stolperte und er somit den Kontakt zu ihr verlor. Denn dann hätte Maddy wahrscheinlich eine Panikattacke bekommen, was Ramos sich gar nicht erst ausmalen wollte. Seine Unfähigkeit ließ ihn abermals unsicher werden. Vorsichtig beschritten sie gemeinsam den unterirdischen Weg, bis sie an dem großen Stein gelangten, der die Gruft verbarg.

Genau in diesem Moment erklang ein schabendes Geräusch und der riesige Stein bewegte sich zur Seite und enthüllte eine imposante Statur.

„Was machst du hier? Vor allem allein?" Ungläubig schaute Mehit in den dunklen Gang, der hinter Maddy lag.

„Ich bin nicht allein. Ramos ist bei mir", sagte Maddy zuversichtlich.

Dies ließ Mehit jedoch die Augen rollen. „Klar ... Maddy, er ist unsichtbar und ich glaube nicht ..."

„Doch, Mehit!", erwiderte sie energisch. „Er hat mich von der Tür bis hierher geführt. Das kannst du mir glauben, denn alleine wäre ich nie in diesen stickigen Gang marschiert." Sie trat an ihm vorbei in den Vorraum, der nur durch ein kleines Feuer erhellt wurde. „Ramos ... komm zeig dich Mehit, sonst glaubt er mir nicht."

Mit einem breiten Grinsen schoss er an ihr vorbei. Innerhalb von Sekunden tauchte er dann in der Feuerschale in voller Größe auf. Er verschränkte die Arme vor seiner breiten Brust und bedachte Mehit mit einem überheblichen Lächeln.

„Siehste!", rief Maddy übertrieben ironisch und deutete auf Ramos. „ER ist bei mir!"

„Jaja, schon gut." Beschwichtigend hob Mehit seine Arme und seine Mundwinkel zierte ein überraschtes Lächeln.

„Okay ... ihr seid BEIDE hierhergekommen ... aber warum? Und warum hat dich keiner der anderen begleitet?" Nun deutete er mit seiner Hand nach oben, wobei sein Blick sich verhärtete.

Maddy wechselte mit Ramos einen kurzen Blick.

„Ivan sagte, dass du hier wärst und da sich da oben alle nur anfauchen, wollte ich dich suchen, Ramos hat mich begleitet."

Gerade wollte Mehit darauf etwas erwidern, als er sah wie Ramos langsam den Kopf schüttelte.

Er schloss seinen Mund wieder und einige Sekunden sagte keiner ein Wort.

Ramos stieg behutsam aus der Feuerschale und ging in das Element Erde über. Gespannt verfolgten Maddy und Mehit das Geschehen, als sich Ramos dann graziös erhob und Millionen feiner Sandkörner seinen eindrucksvollen Körper zierten.

Maddy schluckte schwer.

Gemeinsam betraten alle den nächsten Raum, der den großen Steinaltar beherbergte.

Mehit steuerte darauf zu und sagte bedächtig.

„Ich … habe mich zurückgezogen, um nachzudenken. Ich verstehe nicht, warum Jonathan abgetaucht ist." Nun lehnte er sich gegen den rauen Stein, was Ramos die Arme ruckartig in Luft reißen ließ.

Geh weg da! Du wirst … du wirst …

„Was ist?" fragte Mehit neugierig, als er die Reaktion sah. „Was hast du?"

Warum passiert dir nichts, wenn du den Stein berührst? fragte sich Ramos.

Irritiert durchquerte Ramos den Raum, wobei er genauestens darauf achtete, den Stein nicht zu berühren. *Denk nach … denk nach*, schallte er sich.

Mehit beobachtete jede Bewegung von Ramos aus Adleraugen. „Was willst du mir sagen?"

Ramos winkte ab.

„Komm schon, Ramos. Irgendetwas ist doch."

Nun sah ihn auch Maddy neugierig an.

Ramos drehte sich in die Richtung der beiden. Sein Arm hob sich im Zeitlupentempo und deutete auf den Altar.

„Der Altar? Was ist damit?"

Pantomimisch versuchte Ramos ihnen – seine letzte Erinnerung an den Altar – zu verdeutlichen. Der erste Versuch brachte gar nichts, das konnte er an den verdutzten Gesichtern sehen. Beim zweiten Versuch klappte es schon besser.

Die Lippen von Mehit zuckten.

„Wenn ich das richtig verstehe …" Dabei deutete er auf den Steinaltar. „… wenn du in die Nähe des Opfersteins kommst, schaltet dieser dich aus?"

Ramos nickte.

„Warum?", fragte Maddy neugierig.

Mit seinen Händen deutete er auf Mehit und hoffte so auf eine Erklärung.

„Ich? Ich soll dir das erklären?" Nervös trat Mehit einen Schritt zurück und legte seine Hand auf seine Brust.

„Mehit! Wer, wenn nicht du, könnte ihm das erklären. Oder meinst du vielleicht, ich könnte es?" Erschrocken riss sie ihre Augen auf.

Ramos neigte seinen Kopf zur Seite und seine rot glühenden Augen waren immer noch fragend auf Mehit gerichtet.

„Wow … immer langsam. Ich bin nicht allwissend. Wir müssten Jonathan fragen, warum das so ist. Ich kann dir die Frage wirklich nicht beantworten. Es tut mir leid."

Wütend wandte sich Ramos ab und glitt in den angrenzenden Raum.

„Tu was!", rief Maddy.

„Was soll ich denn tun? Ich kann es ihm nicht beantworten."

Maddy rannte Ramos hinterher und erreichte ihn am Fels, der den Eingang blockierte.

„Ramos? Bitte geh nicht. Bitte!", flehte sie.

Dieser lehnte sich mit seinen Händen an den groben Stein.

„Mehit kann doch nicht alles wissen."

Eine große Sandfontäne schleuderte an der Wand entlang.

Sogleich stand Mehit schützend neben Maddy.

„Ramos … bitte." Das Zittern in ihrer Stimme entging Ramos nicht. Dennoch war er aufgebracht, dass ihm keine Antworten geliefert wurden. Sein Puls raste durch seinen Körper und er konnte seine Gefühle kaum noch unter Kontrolle halten. Er projizierte seine Energie in den Boden. Der Sand unter seinen Füßen fing an, zu vibrieren.

Auch Maddy und Mehit entging es nicht, dass die feinen Sandkörner anfingen, über den Boden zu hüpfen.

Maddy löste sich aus Mehits Umarmung und trat zielstrebig auf Ramos zu. Ihre Hand ging zaghaft in seine Richtung und es trennten sie nur noch wenige Zentimeter voneinander.

Äußert misstrauisch stand Mehit dieser Situation gegenüber und ballte seine Hände zu Fäusten. Die aufgewühlten Gefühle von Ramos, konnte er förmlich spüren.

Sanft sagte Maddy an Ramos gewandt: „Ich habe auch viele Fragen, die mir bisher nicht beantwortet wurden. Du weißt, dass ich auch wegrennen wollte, und wer hat mich aufgehalten? Du! Du wolltest nicht, dass ich das Anwesen verlasse. Kannst du dich daran erinnern?"

Immer heftiger wurde die Vibration unter ihren Füßen. Doch das konnte Maddy nicht aufhalten. Sie wollte unbedingt zu ihm durchdringen.

„Wir werden dahinterkommen, glaube mir. Jonathan wird wiederkommen und dann können wir ihm alle Fragen stellen, die uns auf der Seele brennen."

Mittlerweile tanzten die Sandkörner schon bis zu Maddys Wade und Mehit packte langsam die Angst, dass er die Situation nicht mehr unter Kontrolle haben würde. Er kannte die heftigen Reaktionen seiner Clanmitglieder. Aber von einem, der alle vier Elemente in sich barg, hatte er absolut keine Ahnung. Sein Puls hämmerte heftig durch seine Adern und er überlegte einen Moment lang, ob er die anderen zu Hilfe rufen sollte. Und als ob Maddy seine Reaktion spürte, sah sie ihn mitleidig an und schüttelte verneinend mit ihrem Kopf.

Mehit zog seine Augenbrauen zusammen und überlegte fieberhaft, wie er die Situation entschärfen konnte, bevor sie völlig aus dem Ruder laufen würde.

Fast im gleichen Moment drehte sich Ramos um, wobei sich eine Sandschicht aus seiner Hand löste und Maddy fast am Hals traf. Mehit riss sie in der gleichen Sekunde zur Seite und landete mit ihr unsanft auf dem Boden.

Wie aus einer Trance gerissen, begriff Ramos, was er fast getan hätte und wechselte fluchtartig in das Element Luft und verschwand. Der Sand fiel schlagartig zu Boden und Mehit drehte die schluchzende Maddy zu sich um.

„Er wollte das nicht Mehit. Tu ihm nichts. Er wollte das nicht. Wirklich. Glaube mir."

„Tsch … beruhige dich. Ich tue ihm nichts." Er drückte sie an seine breite Brust und konnte ihren bebenden Körper bis ins Mark spüren. Selbst erschüttert über die Lage, in der sie sich befanden, schloss er für einen Moment die Augen.

Wie konnte das nur passieren? Er vergöttert Maddy doch. Er hat wahrscheinlich genauso viel Temperament wie wir anderen, nur vier Mal stärker.

Langsam beruhigte sich Maddy und Mehit strich ihr mit den Fingern sanft über den Rücken.

„Na … wieder etwas besser?", fragte er behutsam.

„Hmm."

Langsam richtete er sich mit ihr auf und sie klopften sich den Staub von ihrer Kleidung ab.

„Warum hat er das getan?" Maddys Lippe war durch den Sturz aufgerissen und blutete.

„Ich weiß es nicht. Wahrscheinlich liegt es daran, dass er, solange unsichtbar gewesen ist. Er muss sich auch erst an die neue Situation gewöhnen, wie wir alle." Resigniert wandte er seinen Blick ab.

Maddy griff nach seiner Hand.

„Er kommt doch wieder? Oder?"

Mehit nickte, obwohl er nicht wusste, ob dem wirklich so war.

Maddy überlegte kurz und ging dann zielstrebig auf den Steinaltar zu.

„Ramos!", rief sie lautstark. „Ich gehe jetzt zu diesem Stein und werde sehen, ob er mir auch wehtut!"

„Maddy, NEIN!" schrie Mehit und seine Fangzähne fuhren bedrohlich aus.

Blitzartig schossen tausende von Sandkörnern in die Höhe. In Sekundenbruchteilen bildete sich aus ihnen direkt vor ihr der hünenhafte Körper von Ramos. Er breitete seine Arme drohend aus, sodass Maddy gezwungen war, stehen zu bleiben.

„Was fällt dir ein! Ich habe dich doch die ganze Zeit über verteidigt!"

Als sie sprach, löste sich ein kleiner Tropfen Blut aus ihrer aufgerissenen Unterlippe und flog auf Ramos zu.

Mehits scharfer Blick verfolgte seine Flugbahn und war sich eigentlich sicher, dass er durch Ramos hindurchfliegen würde.

In diesem Moment schlang Maddy jedoch ihre Arme um die Taille von Ramos und statt durch ihn hindurch zu greifen, fühlte er sich fest an. Zwar sandig, aber fest.

Erstaunt schaute sie zu ihm auf.

Mehit zuckte merklich zusammen.

Auch Ramos blickte erstaunt an sich hinab und konnte nicht glauben, dass er Maddy spüren konnte. Er wollte seine ausgebreiteten Arme um sie schlingen, als Mehit brüllte.

„LANGSAM! Du weißt nicht, wie viel Kraft du hast."

Ruckartig bremste er seine Hände und versuchte, sie so leicht wie möglich, zu berühren.

Unterdessen schmiegte Maddy sogar ihren Kopf an seine Brust.

Seine Hand berührte ihren Oberarm und es durchzuckte ihn wie tausend kleine Blitze, als er sie wahrhaftig fühlen konnte. Ihre Nähe verursachte bei ihm eine Erregung, die sich bis in sein Becken ausbreitete. *Sie ist so wunderschön. Von dem rabenschwarzen langen Haar, welches sich über ihren Rücken ergießt, bis hin zu ihren schlanken Armen, die sich um meine Mitte geschlungen haben.*

Unsanft wurde er aus seiner Schwärmerei gerissen, als sich eine Hand mit starkem Griff um seinen Unterarm schloss. Er blickte auf.

„Wie kann das sein?", fragte Mehit und in seinen kristallblauen Augen funkelte tödlicher Zorn.

Ramos zuckte erschrocken mit den Schultern.

Unterdessen begann der Puls von Maddy, heftig an zu pochen.

Der Mundwinkel von Ramos zuckte und er ließ seinen Blick betont auf diesem verräterischen Puls ruhen, was auch Mehit nicht entging.

„Wage es nicht!", sagte Mehit heiser, ohne seinen aufmerksamen Blick von ihm zu lösen. Denn durch die veränderte Situation hätte Ramos durchaus Maddy beißen können, und dies ließ Mehit unruhig werden.

Ramos hingegen war überwältigt von der neuen Situation, die sich vor einigen Sekunden eingestellt hatte. Er wusste nicht, warum das alles so war. Dennoch wollte er Mehit zeigen, dass er nichts Böses vorhatte. Er löste seine Hände von ihr und hob sie in die Höhe.

Maddy riss ihren Kopf hoch und sah ihn fragend an. „Was tust du?"

„Er ergibt sich", stellte Mehit wohlwollend fest.

In der Gefängniszelle …

Die schwere Eisentür hatte sich wieder geschlossen und das schwache Licht der in der Decke eingelassenen Neonröhre hauchte dem trostlosen Raum keinen Charme ein. Die Matratze, die auf der Pritsche lag, war verschlissen und hatte sicher schon so manchen Besucher gehabt. Die Gefangene hatte sich trotzdem darauf niedergelassen, obwohl ihr der Geruch eines Menschen anhaftete. Es war ein Mann gewesen, der vor einiger Zeit in dieser Zelle gesessen hatte. Sie starrte den Blutbeutel an, den die wunderschöne, blonde Vampirin ihr gebracht hatte. Emotionslos hatte sie diesen auf den Boden geworfen. *Ob sie auch eine Clankriegerin war?* fragte sie sich. Sie schob sich eine dicke Strähne ihrer langen Haare hinters Ohr. In Sekundenschnelle sprang sie auf, ergriff den Beutel und saß wieder auf ihrem schäbigen Bett. Ihre Fangzähne hatten sich unterdessen schon auf volle Länge ausgefahren, und der Speichel lief ihr im Mund zusammen. Hastig schraubte sie den Blutbeutel auf und nahm einen kräftigen Schluck. Ihr Hunger war groß, doch sie wusste nicht, wann sie das nächste Mal etwas bekommen würde. Ihre Vernunft siegte und sie zwang sich, den Verschluss wieder auf den Beutel zu setzen und den Beutel vorsichtig zu behandeln. Sie legte ihn neben sich auf das kleine Regal.

„Warum ich?", flüsterte sie. „Sie werden mich sowieso töten. Umgekehrt würden wir es doch genauso machen!" Eine Träne bildete sich in ihrem Augenwinkel. „Vielleicht kann ich sie fragen, ob sie mir einen schnellen Tod bescheren? Aber warum sollten sie gnädig mit mir sein? Es wird ihnen wahrscheinlich gefallen, mich zu quälen. Vielleicht mir sogar Hoffnung auf Befreiung in Aussicht stellen, um an weitere Informationen zu gelangen. Aber was soll ich ihnen denn sagen? Ich bin nur ein Nichts. Auf einem Schachspiel würde ich nicht mal einen Bauern abgeben." Resigniert kaute sie an ihren Fingernägeln herum. *Vielleicht kann ich auch meinem Leben selbst ein Ende setzen?* Ihr Blick ging zu dem kleinen Regal. *Wenn ich das Holz abbrechen würde, könnte ich daraus einen Pflock formen, den ich mir ins Herz rammen könnte.* Fasziniert von diesem Gedanken richtete sie sich auf. *Frei sein! Endlich frei sein!* Ihre Augen weiteten sich und ihr Puls fing an, zu rasen. Hektisch sah sie sich um und ging dann vor dem Regal in die Hocke. Sie nahm den Blutbeutel und legte ihn zurück auf das Bett. Dann spannte sie ihren Arm an und zielte mit dem Ellenbogen auf das Regal. *Es muss klappen. Es muss!* Redete sie sich selbst Mut zu. *Es muss nur splittern, das würde schon ausreichen.* Schnell schaute sie zur Tür, dann wieder zu dem Regal. Mit einem Ruck ließ sie ihren Ellenbogen auf das Regal niedergehen. Es knirschte und dann brach tatsächlich ein Stück des Regals ab. Schmerzhaft zog sie ihren Arm wieder an sich. *Shit tut das weh. Was haben die denn für Holz hier? Das ist hart, wie ein Betonklotz.* Aber ihre Augen erblickten das abgebrochene Teil, welche nun auf dem Boden lag.

„Es hat funktioniert!" Schnell riss sie das Stück Holz an sich und dankte mit einem Stoßgebet dem Himmel. Nun schloss sich ihre rechte Hand fest um den provisorischen Pflock. Einen Moment lang starrte sie ihn an, dann ließ sie die schönen Erinnerungen in ihrem Leben noch einmal Revue passieren. Sie sah Bilder von ihren liebevollen Eltern und ihrem Bruder, was sie aufseufzen ließ. Dann schloss sie ihre Augen.

„Lebt wohl!" Dann holte sie mit voller Wucht aus und ließ ihren Arm in Richtung ihres Herzens rasen.

Blitzschnell flog die Tür auf und in überdimensionaler Geschwindigkeit schoss Ament auf sie zu, entriss ihr den selbst gebastelten Pflock und presste sie unter seinen muskulösen Körper.

Die Gefangene war komplett irritiert und überrumpelt zugleich, sodass ihr der Mund offenstehen blieb. Ihr entrüstetes Gesicht und ihre voll ausgefahrenen Fangzähne, beeindruckten Ament keineswegs.

„Sonst geht's noch?", brüllte er sie an. „Dich selbst umbringen, tolle Idee. Aber leider habe ich etwas anderes mit dir vor." Seine rot glühenden Augen sprühten kleine Funken. Er stand auf und zog sie mit sich nach oben. Seine Hand hatte in ihre langen Haare gegriffen und presste sie nun an die harte Betonwand. Sein Körper war nur Zentimeter von ihrem entfernt und sie konnte seinen heißen Atem auf ihrer Haut spüren.

„Mein Leben, mein Tod!", zischte sie ihn an.

„Nein", sagte er gedehnt. „Falsche Antwort. Dein Tod meine Entscheidung!"

Nun versuchte sie, sich gegen ihn zu stemmen und ihn zu treten, doch das brachte ihr nur noch mehr Schmerzen ein, als Ament ihr heftig in den Bauch schlug.

„Arschloch!", presste sie hervor.

„Angenehm, Ament!", gab er bissig zurück.

Er zerrte sie aus der Zelle, obwohl sie versuchte, sich immer noch heftig gegen ihn zu wehren. Kurz war sie geblendet von dem hellen Licht im Flur, doch schnell fing sie sich wieder.

Er zog sie weiter zur nächsten Zelle, entriegelte diese mental und schubste sie hinein.

„Verdammter Idiot. Warum hast du es mich nicht zu Ende bringen lassen?", schrie sie ihm entgegen.

„Weil du das nicht entscheidest, Schätzchen."

Damit fiel die schwere Eisentür ins Schloss und wurde verriegelt.

Ament spürte nun die Anwesenheit eines weiteren Clankriegers, der dicht bei ihm stand. Doch als er sich in seine Richtung wandte, blickte er in ein Gesicht, was von solcher Fassungslosigkeit gezeichnet war, dass Ament verdutzt fragte.

„Alles in Ordnung, Raban?"

„Ne … in!" Brachte dieser nur stotternd hervor.

Ament blickte ihn entnervt an und wartete auf eine Erklärung.

Es dauerte einen Moment, bis Raban sich endlich gesammelt hatte.

„Die Frau …"

„Ja?"

„Die Frau, das ist die Gefangene? Oder?" Zögerlich hob Raban den Arm und deutete auf die Tür.

„Ja, ist sie!", stellte Ament gelangweilt fest.

„Ich muss sie sehen!"

„WARUM?"

„Ich muss einfach!", rief Raban mit Nachdruck.

Ament verschränkte seine muskulären Arme vor der Brust und wartete auf eine Erklärung.

„Ich glaube … die Stimme, … die Stimme hörte sich nach meiner … Schwester an. Ich weiß, es hört sich vollkommen bescheuert an, aber … ich muss sie sehen."

Ament bewegte sich keinen Millimeter.

„Du willst mir erzählen, dass da drin könnte deine Schwester sein?" Ein hämisches Grinsen breitete sich auf Aments Lippen aus.

„Schön, wenn ich dich belustigen konnte. Nun tritt beiseite und lass mich endlich durch."

Schweigen.

„Komm schon, Ament. Ich will sie nur kurz anschauen. Vielleicht irre ich mich ja auch." Etwas hilflos fuchtelte er mit seinen Armen durch die Gegend.

„Nur gucken!", sagte Ament drohend.

„Ja", versicherte ihm Raban.

Ament entriegelte die Tür und war darauf gefasst, dass sie ihn gleich anspringen würde. Aber dem war nicht so. Sie saß in der Ecke, hielt ihren Kopf gesenkt und ihre verdreckten Haare fielen um sie herum wie eine Decke.

„Hey du … steh auf!", befahl Ament.

„Du kannst mich mal!", antwortete sie ihm barsch.

„Justine?", drang es plötzlich durch die kleine Zelle und einen Moment lang setzte ihr Herzschlag aus. Wie lange war es her, dass sie jemand mit ihrem richtigen Namen angesprochen hatte? Aber das war es nicht, was sie irritierte. Der Klang der Stimme von diesem Mann, lies sie nervös werden. Sie zögerte.

„Justine? Bist du es?" Rabans Stimme zitterte leicht.

Eine Gänsehaut bildete sich auf ihrem Unterarm und nur langsam hob sie ihren Kopf. Ihr Pony teilte sich und gab ein wenig von ihrem Gesicht preis.

Kaum hörbar fragte sie. „Raban?"

„Justine!" Nun war die Stimme von Raban fester und er wäre schon in die Zelle gestürmt, wenn nicht der starke Arm von Ament ihm den Weg versperrt hätte.

Mit beiden Händen strich sie sich die Haare aus dem Gesicht.

Raban erschrak, als ihn das Grau ihrer Augen traf. Doch dann überwogen seine Emotionen. Er drängte sich energisch an Ament vorbei und lief auf die Gefangene zu.

Im selben Moment rappelte sie sich hoch und traute ihren Augen nicht.

„Raban?" Ihre Stimme brach.

„Justine!"

Beide fielen sich in die Arme und Ament konnte nur noch verdutzt das Schauspiel betrachten, was sich vor ihm abspielte.

Ohne weiter nachzudenken, strich Raban ihr über ihre zerzausten Haare, küsste mehrmals ihre Stirn und wiederholte immer wieder ihren Namen.

Justine schloss ihre Augen und dachte, sie würde träumen. Als sie wieder ihre Augenlider öffnete, war ihr Blick glasig und nur verschwommen konnte sie ihren Bruder vor sich erkennen. Sie schmiegte ihren Kopf an seine Brust und er umschloss sie mit seinen Armen.

„Ich habe gedacht, du wärst … oh mein Gott. Ich habe dich die ganzen Jahre gesucht. Ich bin so froh, dass du lebst. Oh Justine!" Raban senkte seine Lippen auf ihren Scheitel.

Schluchzend sprach Justine weiter.

„Oh, Raban. Wie sehr habe ich immer wieder gehofft, dass du mich rettest. All die Jahre. Ich hatte schon den Glauben daran aufgegeben. Ich habe dich so sehr vermisst. Raban …"

„Du musst mir alles erzählen. Wie konnte das alles passieren? Du solltest doch nur den Tribut abgeben und dann zurückkommen? Ich habe tagelang auf deine Rückkehr gewartet und dann entschloss ich mich, zur Seherin zu gehen. Doch dort angekommen, war sie nicht mehr da und du auch nicht. Ich …"

„Sie hat mich gefangen genommen, nachdem ich den Tribut abgelegt hatte. Ich habe mich gewehrt, doch ich war gegen ihre Wachen einfach zu schwach."

Nun gesellte sich auch Angel zu den dreien.

„Was ist denn hier los?"

Ament hob seine Hand und zwang Angel so zum Schweigen, während er Justine weiter zuhörte.

„Sie wollte, dass ich ihr diene. Ihr war es egal, was ich wollte. Sie entschied, dass ich ihre Reihen nicht mehr verlassen durfte. Sie übergab mich ihren Wachen, die mich gefügig machen sollten. Einige Tage kämpfte ich gegen sie mit Erfolg an, doch dann ließ meine Kraft immer mehr nach, weil ich keine Nahrung bekam. Danach hatten sie ein leichtes Spiel mit mir, weil ich ihnen nichts mehr entgegenzusetzen hatte."

„Sie haben dich …?" Das letzte Wort blieb Raban regelrecht im Hals stecken.

„Ja, haben sie." Ihr Blick wurde traurig, als sie an die Nächte ihrer Schändung zurückdachte. „In den Nächten bin ich gebrochen worden. Danach wurde ich als eine Art Sklavin behandelt. Ich musste das tun, was gerade von mir verlangt wurde. Eines Tages sagte die Seherin, dass sie mich mit Absicht zu den Wachen geschickt hatte. Meine Schönheit war ihr ein Dorn im Auge gewesen. Sie wollte mich leiden sehen und das hatte sie auch geschafft. Sie führte Bluttests an uns durch, und nach und nach wurden unsere Augen grau. Manche von uns überlebten die Gabe des Tagesserums nicht. Andere drehten vollkommen durch. Wieder andere, bei denen sie der Meinung war, es hätte geklappt, schickte sie bei Sonnenaufgang hinaus, und als sie anfingen zu brennen, hat sie ihnen die Tür vor der Nase zugeschlagen, sodass sie jämmerlich verbrannten. Ich war für sie immer wie eine lästige Fliege, die man hin und her schubsen konnte, wie man es gerade wollte. Durch unseren ständigen Standortwechsel verlor ich bald den Überblick, wo ich eigentlich war. Wenn es wieder auf eine Reise ging, wurde ich in eine Kiste eingesperrt und am Bestimmungsort erst wieder rausgelassen. Nach Belieben hatte sie mich auch ihren Verbündeten angeboten, denen ich dann zu Diensten sein musste. Irgendwann landeten wir dann in England. Sie übertrug mir kleine Botengänge. Nichts von Bedeutung - bis zu jenem Abend. Sie sagte, ich solle den Bentley inspizieren. Herausbekommen, wem er gehört. Tja und dann traf ich auf die Clankriegerin, die mich im Handumdrehen ausgeschaltet hatte. Erst hier wurde ich wieder wach."

Bedrückt schloss Raban sie noch fester in seine Arme.

„Meine kleine Justine." Er kämpfte gegen seine Tränen an, die gerade seine Fassung erneut vollkommen zusammenbrechen ließen.

„Das hört sich ja alles ganz nett an", sagte Ament, der immer noch an den Türrahmen gelehnt stand.

Raban warf ihm daraufhin einen zornigen Blick zu.

„Ich weiß, dass ihr mich töten werdet. Das brauchst du nicht noch einmal wiederholen", fauchte Justine Ament an.

„Raban! Ich muss mit dir reden. JETZT!", knurrte Ament.

Widerwillig wandte er sich von Justine ab. „Ich komme gleich wieder! Versprochen!"

Sehnsüchtig reckte Justine ihre Hand nach ihrem Bruder, als dieser ihre Zelle verließ. Die Tür schlug hinter ihm zu und dann vernahm sie die kräftigen Stimmen der Krieger.

„Was wird DAS!", brüllte Ament.

„Was meinst du? Das da drin ist meine Schwester! Ich habe sie seit Jahren gesucht, nachdem sie entführt wurde", entgegnete Raban ihm verbissen und deutete mit seiner Hand auf die Tür.

„DAS ist eine Gefangene!", antwortete Ament trocken.

„DAS ist meine Schwester!"

„DU … gehst jetzt!", befahl Ament. „Du kannst nicht klar denken!"

„Ich gehe NICHT! DU wirst ihr nicht mehr wehtun! Ich werde …"

„DU wirst gar nichts! Hast du mich verstanden!" Ament kämpfte gegen sein Element an, welches sich gerade den Weg an die Oberfläche bahnen wollte.

„HÖRT AUF!", schrie Angel und stellte sich zwischen die beiden aufgebrachten Krieger.

„Lasst uns in Ruhe die Situation in der Kommandozentrale besprechen? Okay?"

Zuerst reagierte keiner der beiden.

„Okay?" Kam diesmal entschiedener von Angel.

Beide fixierten sich immer noch.

„Du hast recht", lenkte Raban ein und gab seine angespannte Position auf. Er drehte sich um und lief den Marmorflur entlang.

Nun sah Angel Ament an, der immer noch wie angewurzelt dastand.

„Und was ist mit dir?", sagte sie schon viel sanfter.

Ament sagte keinen Ton, atmete einmal tief durch und lief dann Raban hinterher.

Unterdessen zückte Angel ihr Handy und rief Ortischa und Mehit an. Nach einem kurzen Gespräch begab auch sie sich in die Kommandozentrale.

In gewohnter Manier lehnte Ament am Türrahmen.
Raban hatte sich derweil neben Ivan auf einen der Schreibtischstühle niedergelassen und starrte Ament wie den Sensenmann an.

Am Kaffeeautomaten stehend, ließ Angel sich einen duftenden Kaffee in eine der Kaffeetassen laufen.

„Mehit kommt später dazu", verkündete sie, als Ortischa gerade auf ihren High Heels den Raum betrat.

„Kaum lässt man euch mal eine Stunde aus den Augen, benehmt ihr euch wie …"

„Halt die Klappe, Ortischa!", zischte Raban sie an.

„Ruhig, Jungs!", mischte sich Angel ein und versuchte es diplomatischer. „Es hat sich gerade herausgestellt, dass die Gefangene, die verschollen geglaubte Schwester von Raban ist. Nun müssen wir entscheiden, wie wir weiter vorgehen."

„WAS? Die, die ich am Bentley gefangen genommen habe, ist deine Schwester?" Ungläubigkeit stand Ortischa ins Gesicht geschrieben.

„Ja, so ist es", sagte Angel betont ruhig.

„Dann haben wir ein echtes Problem!" Ortischa sah Ament an, der wie eine Säule am Türrahmen stand. „Sie ist unsere Gefangene und auch eine von Isfets Leuten." Als ihr Blick dann zu Raban schweifte, sah sie in seinem Blick pure Verbundenheit. „Doch wenn sie wirklich deine Schwester ist, sollten wir versuchen mit ihr zu kooperieren."

Im Sekundenbruchteil stand Ament neben Ortischa und sagte. „Wir kooperieren nicht mit unseren Feinden. Ist das klar!" Dies war eine Feststellung, an der es kein Rütteln gab.

Nun sprang auch Raban auf und rief aufgebracht.

„Wenn jemand MEINER Schwester auch nur ein Haar krümmt, dann garantiere ich für nichts."

„Dann würde ich sagen, haben wir eine Pattsituation", sagte Ortischa diplomatisch, was eigentlich nicht so sehr ihre Art war. „DU wirst sie nicht töten und DU wirst dich auch nicht einmischen." Dabei nahm sie erst Ament, dann Raban ins Visier.

„Ich werde ihr Nahrung und neue Kleidung bringen. Wir werden eine gemeinsame Lösung finden. Einverstanden?"

Beide nickten.

Ein Glück, dachte Ortischa erleichtert.

Mehit hatte das Handy wieder in seine Jackentasche gesteckt.

„Was war denn", fragte Maddy interessiert.

„Oben gibt es Probleme. Wir sollten ..." Mehit sah wie Ramos anfing, mit seinen Armen zu rudern. „Ramos, ich muss und ich werde Maddy nicht hier lassen. Das musst du verstehen. Wir können gerne später versuchen, eine Erklärung dafür zu finden. Okay?"

Erst zögerte Ramos, dann nickte er Mehit zu.

„Wollen wir?", fragte er Maddy.

„Ja, ... Ramos komm mit." Ein „Nein" wollte sie nicht zulassen.

Die drei bewegten sich zum Ausgang, wo Mehit den schweren Stein zur Seite schob und alle gemeinsam in den dunklen Gang traten.

Maddy zog tief die Luft ein und wollte den Ansturm der Übelkeit auf keinen Fall in sich aufkommen lassen. *Boah, was für ein Gestank!*

„Komm" Mehit bückte sich und hob Maddy auf seine Arme. In Windeseile sauste er durch das unterirdische Labyrinth, sodass Maddy ihre Augen erst wieder aufschlagen musste, als sie schon an der Metalltür zum Untergeschoss standen.

„Wow, eins muss man euch Vampiren lassen, dass mit der Schnelligkeit ist manchmal echt von Vorteil."

Mehit grinste sie an und selbst Ramos musste schmunzeln.

Nachdem die drei durch die Tür getreten waren, schloss Mehit sie mental hinter ihnen.

Ramos fühlte sich etwas unwohl bei dem Gedanken, den anderen in seiner Sandform entgegenzutreten. Doch seine Zweifel wurden von Maddy zunichte gemacht, als sie nach seiner Hand griff. Gemeinsam schritten sie den Flur entlang.

Ament warf ihnen einen entgeisterten Blick zu, als sie auf ihn zukamen. Ehe er, oder die anderen etwas sagen konnten, meldete sich Maddy freudestrahlend zu Wort.

„Ist das nicht der Wahnsinn? Ramos hat eine feste Gestalt angenommen. Wir wissen noch nicht wie, aber es ist fantastisch, oder?"

Ament zog die Augenbraue nach oben und schüttelte langsam den Kopf.
Noch mehr Komplikationen.

Raban hingegen begegnete ihr mit einem kleinen Lächeln.

Dann erst sah Maddy hinter ihnen den geschockten Blick von Ivan und Angel. Beide sahen aus, als wenn sie vom Schlag getroffen wurden. Kreidebleich und bewegungsunfähig standen sie da und starrten Ramos´ imposante Statur an.

Der musterte beide und seine voll ausgefahrenen Fangzähne trugen nicht gerade dazu bei, dass sich Ivan oder Angel besser fühlten.

„Entschuldigt … ihr beide kennt Ramos noch nicht? Er ist einer von uns! Er wurde von uns erschaffen und wandelt zwischen den Elementen." Als Mehit sprach, hörte es sich so an, als ob es das Normalste der Welt wäre, einen hünenhaften Vampir aus Sand vor sich zu haben.

Stolz war Ramos, als sie ihn als einen von sich bezeichneten, und als Maddy im gleichen Moment seine Hand drückte, wärmte ihm das noch mehr sein Herz.
Endlich … ich bin nicht mehr nur ein Geist. Sie sehen mich und akzeptieren mich, mehr oder weniger. Gefühlvoll schlossen sich seine Finger um die schlanken Finger von Maddy und er blickte sie kurz an. Ihre wundervollen blauen Augen sahen ihn so liebevoll an, dass er dahinschmelzen wollte.

„Er kann nicht mit euch sprechen. Wenn ihr ihm Fragen stellt, die er mit „ja" oder „nein" beantworten kann, ist es möglich mit ihm zu kommunizieren", erklärte Mehit und trat in die Kommandozentrale ein.

Maddy und Ramos folgten ihm und Ivan zuckte sichtlich zurück.

„Unmöglich", kam Angel über die Lippen. „Wie kann so etwas sein?" Ihr Blick war auf Ramos geheftet und als sie sah, dass er seine Hand mit der von

Maddy verschlungen hatte, blieb ihr fast das Herz stehen. Sie deutete nur auf die Hand.

„Es ist in Ordnung. ICH habe Ramos *gefunden*, so möchte ich es mal ausdrücken." Ihr Gesicht wurde von einer leichten Röte überzogen. „Er vertraut mir und ich ihm. Wir werden alles daran setzen, ihn wieder in ein normales Leben zurückzuholen." Dabei strahlte sie ihn an und er neigte seinen Kopf leicht in ihre Richtung, dann nickte er zustimmend.

Angel ließ sich auf einen der Stühle fallen und starrte Ramos mit weit aufgerissenen Augen an.

Ivan hingegen hatte sich schneller wieder gefangen. Er trat auf Ramos zu.

Die Gesichtszüge von Ramos wurden ernst.

Als Ivan fast vor ihm stand streckte er ihm die Hand entgegen. „Ich bin Ivan."

Ramos nickte ihm zu und reichte ihm seine Hand.

Als der feste Händedruck Ivan traf, spannte sich kurz sein gesamter Körper an, weil er damit nicht gerechnet hatte. Seine Augen musterten ihn fasziniert.

Auch Ramos war von dem glänzenden Violett angezogen worden und einen Moment lang spiegelte sich sein Ebenbild darin, was Ramos die Mundwinkel zu einem Lächeln verziehen ließ.

„Was war denn eben so dringend, dass du mich angerufen hast?", fragte Mehit die noch immer schockierte Angel.

„Die Gefangene ist die Schwester von Raban", sagte diese nur knapp. „Ortischa hat jetzt einen Kompromiss gefunden. Ament lässt sie am Leben und Raban mischt sich nicht in die Befragung ein. Gerade ist sie zu ihr gegangen, um ihr Nahrung zu bringen."

Plötzlich piepte Maddys Handy.

Sie sah auf das Display, wo nur zwei Worte von Ortischa standen.

KOMM BITTE!

Schnell steckte sie ihr Handy ein und versuchte, sich rasch zu verabschieden. Doch bei solch geballter Vampirstärke, war es schwer sich davon zu schleichen.

„Ähm …, Ortischa braucht mich. Bin gleich wieder da." Schon begab sie sich aus der Kommandozentrale, als Angel sagte:

„Warte ich komme mit." Es war ihr anzusehen, dass sie jeden Versuch nutzen wollte, um aus der Reichweite von Ramos zu kommen. Doch zu ihrem Bedauern, setzte sich auch er in Bewegung.

„Okay, dann aber schnell." Verdutzt schüttelte sie den Kopf, denn einem Vampir etwas von Schnelligkeit zu sagen, war eigentlich idiotisch.

Maddy lief los und Angel und Ramos folgten ihr. Als sie um die Ecke bog, sah sie Ortischa am Boden liegen. Ihr erster Gedanke war, dass die Gefangene sie niedergestreckt hatte. Doch die Tür zur Zelle war geschlossen. *Oh nein, lass es nicht wieder einen Zusammenbruch sein. Conzuela ist nicht da, was soll ich denn tun. Shit*, dachte Maddy.

Bei Ortischa angekommen, kniete sich Maddy sofort zu ihr und nahm ihren Kopf auf ihren Schoss. Ihre Atmung ging unregelmäßig und Schweiß stand auf ihrer Stirn.

„Was ist mit ihr? Soll ich die anderen rufen?", fragte Angel aufgeregt.

„NEIN!", entgegnete ihr Maddy scharf. „Keiner darf etwas hiervon erfahren. Wir müssen sie in ihr Quartier bringen."

Ramos beugte sich sogleich nach unten und schob seine sandigen Arme unter ihren schlaffen Körper.

Überrascht zog Angel tief die Luft ein, als er sich mit Ortischa wieder zu seiner vollen Größe aufrichtete. Sie mochte zwar Ortischa immer noch nicht so richtig, aber sie so wehrlos in den Armen des Vampirs zu sehen, gefiel ihr ganz und gar nicht.

„Los!", sagte Maddy und lief voran. Nach einigen Metern blieb sie stehen. „Shit, wo ist ihr Quartier? Es ist so verdammt groß hier und ich …"

Zielstrebig lief Ramos an ihr vorbei und nach einigen Metern bog er nach rechts ab und blieb vor einer der Türen stehen, dann deutete er mit dem Kopf darauf.

Schnell öffnete Angel die Tür und Ramos trat ein und ging mit ihr bis zu ihrem Schlafzimmer. Dort legte er sie vorsichtig auf dem großen Bett ab.

Unterdessen rannte Maddy zum Badezimmer und holte einen nassen Waschlappen, welchen sie auf die Stirn von Ortischa legte.

Angel hatte die Tür hinter sich geschlossen und blieb mit einem gewissen Abstand hinter Ramos stehen.

„Was hat sie?", fragte sie erneut.

„Ich weiß es auch nicht. Conzuela könnte jetzt helfen, aber …"

Als Angel ihrem Blick begegnete war dieser von tiefer Traurigkeit geprägt.

„Ortischa", flüsterte Maddy dicht an ihrem Ohr. „Ich bin es Maddy. Du bist in deinem Quartier … alles wird wieder gut … ich passe auf dich auf." Behutsam strich sie ihr eine Strähne ihrer langen schwarzen Haare aus dem Gesicht.

Berauscht von der Zärtlichkeit, die Maddy für Ortischa aufbrachte, zog sich Ramos etwas zurück. Er kannte Ortischa noch nicht lange, dennoch wusste er, dass sie ein nerviges Frauenzimmer sein konnte.

Ganz anders erging es Angel. Sie wollte am liebsten den anderen davon erzählen, um ein Missverständnis auszuräumen, dass sie vielleicht nicht geholfen hätte.

„Wir sollten die anderen verständigen", sagte Angel vorsichtig.

„Nein. Ortischa würde das nicht wollen. Ich glaube nicht, dass du ihren Zorn spüren möchtest, wenn sie sich erholt hat. Wenn es dir nicht gefällt, dann geh zu den anderen." Maddy wandte ihren Kopf wieder zu Ortischa, die sich zunehmend entspannte.

„Geh, Angel. Ich komme alleine klar. Geh!"

Im Zwiespalt mit sich selbst, trat Angel einige Schritte auf die Tür zu.

„Wenn etwas sein sollte …"

„… rufe ich an", beendete Maddy den Satz.

Angel wandte ich zur Tür, trat hinaus auf den Flur und schloss die Tür hinter sich. Nach ein paar Metern kam ihr Mehit entgegen.

„Was war los?", fragte dieser und bohrte seinen eisernen Blick in sie.

„Ortischa … hat so ein Frauending."

„Frauending?", hakte Mehit nach, wobei sich seine Augenbrauen fragend in die Höhe hoben.

„Sie melden sich, wenn … ach. Ich kann dir nicht irgendwelchen Quark erzählen. Ortischa ist zusammengebrochen und Maddy kümmert sich um sie."

Schon wollte Mehit losstürmen, als er von Angel am Arm festgehalten wurde.

„Nein! Nicht! Maddy weiß wohl um ihr Problem, es soll keiner von euch erfahren. Es ist schon schlimm genug, dass ich Maddy gerade verrate. Sie wollte nicht, dass ihr anderen auch noch Wind davon kriegt und nun bin ich wieder diejenige, die …"

„So ein Blödsinn", unterbrach Mehit sie barsch. „Wenn es jemandem aus unseren Reihen nicht gut geht, dann müssen wir das wissen." Seine kristallblauen Augen funkelten wild und er griff sich ans Kinn.

„Verdammt!", fluchte er und seine Hand ballte sich zur Faust. *Sollte das damit etwas zu tun haben, was ich damals vor dem Bistro gespürt habe?* fragte sich Mehit nachdenklich.

Kapitel 4

Am frühen Nachmittag duftete es nach frischem Kaffee, den Philippe gerade zubereitete. Jane und Corinne waren gerade dabei den Tisch zu decken, als die Tür aufschwang und Jacques und Mona eintraten.

„Pére", rief Jacques und lief auf seinen Vater zu. Beide umarmten sich innig und dann kam auch schon Corinne um den Tisch herum und nahm ihren Sohn fest in die Arme.

„Maman!"

„Jacques, wie sehr haben wir dich vermisst. Mona komm zu mir." Corinne breitete ihren Arm aus, sodass Mona auch darin Platz fand.

„Ach, wie habt ihr uns gefehlt", sagte Philippe.

Abermals ging die Tür auf und Sophie kam herein. Ihr gezeichnetes Gesicht ließ kein Lächeln zu. Die sonst so lebenslustige Frau, hatte ihre komplette Herzlichkeit einfach weggesperrt.

Mona ging auf sie zu und umarmte sie. „Hallo Sophie!"

„Hallo, mein Kind. Geht es dir gut?"

„Ja, es geht mir gut", antwortete Mona.

Auch Jacques trat dicht zu Sophie und umarmte sie wortlos.

Jane konnte die Unruhe bei einigen der Anwesenden spüren, daher versuchte sie, die Situation etwas aufzulockern.

„Hallo, ich bin Jane, die Hausdame. Wir haben frischen Kaffee und Gebäck. Dein Vater hat sich wieder einmal selbst übertroffen." Ihr freundliches Lächeln wurde sofort erwidert.

„Gerne", antwortete Jacques und setzte sich an den großen Tisch. Er griff nach einem Croissant und goss sich eine Tasse Kaffee ein.

Auch Mona und die anderen nahmen am Tisch Platz und griffen nach den Köstlichkeiten.

„Nun erzähl mal. Ist jetzt alles wieder in Ordnung? Bist du vollkommen gesund?", erkundigte sich Jacques bei seinem Vater.

„Oui, es ist alles in bester Ordnung. Dr. Anderson hat mich, nach unserer Rückkehr aus Spanien, noch einmal gründlich untersucht und mich als geheilt entlassen. Und … wir haben eine neue Bleibe. Unsere Maddy war so großzügig und hat uns ein neues Haus gekauft. Ein wahnsinnig schönes Haus mit einem kleinen Bistro darin. In zwei Tagen können wir schon dort einziehen. Aber nun sag, was macht dein Studium?"

„Na ja, geht so." Jacques wandte sein Gesicht ab. Dennoch konnte er den prüfenden Blick seines Vaters auf sich spüren. Zerknirscht hob er seine Stimme.

„Ich habe mich mit meinem Professor überworfen. Wir hatten ständig Meinungsverschiedenheiten und er hat an jedem Wort meiner Arbeit herumgemeckert. Selbst wenn ich Sätze genommen habe, die er selbst verwendet hat, haben sie ihm anschließend nicht mehr gefallen. Ich wusste nicht mehr, was ich machen sollte … ach es ist alles Mist. Ich habe in den letzten Tagen sehr viel nachgedacht und bin zu dem Entschluss gekommen, dass ich gar nicht mehr studieren will. Ich weiß was ihr jetzt sagen werdet, aber ich möchte viel lieber mit dir zusammen im Bistro arbeiten und dein Handwerk von Grund auf erlernen. Dazu habe ich mehr Lust, als eine akademische Laufbahn einzuschlagen." Er hoffte, dass seine Ausrede nicht weiter hinterfragt werden würde.

Corinne war sprachlos und Philippe konnte kaum glauben, was er gerade hörte.

„Junge, du kannst doch nicht dein Studium aufgeben. Du hast so viel Zeit dafür investiert und jetzt willst du alles einfach hinwerfen?" Sein entrückter Gesichtsausdruck traf Jacques hart.

„Ich möchte das nicht mehr", antwortete Jacques entschlossen, obwohl es ihm dabei den Magen umdrehte.

Einen Moment lang sagte keiner ein Wort.

„Ich kann deine Entscheidung nicht gutheißen. Wir wollten immer, dass du es einmal besser hast, als wir. Aber wenn das dein Wunsch ist, dann arbeitest du mit mir im Bistro. Aber …" nun hob Philippe drohend den Finger „… glaube nicht, dass du deshalb eine Extrawurst bekommst. Du wirst an meiner Seite lernen." Er strich sich über seinen kleinen Schnauzer und sein Blick ging nachdenklich von seinem Sohn zu Mona.

Ihren Blick hielt sie gesenkt und wirkte abwesend.

„Mona? Ist alles in Ordnung."

„Ja und nein. Ja, es geht mir gut. Ich war auch nicht begeistert von der Entscheidung von Jacques. Aber, wenn er sich nicht wohlfühlt, kann ihn auch keiner zwingen. Und nein, es ist nicht alles in Ordnung, denn ich habe mich mit meinen Eltern überworfen. Es ging so weit, dass sie mir den Umgang mit Jacques verbieten wollten."

„WAS?" Corinne riss empört die Arme in die Luft. „Warum das denn? Deine Eltern waren uns doch immer freundlich gesonnen. Was ist denn nur passiert?" Corinne konnte das Ausmaß der Explosion nicht einschätzen und war durch die Äußerung von Mona schockiert.

Mona griff nach ihrer Hand. „Du kennst doch die Leute. Sie reden gerne und schnell entstehen Gerüchte. Warum explodierte das Bistro? Versicherungsbetrug? Meine Eltern haben sich davon anstecken lassen, weil sie der Meinung waren, ihnen würden die Kunden weglaufen, weil wir zwei zusammen sind." Sie blickte zu Jacques. „Also, wenn in das Zimmer von Jacques auch ein Doppelbett passen würde, dann würde ich gerne ebenfalls bei euch bleiben. Außer, ihr wollt uns auch nicht haben?"

„Um Gottes Willen. Selbstverständlich bist du bei uns willkommen, Mona. Du gehörst doch zur Familie. Wir werden in unserem Zuhause glücklich zusammenleben", widersprach Philippe vollkommen überzeugt.

Jacques und Mona sprangen auf, gingen um den Tisch und nahmen Corinne und Philippe in die Arme. Corinne rief nach Sophie und sie schlossen sie in ihren Kreis mit ein.

„WIR werden uns gemeinsam ein neues Leben aufbauen", sagte Philippe.

Alle stimmten ihm zu.

Vor Rührung ließ Jane ihre Hand an ihren Mund gleiten und es bildete sich eine Träne in ihrem Augenwinkel. So viel Wärme, wie diese Familie ausstrahlte, konnte ihr trauriges Herz ein wenig glücklicher machen. Hastig wischte sie sich den Augenwinkel trocken, bevor die Träne sich ihren Weg über ihre Wange bahnen konnte.

Im Norden von England …

Elisa erwachte erst als sich bereits die Abenddämmerung über Calabria ausbreitete. Sie reckte ihren Körper und krabbelte aus dem Bett. Nachdem sie sich geduscht hatte, schlüpfte sie in ihre Anziehsachen und wartete. Sie wartete, dass sich die Tür öffnete, und Desmond sie zu ihrer Schicht abholen würde. Dass sie hier wieder in ihrem Beruf arbeiten durfte, freute sie sehr. Doch die Umstände, dass immer ein Aufpasser in ihrer Nähe war, ließ sie erschaudern. Sie hörte nun, wie sich schwere Stiefel ihrem Zimmer näherten. Sie erhob sich und zog ihr T-Shirt gerade.

Der Code wurde eingeben und der dunkelhäutige Hauptmann trat durch die Tür. Er strahlte solch eine Stärke aus, die ebenfalls durch das Muskelspiel unter seinem T-Shirt zu erkennen war. Seine langen, kräftigen Beine steckten in weiten Hosen, die in Kampfstiefeln endeten. Er strotze nur so vor Kraft und Sex-Appeal, sodass er wahrscheinlich ein Dutzend Frauen an jedem Finger hatte.

Elisa war schockiert und fasziniert zugleich. Sein unverschämt gutes Aussehen, wurde nur von der Narbe, die sein Gesicht zierte, unterbrochen. Doch es tat ihm keinen Abbruch. Die Narbe war ein Teil von ihm und er trug sie mit Würde. Auf der anderen Seite war er der Hauptmann der Garde von Theresia – und somit ihr Feind in diesen Mauern.

Desmond sah Elisas prüfenden Blick und sein Mundwinkel verzog sich leicht.

„Na, gut geschlafen?"

„Ja, und du?" Elisas Puls raste vor Nervosität.

Mit einem Satz stand er vor ihr. Seine weiche Stimme ertönte direkt an ihrem Ohr.

„Ich hätte besser geschlafen, wenn ich hier geblieben wäre."

Elisa erschauderte bei seinen ungehemmten Worten.

„Ich wollte dir nicht zu nahe treten", versuchte sie, sich aus der Situation zu winden.

„Du brauchst dich nicht zu verstellen. Meine Erfahrung bei Frauen reicht aus, um zu wissen, was du brauchst, mein Schätzchen. Wenn ich will, bringe ich dich dazu meinen Namen zu schreien - und ich muss mich dafür noch nicht einmal anstrengen.

„Ich glaube wir müssen los. Meine Schicht fängt gleich an und ich möchte nicht zu spät kommen und damit Tante Theresa verstimmen", entgegnete Elisa ihm freundlich, ohne auf seine Anspielung einzugehen.

Er drängte seinen stahlharten Körper dicht an sie.

„Lass dir eins gesagt sein, du wirst mich noch anflehen, dich zu nehmen."

Bei dieser Vorstellung durchzuckte eine Hitzewelle ihren gesamten Körper und er labte sich an ihrer Erregung.

„Ja, ich wusste es!", stellte er zufrieden fest, wobei reine Begierde in seinen Augen glitzerte.

Ein Seufzer entglitt Elisas Mund.

„Genauso, du wirst schon sehen." Entschieden drehte er sich um, griff nach ihrer Hand und zog sie aus dem Zimmer. Beide stiegen die Steintreppe hinab und nachdem er den Code an der Eingangstür eingegeben hatte, gingen sie zielstrebig zum Hospital hinüber.

Elisas Schicht verlief ohne irgendwelche Zwischenfälle und als sie die Übergabe an den Frühdienst beendet hatte, lief sie zur Umkleide.

Dort an der Wand gelehnt stand Desmond mit prüfendem Blick.

„Was ist?", fragte Elisa.

„Geh dich umziehen." Er wandte seinen Kopf in die Richtung der Umkleidekabine.

Elisa huschte hinein, zog sich hastig um und trat dann schnell wieder vor die Tür.

„Fertig. Wir können los."

Seine Hand schloss sich fest um ihr Handgelenk, als sie den Eingangsbereich passierten, wo Raymond und Miles wieder Schicht hatten.

Wortlos eilten sie über den Platz, vorbei an dem Springbrunnen, und als sie die Eingangstür passierten, traten schon die ersten Sonnenstrahlen über die hohe Mauer.

Desmond gab eilig den Code ein und beide huschten rasch hinein ins Gebäude.

„Das war knapp", gab Elisa zu bedenken.

Doch Desmond, schien das kalt zu lassen. Er zog sie die Treppe nach oben, entriegelte ihre Tür und drängte sie in ihr Zimmer.

„Hör auf damit!", knurrte er sie an.

„Mit was?", fragte sie empört.

„Damit!" Er deutete auf ihren Körper.

„Was meinst du?"

„Dein Körper, dein Duft." Verheißungsvoll kam er näher. „Ich habe dir gesagt, du wirst mich noch anflehen, dich zu nehmen."

Elisa wich zurück. „Ich will nichts von dir."

„Mach mir nichts vor. Dein Körper schreit regelrecht nach mir."

„Tut er nicht!"

„Oh doch! Du bist so was von bereit und willig, und ich werde derjenige sein, der das tut."

Sie trat noch ein Schritt rückwärts.

Ihre Halsstarrigkeit stichelte ihn noch mehr an.

„Ich werde deine Begierde in hemmungslose Lust verwandeln und deinen Körper willig machen, es immer und immer wieder zu tun." Desmond strahlte jede Menge Sex aus und er wusste das ganz genau.

„Desmond ... bitte nicht." Sie stieß mit ihrem Rücken gegen die Wand. Ihr Spitzen-BH zeichnete sich durch ihr eng anliegendes T-Shirt ab, als sein erbarmungsloser Blick sie traf. Er wollte sich an diesem wunderschönen Körper reiben und Erlösung unter ihm finden. Lodernde Begierde flackerte in ihm auf, während er seinen Oberkörper entblößte.

Panik packte Elisa. Sie stemmte ihre Hände gegen seinen immer näher kommenden Körper. Als ihre Hände seine Brust trafen, zuckte er leicht zusammen. Ihre kühlen Finger brannten auf seiner erhitzten Haut.

„Ja, stoß mich ruhig weg", sagte er machtvoll. Sein wildes Verlangen tobte in seinen Augen und er knurrte warnend. „Du willst mich herausfordern? Nein, so nicht. Du wirst mich anflehen." Er ging vor ihr in die Knie, umfasste ihre Taille und trug sie hinüber zum Bett. Dort legte er sich auf sie und nagelte sie unter sich fest. Erbarmungslos griff er nach ihrer Hand und ließ diese an seinem nackten Oberkörper entlang gleiten.

„Spüre mich. Genieße es", befahl er.

Sie fauchte, als die von ihm geführte Hand an seinem Hosenbund landete.

Mit einer blitzschnellen Bewegung, die sie nicht kommen sah, drängte er sich erbarmungslos zwischen ihre Beine. Dabei setzte er ein lasziwes Lächeln auf und presste seine harte Erektion gegen ihren intimen Kern.

Schlagartig sprang er auf, ergriff sein T-Shirt und zog sich bis zur Tür zurück.

„Ich habe dir gesagt, du wirst mich noch anflehen." Mit diesen Worten verließ er ihr Zimmer und verriegelte die Tür.

Keuchend kam Elisa hoch und stütze sich auf ihren Arm ab.

„Du machst mich irre, Desmond", flüsterte Elisa. „Was will er denn bloß? Wenn er Sex haben will, dann soll er kommen und wir bringen es hinter uns. Danach wird er mich hoffentlich in Ruhe lassen. Aber dieses …" Sie schüttelte nur den Kopf.

Einige Minuten später entriegelte sich ihre Tür erneut.

Neugierig starrte Elisa auf die Tür. Doch dieses Mal kam nicht Desmond in ihr Zimmer. Die körperliche Statur ähnelte zwar der von Desmond, aber er war es nicht. Sein Haar war lang.

Elisa blieb der Mund offen stehen, als sie sah, wer es tatsächlich war.

Auf dem Anwesen …

Unterdessen kämpfte sich Ortischa aus ihrer Bewusstlosigkeit wieder an die Oberfläche. Ihre Augenlider flimmerten und langsam konnte sie schemenhaft wieder Umrisse erkennen.

„Ich bin bei dir. Ganz ruhig", flüsterte Maddy dicht neben ihr.

Maddys Stimme beruhigte Ortischa, dennoch spürte sie eine weitere Person im Raum. Die Macht, die diese Person ausstrahlte, rief in ihr ein bedrückendes, aber bekanntes Gefühl hervor. Sie strengte sich weiter an, ihre Augen zu öffnen, und war verblüfft, als sie Ramos in Sandgestalt auf einem Stuhl vor ihrem Bett sah.

„Um Himmels Willen. Was macht denn der hier?", fuhr sie ihn an.

„Er hatte mich begleitet und dich in dein Quartier getragen. Aber vielleicht wäre es dir lieber gewesen, wenn ich Mehit oder Ament geholt hätte?" Entgegnete ihr Maddy forsch.

Ortischas Blick schnellte zu Maddy.

„Nein, natürlich nicht. Gut ist auch, dass du nicht reden kannst und somit auch keine Auskunft über das Gesehene erteilen kannst." Dies klang nun wieder voll nach der zynischen Ortischa.

Ramos hingegen bedachte sie nur mit einem schiefen Blick.

„Ganz so ohne war das alles nicht. Angel hat dich gesehen. Sie ist aber vor Ramos geflohen. Er hat auf uns beide aufgepasst." Neugierig musterte Maddy das Gesicht von Ortischa.

„Ach, hat er das. Ich wusste nicht, dass er in der Zwischenzeit ein Clankrieger geworden ist." Sie richtete sich auf und ließ ihre Beine von der Bettkante baumeln.

„Warum bist du eigentlich … so …?" Sie deutete auf seine Gestalt.

Er zuckte mit den Schultern.

„Was ist passiert, bevor du so geworden bist?"

Ramos starrte Maddy an, deutete auf sie und dann auf sich.

„Wir waren in der Gruft und es gab eine Meinungsverschiedenheit. Ich habe ihm gesagt, dass ich den Altar anfassen werde und plötzlich war er vor mir und ich konnte ihn … fühlen. Warum, … weiß ich auch nicht?"

„Aber ich!", sagte Mehit plötzlich, der zwischenzeitlich lautlos das Quartier betreten hatte.

Hektisch ging Ortischas Blick zu ihm und wieder zu Maddy.

„Als du zum Altar gelaufen bist, ist ein kleiner Tropfen Blut aus deiner aufgerissenen Lippe auf Ramos gefallen. Dies hat dieses Phänomen erzeugt. Dein Blut lässt ihn eine feste Gestalt annehmen."

„Das ist ja Wahnsinn. Also kann ich ihn in jeder Form „fest" werden lassen, wenn ich ihm nur einen Tropfen Blut spende?" Begeistert schlug sie ihre Handinnenflächen aneinander.

Auch Ramos war entzückt über diese Neuigkeit und es zeichnete sich ein weiches Lächeln auf seinem Gesicht ab.

Nur Ortischa konnte sich nicht erfreuen an der Situation, denn Mehit hatte sie mit seinem harten Blick festgenagelt. Sie wusste, dass sie sich winden konnte, wie sie wollte. Er würde erfahren, was los ist.

„Okay! Hör auf, mich so anzustarren", keifte sie ihn an.

Wie eine Statue stand er da und wartete, genauso wie Maddy und Ramos auch.

Minuten vergingen, bevor Ortischa ihre schwarze Lockenmähne mit ihren Händen durchkämmte.

„Diese Schmerzen treten immer wieder auf, wenn ich mich aufrege. Lange wusste ich nicht woher sie kamen. Erst als Conzuela mich eines Tages wieder so vorfand, hat sie mich heimlich untersucht. Sie war der Meinung, dass es sich um einen Metallsplitter handelt, der durch die Explosion damals in mich eingedrungen sein muss. Durch den schnellen Heilungsverlauf hatte sich wohl die Wunde geschlossen, ehe ich den Splitter überhaupt bemerkt habe. Ich konnte es bisher sehr gut verbergen, doch nun …" Sie hob die Arme in die Luft. „Ist es anscheinend vorbei mit dem Versteckspiel." Resigniert ließ sie die Arme wieder sinken.

„Ortischa, … wir sind nicht hier, um dich zu verurteilen, das hast du ganz alleine getan. Wir sind ein Team und wir sind füreinander da. Wenn du Schmerzen hast, hättest du das schon viel früher sagen müssen. Was wäre denn gewesen, wenn dies in einer Situation passiert wäre, wo wir im Kampf gewesen wären? Keiner hätte dann gewusst, was mit dir los ist", sagte Mehit und sah Ortischa vorwurfsvoll an.

„Es ist ja nichts passiert. Also sollten wir auch nicht das Was-wäre-wenn-Spielchen durchkauen. Wir müssen jetzt überlegen, was mir machen, denn Conzuela wird in nächster Zeit nicht zur Verfügung stehen", sagte Maddy einfühlsam.

„Ja, du hast Recht", stimmte Mehit ihr widerwillig zu.

Auch Ortischa nickte und Ramos schloss sich ihr an.

„Du könntest zu Dr. Anderson gehen und dich erst einmal durchchecken lassen. Und vielleicht eine Computertomografie machen lassen?"

„ICH und ein Krankenhaus. Niemals!", sagte Ortischa sich sträubend.

„DOCH, du wirst gehen, sonst schleife ich dich an den Haaren dort hin", sagte Mehit unverblümt.

Ortischa wusste, dass sie keine Chance hatte.

„Aber nur, wenn wir es erst einmal für uns behalten bis die Diagnose feststeht. Okay?" Fast hilfesuchend sah sie nun erst in Mehits, dann in Maddys und zum Schluss in Ramos Gesicht. Alle nickten.

„Gut, dann fahren wir morgen früh?"

„Nein! Jetzt!", erwiderte Mehit.

Eine gute Viertelstunde später saß Ortischa neben Mehit im Mustang, der die Garage des Anwesens verließ.

Als sie am Krankenhaus ankamen, stellte Mehit seinen Wagen auf einen der markierten Parkplätze ab. Auf dem Weg zum Fahrstuhl vermieden es beide, ein Wort miteinander zu sprechen. Erst als sie auf der Station von Dr. Anderson ankamen, flüsterte Ortischa leise.

„Kann man ihm vertrauen?"

„Jonathan tat es bisher", sagte Mehit überzeugend.

„Na dann, hoffen wir mal das Beste." Erklang es zynisch neben ihm.

Beide liefen auf das Büro zu, als sich die Tür bereits öffnete.

„Mehit?", rief Michael erstaunt, als er ihn und die rassige Schönheit neben ihm erblickte.

„Michael, schön dich zu sehen. Können wir dich kurz sprechen?"

„Selbstverständlich, kommt in mein Büro."

Als beide eingetreten waren, schloss Michael die Tür hinter ihnen.

„Was kann ich für euch tun?" Sein Blick ruhte auf Ortischa, die ihren Blick jedoch gesenkt hielt.

„Es geht um Ortischa. Als Erstes solltest du wissen, dass sie eine Clankriegerin ist. Wir haben den Verdacht, dass sie etwas in sich trägt." Auf keinen Fall wollte er das Gespräch auf Conzuela lenken, denn er wusste nicht, ob Michael wusste, dass sie sich in den Händen von Isfets Leuten befand.

„Wie äußern sich denn die Schmerzen?", fragte Michael Ortischa, die nun den Kopf langsam anhob. Ihre dunkelbraunen Augen trafen Michael wie zwei Dolche.

„Es sind krampfartige Schmerzen, die dann in einer Art Bewusstlosigkeit enden. Diese hält für ca. drei bis vier Stunden an", erteilte Ortischa ihm Auskunft. Als sie sprach, hefteten sich Michaels Augen an ihre vollen Lippen.

„Wie oft sind diese Anfälle bisher vorgekommen?", fragte er sachlich weiter.

„Etliche Male schon und es wird immer schlimmer, wenn ich mich aufrege."

Michael nahm den Telefonhörer in die Hand und tippte eine kurze Nummer.

„Anderson hier. Ich brauche sofort einen Termin für eine Computertomografie. Mmhh. Ich bringe die Patientin persönlich. Gut. Nein, nur McLarsen soll die Auswertung machen." Dann legte er auf.

„Es wird alles vorbereitet. Wir können uns sofort auf den Weg zur Radiologie machen." Er stand auf und Mehit und Ortischa folgten ihm.

Nach der Untersuchung warteten beide auf die Auswertung im Gang, während sie auf Metallstühlen saßen.

Angst kroch Ortischa aus den Poren, doch würde sie das nie zugeben. Sie war eine Clankriegerin, die nicht vor so einer kleinen Lappalie kapitulieren würde. Und dennoch hatte sie feuchte Hände, und ihr Fuß fing an zu zappeln.

„Anderson ist sehr gut. Du brauchst dir keine Gedanken zu machen", sagte Mehit einfühlsam.

„Mach ich nicht. Wie kommst du denn auf so was?", versuchte sie, sich zu verteidigen.

„Ich meine ja nur."

„Behalte deine Meinung besser für dich!"

Die nächsten Minuten vergingen Ortischa fiel zu langsam. Das Warten machte sie wahnsinnig und plötzlich fing der Schmerz wieder an, in ihr hochzukommen. Sie pustete heftig die Luft aus, um sich zu beruhigen, doch es gelang ihr nicht. Sie griff sich mit der Hand an die Stelle, wo der Schmerz am Stärksten war.

„Shit Mehit …", rief sie verzweifelt, als sie Sekunden später vom Stuhl rutschte und mit krampfartigen Schmerzen auf dem Boden lag.

„MICHAEL!", schrie Mehit, der sich nun neben Ortischa kniete und ihren Kopf hielt.

Michael schoss um die Ecke und sah die sich krümmende Ortischa auf dem Fußboden liegen.

Sofort bückte er sich und lud sie sich auf seine Arme. Lief mit ihr zum Fahrstuhl und fuhr in seine Etage.

Mehit folgte ihnen.

Er stieß eine der Zimmertüren auf und legte Ortischa sanft auf dem Bett ab. Er nahm sein Stethoskop, hörte sie ab und fühlte ihren Puls.

„Eine so heftige Reaktion habe ich auch noch nicht bei unseresgleichen gesehen", sagte Michael leise vor sich hin.

„Kannst du ihr helfen?", fragte Mehit, der an der Bettkante stand und nach der Hand von Ortischa griff.

„Ja kann ich, aber es wird kein einfacher Eingriff werden."

„Warum?"

„Weil sie einen Metallsplitter in sich trägt, der von sehr viel vernarbten Gewebe eingeschlossen ist."

„Das heißt?"

„Das heißt, dass wenn ich nicht schnell genug arbeite, ihr Körper die Wunden, die ich ihr zufüge, um an den Metallsplitter zu gelangen, so schnell wieder schließt, dass es unmöglich sein könnte, an das Stück heranzukommen. Am besten wäre es, wenn wir sie hungern lassen, bevor ich operiere. Je geschwächter sie ist, desto bessere Erfolgschancen haben wir."

„Du weißt schon, was du da verlangst?", fragte Mehit besorgt.

„Mehit, ich weiß, was ich verlange. Willst du, dass ich ihr helfe? Dann müssen wir mit ihr reden, sobald sie aus der Bewusstlosigkeit erwacht."

Mehit sah auf die reglose Ortischa hinab.

„Ich spreche mit ihr, sobald sie wach ist."

„Gut. Ich schaue später nach euch. Soll die Schwester dir etwas bringen?"

Mehit verneinte.

Daraufhin verließ Michael das Zimmer, während Mehit sich einen Stuhl nahm und sich neben Ortischas Bett setzte.

Nachdem Mehit und Ortischa das Anwesen verlassen hatten, begaben sich Maddy und Ramos zurück zur Kommandozentrale. Das betretende Schweigen, was ihnen dort entgegenschlug, ließ Maddy nur zögerlich eintreten.

Raban saß an seinen geliebten Computern und Ivan hatte sich in sein Quartier zurückgezogen und Angel mitgenommen.

Ament lehnte an der Wand und trank einen Kaffee.

Das Handy von Raban klingelte und riss alle aus ihrer Starre.

„Hi, was ist mit Ortischa?", fragte Raban aufgeregt, bevor er den Ausführungen von Mehit lauschte. Einige Sekunden verstrichen. „Okay. Ich werde es den anderen mitteilen. Wenn wir etwas tun können, melde dich." Damit endete das Telefonat.

„Ortischa hat einen Metallsplitter in sich, der operativ entfernt werden muss. Es wird eine sehr schwierige Operation werden, sagt Dr. Anderson. Mehit bleibt jetzt erst einmal bei ihr in der Klinik."

„Wenn Ivan wach ist, soll er zur Unterstützung in die Klinik fahren. Ortischa soll nicht das Gefühl haben, alleine zu sein."

Über die Fürsorge, die Ament gerade geäußert hatte, waren alle Anwesenden sehr verblüfft.

„Maddy, würdest du vielleicht ein paar Sachen für Ortischa zusammenpacken?"

„Na klar." Sie schaute Ramos an und beide verließen den Raum. Auf dem Weg zum Quartier von Ortischa merkte Ramos wie er immer mehr Sandkörner auf dem Mamorflur verlor. Er blieb stehen und sah Maddy wehleidig an.

Shit, ich löse mich auf. Das Gefühl war zu schön, um wahr zu sein. Für ein paar Stunden habe ich mich wie ein richtiger Mann gefühlt. Doch so wie es aussieht, ist das jetzt vorbei.

„RAMOS!", rief Maddy und lief auf ihn zu. Sie versuchte den Sand aufzuhalten, doch unweigerlich fielen die Sandkörner immer schneller zu Boden.

„NEIN! Ramos!"

Nach einigen Sekunden war nur noch ein Haufen Sand übrig, der den Marmorboden zierte.

„Warte", befahl Maddy. Sie biss sich auf die verheilende Lippe, sodass sie den Geschmack von Blut auf ihrer Zunge schmeckte. Diesen kleinen Tropfen ließ sie dann auf den Sandhaufen fallen und es funktionierte.

Ramos erhob sich wieder zu seiner vollen Größe und sah sie dankbar an.

Maddy hingegen umschloss ihn mit ihren Armen. Einen Moment lang standen sie so da. Überrascht von ihren Gefühlen sahen sie sich in die Augen, lösten sich voneinander und liefen zu Ortischas Quartier. Dort suchten sie einige Sachen zusammen und packten sie in eine Reisetasche. Die brachten sie dann zur Kommandozentrale.

„Habt ihr schon etwas Neues aus dem Krankenhaus gehört?", fragte Maddy, um sich etwas abzulenken, und nicht ständig an diesen Moment im Flur denken zu müssen.

„Nein, noch nichts", antwortete Raban.

„Wie geht es jetzt mit deiner Schwester weiter?"

„Sie wird weiter von Ament verhört werden und …"

„Das weiß ich schon. Erzähl mir etwas, das ich noch nicht weiß?", hakte Maddy nach.

Rabans nervöser Blick fiel auf Ament.

„Nennen wir es mal Waffenstillstand", antwortete dieser.

„Ist es für euch okay, wenn sie sich morgen mal duschen würde? Ich habe sie gesehen. Ihre Haare sind verdreckt und sie ist ja auch nicht erst seit gestern hier. Neue Kleidung wäre sicher auch angebracht."

Ament und Raban suchten kurz erneut Blickkontakt.

„Das wird sich arrangieren lassen."

„Gut, dann werde ich jetzt mal ins Bett gehen. Ach du meine Güte. Heute sind Mona und Jacques angekommen, und ich war noch nicht einmal oben. Was werden sie jetzt von mir denken? Morgen früh gehe ich zuerst nach oben. Sagt Ivan Bescheid, dass er an die Tasche denkt, wenn er zu Ortischa fährt."

„Ok, machen wir. Schlaf gut."

„Gute Nacht Ament, gute Nacht Raban."

Sie verließ die Kommandozentrale und lief zu dem Quartier, welches ihr Mehit gegeben hatte. Sie stieß die Tür auf und Ramos folgte ihr. Müdigkeit übernahm die Kontrolle über ihren Körper. Sie gähnte und schlüpfte aus ihren Schuhen. Als sie im Begriff war ihre Hose zu öffnen, wandte Ramos sich ab. Die Jeans fiel zu Boden und ihr T-Shirt folgte. Sie kroch unter die Bettdecke und erst als er das Rascheln vernahm, drehte er sich wieder zu ihr um.

„Gute Nacht Ramos", sagte sie müde, dann schloss sie die Augen.

Er setzte sich auf einen weichen Sessel, der unweit des Bettes stand und beobachtete *seine* schlafende Maddy. *Was für ein Tag. Nie hätte ich für möglich gehalten, eine feste Hülle zu sein. Und durch ihr Blut ist der Traum endlich Wirklichkeit geworden. Seine Fangzähne fuhren sich bei dem Gedanken an Blut rasant aus. Wie es wohl wäre, von ihrem Hals zu trinken. Ihre zarte Haut mit meinen scharfen Zähnen zu durchstechen, und einige Tropfen des Lebenssaftes zu mir zu nehmen.* Bei dem Gedanken schoss ihm der Speichel in den Mund, und er ermahnte sich seine Begierde zurückzuschrauben. *Nie werde ich von ihr trinken, wenn sie es mir nicht erlaubt.* Wohlwollend schloss er seine Augen und gönnte sich ebenfalls etwas Ruhe.

Ohne die Augen zu öffnen, wusste Ortischa, dass sie sich nicht mehr auf dem Klinikflur befand. Es roch alles sehr steril und der ihr einzige bekannte Geruch war der von Mehit.

„Na, geht es dir besser?"

Sie schlug ihre Augen auf und sah in seine kristallblauen Augen.

„Ja, schon viel besser. Was hat der Doktor gesagt?"

Mehit senkte seinen Blick, was nichts Gutes zu bedeuten hatte.

„Er sagt, dass er dich operieren muss. Es befindet sich ein Metallsplitter in deinem Körper. Dieser bereitet dir diese Schmerzen. Es gibt dabei nur einige Schwierigkeiten. Wir müssen deinen Körper Schwächen, indem wir dir Nahrung entziehen und das für mehrere Tage."

Ortischa zog scharf die Luft ein. „Warum?"

„Weil sich sonst die Wunden, die er dir zufügen muss, um an den Metallsplitter zu kommen, durch den Heilungsprozess zu schnell schließen."

Kurz überlegte Ortischa, als es an der Tür klopfte.

„Herein!", rief Ortischa.

Michael trat ein und begrüßte beide.

„Habt ihr schon miteinander gesprochen?"

„Grade eben", erwiderte Ortischa.

„Es ist sicherlich schwer für dich, dich in unsere Hände zu begeben. Aber … ich will dir nur helfen, das solltest du dabei bedenken."

Michael musterte sie eindringlich, was Ortischa nicht entging.

„Ich werde darüber nachdenken. Wenn ich zustimme, dann nur, wenn Mehit und Ament während der Operation anwesend sind."

„Das lässt sich einrichten", sagte Michael zuversichtlich, wobei sein Blick viel zu lange an ihren vollen Lippen hängenblieb. Er war fasziniert von dieser Frau. Ihr wahnsinnig gutgebauter Körper, ließ so manchen Männertraum wahrwerden. Dazu kamen diese Entschlossenheit und ihre Stärke, die sie als Clankriegerin auszeichneten. Diese hochexplosive Mischung ließ Michael hart schlucken.

Ortischa hatte seinen Blick genau verfolgt und sie konnte aus seinen Poren die Erregung riechen. Er gab sich zwar große Mühe, diese zu überdecken, doch es gelang ihm nicht vollständig. Ortischas Sinne waren um ein Vielfaches sensibler, als die normaler Vampire, die Michael damit hätte blenden können. Ihre Überlegenheit ließ sie schmunzeln.

„Was könnte passieren, wenn ihr Element ihren Körper beschützen will?", mischte sich Mehit ein, denn auch ihm entging die Erregung nicht.

„Das ist eine gute Frage, die ich dir aber so nicht beantworten kann, da ich noch nie einen Vampir mit einem Element operiert habe. IHR müsst sie im Zaum halten! Sonst könnten mehr Leute in Mitleidenschaft gezogen werden, als uns lieb ist." Nachdenklich ließ er seinen Blick durch den Raum wandern.

„Mehit?" Ortischa hatte auf einmal einen glasigen Ausdruck in den Augen. „Du und Ament ihr könnt mein Element in Schach halten. Ihr könnt mich mit eurer Trance niederstrecken. Zusammen."

„Du weißt nicht, was du da von uns verlangst?"

„Oh, doch!"

„Und was ist, wenn wir die Trance nicht mehr auflösen können? Was dann? Ich kann nicht nach Jonathan rufen …" Erschrocken sah er Michael ins fragende Gesicht.

„Was ist mit Jonathan?"

„Nichts!" Mehit winkte ab. „Ich muss … ich gehe uns einen Kaffee holen. Shit!" Damit verließ er das Krankenzimmer und schlug heftig die Tür hinter sich zu.

Irritiert blieb Michael zurück und suchte in Ortischas Gesicht nach einer Antwort.

Diese kaute nervös auf ihrer Unterlippe herum.

„Jonathan ist … unterwegs", sagte sie knapp und er wusste, dass sie dem nichts weiter hinzufügen wollte.

„Ich hatte ihn auch schon, vor einiger Zeit, versucht zu erreichen, aber wegen einem ganz anderen Anliegen."

Plötzlich war die Neugier von Ortischa geweckt und sie wusste nicht warum. „Was wolltest du von ihm?"

Michael winkte ab. „Es ist eher etwas Persönliches."

Durch sein zurückhaltendes Verhalten hatte er nun mehr Aufmerksamkeit von Ortischa, als er gedacht hatte.

„Und das wäre?"

Der drehte sich zu ihr und seine Augen schimmerten wie Bernstein. Sie konnte ihm ansehen, dass er mit sich haderte, gerade mit ihr darüber zu sprechen.

„Du kannst auch mit Mehit sprechen, wenn dir das lieber ist." Demonstrativ lehnte sie sich zurück.

„Nein, das ist es nicht. Es betrifft eine meiner Mitarbeiterinnen."

Ein plötzlicher Anflug von einem beißenden Gefühl in ihrem Oberkörper machte sich breit. Sie murmelte einen spanischen Fluch und versuchte das Gefühl einzudämmen. Sie konnte es nicht einmal analysieren, bis sie plötzlich die Erkenntnis traf, dass sie womöglich eifersüchtig war auf die Äußerung, die Michael gerade von sich gegeben hatte. Unverständnis zeichnete sich in ihrem Gesicht ab.

Michael bekam von alledem nichts mit. Sein Blick war auf die Fensterfront gerichtet, als er anfing zu sprechen.

„Es geht um eine Krankenschwester von mir. Sie hatte jahrelang hier gearbeitet. Sie war immer fleißig und kompetent. Doch nun … ihr Vater hat sie an einen Ort verbannt, wo sie wahrscheinlich nie wieder herauskommen wird." Ihm brach seine Stimme und Ortischa wunderte sich über seine Gefühle, die er für diese Mitarbeiterin hegte.

Wütend ballte Michael seine Hände zu Fäusten und Ortischa konnte erkennen, dass sich seine Fangzähne schnell ausfuhren.

„Wenn ich doch nur etwas gegen Hamilton unternehmen könnte", sagte er nun zähneknirschend.

„Hamilton! Was hast du denn mit Hamilton zu tun?", fragte nun auch Mehit, der den Raum gerade wieder betreten und deshalb nur die letzten Worte vernommen hatte.

„ICH? Gar nichts. Aber seine Tochter. Elisa. Sie hat mir eine Nachricht zukommen lassen, in der sie mich angefleht hat, ihr zu helfen und ich … ich habe nichts getan. Ich habe sie ihrem Schicksal überlassen. Nun sitzt sie in Calabria und wird wahrscheinlich nie wieder zurückkehren. Ich habe versagt. Ich hätte ihr helfen müssen. Doch ich bin kein Mann, der mit Gewalt agiert. Das war ich nie und werde ich auch nie sein. Doch sie hat es nicht verdient, so behandelt zu werden. Keiner hat das."

Die Traurigkeit in seinen Worten ließ Ortischa nachdenklich werden.

Mehit hingegen musste seine Wut so sehr unterdrücken, dass keiner der Anwesenden merken würde, dass er sie kannte.

Seine Elisa.

Immer mehr gab er sich die Schuld daran, ihr nicht rechtzeitig geholfen zu haben.

„Entschuldigt", Michael stürmte aus dem Zimmer.

„Wow ... es scheint ihm ganz schön nahe zu gehen, das mit dieser Elisa."

Als von Mehit keine Reaktion kam, schaute sie zu ihm auf.

Mehit stand da wie angewurzelt, die Fangzähne voll ausgefahren. Sein wutverzerrtes Gesicht und die geballten Fäuste, warteten nur darauf, endlich loszuschlagen.

Geschockt hob sie Hände und fragte leise. „Mehit? Alles in Ordnung?"

„Nichts ist in Ordnung!" Er bemühte sich sichtlich die Fassung wieder zu erlangen.

„Moment mal ... du kennst diese Elisa auch?", dämmerte es Ortischa langsam.

„Das geht dich nichts an!", zischte Mehit.

„Oh doch, wenn es den Clan betrifft, geht mich das sehr wohl etwas an." Sie richtete sich auf und stützte sich auf ihre Ellenbogen. Ihr unnachgiebiger Blick aus ihren braunen Augen traf Mehit, sodass er ihr nicht ausweichen konnte.

„Ach, shit, ich habe sie und ihre Freundin durch einen Zufall kennengelernt. Über ihre Freundin ist mir dann neulich auch zu Ohren gekommen, dass sie mich sucht, weil sie zu ihrer Tante gebracht werden sollte."

Ortischa versuchte, wild gestikulierend, Mehit in seinem Redefluss zu stoppen.

„Es waren unglückliche Umstände, sonst hätte ich es vielleicht verhindern können, dass sie nach Calabria gebracht wurde."

„Du hättest es verhindern können?", empört stand Michael in der Tür.

„Nein. Ja, wenn ich früher davon erfahren hätte." Entschuldigend hob Mehit die Hände.

„HEY!" Rief sie beide zur Ordnung.

Sofort hatte sie ihre volle Aufmerksamkeit.

„Wie ich das verstanden habe, ist Elisa jetzt in Calabria. Dann werden wir sie eben dort herausholen."

„Als wenn das so einfach wäre", gab Mehit zu bedenken. „Es ist das sicherste Gefängnis, das es auf der Welt gibt und wird zusätzlich von einem Magier beschützt. Da kann man nicht mal eben zur Tür hereingehen und sich Elisa schnappen, um dann wieder zu verschwinden. Ortischa … diese Idee hatte ich auch schon, und Raban lässt seit Tagen schon einen Satelliten orten, was dort alles passiert."

„Danke", kam nun von Michael. „Ich hatte ja keine Ahnung, dass du …"

„Wie solltest du auch", unterbrach ihn Mehit.

„Wir werden sie befreien. Ach und vorher, nehmen wir noch so einen kleinen Metallsplitter aus mir heraus", versuchte Ortischa die Situation zu überspielen.

„Ja … du hast vollkommen recht. Erst die Operation und dann wird Elisa zurückgeholt", stimmte Mehit zu.

Auch Michael nickte zustimmend.

„Drei Tage müssen wir dich auf Entzug setzen. Dann ist das Risiko am geringsten - für uns alle. Ich werde alles vorbereiten. Ruh dich aus. Ich komme später noch einmal vorbei", sagte Michael, bevor er die beiden verließ.

„Bist du dir ganz sicher mit der Operation?"

„Ja, bin ich. Wenn ich es schon früher gewusst hätte, hätte ich es vielleicht … nein hätte ich nicht", sie schüttelte ihren Kopf, sodass ihre schwarze Lockenmähne um sie herumschwang.

Mehit setzte sich auf die Bettkante.

„Ich bin bei dir und Ament auch."

Einige Minuten sagte keiner etwas.

„Mmhhh … könntest du noch etwas anderes für mich tun?"

„Was immer du möchtest", erwiderte Mehit.

„Suche bitte Marisol und bring sie hierher."

„Marisol? Deine Schwester? Sie denkt du bist tot."

„Tu es einfach."

Als Mehit am frühen Morgen zurück auf dem Anwesen war, berichtete er allen von der bevorstehenden Operation. Gespannt hörten alle Anwesenden zu, die sich in der Kommandozentrale eingefunden hatten.

„Drei Tage?", fragte Maddy nervös.

Mehit nickte.

„Wenn sie operiert wird, will ich auch dabei sein."

„Warum?", fragte Angel unsicher.

„Weil ich hier den Turbo unter den Blutgruppen habe, und ich damit Ortischa sicher schneller als alle anderen wieder auf die Beine bringe."

Einen Moment lang zogen alle, bei dem Gedanken daran, scharf die Luft ein, doch dann mussten sie Maddy zustimmen. Keiner hatte dem etwas entgegenzusetzen.

„Ivan ist jetzt bei ihr und wird bis morgen früh auch bei ihr bleiben. Morgen löst du ihn dann ab." Mehits Blick glitt zu Angel, die zustimmend nickte.

„Raban, du musst noch jemanden ausfindig machen."

„Wen?"

„Ortischas Schwester Marisol."

„Okay … gib mir ein paar Minuten." Wild hämmerte er auf der Tastatur herum.

„Maddy, es wäre sicher besser, wenn du dich oben mal sehen lassen würdest. Jacques und Mona könnten von dir moralische Unterstützung gebrauchen."

„Du hast recht … das wollte ich sowieso. Wenn es etwas Neues gibt, sagt ihr mir Bescheid?"

„Selbstverständlich", erwiderte Raban.

Ramos ging in das Element Luft über und blieb an ihrer Seite. Genauso schloss sich Angel an, mit ihr nach oben zu gehen.

Mehit war froh, dass Angel sich geändert hatte. Wenn es nach ihm ginge, würde er sie auch zu einer Clankriegerin machen, doch seine Fähigkeiten reichten nicht aus, dies zu bewerkstelligen. Jonathan war der Einzige, der so etwas konnte. Bei dem Gedanken an Jonathan zog sich Mehits Herz zusammen. *Wo bist du nur?*

„Hab sie", ertönte Rabans Stimme und riss Mehit damit aus seinen Gedanken.

Raban stellte auf Lautsprecher. Es klingelte am anderen Ende der Leitung.

„LASS MICH ENDLICH IN RUHE! ICH WILL NICHTS MEHR MIT DIR ZU TUN HABEN! Klick.

„Na das kann ja heiter werden", sagte Raban. Erneut wählte er Marisols Nummer.

„Willst du mich nicht verstehen? Ich habe genug von deinen Eskapaden. Du hast mich lange genug an der Nase herumgeführt", tief holte sie Luft.

„Okay, aber ich …", weiter kam Raban nicht.

„Nichts aber, Dave. Aus, Schluss, finito, basta. Ich bin fertig mit dir", keifte sie ins Telefon.

„Ich aber nicht mit dir", säuselte Raban in den Hörer.

Stille.

„Hallo? Sind Sie noch dran?", hakte Raban nach.

Wieder Stille.

Raban konnte ihre flache Atmung hören und fast ihre Fassungslosigkeit in ihrem Gesicht vor sich sehen.

„Entschuldigung. Anscheinend haben Sie mich verwechselt. Ich bin Raban und ich möchte mit Ihnen über Ihre Schwester Ortischa sprechen."

Auf der anderen Seite wurde scharf die Luft eingezogen, und die Antwort nur zähneknirschend hervorgepresst.

„Wer immer Sie auch sind. Das ist nicht WITZIG! Meine Schwester ist tot." Klick.

Bei einem weiteren Versuch, die Nummer zu wählen, erklang am anderen Ende nur noch die Mailbox. Resigniert warf Raban sein Headset auf die Arbeitsplatte und stützte seine Ellenbogen darauf auf.

„Super, ganz toll hinbekommen."

„Ortischa wird ihrem normalen Leben einen tragischen Tod verpasst haben, um beim Clan anzuheuern. Ihre Familie wird nichts über ihre neue Identität wissen", bemerkte Mehit und hielt seinen Blick gesenkt.

„Einer von uns sollte Marisol persönlich aufsuchen."

„Und wer soll das sein?" Mehit entnahm seinen Worten, dass er sich davon ausschloss. Einige Minuten schwiegen beide.

„Ich werde gehen", sagte Mehit trocken.

Raban drehte sich auf seinem Stuhl zu ihm um.

„Na klar… und das Gruselkabinett bleibt hier? Du kannst Ament in seiner momentanen Verfassung nicht alleine lassen."

„Und ob ich das kann. Er braucht jetzt eine Aufgabe."

Verneinend schüttelte Raban den Kopf.

„Tu mir das nicht an."

„Es geht nicht anders. Ament wird seine Aufgabe meistern, da bin ich mir sicher. Ivan unterstützt dich, und so lange werde ich ja nicht weg sein", gab Mehit entschlossen zurück.

„Okay, okay, dann buche ich gleich ein Privatflugzeug für heute Nacht." Schwungvoll wandte er sich wieder seinen Computern zu.

„Tu das."

„Ach, Chang hat sich auch gemeldet. Er würde noch einen Auftrag erledigen und sich dann auf den Weg zu uns machen. Ich habe ihm gesimst, dass wir ihn willkommen heißen. So war es mit Jonathan abgemacht."

„Okay." Wohl war Mehit bei der ganzen Sache nicht. Aber es war die einzige Möglichkeit, die Reihen aufzustocken. Kurz überlegte er, ob er Maddy damit in Gefahr bringen würde. Er ertappte sich, wie er wieder an Jonathan dachte. Jonathan wusste wahrscheinlich nicht einmal, dass auf das Anwesen ein Angriff verübt worden war. Geschweige denn, dass sich Conzuela in den Fängen von Isfets Leuten befand und jetzt noch ein gnadenloser Killer aus China unterwegs hierher war. Als er an sich herabsah, stand er mit geballten Fäusten da. Seine Wut über diese Zeit, war immer noch nicht verraucht und dennoch musste er sich beruhigen, denn als er aufsah, blickte er in den starren Blick von Ament.

Dieser musterte ihn eindringlich.

„Ich werde nach Madrid fliegen und Marisol suchen."

Keine Antwort.

„Du hältst während meiner Abwesenheit hier die Stellung. In den nächsten Tagen trifft ein Killer aus China ein, den wir auf unserer Rekrutenliste hatten. Du musst die Eignungsprüfung durchführen."

Ament schluckte schwer und ein knappes Nicken war alles, was darauf folgte.

„Dein Flug geht heute Abend", unterbrach Raban die beiden.

In Honkong …

Dröhnende Musik erfüllte den Raum des Hardrock Cafés in Hongkong. Drei junge Frauen, die an der Bar auf mit Plastikleder bezogenen Holzhockern saßen, wippten zu den hämmernden Bässen, die aus den Lautsprechern zu ihnen hinüberdrangen. Sie hatten sich bunte Cocktails bestellt und grölten den Text mit, den die Sängerin auf der Bühne zum Besten gab. Da es noch nicht einmal Mitternacht war, war der Laden noch nicht allzu sehr gefüllt. Von den Kellnern wurden Getränke und Speisen an diversen Tische serviert, an denen sich nicht nur Einheimische, sondern auch Touristen niedergelassen hatten.

Auf der gegenüberliegenden Seite der Bar saß ein Mann, an dem noch Blut und der schweißtreibende Geruch nach Sex seine Spuren hinterlassen hatten. Ihn störte dies jedoch nicht im Geringsten. Andere seiner Spezies machten derweil einen großen Bogen um ihn. Angewidert rümpften sie die Nase oder verließen sofort das Café, nachdem sie ihn nur wahrgenommen hatten. Er war ein gefürchteter Killer in Hongkong und sowohl die chinesische Bevölkerung als auch die Vampire vermieden es, ihn auch nur anzuschauen. Denn das, hätte schon ihr Todesurteil sein können.

Der Kellner, der eine rote Strähne im Haar trug, stellte ein gefülltes Bierglas vor den finster dreinblickenden Vampir. „Hier, dein San Miguel."

Er kannte den Killer schon seit längerer Zeit und da er ebenfalls ein Vampir war, konnte er die Angst der anderen verstehen. Doch solange er ihn bediente und seine Wünsche erfüllte, wusste er, dass er nichts von ihm zu befürchten hatte.

Im Bierglas spiegelte sich der blaue Farbton der bestrahlten Kordeln der Decke wider, als Chang auf sein Glas starrte. Seine weißen Haare reflektierten ebenfalls das Blau. Seit einiger Zeit schon kehrte er immer wieder mal im Hardrock Café ein, um seiner Leidenschaft zu frönen. Er liebte ein kühles, frischgezapftes Bier zu trinken. Heute, nachdem er ausgiebigen Sex mit einer englischen Touristin und anschließend ihr köstliches Blut zu sich genommen hatte, wollte er diesen Abend ebenfalls mit seinem Lieblingsgetränk abrunden, bevor er seinen Auftrag ausführte. Er wurde von einem zwielichtigen Geschäftsmann angeheuert, seinen Kontrahenten für einen beachtlichen Betrag auszuschalten. Es war nicht das erste Mal, das Chang für solche Aufträge angeheuert wurde, da seine Effizienz in ganz Hongkong bekannt war. Ein verächtliches Grinsen trat auf seine Lippen, als hinter ihm eine ältere Frau ihn als Jiang Shi betitelte, bevor sie wütend in der Toilette verschwand.

Manche Chinesinnen hatten die Gabe, ein fiktives Wesen aus der chinesischen Mythologie zu erkennen, oder ihn zumindest als ein Monster zu bezeichnen. Viele entschieden auch nur anhand seiner Haarfarbe darüber, dass er ein Wiedergänger sein musste. Die Jugend hingegen fand seine Erscheinung einfach nur cool, denn in Hongkong weiße Haare zu haben, blieb eigentlich nur den Alten vorbehalten.

Seit dem er Mitte des 19. Jahrhundert verwandelt wurde, hatte er anfangs immer an die reine, gutartige Seele gedacht, doch nach Jahren der Blutgier musste er feststellen, dass er auch eine dunkle unruhige Seele besaß, die immer mehr von seinem Wesen Besitz ergriffen hatte. Er schob alles auf eine Kombination seines Todes und seiner würdelosen Bestattung. Das einzige, was ihn im Laufe der Jahre aufrechterhalten hatte, war das Gesicht seines Mörders, welches er so rasch nie vergessen würde. Dieser hatte ihn damals hinterrücks in eine Seitenstraße gezerrt und ihm die Zähne in den Hals geschlagen. Als er die Besinnung verloren hatte, brachte ihn sein Peiniger einfach an einen anderen Ort. Dort angekettet hielt er ihn mehrere Wochen wie ein Tier. Kurz vor seinem Ableben, tauchte ein weiterer Mann auf und am Folgetag wurde Chang auf einem Friedhof wach. Es war Nacht und die Dunkelheit hielt ihn gefangen. Als dann im Morgengrauen die Sonne ihre unerbittlichen Strahlen aussandte, wich er immer weiter zurück, als sein Fleisch anfing zu verbrennen und ihm unerträgliche Schmerzen bereitete. Tief in einer Gruft verbarrikadierte er sich, bis die Dunkelheit die Stadt wieder eingefangen hatte. Erst dann wagte er es, aus seinem Versteck zu kommen. Als er einen alten Mann über den Friedhof schleichen sah, packte ihn der unsagbare Hunger. Erbarmungslos schossen ihm die Fangzähne aus dem Kiefer, und sein Puls fing so heftig an zu pochen, dass er dachte sein Körper würde zerspringen. Er schoss auf den alten Mann zu, riss ihn zu Boden und schlug ihm seine Fangzähne in den Hals. In tiefen Zügen trank er unerbittlich von ihm bis der Mann unter ihm erschlaffte. Blutverschmiert torkelte er in den Schatten bis zu seiner Wohnung. Als er dort in den Spiegel seines Badezimmers blickte, sah er das Gesicht seines Peinigers und Mörders vor sich. Von diesem Tag an beschloss er, diesen zu suchen und zu töten.

Die Frau, die ihn beschimpft hatte, kehrte auf ihren Platz zurück, ohne ihn aus den Augen zu lassen. Früher war er diesen Frauen nachgestiegen, hatte sie entführt, leer getrunken oder tagelang gefoltert, bevor er sie umbrachte. Doch diese Zeiten waren mittlerweile vorbei. Er stand nun über solchen Lappalien. Er hatte gelernt, seinen Durst zu zügeln, und auch das Blut, was er benötigte, zu reduzieren und nur zu töten, wenn es absolut nötig war oder man ihn dafür bezahlte. Einen Blick auf seine Uhr zeigte ihm, dass es Zeit war, sich auf den Weg zu machen. Er griff in die Hosentasche und zog einige Geldscheine hervor, die er neben sein Bierglas legte. Dann nickte er dem Barkeeper kurz zu und verließ das Etablissement über den oberen Ausgang.

Als er auf die Straße trat, hatte sich diese schon mit vielen Touristen und Einheimischen gefüllt. Lasziv bewegten sich einige Frauen zu rhythmischen Klängen, wobei ihre Minikleider dabei ziemlich weit nach oben rutschten. Sie griffen sich in ihre langen Haare, gingen in die Knie und strichen an ihren Oberschenkeln entlang.

Chang ließ das kalt. Er nahm auch einige seiner Spezies war, die scharf die Luft einzogen oder böse Flüche murmelten, doch sobald Chang in ihre Richtung blickte, verstummten sie und rissen erschrocken die Augen auf – denn Todessehnsucht hatte keiner von ihnen. Zielstrebig lief er zur Pedder Street, die er dann langsam entlang schritt. Sein Gang war aufrichtig, graziös und seine Ausstrahlung strahlte pure Energie aus. Er zog einen Haargummi von seinem Handgelenk griff in seinen Haarschopf und verwandelte diesen kurzerhand in einen gepflegten Pferdeschwanz, der ihm bis über die Schulterblätter reichte. Ein kurzer Griff an seine Flanken sagte ihm, dass all seine benötigten Waffen an ihrem Platz waren. Als er bei Giorgio Armani vorbeikam, warf er einen Blick in die Fensterscheibe. Sein Ebenbild strahlte eiserne Disziplin aus. Kurz ließ er seine Fangzähne, im Schein der Leuchtreklame, aufblitzen. Dann sauste er in übermenschlicher Geschwindigkeit in die Nacht davon, um seinen Auftrag auszuführen.

In Spanien ...

Mehit glitt aus dem Privatjet und seine Kampfstiefel landeten sanft auf dem Betonboden. Er sah sich kurz um und verabschiedete sich knapp von dem Piloten. Das Gebäude, welches ein gelb geschwungenes Dach zierte, zog seine Aufmerksamkeit auf sich. Über das Flugfeld näherte sich eine schwarze Limousine. Der Wagen hielt neben ihm und eine der getönten Scheibe senkte sich.

„Ola ich bin Oana und werde dir adyuvante ... äh helfen", kam es in gebrochenem Englisch über ihre Lippen.

Mehit nickte kurz und stieg dann zu ihr in den Wagen. Als er sich auf dem weichen Ledersitz niederließ, wurde er von Oana neugierig gemustert.

„Erstes Mal in Espania?", fragte sie, wobei ihr Blick an seinen breiten Schultern entlang glitt.

„Ja", gab Mehit zurück.

„Wir, ir en coche ... äh, fahren nach Las Rozas, dort vermuten wir deine la doña ...!" Sie wies den Fahrer an loszufahren.

„Habe noch nie einen von uns gesehen, der am el dio … äh am Tage unterwegs ist", sagte sie etwas unsicher. „Wie ist es, dem luz solar … Sonnenlicht zu trotzen?"

„Ich möchte nicht unhöflich erscheinen, aber ich möchte mich nur auf meine Suche konzentrieren." Seine kristallblauen Augen bohrten sich in Oanas.

Sie nickte. „Selbstverständlich"

Einige Minuten vergingen, während sich die Limousine langsam durch den Nachmittagsverkehr hindurch manövrierte.

„In Las Rozas haben wir ein el curatel … Quartier für dich. Heute, la noche … Nacht zeige ich dir, wo sie arbeitet."

Das traf auf Mehits Zustimmung. Er nickte.

Die restliche Fahrt sagte keiner von ihnen mehr etwas.

Kurz nachdem sie am Ortsschild Las Rozas vorgefahren waren, schwenkte die Limousine zu einer breiten Auffahrt eines Hotels. Der Wagen tauchte in die Tiefgarage ein und kam kurz danach zum Stehen.

Als Mehit und Oana den Wagen verließen, waren sie von vier Ihresgleichen umzingelt.

„Das ist meine gente … Leute. Wir gehen hier entlang." Sie deutete auf einen Fahrstuhl, den sie nur wenig später betraten.

Im obersten Stockwerk verließen sie diesen und schritten hinaus in einen großen Flur.

Oana stellte ihre rote Handtasche auf einer Kommode ab.

„Hier entlang", sagte sie und zeigte auf das großräumige Wohnzimmer, welches sich an den Flur anschloss.

Der Raum war auf mediterrane Art eingerichtet und wies einige teure Gemälde auf, die die Wände zierten. Die getönten Scheiben, ließen dem Tageslicht keine Chance durchzudringen.

„Bevorzugst du lebendes Buffet oder …"

Eine menschliche Frau betrat den Raum. Sie trug ein Tablett auf dem eine Glaskaraffe, gefüllt mit Blut, stand. Als sie das Tablett auf einen flachen Tisch abstellte, fiel der Blick von Mehit auf ihren schlanken Hals, den mehrere Einstichstellen zierten. Galant goss sie das Lebenselixier ein und reichte Oana und Mehit je ein Glas.

„Salud", prostete Oana ihm zu.

„Cheers", antwortete Mehit.

Sie leerten ihre Gläser und traten dann an die getönte Fensterfront.

„Sobald die luz solar … äh Sonne untergegangen ist, werden wir uns … auf den Weg machen. Möchtest du dich solange ausruhen?" Ihr Blick glitt an Mehits imposanter Statur entlang. Fast unmerklich leckte sie sich mit ihrer Zunge über ihre Lippen.

Er dachte an Ortischa. Trotz der vielen Jahre in England hatte sie immer noch diesen spanischen Akzent, wie Oana. Seine Mundwinkel zuckten leicht.

„Nein, danke. Wo glaubt ihr, sie zu finden?"

„Wir wissen, wo sie arbeitet."

„Das ist gut. Je schneller ich sie finde, desto besser."

„Warum ist die la doña ... Frau so wichtig für euch?", fragte Oana neugierig, wobei sie mit ihrem Zeigefinger an seinem Oberarm entlang glitt.

Blitzschnell drehte sich Mehit zu ihr um.

Gedehnt sagte er. „Nicht ... anfassen."

Oana kniff ihre Augen zusammen und sagte. „Oh ... Entschuldigung ... Señor. Ich wusste nicht, dass man euch ..."

Mehit unterbrach sie barsch. „Oana! Ich möchte mit dir keine Höflichkeiten oder Nettigkeiten austauschen. Ich habe einen Auftrag, den ich schnellstens ausführen möchte - und dann sitze ich auch schon in der nächsten Maschine nach London. Also ... lass uns professionell miteinander umgehen." Er wartete auf ihre Zustimmung.

Sie nickte.

Kapitel 5

Maddy huschte schnell die Portaltreppe nach oben in ihre Suite. Dort wusch sie sich das Gesicht und putzte sich die Zähne. Umgezogen trat sie dann wieder vor die Tür, sah sich kurz um, und lief dann zielstrebig die Treppe wieder hinunter. Unten wartete Angel auf sie und gemeinsam gingen sie in die Küche.

„Maddy?", drang es sofort an ihr Ohr. „Sieh, wer da ist." Philippe sprang auf und lief auf sie zu.

Er legte seine Arme um sie und führte sie zum Tisch.

Angel ging zielstrebig auf die Kaffeemaschine zu und griff nach einer Tasse. Sie goss sich die duftende, schwarze Flüssigkeit ein und gesellte sich zum Tisch.

Jacques und Mona sprangen auf, als ob sie sich seit Wochen nicht mehr gesehen hätten.

Übertrieben fielen sie sich in die Arme und begrüßten sich. *Was für eine Farce*, dachte Maddy. *Ich hätte nie gedacht, meiner eigenen Familie so einen Bären aufzubinden. Aber es geht nicht anders. Wie müssen sich erst Jacques und Mona fühlen, die schon den ganzen gestrigen Tag mit dieser Notlüge verbringen mussten.*

„Wir müssen dir unbedingt erzählen, dass Jacques nicht mehr weiter studieren will. Er wird in Zukunft bei Philippe im Bistro arbeiten." Erzählte Mona überschwänglich. „Und wir werden bei Corinne und Philippe in dem wunderschönen Haus wohnen, das du gekauft hast. Beide haben uns gestern die Bilder gezeigt. Es ist wunderbar. Du bist die Beste." Sie schloss Maddy in ihre Arme und ließ ihrer Freude freien Lauf.

Philippe und Corinne strahlten und schlossen Sophie in ihre Reihe ein. Nur Jacques saß etwas geistesabwesend am Tisch.

Angel tippte ihn schnell an und signalisierte ihm, sich dem Spektakel anzuschließen.

Sofort setzte er ein Grinsen auf und trat dicht an Maddy heran.

„Das ist ja fantastisch. Dann sind ja fast alle wieder vereint. Das freut mich sehr."

„Ja, aber denke daran, was du uns versprochen hast. Du musst mindestens ein Mal die Woche vorbeikommen! Oder öfter. Und wenn dir danach ist, haben wir immer ein Zimmer für dich." Der kleine Schnauzer zuckte nach oben, als Philippe vor Freude erstrahlte.

„Ich bin so froh, dass ich euch habe." *Das ist das Ehrlichste, an dieser ganzen Situation.*

„Wir wollten fragen, ob wir uns Edward ausleihen könnten?", fragte Corinne.

„Wozu?"

„Wir wollen gerne in ein Möbelhaus fahren, um noch ein paar Kleinigkeiten zu kaufen. Möchtest du uns begleiten?"

Angel versteifte sich sofort, was Maddy aus dem Augenwinkel registrierte.

„Leider habe ich noch einiges zu tun. Edward wird euch sicher gerne begleiten. Jane? Könntest du Edward Bescheid sagen."

„Sehr gern, meine Liebe", antwortete Jane.

Nun brach etwas Hektik in der geräumigen Küche aus. Sophie wollte noch eine leichte Jacke mitnehmen, Philippe noch das iPad einstecken und Mona noch ihre Handtasche holen.

Maddy musste kichern, als sie das Treiben ihrer Familie sah. *Nichts hatte sich verändert. Sie sind noch genauso verrückt, wie eh und je. Ich hoffe nur, dass das so bleibt. Anscheinend haben Corinne und Philippe die veränderte Situation akzeptiert. Jetzt müssen wir nur noch die Hochzeit hinbekommen, damit meiner Familie endlich mal wieder Freude widerfährt. Vor allem sollte auch Sophie ihr Lächeln wieder zurückbekommen.*

„Au revoir, Maddy, bis später", verabschiedete sich Philippe nun von ihr und schob Corinne aus der Küchentür zu den anderen.

„Bis später", rief Maddy ihnen noch rasch hinterher.

„Na noch einen Kaffee?", fragte Jane mit ihrem freundlichen Lächeln.

„Gern," erwiderte Maddy.

„Du auch, Angel?"

„Ja, ich nehme auch gern einen."

Die drei Frauen setzen sich an den Tisch und genossen ihren heißen Kaffee.

„Wie sieht denn dein Tag heute aus?", fragte Jane als sie die selbst gebackenen Croissants von Philippe auf den Tisch stellte.

Maddy griff nach einem und biss hinein. „Ich weiß nicht so genau, aber …" Ihr Handy piepte. „Entschuldige bitte." Sie nahm das Handy und las die Nachricht, die ihr Raban geschickt hatte.

Hi Maddy, Chang ein neuer Rekrut aus China wird heute Abend in London landen und sich bei Ament vorstellen. Wenn er den Test besteht, dann … bekommst du ihn auch zu Gesicht. Raban.

Sie steckte ihr Handy wieder ein und sagte: „Ich würde heute gerne ein schönes Essen organisieren. Was ganz Einfaches. Pizza vielleicht. Wir lassen einen Lieferservice kommen und …"

„Ich kann die Pizza auch gerne selber machen", erklärte Jane, als sie den aufgeregten Blick von Angel richtig deutete. „Ich habe alle Zutaten hier … das wäre kein Problem. Du weißt doch, dass ich mich freue für so viele kochen zu können." Schon stand sie vom Tisch auf und überlegte, was sie alles aus der Vorratskammer brauchte.

„Entschuldigt mich …" Und schon war sie verschwunden.

„Jane ist eine reizende Person", bemerkte Angel.

„Ja … das ist sie. Herzensgut."

„Ist sie denn schon lange auf dem Anwesen?"

„Eine gefühlte Ewigkeit. Ach … du weißt es ja nicht. Du darfst nie etwas von Ramos erwähnen."

„Warum?"

„Weil Ramos ihr Sohn war … ist … sie denkt, er hat sein Leben damals verloren, als er noch ein Junge war. Doch wurde nie seine Leiche entdeckt. Wie auch … Ramos lebt in den Elementen … wir werden eine Möglichkeit finden, ihn wieder zurückzuholen."

„Wen möchtest du zurückholen?", fragte Jane, die schon wieder in der Tür stand.

„Äh … Jonathan. Er ist schon zu lange unterwegs", antwortete Maddy schnell.

„Stimmt! Ich habe ihn auch schon lange nicht mehr gesehen. Er wird sich doch nicht den Magen an meinem Essen verdorben haben?" Die Ironie über das Gesagte war so lustig, dass Angel losprustete und Maddy es ihr gleichtat.

In der Klinik von Dr. Anderson …

Unterdessen lief Ortischa den Flur zum gefühlten dreißigsten Mal entlang. Normalerweise konnte sie tagsüber ganz gut schlafen, doch auch das Tagesserum, welches ihr Ivan mitgebracht hatte, ließ sie heute nicht zur Ruhe kommen. Sie hatte ihn losgeschickt, um ihr noch einige Kosmetikartikel aus der Drogerie gegenüber zu besorgen. Außerdem wollte sie noch einige Zeitschriften und ein Buch. Ihr einziges Ziel war es, sich abzulenken. Sie hatte immer noch keine Antwort von Mehit erhalten, ob er ihre Schwester gefunden hatte. Sie erschrak, als sie plötzlich vor der Tür von Dr. Anderson stand und diese von innen geöffnet wurde.

Ihre Blicke trafen sich und Ortischa senkte ihren Blick mit den Worten:

„Hi, ich wollte nicht stören. Ich laufe hier nur …"

„Ist schon gut. Du brauchst dich nicht zu entschuldigen. Möchtest du mit mir einen Kaffee trinken?" Einladend bat Michael sie in sein Büro.

Wortlos trat sie an ihm vorbei und blieb mitten im Raum stehen.

„Setz dich doch. Möchtest du deinen Kaffee schwarz oder mit Milch?"

„Schwarz bitte."

Er reichte ihr eine Porzellantasse mit Blümchenmuster. „Nicht lachen, das Geschirr ist von meiner Großmutter."

Es zauberte, der sonst so taffen Ortischa ein kleines Lächeln auf ihr Gesicht.

„Du hast alles, was du brauchst?", fragte Michael, als er sich auf seinen Ledersessel niederließ.

„Ja … und alles was ich nicht habe, besorgt Ivan gerade für mich." Komisch wie leicht ihr der Name des Neuzugangs über die Lippen ging, fast so, als wenn er schon seit Jahren zu ihnen gehörte.

„Das ist gut. Wie kommst du mit dem Entzug klar?"

„Noch geht es. Es ist ja erst der zweite Tag", antwortete sie ihm freundlich.

Seine bernsteinfarbenen Augen strahlten solch eine Wärme aus, dass Ortischa sich am liebsten darin baden wollte.

„Wenn es schlimmer wird oder du irgendetwas brauchst, ich bin die ganze Zeit da. Scheue dich nicht, zu mir zu kommen oder mich rufen zu lassen, okay?"

„Du bist sehr freundlich. Warum eigentlich?" Ortischa lehnte sich in dem Sessel zurück.

„Ich habe mich nie in die Angelegenheiten anderer eingemischt. Meine vermögende Familie hat mir vieles erleichtert. Ich bräuchte eigentlich nicht zu arbeiten, aber ich will es. Die Klinik ist mein Baby. Ich habe sie so entworfen und selbst bauen lassen. Alles untersteht mir. Es war mein Lebenstraum – und den habe ich mir erfüllt. Der Rat wollte immer, dass ich mich ihm anschließe, das haben wir Andersons aber noch nie getan. Wir waren immer eigenständig und werden es auch immer bleiben. Mein Bruder und meine Schwester sind erfolgreich und das Vermögen unserer Familie wird noch Jahrhunderte überdauern. Genau aus dem Grund wollte der Rat, dass ich einen Sitz bei ihnen bekleide, was ich aber dankend abgelehnt habe. Sie wollen nur an unser Vermögen. Ich habe Jonathan schon vor Jahrzehnten gesagt, dass ich ihm helfen will, weil ich glaube, er ist ein Mann, der zu seinem Wort und seinen Taten steht."

Bei der Erwähnung von Jonathan verspannte sich Ortischa ein wenig, was Michael nicht entging.

„Ich wollte dir nicht zu Nähe treten, Ortischa."

So wie er ihren Namen aussprach, bekam sie eine Gänsehaut.

„Das bist du nicht", sagte sie schnell.

„Tja, und die Gegenseite mit Isfets Leuten bekämpfe ich und meine Familie auf unsere eigene persönliche Art." Sein schönes Gesicht verzog sich dabei zu einer Grimasse, die er aber schnell wieder fallen ließ, um Ortischa nicht zu verschrecken.

„Und wie?"

Er hatte nun ihre gesamte Aufmerksamkeit.

„Kleine Geheimnisse erhalten die Freundschaft, oder so ähnlich heißt es doch?"

Wieder blickte sie ihn direkt an und die Farbe seiner Augen wärmte ihr hartes Herz.

Auch Michael war fasziniert von der spanischen Schönheit. Nie zuvor hatte er eine so wunderschöne Frau gesehen. Ihre schwarze Lockenmähne umrandete ihr feingemeißeltes Gesicht. Wie sich ihre feinen Finger um das alte Porzellan seiner Großmutter schlossen, war eine Augenweide für ihn.

Etwas Schakalartiges blitzte in ihren dunkelbraunen Augen auf.

„Du lässt dir nicht gerne in die Karten schauen, was?"

„Nein, in der Tat, das lasse ich nicht", erwiderte er ihr entschlossen.

„Du weißt schon, dass ich dich dazu zwingen könnte, es mir zu erzählen?" Ihre schneeweißen Fänge blitzten plötzlich auf und ein süffisantes Lächeln trat auf ihr Gesicht.

„Ortischa, lass es … ich weiß, du bist eine Clankriegerin mit einem Element, das heißt aber nicht, dass ich mich nicht gegen dich wehren könnte." Auch seine messerscharfen Fangzähne fuhren sich nun aus.

Die Herausforderung lag schwer im Raum und Ortischa tänzelte um sie herum. Im Bruchteil einer Sekunde war sie aus ihrem Sessel aufgestanden, über seinen Schreibtisch gehechtet und saß nun rittlings auf seinem Schoss. Ihr Fingernagel glitt an seiner Wange entlang bis zu seinem Mund, der sich leicht geöffnet hatte. Sie war ihm so dicht, dass sie seinen Atem auf ihrer Haut spüren konnte und riechen, wie sich der Duft seiner Erregung breitmachte.

„Was … wird das", fragte Michael gedehnt, aber keineswegs eingeschüchtert.

„Keine Ahnung", säuselte Ortischa.

Ruckartig griff er in ihre lange Mähne und drückte ihren Kopf dichter an seine Lippen. Es trennten sie nur noch wenige Millimeter. Intensive Hitze schoss durch ihren Körper.

„Küss mich", forderte sie.

„Ich habe nur darauf gewartet, dass du das sagst."

Seine Lippen berührten ihre und verschmolzen zu einem innigen, leidenschaftlichen Kuss. Er teilte ihre samtweichen Lippen mit seiner Zunge und drang fordernd in ihren Mund ein. Ein leichtes Stöhnen entwich ihrer Kehle, was Michael zeigte, dass er auf dem richtigen Weg war. Spielerisch umkreisten sie ihre Fangzähne und verführten die Zunge des anderen. Bebend unter ihr, umfasste er mit seiner anderen Hand an ihre Taille und zog sie dichter an sich heran.

Ortischa griff mit einer Hand in seine Haare und mit der anderen glitt sie über seine breite Schulter. Sie war über diese stahlharten Muskeln unter diesem weißen Kittel erstaunt und drückte ihren Oberkörper noch dichter an ihn. Leidenschaftlicher und lustvoller wurden ihre Küsse, die nun folgten und er konnte seine Hände nicht mehr zurückhalten. Er schob seine Hand unter ihr T-Shirt und fühlte nun die weiche Haut ihres Rückens, was ihn fast wahnsinnig werden ließ. Stöhnend reckte sie ihm ihren Oberkörper entgegnen. Er löste seinen Griff an ihrem Hinterkopf und griff zwischen sie. Seine Hand landete an ihrem Busen, denn sie ihm bereitwillig entgegen reckte. Unterdessen riss sie ihm die Krawatte vom Hals, zerrte den Kittel auseinander und zerriss ihm das Hemd. Sie löste ihre Lippen von seinen und knabberte sich an seinem Hals entlang, küsste sich über seine Schulter hinweg bis zu seiner Brust hinunter.

Ruckartig zog er sie wieder nach oben und versenkte seine Zunge fordernd in ihrem Mund.

Sie bewegte sich lasziv auf seinem Schoss, sodass seine Männlichkeit keine Chance hatte, sich zurückzuhalten. Als sie sich kurz voneinander lösten, begegnete Ortischa seinem bernsteinfarbenen Blick. Es sah aus, als würden seine Augen zerfließen und Ortischa wollte darin ertrinken.

Seinen Blick starr auf sie gerichtet, griff er nun an ihren wohlgeformten Po, was Ortischa aufseufzen ließ.

Sie lehnte sich zurück und ließ ihren Rücken auf seinem Schreibtisch zum Liegen kommen. Er beugte sich nach vorne und strich mit seiner Hand von ihrem Hals zwischen ihrem wunderschönen Busen hindurch, über ihren flachen Bauch, hinab bis zu ihrer Mitte.

Stöhnend forderte sie ihn auf weiterzumachen.

Er zog ihr das T-Shirt langsam nach oben und küsste ihren Bauch. Er schabte mit seinen Fangzähnen an ihrer erregten Haut entlang, was sie fast Zerspringen ließ.

Die Berührung seiner Hand auf ihrer erhitzten Haut, fühlte sich wahnsinnig sinnlich an, was Ortischa so noch nie zuvor gefühlt hatte.

Dieses Kribbeln überzog ihren ganzen Körper, als er mit seinen Fängen an ihrem BH angekommen war. Genussvoll stöhnte Ortischa unter ihm. Ihre Bewegungen mit ihrem Becken luden ihn geradezu sein, ihr noch mehr seiner Männlichkeit angedeihen zu lassen. Doch nun schrie ihn ein anderer Teil seiner selbst an. *Vorsicht!* Er leckte sich noch einmal genussvoll über die Lippen und strich ihr dann leidenschaftlich an ihren Oberschenkeln entlang.

„Nicht aufhören!", forderte sie erneut.

„Doch", erwiderte er.

Schlagartig setzte sich Ortischa auf und blickte auf ihn herab, als ob er sie geschlagen hätte. Sie kam immer näher.

„Ich sagte: nicht aufhören!"

„Ich habe dich gut verstanden!" Blitzschnell erhob er sich, ließ sie auf den Schreibtisch zurückfallen und drängte sich zwischen ihre gespreizten Schenkel.

Eine Hand landete auf ihrer Schulter, sodass er sie mühelos kräftiger an sich heranziehen konnte. Mit der anderen umfasste er ihren Oberschenkel. In dieser ausweglosen Situation ergab sich Ortischa, mit was Michael nicht gerechnet hatte.

„Du hast gewonnen!" Sie ließ ihren Kopf nach hinten fallen und schloss ihre Augen als Zeichen ihrer Kapitulation.

„Ortischa, ich will nicht gewinnen. Ich will Ehrlichkeit und Leidenschaft."

Sie hob den Kopf und starrte ihn aus ihren schokobraunen Augen an.

„Küss mich … und wage es nicht, noch einmal aufzuhören."

Er senkte seinen Kopf und traf ihre Lippen. Der nun folgende Kuss, war pure Leidenschaft. Beide hatten ihre Mauern fallen gelassen und konnten ihre Gefühle ausleben. Heftig und begierig, eroberten sie den Mund des anderen.

Michael fauchte vor Erregung, als Ortischa ihre Hände an seinen Flanken entlanggleiten ließ. Sie wusste, dass auch ihre Selbstbeherrschung hinüber war. Nie zuvor hatte sie sich einem Mann so offenherzig gezeigt. Nie durfte ein Mann sie so leidenschaftlich Begehren oder seine Hände über ihren Körper gleiten lassen, so wie es gerade Michael tat. Es war schon so lange her, dass ein Mann sie berührt hatte. Und sie war bisher immer diejenige gewesen, die die Zügel in der Hand hatte. Nicht der Mann. Niemals. Doch hier war es anders und Ortischa konnte es sich nicht erklären warum. Waren es seine Augen, die sie so faszinierten? Oder seine Hände, die über ihren erhitzenden Körper glitten und die Männlichkeit, die sich gegen ihren intimen Kern rieb? Eine Hitzewelle durchdrang nun ihren Körper, als sie sich vorstellte, dass er mit einem langsamen, gleichmäßigen Stoß in sie hineingleiten würde. Als ob Michael das in ihren Gedanken lesen konnte, flüsterte er ganz dicht an ihrem Ohr:

„Wir werden viel Spaß miteinander haben!" Seine unverschämt weiche Stimme, verursachte ein weiteres Aufkeuchen bei ihr.

Beide wurden aus ihrer Ekstase gerissen, als es an seiner Bürotür klopfte.

„Moment!", rief Michael dem Störenfried entgegen.

Sogleich richteten beide ihre Kleidung und in Windeseile nahm Ortischa wieder auf ihrem Sessel Platz.

„Ja bitte?", fragte Michael nun betont grimmig.

Die Tür öffnete sich und Ivan betrat leicht gehetzt den Raum.

„Hier bist du! Ich habe schon nach dir gesucht", sagte er.

„Ich komme gleich … ich muss noch kurz eine Sache besprechen. Warte ruhig in meinem Zimmer."

Ivan verließ das Büro und Ortischa stand auf. Auch Michael ging um seinen Schreibtisch herum und schloss Ortischa fest in seine Arme.

Die starken Arme um sich zu spüren, gab Ortischa ein Gefühl der Sicherheit. Entgeistert schaute sie ihn an.

„Was?"

„Nichts", antwortete sie und reckte ihm ihren Mund entgegen.

Es folgte ein kurzer inniger Kuss, dann ließ er von ihr ab.

Sie trat vor die Tür und als sie sie geschlossen hatte, atmete sie tief durch und legte wieder ihre taffe Art an den Tag.

Michael ging zurück zu seinem Schreibtisch und leckte sich über seine Lippen. Viel zu lange war es her, dass sich eine Frau so vor ihm gerekelt hatte. Besser gesagt, es war noch nie vorgekommen. Sie faszinierte ihn und doch besann er sich auf seine Instinkte. *Keine Frau mehr dicht an mich heranlassen. Einvernehmlichen Sex haben ist in Ordnung, aber weiter nichts. Das führt nur zu Komplikationen, die keiner der Beteiligten gebrauchen kann*, schallte er sich. Immer noch konnte er ihre Hitze auf seinen Lippen spüren, und das fühlte sich gut an.

Als Ortischa ihr Krankenzimmer betrat, stand Ivan vor ihrem Bett, auf dem er alle Artikel, die sie haben wollte, bereits ausgebreitet hatte.

„Hier ist noch eine Tasche mit deinen Sachen. Maddy hat sie gepackt und lässt dir alles Gute ausrichten. Sie hat beschlossen, dass sie am Tag deiner Operation in die Klinik kommt, um dir ihr Blut zu geben, damit du schneller wieder auf die Beine kommst."

Sprachlos starrte sie Ivan an. Damit hatte sie nicht gerechnet, dass ausgerechnet Maddy zu ihrer Lieferadresse wurde. Stockend sagte sie. „Das geht nicht. Maddy kann und darf mir kein Blut geben. Sie ist die Quelle und sicher nicht meine Tankstelle." Fast angewidert ließ sie die Sachen durch den Raum fliegen, die Ivan auf ihr Bett gelegt hatte.

„Entspann dich!", knurrte er sie an. „Es ist der Wille von Maddy. Punkt."

„Ja, schon gut." Ihre Augenlider waren nun gesenkt und Ivan spürte ihre Erregung. Nicht die, die man vor einer Operation hatte, nein vielmehr weckte sie seine Urinstinkte.

Erregung durch Leidenschaft. Er konnte einen herben Geruch eines Mannes an Ortischa wittern, als er sich zu ihr umdrehte. Er hob seine Sonnenbrille an und seine violetten funkelnden Augen glitzerten im Deckenlicht.

„Starr mich nicht so an!", fauchte Ortischa, als sie bemerkte, dass Ivan ihre Hitzewellen und ihre geröteten Lippen bemerkt hatte.

„Lass ihn am Leben! Er soll dich noch operieren!", sagte Ivan drohend.

„Was bildest du dir ein! Wie kannst du so etwas nur behaupten?"

„Bleib ruhig. Mit wem du vögelst, ist mir vollkommen egal." Beschwichtigend hob er die Hände. „Aber falls du nicht ausreichend befriedigt wirst, stelle ich mich gerne ebenfalls zur Verfügung." Ein verschmitztes Grinsen zeichnete sich auf seinem Gesicht ab.

„Eher friert die Hölle zu!", entgegnete sie ihm barsch.

Ihre Herausforderung ließ Ivan sofort reagieren. Blitzschnell stand er vor ihr und nur wenige Millimeter trennten ihn noch von ihren Lippen.

„Unterschätze mich nicht!", grollte er ihr mit seinem russischen Akzent entgegen.

Die plötzliche erbarmungslose Nähe dieses Kriegers, ließ Ortischa den Atem anhalten. Er strahlte pure Erotik aus und Ortischa musste an sich halten, um ihn nicht auf ihr Krankenlager zu werfen und ihn für seine Frechheiten zu bestrafen, die er ihr zügellos entgegenwarf. *Was ist denn mit mir los? Ich kann doch nicht alles besteigen, was mir in die Quere kommt!*

Auch Ivan wusste, dass er zu weit gegangen war, doch trotzdem wollte er nicht nachgeben. Sein Blick war immer noch starr auf sie gerichtet und er wartete. Wartete darauf, dass sie ihn verbal in die Schranken wies. Erwartete von ihr geschlagen zu werden, doch nichts dergleichen passierte. Wie angewurzelt stand sie vor ihm, den Blick aus ihren braunen Augen sanft auf ihn gerichtet.

Und während ihres nächsten Wimpernschlags, war er aus ihrem Sichtfeld und aus dem Raum verschwunden. Sie hörte, wie sich seine schweren Kampfstiefel von ihrem Zimmer entfernten.

„Shit!"

Auf dem Anwesen betrat Maddy die riesige Bibliothek und lief an der Ledercouch vorbei direkt zum Kamin. Sie beeilte sich, ein Feuer zu entfachen. Es begann zu knistern, und die ersten kleinen Flammen schlugen sich in das Holz.

Maddy konnte ein Lächeln nicht verstecken. „Hallo! Ramos! Bist du da?"

Keine Anzeichen von ihm.

„Hallo, ich bin's Maddy."

Wieder nichts von Ramos.

Resigniert setzte sie sich auf die Couch und wartete ungeduldig. *Habe ich dich das letzte Mal verärgert, als ich dich bat, unten zu bleiben oder im luftartigen Zustand mit mir mitzukommen?* „Bitte zeig dich." Jetzt erstarb ihre Stimme und sie strich ihr T-Shirt glatt. Hilflosigkeit machte sich in ihr breit. Der gestrige Tag schien eine Ausnahme gewesen zu sein. Seine Präsenz hatte ihr so gut getan. Doch nun diese Leere. Dieses Gefühl war lähmend und sie wollte, dass dieser Schmerz aufhörte. Erneut setzte sie an. „Komm schon ... Ramos."

Doch nichts passierte, was sie nur noch mehr frustrierte. Abermals ließ sie den Blick über das Feuer gleiten. *Bewegte sich da etwas?* Ihre Augen weiteten sich. *Nein, nichts geschah.*

Sie kuschelte sich in die Couch und ihre Augenlider wurden mit der Zeit schwer. Sie versank in einen leichten Schlummer.

Dann raschelte es plötzlich hinter ihr. Sie schreckte auf und sah sich hektisch um.

„Hallo, ist da jemand?"

Auf einmal ging ein Luftzug durch ihr Haar.

„Ramos! Zeig dich endlich und jage mir nicht immer solch einen Schrecken ein." Ihr Herz pochte wild gegen ihren Brustkorb.

In Sekundenschnelle formte sich im Feuer der Körper von Ramos.

Maddy stockte immer noch der Atem bei seiner imposanten Erscheinung.

Sie stammelte. „Ramos … endlich." Fragend sah sie ihn an.

„Es hat alles gut funktioniert, mit Jacques und Mona. In ein paar Tagen werden sie ihr neues Domizil mit Philippe, Corinne und Sophie beziehen. Ich glaube, dann kehrt hier auch etwas Ruhe ein. Die brauchen wir dringend, nachdem, was alles passiert ist."

Ramos ließ sich auf dem feuerfesten Fliesen vor dem Kamin nieder und richtete seinen rot glühenden Blick auf Maddy.

„Stimmt, du weißt ja so einiges noch nicht. Es war alles so schrecklich und ungerecht. Soll ich dir erzählen, was vor einigen Wochen passiert ist?"

Ramos stimmte mit einem Nicken zu.

Langsam senkte sie ihren Kopf und die Worte kamen ihr nur schwer über die Lippen. „Wir haben uns auf einem Parkplatz mit Mike getroffen. Mike war früher der Briefträger von Middlerock und ist dann durch ungeklärte Umstände zu einem Mitglied von Isfets Leuten geworden. Er war maßgeblich an der Entführung von Jacques beteiligt. Bei Mona war ihm das nicht gelungen, da Mehit und die anderen schneller waren. Isfets Leute haben uns ein Ultimatum gesetzt. Conzuela gegen Jacques. Raban hatte Conzuela allerdings zuvor einen Minichip implantiert, womit er sie überall orten kann. Nachdem der Austausch stattgefunden hatte, konnten wir Jacques wieder unversehrt in unseren Reihen aufnehmen."

Ramos konnte spüren, wie sehr das alles Maddy immer noch mitnahm. Er hätte sie am liebsten in seine Arme geschlossen und getröstet. Doch sie sah ihn nicht einmal an, sondern verbarg ihre Trauer vor ihm, und dies spiegelte sich auch in ihren Worten wider, als die Erinnerung auf sie einprasselte.

„Ich weiß nicht, was ich in Gottes Namen gemacht habe. Mehit beteuert mir immer wieder, dass alles wieder in Ordnung kommen würde. Jacques kam damals auf uns zu und er war so froh, dass wir da waren. Er griff nach Mehits Arm und drückte diesen voller Dankbarkeit. Als wir dann auf den Wagen zuliefen, hatte Mehit Raban angerufen und ihn gefragt, ob alles mit der Verbindung zu Conzuela stehen würde. Als dieser ihm grünes Licht gab, atmete er tief durch. Ansonsten war die Rückfahrt von Schweigen erfüllt. Der Einzige, der sprach war Jacques, der seine unendliche Dankbarkeit immer und immer wiederholte. Doch ich war mit meinen Gedanken bei Conzuela. Als wir durch das große Eingangstor rollten, war von Ament weit und breit nichts zu sehen. Mehit war so freundlich, um nach ihm zu suchen, und Ortischa brachte Jacques zu Mona. Ich konnte meine Gefühle kaum noch unterdrücken. Als ich dann in der Eingangshalle angekommen war, nahm ich das Knirschen von Glassplittern unter meinen Schuhen war. Ich zog meine Schuhe aus und stieg zaghaft zwischen den Splittern hindurch bis ich sicher war, dass keine Scherben mir den Fuß zerschnitten. Ich schaute in das ausgebrannte Kaminzimmer. Die gesamte Einrichtung war verkohlt. Selbst der Billardtisch sah so aus, als wenn er jeden Moment zusammenbrechen würde. Die ganze Zerstörung, die dieser Raum widerspiegelte, ließ eine Gänsehaut über meinen Körper ziehen. Ich lief die Portaltreppe einige Stufen nach oben. Von dort aus konnte ich die zerstörte Eingangstür, die provisorisch geflickt worden war, sehen. Ich setzte mich auf die Stufen und schwor, dass wir Conzuela wieder nach Hause holen würden. Und das jeder, der sich mit uns anlegt, dafür büßen müsste."

Die Wut, die in ihren Worten mitschwang, konnte Ramos deutlich erkennen. Er streckte ihr seine ausgebreiteten Arme entgegen.

Ramos war schockiert über das, was sie ihm gerade erzählt hatte. *Wenn ich nur könnte, ich würde dir so gerne sagen, dass ich immer für dich da sein werde. Ich möchte dich beschützen und dir helfen können, Conzuela wieder zurückzuholen. Jetzt verstehe ich auch Aments Schmerz, den ich die ganze Zeit gespürt habe. Er hatte in diesem Flammeninferno gestanden und ich habe die unendliche Wut gespürt, die auf seinen Schultern lastete. Es ging die ganze Zeit um seine Conzuela. Deshalb hat er an der Klippe gesessen, um über den Verlust seiner Frau zu trauern.*

„Ament tut mir am meisten leid. Erst hatten beide solche Schwierigkeiten ihre Liebe füreinander überhaupt zuzugeben und dann geht Conzuela und lässt ihn gegen seinen Willen zurück."

Oh Shit, dachte Ramos.

„Erst wollte er nicht von der Klippe zurückkommen, doch nun hat er es sich anders überlegt. Ich weiß nur nicht, ob er immer noch die gleichen Gefühle für Conzuela hegt, wie vorher?", fragend schaute sie nach oben.

Wieder hob Ramos nur die Schultern, denn darauf hatte er nun wirklich keine Antwort.

Wenn Conzuela gegen seinen Willen gegangen ist, erklärt das auch die Zerrissenheit, die er gerade ausstrahlt. Er ist zutiefst gekränkt und das bei einem solch störrischen Kerl.

„Wir sind gerade dabei, einen Plan zu entwickeln, Conzuela zu befreien", sagte Maddy leise vor sich hin.

Ramos deutete auf das Bücherregal.

„Was willst du mir damit sagen? Ich bin nicht gerade dazu aufgelegt mir … "

Ramos unterbrach sie und deutete energischer auf das Regal. *Bitte Maddy. Geh zu dem Regal*, flehte er innerlich.

Sie warf ihre Arme in die Luft und sagte entnervt. „Wenn du unbedingt willst. Aber ich kann mir beim besten Willen nicht vorstellen, warum ich das jetzt machen sollte. Ramos, wir haben wirklich andere Schwierigkeiten und …" Sie warf einen Blick über ihre Schulter und sah wie Ramos mit verschränkten Armen dastand.

„Ja, ist ja schon gut. Ich schaue nach. So, was willst du mir zeigen?"

Danke schön, sind wir heute ein wenig gereizt? Er deutete in die zweite Ebene, die nur über die Leiter zu erreichen war.

„Hoch also?"

Er nickte zustimmend.

Maddy stieg die Sprossen nach oben und erreichte mit Leichtigkeit die Reihe mit den Werken, auf die Ramos gedeutet hatte. Er dirigierte sie zu einem verschlissenen Lederband, wo der Titel kaum noch sichtbar war.

„Den?" Vergewisserte sich Maddy.

Ramos nickte.

Mit beiden Händen zog sie kräftig an dem Band. Dieser gab nach und fast wäre Maddy von der Leiter gefallen, wenn sie nicht blitzschnell nach der Halterung am Regal gegriffen hätte.

„Wow, das hätte auch gerade ins Auge gehen können", schlussfolgerte Maddy sichtlich erschrocken. Als sie auf ihre Hand sah, hielt sie dort den Einband des Buches.

„Oh oh, kaum lege ich eine Hand an diese Bibliothek und schon zerstöre ich sie." Sie rollte mit den Augen.

Mir ist nur wichtig, dass du diesen Band herausholst. Alles andere ist mir egal. Von mir aus kannst du die ganze Bibliothek danach vernichten, solange du nur diesen Band herausnimmst, dachte sich Ramos und hoffte, dass Maddy ihren Versuch nicht abbrach. Er zeigte abermals auf den Band in ihrer Hand.

„Ja … ich versuche es erneut." Sie griff in das Regal und zog. Dieses Mal löste sich der Band und glitt durch ihre Finger und landete mit einem heftigen Knall auf der Erde.

„Uups!" Maddy stieg die Leiter hinab und als sie auf der letzten Sprosse ankam, achtete sie behutsam darauf, nicht auf die losen Seiten zu treten, die nun im ganzen Raum verteilt lagen

Ja, das ist gut. Ich wusste, dass sie da drin sind. Die Seiten, die der Earl immer wie einen Schatz behandelt hatte. Nun haben wir sie - und sie werden uns helfen. Ein breites Grinsen trat auf sein Gesicht.

Geschmeidig glitt sie von der letzten Sprosse, bückte sich und hob die Seiten auf. Als sie den Band anhob, flog die Tür der Bibliothek auf und der rot glühende Blick von Ament durchbohrte Maddy.

„Ament?"

„Was machst du … ihr hier?" Verbesserte er sich, als er den hünenhaften Kerl am Kaminrand stehen sah.

„Ramos wollte, dass ich diesen Band aus dem Regal nehme. Ich weiß zwar nicht warum, aber vielleicht … können wir gemeinsam herausfinden, was damit los ist?" Sie setzte einen naiven Blick auf.

„Maddy", sagte Ament gedehnt. „Du brauchst nicht so zu gucken. Wir werden jeder noch so kleinen Möglichkeit nachgehen, wenn sie uns hilft."

„Gut, dann lass uns damit mal anfangen." Sie griff nach der ersten Seite und ihre Augen glaubten nicht, was sie dort lasen. „Guck … ein Papyrus, woher kommt das denn?" Ihre Gedanken spielten verrückt, denn sie konnte es nicht erklären, woher sie die Schrift lesen konnte. *Ich habe doch noch nie diese Sprache erlernt. Oder doch? Wieder mal Fragen ohne Antworten. Das kenne ich ja schon.* Ohne weiter auf diese ungewöhnliche, neue Situation einzugehen, griff sie nach dem alten Papier.

Ament beugte sich zu ihr und sprach:

„Dies … ist ein Papyrus, welcher eine Liste mit den Namen der ägyptischen Könige enthält. Um Gottes Willen. Diese Liste stammt aus dem zweitgrößten ägyptischen Museum in Turin. Was macht denn so eine Liste in dieser Bibliothek?" Der sonst so schweigsame Ament musterte die Liste neugierig.

Maddy ließ ein anderer Gedanke derweilen keine Ruhe. *Hatte mein Großvater diese Liste etwa gestohlen oder stehlen lassen?* Maddy fielen die Worte von Jonathan wieder ein, dass ihr Großvater die Vampire als seine Privatarmee benutzt hatte. Ihre Hände glitten wieder zaghaft über das Papier. Sie wurde von Ament unterbrochen, der währenddessen weitergelesen hatte.

„Dieser Königspapyrus entstand zurzeit Ramses II., steht dort geschrieben. 1820 wurde er in Luxor gefunden und dann an das Museum in Turin 1823 übergeben. Der Papyrus war aber bei dem Transport beschädigt worden und eine Rekonstruktion war aussichtslos."

Maddy griff nach einer weiteren Seite. Dort waren ägyptische Schriftzeichen zu sehen. Sie legte sie sachte zur Seite. Dann griff sie nach den anderen zwei Seiten, die dicht vor dem Kamin lagen. Sie enthielten Figuren und Schriftzeichen. Einige Minuten lang überlegte Maddy ruhig. Behutsam legte sie dann mehrere Seiten vorsichtig übereinander. Zog eine wieder hervor, drehte sie und schob den Stapel erneut wieder zusammen.

Maddy erschauderte, denn sie wusste nicht, was sie dort in den Händen hielt. Auf einmal riss sie die Augen auf und seufzte aus tiefstem Herzen.

„Oh … mein Gott. Da steht … dein … Name … Ament. Das kann nicht sein. Das ist sicher nur ein dummer Zufall, oder?" Mit weit aufgerissenen Augen sah sie zu Ament.

Der Plan von Ramos war aufgegangen. Endlich. Sein Gehirn arbeitete auf Hochtouren. Im Gegensatz zu Maddy konnte Ramos die ägyptische Sprache, die er beim Earl gelernt hatte. Als er nun über ihre Schulter gebeugt die Liste durchsah, hatte Maddy den Namen Ament ausgesprochen, worauf sein Blick sofort in der Liste nach dem Eintrag suchte und ihn rasch fand.

Maddy erhob ihre Stimme.

„Ament". Es durchzuckte ihn. „Der Bewacher des Höllenfeuers. Mehit, Träger des Elements Wasser."

So ergab das alles langsam einen Sinn. Sie waren vielleicht die Schüssel, um ihn aus dieser Zwischenwelt zu holen, vielleicht könnte ich wieder zurückkehren. Seine Nerven vibrierten heftig in seinem Körper. Eine Erlösung zu finden, wäre das Ziel seiner Träume. Dann meldete sich sein Verstand zu Wort, der ihm zuflüsterte, gib Acht, was wenn sie dazu da sind, dich endgültig zu zerstören, wenn sie nur darauf warten, dich vollständig in deine Elemente zu zerlegen? Ramos strich sich mit beiden Händen durch die Haare und anschließend über sein Gesicht. Er musste genau aufpassen, was er tat und wem er vertraute. Nun merkte er, wie dicht ihm Maddy gekommen war und sofort flammte in ihm Leidenschaft auf. Es waren nur wenige Zentimeter, die sie noch voneinander trennten und er genoss es, ihren Duft in sich aufzunehmen.

„Es wäre gut, wenn Jonathan hier wäre. Dann könnten wir ihm diese Dokumente zeigen. Er hätte sicher eine Ahnung, was damit zu tun ist", sagte Maddy leise vor sich hin und Ament stimmte ihr zu.

„Wir werden sie erst einmal beiseitelegen und Stillschweigen darüber bewahren." Sie sah sich um und entdeckte eine Mappe auf dem Schreibtisch am Fenster. Sie lief dorthin, eilte mit der Mappe zurück zur Couch und legte die Papiere sorgfältig hinein.

„Wo wollen wir sie verstecken?" Ihr Blick ging die Regale hinauf. „Da oben, wäre eine gute Stelle", fand Maddy. Dies traf auch die Zustimmung der anderen beiden.

„Ament, wärst du so freundlich?"

In Sekundenschnelle sauste dieser die Leiter nach oben und schob die Mappe zwischen zwei große Buchbände. Es war eng, aber so konnte niemand sie von unten sehen. Zufrieden rückte er alles zurecht und sprang hinab.

Ramos sah Maddys rasenden Puls, während sich ihr Brustkorb hektisch hob und senkte, sodass ihre Brüste ebenfalls stark unter dem T-Shirt zum Vorschein kamen.

„Habt ihr euch eigentlich mal diesen Kamin genauer angesehen?" Mit schnellen Schritten durchquerte sie den Raum. Ich habe mir darüber schon einmal Gedanken gemacht. Am Kamin sind Symbole der Sonne, des Feuers, vom Wasser, eine Pyramide und der Erde zu sehen.

Ament stellte sich an ihre Seite und Ramos drehte sich ebenfalls zu ihr um.

„Diese Symbole findest du an mehreren Stellen auf dem Anwesen. Hier …" Er deutete auf den Kamin. „… dann drüben im Kaminzimmer, oben in der Suite deines Großvaters und …" Er zögerte einen Moment. „In der Gruft natürlich."

„In der Gruft. Stimmt. Als die Verwandlung von Conzuela, Ivan und Raban stattfand, habe ich mir die Bilder an der Wand lange angesehen."

In diesem Moment schoss Maddy noch eine Stelle durch den Kopf, wo sie die Symbole gesehen hatte. „Und in der Eingangshalle sind sie auch!"

Fragend sah Ament sie an. „Wie, in der Eingangshalle?"

„Im Bild meines Großvaters. Dort habe ich ebenfalls zwei Symbole entdeckt."

Betretendes Schweigen breitete sich aus.

Ament lehnte sich in gewohnter Weise an den Kamin.

Maddy trat neben ihn.

„Wenn du dir mal die Reihenfolge ansiehst, sind die Symbole immer gegensätzlich ausgerichtet. Feuer zu Wasser, Erde zu Luft. Nur bei der Pyramide gibt es keinen Gegenpart."

Ament wandte sich zum Kamin und überlegte. „Doch … es gibt einen Gegenpart. In unserer Geschichte der Maat gehört zu der Pyramide auch der Sonnengott Re. Den … sehen wir hier aber nicht."

„Re also." Maddy suchte mit ihren Augen den Kamin ab und tastete diesen mit ihren Fingern entlang. Doch vergeblich.

Ramos wusste, was sie suchte und deutete ihr an, sich vom Kamin etwas zu entfernen.

Nach ein paar Minuten knisterte das Feuer heftiger und Ramos schürte das Feuer noch stärker. Seinem glühenden Blick folgend, sahen Maddy und Ament in den Kamin.

An der Hinterwand entstand ein Umriss, der sich durch die heftigen Flammen immer mehr verdeutlichte.

„Da!", stotterte Maddy „Sieh nur, Ament."

Am hinteren Teil des Kamins zeichnete sich das Abbild des Sonnengottes ab – eine große Runde Scheibe, die von einer Schlange umschlungen war.

„Mein Gott", stieß Ament aus und war sichtlich irritiert.

Außerhalb von Madrid …

Kaum war die Sonne untergegangen, bestiegen Oana und Mehit wieder die Limousine. Der Fahrer manövrierte den Wagen aus der Tiefgarage und fädelte sich in den Verkehr ein.

„Es dauert nicht mehr lange", sagte Oana fast ein wenig ehrfürchtig.

„Gut."

Die Limousine stoppte nach einer Weile am Bürgersteig und beide stiegen aus. Hinter ihnen hielt ein weiterer Wagen. Vier von Oanas Männern folgten ihnen erneut.

Mehit wollte zwar nicht so viel Aufsehen erregen, doch wollte er auch nicht die Gastfreundschaft von Oana überstrapazieren. Sie betraten einen Nachtclub und Mehit wunderte es nicht, dass sie ohne weitere Kontrolle eintreten konnten. Düsteres Ambiente schlug ihnen im Gang entgegen. Die rhythmischen Klänge und die Stimmung, die zu ihnen herüberdrang, klangen heiter und ausgelassen. Als sie um die Ecke bogen, war gerade ein Battle zwischen zwei Frauen im Gange, die ihre Tanzkünste maßen. Die eine war in einem landestypischen langen Rüschenrock und einer schulterfreien Bluse gehüllt und ließ ihre Füße auf dem Holzboden tanzen, sodass Mehit sofort fasziniert war von ihrer Eleganz. Die knallenden Absätze feuerten die Anwesenden weiter durch Klatschen an. Dann stoppte die Frau und hielt abfällig ihre Hand in die Richtung ihrer Gegnerin. Diese war viel moderner, in einer knallengen schwarzen Jeans und einer Rüschenbluse in Rot, gekleidet. Sie nahm die Herausforderung an, reckte das Kinn in die Höhe und ließ ihre Absätze erst langsam, dann immer schneller werdend, auf den Holzboden krachen. Dazu bewegte sie ihre Arme graziös und ihr schwarzer Pagenkopf schwang um ihre Wangen. Elegant Schritt sie einige Schritte auf ihre Gegnerin zu, stoppte kurz vor ihr und warf ihren Kopf nach hinten. Anmut und Grazie waren in diesem Körper vereint und als Mehit einen Blick auf das Gesicht erhaschen konnte, blieb ihm fast der Mund offen stehen.

Das war Marisol.

Ihre Gesichtszüge und ihr durchtrainierter Körper glichen dem von Ortischa sehr. Doch ehe er sich versah, befanden sich beide Frauen schon wieder in ihrem Battle. Rasante rhythmische Bewegungen ließen den Raum knistern. Die Menge feuerte die beiden Frauen an und nun kamen noch je fünf weitere Tänzer hinzu. Sie gesellten sich zu ihrer entsprechenden Anführerin. Die eingeprobten Tanzschritte und Bewegungen waren fließend und eine Augenweide für jedermann im Saal. Eine schnelle Schrittfolge zog Marisols Gegner in ihren Bann. Sie wich ein paar Schritte zurück, und signalisierte ihrer Gruppe sich zurückzuhalten. Sie gab damit auf und das brachte Marisol einen donnernden Applaus ein. Mit einem breiten Lächeln bedankte sich Marisol bei ihren Tänzern und dem Publikum, bevor sie mit schnellen Schritten an die Bar ging.

Mehits Blick folgte ihr.

Auch war den anderen Vampiren nicht entgangen, dass sich eine gewaltige Macht im Raum breitmachte. Immer mehr von ihnen schauten nervös in Mehits Richtung. Selbst Oana verspannte sich, als sie die ungeheure Machtwelle zu spüren bekam.

„Könntest du deine Macht ein wenig …"

„Nein, kann ich nicht!", beendete er ihren Satz und lief zielstrebig auf den Tresen zu.

Marisol drehte sich in dem Moment um, als Mehit bei ihr war. Ihr Mund öffnete sich und ihre Augen fixierten Mehit eindringlich.

„Marisol?", fragte er.

„Wer will das wissen?" Entgegnete sie ihm bissig. Seine Macht machte ihr zwar Angst, doch das wollte sie ihm auf keinen Fall zeigen, deshalb gab sie sich betont herablassend.

„Mein Name ist Mehit und ich möchte mit dir ungestört sprechen."

Heftig wurde Mehit am Arm herumgerissen.

„Hey …!"

Sogleich verspannte sich Mehits gesamter Körper, sodass er Mühe hatte, seine Fangzähne zu verbergen.

Ein groß gewachsener Mann stellte sich ihm in den Weg und funkelte ihn böse an.

Innerhalb von Sekunden war die Situation so verfahren, dass sich Mehit zwischen seinem Angreifer und den vier, die zu Oana gehörten, befand.

Viele der Anwesenden im Nachtclub liefen hektisch umher, drängten sich zum Ausgang oder starrten die Gruppe an, die sich dort am Tresen postiert hatte.

Oana trat dazwischen.

„Quieto, quieto …", rief sie und hob beschwichtigend die Hände.

Mehit spielte kurz den Gedanken durch, sich Marisol über die Schulter zu werfen und innerhalb von Sekunden mit ihr hier herauszustürmen. Doch er verwarf den Gedanken, denn er wollte sich nicht wie ein Tier aufführen.

„Carlo! Ich möchte kurz mit Marisol sprechen", sagte Oana und in ihren Augen schimmerte etwas Böses.

Der stämmige Kerl ließ seine Arme sinken und sagte dann. „Dann sag das doch gleich. Du tauchst hier mit so einem … auf…" Mit einem abfälligen Blick strafte er Mehit. „… und erwartest, dass ich da ruhig bleibe?"

Nun trat Marisol an seine Seite und verschränkte ihre Finger mit denen von Carlo. Ihr neugieriger Blick lag die ganze Zeit auf Mehit. Fast gleichzeitig schob Carlo Marisol halb hinter seinen Rücken.

„Gut … dann haben wir das ja geklärt", sagte Oana genervt. „Können wir vielleicht nach nebenan gehen?" Sie deutete auf einen Nebenraum, der als Besprechungszimmer für Angestellte fungierte.

Carlo nickte und er ging voran. Es gesellten sich nun auch drei Leute von Carlo hinzu, sodass der Raum ziemlich eng wirkte. Als sie die Tür hinter sich schlossen, atmeten einige der Gäste tief durch. Der DJ nutzte die Gelegenheit und spielte einen Song, der immer im Nu die Tanzfläche füllte. Innerhalb von ein paar Minuten war die Tanzfläche voll und alle bewegten sich zu einer impulsiven Rumba.

Unterdessen war die Stimmung in dem kleinen Raum zum Bersten gespannt. Nicht, dass Mehit Probleme gehabt hätte, sich mit den Vampiren anzulegen, er wollte nur keinen Stress und vor allem war ihm nur an Marisol gelegen.

„Mehit ist ein Clankrieger und …"

Einer von Carlos Leuten zog sofort seine Waffe und richtete diese auf Mehit.

„Ruhig Nico … wir wollen erst einmal hören, was er will." Überheblich schaute er nun erst zu Oana und dann zu Mehit.

„Darf ich weitersprechen?", fauchte Oana den finster dreinschauenden Carlo an.

Er nickte.

„Mehit möchte mit Marisol sprechen … und zwar allein."

„NEIN! Auf keinen Fall", erwiderte Carlo.

Der Geduldsfaden von Mehit spannte sich immer weiter an, doch er zwang sich ruhig zu bleiben.

„Carlo … er tut ihr nichts. Er möchte sich nur kurz mit ihr unterhalten", versuchte Oana einzulenken.

Mehit hatte keine Lust mehr, noch länger zu warten. Er ließ seine Macht hochwallen und als die Vampire alle samt unruhig wurden, sagt er gelassen.

„Alle bis auf Marisol verlassen nun den Raum und warten vor der Tür."

Wie hypnotisiert verließen alle den Raum.

Marisol stand irritiert am Tisch und schlang ihre Arme um ihren Leib.

„Was willst du?" Unsicherheit schwang in jedem ihrer Worte mit.

Mehit hob seine Arme und sagte dann. „Marisol … es geht um deine Schwester."

Erschrocken riss sie ihre Augen auf und fasste sich mit einer Hand an den Hals.

„Nein, tu das nicht. Sprich nicht von ihr." Schlagartig traten Tränen in ihre dunkelbraunen Augen.

„Doch das muss ich …, weil sie lebt."

Wütend stürzte sie sich blitzschnell auf Mehit und hämmerte mit ihren kleinen Fäusten auf ihn ein.

Er ließ sie gewähren. Nach etlichen Schlägen verstummte das Schluchzen und sie senkte ihre Arme.

„Warum tust du mir das an? WARUM?", quälte sie nun hervor.

„Weil es die Wahrheit ist!"

„Nein, das kann nicht sein. Sie ist vor so langer Zeit von uns gegangen. Sie starb bei einem Feuer …"

„Nein, ist sie nicht. Das Feuer war ihr Plan, ihren Tod zu inszenieren."

„Niemals, sie wäre nie einfach von mir gegangen. Sie hat mich geliebt. Das hätte sie mir nie angetan."

„Doch sie tat es, und ich kann es dir beweisen, wenn du willst?", sagte Mehit.

Sie kniff ihre Augen zusammen und musterte ihn, als Mehit nach seinem iPhone griff.

„Hi, ich bin's. Schalte mich zu Ortischa." War seine knappe Anweisung. Binnen von Sekunden flackerte das Bild von Ortischa auf seinem Display auf, die auf einem Bett lag. Selbst ihr Atem war über das Gerät zu hören. Im Hintergrund waren ein Monitor und einige medizinische Geräte zu erkennen.

Mehit reichte das Handy Marisol, die mit zitternden Fingern danach griff. Sie drehte das Handy so, dass sie den Bildschirm betrachten konnte. Scharf zog sie die Luft ein und griff sich mit ihrer Hand an den Mund.

Leise murmelte sie. „Ortischa". Ihr Blick fest auf das Display geheftet, lauschte sie der Atmung von Ortischa. Nach einem Moment senkte sie ihre Finger auf das Display und streichelte gedankenverloren darüber. „Was ist mit ihr?"

Mehit wusste, dass er ihr erzählen musste, was Ortischa ist und was geschehen war.

„Ortischa ist ebenfalls eine Clankriegerin."

Marisol schaute auf und begegnete seinem kristallklaren Blick mit Skepsis.

„Vor vielen Jahrzehnten hatte der Clan sie ausfindig gemacht. Sie war die Trägerin eines Elements. Das Clanoberhaupt hat ihr, wie uns allen, die Wahl gelassen. Entweder sich dem Clan anzuschließen und damit seine Familie zu verlassen oder …"

„Du willst mir sagen Ortischa hat unsere Familie verlassen, um eine Clankriegerin zu werden?" Unterbrach sie ihn ruppig und gab ihm sein iPhone zurück.

„Ja, das will ich. Sie ist eine von uns. Unsere Aufgabe ist es, die Quelle zu schützen, was wir auch getan haben, bis … wir von Isfets Leuten angegriffen wurden. Bei diesem Angriff haben wir unsere Quelle verloren und Ortischa wurde von einem Trümmerstück getroffen, welches seitdem in ihrem Körper fest eingewachsen ist. Ihr Körper ist derzeit geschwächt und sie liegt momentan in einer Klinik zur Beobachtung, weil eine schwere Operation notwendig wird. Sie will die Operation erst durchführen lassen, wenn DU anwesend bist."

„ICH!" Verwirrt schlich sie durch den Raum, griff sich in ihren Pagenkopf, starrte die Decke an, trat gegen einen Stuhl und durchquerte einige Male den Raum, bis sie wieder vor Mehit stehenblieb.

„Und wenn ich nicht mitkomme? Was dann? Schleppst du mich an den Haaren dorthin?" Ihr spanisches Temperament sprühte aus jede ihrer Poren.

„Nein, das werde ich nicht. Ich kann dich nur bitten, zwingen werde ich dich keinesfalls. Doch eines solltest du wissen, wenn du dich entscheidest, hier zu bleiben, werde ich dir die Erinnerung an unser Gespräch nehmen." Er ließ keinen Raum für Diskussionen zu.

Sie nickte.

Einige Minuten sagte keiner ein Wort.

„Ich muss mit Carlo reden. Seit Ortischa damals gestorben … gegangen ist, hat er sich um mich gekümmert. Er war für meine Familie da und ich habe ihm sehr viel zu verdanken. Oana und ihre Familie waren, oder sind, hier mehr gefürchtet als angesehen. Sie kontrolliert die ganze Gegend. Wer nicht funktioniert, verschwindet auf wundersame Weise."

„Ich kann gern selbst mit Carlo sprechen, wenn du das möchtest. Seit ihr verbunden?" Über seine Frage verwundert, schaute Marisol auf.

„Nein … er ist eher wie mein großer Bruder. Ich mag ihn sehr."

Mehit ging zur Tür und bat Carlo herein.

Dieser marschierte schnurstracks in den Raum und sondierte sogleich Marisol, ob ihr etwas angetan wurde.

„Bist du in Ordnung?", fragte er aufgeregt.

„Ja, Carlo. Es ist alles in Ordnung. Mehit hat mir nur eine Nachricht meiner Nichte überbracht, die mich gerne bei ihrer Verbindung dabei hätte." Sie setzte ein kleines Lächeln auf.

„Nichte?" Carlo zog seine Stirn kraus. „Welche Nichte? Deine Schwester ist tot und ich wusste nicht, dass sie Nachkommen hatte." Argwöhnisch schaute er zu Mehit.

„Tja, das wusste ich auch nicht. Mehit hat mir aber Beweise gezeigt. Meine Schwester schien doch nicht so brav gewesen zu sein." Sie überspielte die Situation mit einem Grinsen.

„Wann und wo soll denn diese Verbindung stattfinden?"

Nun schaltete sich Mehit ein.

„Unser Flug würde heute Abend gehen, sie wäre dann in einer Woche wieder Zuhause."

Hektisch blickte Carlo Marisol an. „Ich begleite dich!" Beschloss er und hob gleichzeitig die Hand. „Du brauchst gar nicht erst versuchen, mich davon abzubringen."

Sie trat auf Carlo zu und legte zärtlich ihre Arme um ihn.

„Carlo … ich bin alt genug und Mehit passt auf mich auf. Du musst hier deinen Laden im Auge behalten, sonst kommst du wieder und Oana hat deinen

Nachtclub übernommen. Du weißt, wie sie ist", gab Marisol mit großen Augen zu bedenken.

„Mist, du hast Recht. Zumal ich Nico und zwei anderen gestattet habe zu ihrer Familie zu reisen. Da wäre es für Oana ein leichtes Spiel." Grübelnd griff er sich ans Kinn.

„Es ist doch nur eine Woche", säuselte Marisol.

Carlo wandte sich an Mehit und streckte ihm provokant die Hand entgegen.

„Versprich mir, dass du sie wie deinen Augapfel beschützt, sie nie alleine lässt und sie wohlbehalten in einer Woche wieder da ist. Sollte dies nicht der Fall sein, oder mir Klagen zu Ohren kommen, dann komme ich persönlich und reiße dir den Kopf ab." Die Drohung, die in seinen Worten mitschwang, war nicht zu überhören.

„Ich werde auf sie aufpassen", sagte Mehit fest und schlug ein.

„Hier nimm mein Handy. Wenn etwas sein sollte, rufst du mich sofort an!" Dabei strich er Marisol beschützend über den Kopf.

„Hier", Mehit reichte ihm seinerseits eine Visitenkarte. „Dort kannst du rund um die Uhr jemanden erreichen."

Carlo nickte und steckte die Visitenkarte in seine Jackentasche.

Bereit den Raum zu verlassen, sagte Mehit: „Ich werde mit Oana sprechen!" Damit öffnete Mehit die Tür und die drei traten hinaus.

Oana blickte misstrauisch auf Mehit und die anderen beiden.

„Und? Alles geklärt?"

„Ja … wir können direkt zum Flughafen fahren." Damit verabschiedete er sich von Carlo. Marisol flog Carlo in die Arme, drückte ihn fest und küsste ihn auf die Wange.

„Bis bald und pass auf dich auf", sagte sie, ihn spielerisch rügend. Dann griff sie nach der Hand von Mehit, was ihn verwunderte und beide verließen den Club.

Oana folgte ihnen mit ihren Leuten bis zur Limousine.

„Oana … ich möchte mich für deine freundliche und persönliche Betreuung hier bedanken." Er verbeugte sich leicht, was Oana ein überhebliches Lächeln auf das Gesicht zauberte.

„Aber wir nehmen uns ein Taxi zum Flughafen, damit wir deine teure Zeit nicht weiter vergeuden." Er reichte ihr die Hand, die sie herablassend in seine legte.

„Wir hoffen, du beehrst uns bald mal wieder?" Übertrieben hochnäsig, zog sie ihre Hand wieder zurück.

„Wenn es meine Zeit erlaubt, werde ich mir das schöne Spanien einmal genauer ansehen und würde mich freuen, wenn du dann meine persönliche Reisebegleitung wärst?"

Auf Oanas Wangen bildete sich eine zarte Röte, was sie fast ein wenig unsicher wirken ließ.

„TAXI!", brüllte Mehit und hob den Arm, als der Wagen gerade im Begriff war, an ihnen vorbeizufahren.

„Also, adios." Mehit zog Marisol an der Hand hinter sich her zum Taxi. Beide steigen ein und ließen sich auf dem Sitz nieder.

„El aeropuerto", sagte Mehit.

„Du kannst spanisch?"

„Ein paar Brocken." Er schmunzelte.

Kapitel 6

er Abend war über Calabria hereingebrochen und während der Schicht von Elisa klingelte das Handy von Desmond. Er nahm es aus seiner Hosentasche.

„Ja?" Eine kurze Pause folgte. „Ich komme!"

Dann schaute er zu Elisa, die noch mit einem Verband bei einem der Patienten beschäftigt war.

„Theresia hat mich gerufen. Sollte ich nicht bis zu deinem Schichtende zurück sein, werden dich Miles oder Raymond auf dein Zimmer bringen."

Sie nickte wortlos, wobei ihr der Gedanke an die beiden den Magen umdrehte.

Desmond steckte sein Handy wieder in die Tasche, und verließ die Station mit zügigen Schritten.

Am Eingang besprach er das Vorgehen mit Miles und Raymond, die seine Befehle, ohne mit der Wimper zu zucken, annahmen. Dann machte er sich auf den Weg zu Theresia.

Elisa arbeitete fleißig weiter an den ihr zugeteilten Patienten. Dabei ertappte sie sich, wie sie immer wieder auf die Uhr schaute. Sie wollte auf keinen Fall von Miles oder Raymond zurück auf ihr Zimmer gebracht werden. Sie flehte den Zeiger der Uhr an, sich langsamer zu bewegen.

Marie trat an sie heran. „So, nun mach mal langsam Schluss. In einer Stunde geht bereits die Sonne auf. Husch, husch."

Sie ging langsam zu der Umkleidekabine, zog sich um und setzte sich in den Aufenthaltsraum.

Marie kam um die Ecke.

„Wo ist Desmond?"

„Er musste zu Theresia."

„Aber gleich kommt die Frühschicht und wenn du dich nicht beeilst, musst du auch noch die Tagesschicht übernehmen", grinste Marie.

Schleppend ging sie den Flur entlang und hoffte, dass jeden Moment Desmond zur Tür hereinkommen würde.

Aber er kam nicht.

Als sie an der Riffelglastür stand, ertönte der Summer und sie öffnete die Tür.

„Da bist du ja endlich. Ich bringe dich heute rüber", sagte Miles freudestrahlend.

„Ich kann auch noch etwas warten, bis Desmond kommt", erwiderte sie.

„Desmond hat mich beauftragt, dich rüberzubringen, wenn deine Schicht beendet ist und ich werde mich seinem Befehl nicht widersetzen, genauso wenig wie du."

„Also gut", sagte Elisa niedergeschlagen. Sie wollte mit dem Vampir keine weitere Diskussion führen.

Raymond hielt Miles am Arm fest. „Bau keinen Scheiß."

„Ich doch nicht", erwiderte dieser nur hämisch.

Unbehagen machte sich bei Elisa breit, als beide die Krankenstation verließen.

„Wurde ja auch mal Zeit, dass wir beide alleine sind. Findest du nicht?"

„Ich wusste nicht, dass das meine Priorität wäre", antwortete sie ihm abwertend.

Sie bogen um die Ecke und Miles ergriff Elisa am Arm und zog sie hinter sich her in einen Gang, zwischen zwei weiteren Gebäuden.

„Lass mich los Miles! Du tust mir weh! Wo willst du mit mir hin?" Sie stemmte sich gegen seinen harten Griff, aber dies war ausweglos.

Er riss sie herum und schubste sie heftig, sodass sie auf die Rasenfläche fiel. Gerade als sie sich aufrappeln wollte, begrub Miles sie rittlings unter sich und presste seine Hand auf ihren Mund.

„Halt jetzt bloß die Klappe! Die ganze Zeit tänzelst du mit deinem Knackarsch vor mir herum und jetzt machst du auf Miss Fass-mich-nicht-an?"

Sie riss ihre Augen weit auf und strampelte heftig unter ihm. Doch sein Gewicht und seine enorme Kraft waren für sie überwindbar. Seine spitzen Fangzähne fuhren sich aus und Speichel bildete sich in seinen Mundwinkeln. Von seinem Geruch nach billigem Parfüm wurde ihr speiübel, und sein vom Schweiß durchtränktes T-Shirt tat den Rest. Ihr Magen rebellierte.

„Nun werde ich mir mal ansehen, was sich unter dieser süßen Schale verbirgt." Damit riss er mit seiner freien Hand ihre Bluse auf. Sein Gesicht erhellte sich bei dem Anblick ihrer Spitzenunterwäsche.

„Lecker! Sehr lecker, wir werden viel Spaß miteinander haben."

Elisa versuchte, an seiner Hand zu schreien, doch es kam nur ein Knurren hervor. Auch ihre Fangzähne fuhren sich aus, doch sie hatten bei Miles Hand keinerlei Wirkung. Im Gegenteil, er drückte noch fester zu.

„Hör auf zu strampeln, oder willst du es auf die harte Tour? Wenn du ruhig bist, nehme ich die Hand weg." Sein unnachgiebiger Blick nagelte sie auf dem Rasen fest.

Er nahm die Hand von ihrem Mund und Elisa wollte sogleich losschreien, als seine Faust ihren Kiefer traf und ihr Kopf heftig zur Seite schlug. Einen Moment lang drehte sich alles um sie herum, und das Blut quoll aus ihrer Unterlippe.

Unterdessen zerriss Miles ihren BH und machte sich mit der anderen Hand an ihrem Rock zu schaffen, den er über ihre Oberschenkel hochschob.

Aus der Benommenheit heraus drehte Elisa ihren Kopf langsam zurück, woraufhin sie sich den nächsten, heftigen Faustschlag einfing. Sie spürte, wie die Haut unter ihrem Auge aufplatzte. Warmes Blut lief ihr über die Wange. Sie probierte, sich unter ihm zu winden, als abermals die Faust ihren Kiefer traf, wobei dieser nun brach. Unbändiger Schmerz schoss durch ihren Körper. Gleichzeitig spreizte er gewaltvoll ihre Oberschenkel und drängte sich dazwischen.

„Neiiiiin", brachte sie nur noch mühsam hervor.

Dann hörte sie das Reißen ihres Slips und merkte wie er sich an seiner Hose zu schaffen machte. In dem ganzen Wirrwarr, konnte sie ihren Arm lösen und ballte ihre Hand zur Faust. Sie nahm all ihre Kraft zusammen und schlug heftig zu. Sie traf seine Nase, die unter der Wucht zerbarst.

„Shit!", fluchte Miles böse. „Du Miststück!" Mit gefletschten Zähnen knurrte er sie an, während in seinen Augen der geballte Wahnsinn tanzte.

Er riss ihre Arme nach oben und hielt beide in festem Griff über ihrem Kopf. Während sich seine andere Hand ihren Weg zwischen ihre Beine bahnte. Seine Hüfte presste er fest an ihren Unterleib und sie konnte spüren, dass er sehr erregt war und es nicht mehr lange dauern würde, bis er in sie eindringen würde. Der Gedanke trieb ihr die Tränen in die Augen, doch flehen half ihr gerade überhaupt nicht weiter. Er senkte seinen Kopf und saugte heftig an ihrer Brust, wobei seine Fangzähne sich in ihre zarte Haut bohrten. Immer noch probierte Elisa strampelnd ihren Angreifer abzuschütteln, doch es gelang ihr nicht, so sehr sie sich auch gegen ihn werte.

Miles löste sich sabbernd von ihrer Brust, denn seine Hand hatte ihr Ziel zwischen ihren Beinen erreicht. Sie konnte seine brutalen Finger spüren, wie sie über ihre weiche Haut rieben. Wieder wollte sie schreien, als ein weiterer Schlag in ihrem Gesicht explodierte und ihr Auge traf. Ihr Kopf flog zur Seite und sie kämpfte gegen eine Bewusstlosigkeit an.

Plötzlich wurde Miles hochgerissen und landete hart neben ihr auf dem Boden. Heftige Schläge trafen sein Gesicht und den Körper von Miles.

Mühsam versuchte Elisa, ihr geschwollenes Auge zu öffnen. Schemenhaft konnte sie die Umrisse von einem hünenhaften Kerl wahrnehmen, der über Miles gebeugt stand, und heftig auf Miles einschlug. Mit immenser Wucht, platzten mehrere Wunden in Miles Gesicht auf, und die Knöchel von Desmond trugen das Blut von Miles.

„Du verdammter Mistkerl!" Als er ihn fast besinnungslos geschlagen hatte, was bei einem Vampir schon schwierig war, zückte er sein Handy und beorderte drei Vampire zu sich. Innerhalb von Sekunden standen diese neben Desmond.

„Abführen und einsperren, sonst bringe ich ihn auf der Stelle um!"

Die drei ergriffen den verletzten Miles und schliffen ihn hinter sich her, ohne auf sein Wimmern einzugehen.

Langsam kniete sich Desmond neben Elisa ins Gras und versuchte, sein erregtes Gemüt zu kontrollieren. Doch als er das blutende und geschwollene

Gesicht von Elisa erblickte, brach in ihm ein Sturm der Entrüstung los. Ihre zerrissene Kleidung und ihr entblößter, geschundener Körper trieben seine Sinne an den Abgrund. Ihr eines Auge war total zugeschwollen und das andere geschlossen. Rasch zog er sein T-Shirt aus und bedeckte erst einmal ihre Brüste. Dann zog er ihren Rock wieder über ihre Oberschenkel. Erst jetzt bemerkte er die Schiefstellung ihres Kiefers.

„Elisa?"

„Mmmh." Mehr brachte sie nicht zustande.

„Ich muss deinen Kiefer richten, sonst wächst er schief zusammen. Das wird dir jetzt sehr wehtun." Er hasste sich für das, was er jetzt tun musste. Er legte seine Hand an ihren Kiefer und die andere an ihren Kopf. Mit zwei ruckartigen Bewegungen korrigierte er ihr den Kiefer.

Die Schmerzen die Elisa währenddessen wortlos ertrug, zerrissen ihm das Herz. So etwas war ihm noch nie untergekommen. Er hatte viel Tod in seinem Leben gesehen. Aber dieser hässliche Angriff auf eine wehrlose Frau, war für ihn verstörend. Um seine aufgebrachte Stimmung nicht auf Elisa zu übertragen, sagte er so ruhig er konnte:

„Es wird alles wieder gut, das verspreche ich dir." Sanft strich er ihr einige Strähnen aus ihrem Gesicht. „Ich hebe dich jetzt vorsichtig hoch. Wenn ich dir wehtue, versuche deine Hand zu heben."

Er bekam keine Antwort, was ihn nicht weiter wunderte.

Seine Hand griff nach dem zerrissenen Slip und er steckte ihn in seine Hosentasche. Dann beugte er sich hinab. Seine muskulären Arme griffen unter ihre Kniekehlen und ihren Rücken.

Ein herzzerreißendes Stöhnen kam über Elisas Lippen.

„Tschhh ... ich weiß, es tut weh, aber es dauert nicht mehr lange und die Sonne geht auf. Wir müssen uns beeilen, dich nach drinnen zu bringen."

Als er sie vorsichtig anhob, schrie sie leise vor Schmerzen und sank an seine breite Brust. Tränen liefen über ihr geschundenes Gesicht.

Er richtete sich mit ihr auf und sauste mit übermenschlicher Geschwindigkeit den Weg entlang zum Kloster.

Elisa bekam von alle dem nichts mehr mit. Sie driftete in ein Gefühl der Schwerelosigkeit ab.

Als Desmond sie auf ihr Bett gelegt hatte, nahm er die weiche Daunendecke und legte diese über ihren malträtierten Körper. Aus dem Badezimmer hatte er Handtücher und nasse Lappen geholt, und tupfte nun vorsichtig das bereits getrocknete Blut von ihrem Gesicht. Er biss sich in sein Handgelenk und ließ sein Blut in ihren halbgeöffneten Mund fließen. Die Wunden schlossen sich langsam, was ihn etwas beruhigte. Auch das zugeschwollene Auge, begann bereits zu heilen. Er schluckte heftig, als ihm bewusst wurde, was alles hätte passieren können, wenn er nur wenige Minuten später gekommen wäre. Oder war er schon zu spät gekommen? Hatte Miles sie schon entehrt? Sie war sein Schützling und er hatte versagt. Er erhob sich von der Bettkante und ging zum Fenster und zog die schweren Vorhänge zu. Sein Blick erhaschte die Sonne, die gerade ihren Aufgang am Horizont gestaltete. Der Raum lag nun im Dunkeln.

Knappe zwei Stunden später kam Elisa allmählich wieder zu sich. Ihre Augen waren schwer und sie probierte, sie zu öffnen. Das eine war problemlos, das andere schmerzte noch. Sie schaute sich nervös um, und stellte fest, dass sie in ihrem Zimmer war. Die Silhouette eines Mannes zeichnete sich unweit ihres Bettes ab. Sie erschrak, denn sie konnte nicht erkennen, wer es war. Ihr erster Gedanke war, dass es Miles war. Ihre Unruhe spürte Desmond sofort und drehte sich zu ihr um, und trat an das Bett.

Chang war in der Nacht auf dem Londoner Flughafen Heathrow gelandet und hatte sich von einem Taxi in ein Nobelhotel fahren lassen, welches ihm Raban empfohlen hatte. Der Fahrer hatte ihn nicht nur an sein Ziel gebracht, sondern wurde auch zu seiner Nahrungsquelle, nachdem er ihn bezahlt hatte. Er betrat durch bodenlange Glastüren die Lobby und warf der Vampirin an der Rezeption einen gelangweilten Blick zu. Ihre hochgeschlossene Kleidung und ihr aufdringliches Parfüm ließen ihn leicht die Nase rümpfen.

Sie hingegen musterte ihn eindringlich, als er ihr in seiner schwarzen Lederkluft, die Eingangshalle entgegen schritt. Am Tresen angekommen, begrüßte sie ihn freundlich.

„Guten Abend, Sir. Was kann ich für Sie tun?" Ihre Stimme wurde ganz brüchig und ihr Blick nahm die prächtige Statur des Halbasiaten in sich auf.

„Guten Abend, Madam." Seine honiggelben Augen auf sie gerichtet, sprach er weiter. „Ich hätte gerne eine geräumige Suite. Keinen Zimmerservice bitte, außer ich wünsche etwas und keine Person, die mich stört." Seine präzisen Anweisungen brannten sich bei der Rezeptionistin ein, und wie in Trance reichte sie ihm die goldene Chipkarte der Suite im obersten Stock. Er war ein sehr mächtiger Angehöriger seiner Rasse, weshalb es ihm auch gelang, selbst Vampire zu beeinflussen.

„Danke." Er nahm ihr die Chipkarte ab und ließ diese in seine Jackentasche gleiten. Auf dem Weg zum Fahrstuhl, musterte er aufmerksam seine Umgebung. Der Fahrstuhl fuhr für seine Verhältnisse viel zu langsam und als er in der Suite angekommen war, konnte ihn das hochfeine Mobiliar nicht gerade überzeugen. Sein Geschmack war eher gradlinig und ohne Schnörkel. Seine schwere Tasche, die angefüllt war mit etlichen Handfeuerwaffen und anderen Spielereien, ließ er auf den Boden fallen. Mental verriegelte er die Tür und zog die schweren Vorhänge zu, aber nicht, bevor er noch einen Blick auf die wunderschöne Stadt an der Themse geworfen hatte. Glitzernd lag sie vor ihm - bereit für ihn.

Nachdem er die Suite genau inspiziert hatte, gönnte er sich eine heiße Dusche. Die etlichen Düsen, aus denen das Wasser herausperlte, trugen dazu bei, dass er ein kehliges Knurren von sich gab. Anschließend trat er mit einem flauschigen Badetuch um die Hüften aus dem Badezimmer und ließ sich auf das große King Size Bett sinken, während er nach seinem Handy griff. Kurz checkte er noch seine Emails. Raban hatte ihm bereits eine weitere Nachricht übermittelt. Seine Vorstellung beim Clan würde morgen Abend in London stattfinden. Die Adresse war ebenfalls beigefügt.

Chang legte sein Handy auf den Nachttisch und schloss die Augen. Er hatte schon viel von diesem legendären Clan und seinen Mitgliedern gehört. Seine eigene Laufbahn schien so interessant zu sein, dass sich der Clan an ihn gewandt hatte. Er war schon lange auf der Suche nach einer neuen Aufgabe und da kam ihm die Anfrage vom Clan gerade recht. In Hongkong war er schon viel zu lange geblieben - und die Insel bot sicher etliche neue Aktivitäten. Nicht nur, dass Hongkong einst eine britische Kronkolonie war und er viele Einflüsse daher kannte, doch nun diese pulsierende Metropole selbst zu erleben, ließ sein kaltes Herz unruhiger schlagen. Etliche seiner Nachahmer waren froh, dass er Hongkong endlich verlassen hatte. Somit war der Titel für den tödlichsten Killer Asiens wieder frei und musste neu besetzt werden. Dies ließ ihn schmunzeln. Denn wenn er sich hier nicht wohlfühlen würde, dann würde er wieder zurückgehen. Er griff nach dem dicken Kissen unter seinem Kopf und warf dieses auf die Erde. Er mochte es, wenn sein Kopf glatt auf dem Laken ruhte. Nun erst entspannte er sich und sank in einen tiefen Schlaf.

Ortischa krabbelte aus ihrem Krankenbett und lief aufgeregt im Raum hin und her. Seit gestern war keiner mehr bei ihr gewesen. Weder Michael noch Ivan. Auch Raban hatte ihr keine Nachricht von Mehit übermittelt. Sie fühlte sich elend und nervös. Ihr Magen rebellierte und ihre Fänge schossen aus ihrem Kiefer heraus. Wütend auf ihr Verhalten, wollte sie schon auf den Gang stürmen, doch da es helllichter Tag war, waren somit auch menschliche Wesen auf dieser Station unterwegs. Ihre größte Sorge galt Mehit. Wenn er Marisol nicht rechtzeitig finden würde, konnte sie sich nicht von ihr verabschieden, falls die Operation nicht gelingen sollte. Sie schüttelte heftig den Kopf. *Ich war es doch gewesen, die Marisol und die anderen angelogen hatte. Ich habe meinen eigenen Tod inszeniert und nun krieche ich zu Kreuze. Was, wenn sie ihm nicht glaubt? Was, wenn sie ihn zum Teufel schickt?* Ihre Sinne kapitulierten. *Was hatte Michael ge-*

sagt, ich könne jeder Zeit zu ihm kommen? Hastig streifte sie sich eine Jogginghose über, schlüpfte in ein frisches T-Shirt und band sich ihre Haare zusammen. Sie atmete tief durch und trat dann an die Tür. Als sie sie öffnete stand Michael direkt vor ihr.

„Guten Morgen. Hast du gut geschlafen?" Er drängte sie mit seinem Körper zurück ins Zimmer.

„Geht so", erwiderte sie und wandte sich schnell von ihm ab, sodass er nicht ihr erregtes Gesicht sehen konnte.

„In ca. drei Stunden werden wir alle Vorbereitungen getroffen haben, um die Operation durchzuführen." Michaels Worte schlugen bei ihr ein wie eine Bombe.

„In drei Stunden schon?" Ihre Stimme klang zwei Oktaven höher.

„Ja", sagte er freundlich.

„Das geht nicht. Ament und Mehit sind noch nicht da und Maddy wollte auch …"

„Entspann dich Ortischa", er trat auf sie zu und ergriff sie an den Oberarmen. „Sie werden alle hier sein. Keiner lässt dich im Stich." Seine bernsteinfarbenen Augen bohrten sich in sie.

Zögerlich senkte Ortischa ihren Blick.

„Michael?"

„Ja?"

„Ich habe … Angst. Nicht, das ich sterben könnte, sondern … dass ich mich nicht mehr verabschieden kann."

Ihr Körper sank an Michaels breite Brust und er schloss seine Arme um sie.

„Sie kommen … alle", flüsterte er an ihrem Ohr.

„Woher willst du das wissen?"

„Ich weiß es eben … vertrau mir."

„Ich kann niemandem vertrauen, und das weißt du auch. Die Einzigen, auf die ich zählen kann, sind meine Clankrieger. Wir sind alle vereint unter dem Siegel."

Behutsam strich Michael ihr über den Rücken und zeigte ihr damit, dass sie in diesem Moment auch ihm vertrauen konnte.

Rasch löste sie sich von ihm. „Michael, ich kann das nicht. Eine Beziehung oder so etwas in der Art."

„Hey warte … keiner verlangt so etwas von dir." Er quittierte ihren aufgescheuchten Blick mit einer Lässigkeit, die ihr fremd war.

„Heute werden wir uns nur um deine Operation kümmern. Nichts anderes ist daneben wichtig."

„Doch … Marisol ist wichtig. Ich muss ihr sagen, dass …"

Bevor sie weitersprach, betrat ihre Schwester das Krankenzimmer.

„… dass du mich immer noch lieb hast?", beendete sie für Ortischa den Satz. Ortischa traute ihren Augen kaum. *Mehit hat es geschafft!* Sie war hier und was am Erstaunlichsten war, war, dass sie ihr mit einer Freundlichkeit entgegen trat, die ihr eine Gänsehaut bereitete.

„Marisol", Ortischa breitete ihre Arme aus und schloss ihre Schwester darin ein. „Oh mein Gott." Sie hauchte über die Schulter ihrer Schwester zu Mehit ein "Danke schön". Er erwiderte dies mit einem Lächeln.

„Ortischa … wie konntest du mir das damals antun?" Warf ihr nun Marisol vor.

Michael trat durch den Türrahmen und schloss die Tür hinter den beiden Frauen, die in einen heftigen Redeschwall abtauchten.

„Mehit?" Er reichte ihm die Hand.

„Michael, ist alles vorbereitet? Ich hoffe, wir sind nicht zu spät? Aber es gab einige Probleme am Flughafen. Sie wollten uns nicht passieren lassen."

„Es ist alles perfekt und genau im Zeitplan. Wir warten jetzt nur noch auf Ament und Maddy."

Bei der Erwähnung von Maddys Namen schnürte es Mehits Kehle zusammen.

„Was will Maddy hier?"

„Sie will Ortischa ihr Blut zur Verfügung stellen, damit sie sich schnell wieder erholt", antwortete Michael besonnen, denn er wollte sich auf keinen Fall in die Clanangelegenheiten einmischen. Er legte eine Hand auf die Schulter von Mehit. „Wir sehen uns später. Ich muss jetzt zur Visite."

Mehit nickte.

Hastig nahm er sein Handy aus der Tasche und rief bei Raban auf dem Anwesen an.

„Na, mein Großer, wieder im Lande?"

„Ja, und Marisol ist jetzt bei Ortischa. Was höre ich gerade von Michael? Maddy kommt hierher?"

„Sie ist schon mit Ament auf dem Weg. Du kannst dir sicher vorstellen, dass wir nicht mit ihr darüber diskutieren wollten. Wenn sie sich etwas in den Kopf gesetzt hat, dann ist es schwer, sie davon abzubringen."

Genervt antwortete er ihm. „Ja, ich weiß, aber die Gefahr ist einfach zu groß, dass sie überfallen wird."

„Ich glaube, wenn Maddy jemand zu nahe kommt, würde Ament ausrasten, so wie der momentan drauf ist. Ach, und Chang ist auch aus Hongkong eingetroffen. Er hat jetzt eine Suite in einem Hotel an der Themse bezogen und würde sich dann heute Abend noch mit Ament treffen. Ich habe ihn zum Büro von Jonathan bestellt, ich hoffe, das trifft auf deine Zustimmung."

„Ja, und noch eins … hast du etwas in Erfahrung bringen können bezüglich unseres … Problems?"

„Du sprichst von Calabria?", neckte ihn Raban.

„Ja, genau das meine ich." Am liebsten hätte er bei der Erwähnung Calabrias Raban durch den Hörer gezogen.

„Nein … aber ich bin dran. Ich habe zumindest schon mal herausbekommen, wie viele dort aktiv sind. Jetzt kannst du dich festhalten. Die ganze Festung wird gerade mal von knapp vierzig Mann betreut. Jetzt kannst du mir wenigstens schon mal einen Lolli kaufen", flachste Raban am anderen Ende der Leitung.

„Du bist doch krank", antwortete Mehit und legte auf. Einen Moment lang überlegte er, dass Raban gerade das Anwesen mit Angel und seiner Schwester betraute, die in einer der Zellen saß. Schlagartig schoss Furcht durch seine Glieder. *Sollte er nur auf den Moment gewartet haben, alleine auf dem Anwesen zu sein? Nein. Er war ein Clankrieger und er würde nie …* Ihm stockte leicht der Atem. Eilig zog er sein Handy abermals aus der Tasche.

„Ja!", knurrte Ivan am anderen Ende.

„Bist du schon auf dem Anwesen?"

„Fahre gerade in die Garage. Warum?"

„Weil … ich …, ach shit. Ich hatte einen Moment lang gezweifelt, weil Raban alleine auf dem Anwesen ist und …"

„… und du dachtest er würde seine Schwester in der Zwischenzeit frei lassen?", beendete Ivan nun ruhig den Satz.

„Ja … total bescheuert ich weiß, aber die Zweifel kamen gerade in mir hoch."

„Dann kann ich dich beruhigen, denn selbst wenn er es versuchen würde, was ich für ausgeschlossen halte, würde er sie dort nicht vorfinden." So ruhig und trocken wie diese Äußerung rüberkam, musste Mehit sich eingestehen, dass es ihn noch mehr beunruhigte.

„Was hast du mit ihr gemacht?", kratzte Mehits Stimme nur noch so in den Hörer.

„Sie ist in Sicherheit. Habe sie in meinem Quartier eingesperrt und unter meine eigene Trance gesetzt. Zusätzlich habe ich sie am Bett gefesselt. Dort nachzuschauen, darauf wird Raban niemals kommen."

Mehit konnte das verschmitzte Grinsen des Russen gut vor sich sehen und etwas beruhigter war er durch die Informationen auch.

„Nur, wenn er es erfährt, wird er versuchen, dich umzubringen", presste Mehit hervor.

„Könnte gut möglich sein. Bin sowieso gut drauf. Könnte eine Runde trainieren. Also mach dir keine Sorgen, ich halte den Laden schon zusammen, bis ihr wieder da seid." Damit beendete er das Gespräch.

Erleichtert ließ Mehit sein Handy in die Hosentasche gleiten. Im gleichen Moment ging die Fahrstuhltür auf und Maddy trat heraus. Ihre lange, schwarze Mähne ergoss sich über ihre Schultern. Die rote Bluse stand ihr ausgesprochen gut und die Jeans mit den flachen Schuhen rundeten ihr Outfit ab. Hinter ihr kam Ament zum Vorschein. Der Clankrieger war selbst eine hoch aufragende Bestie mit goldenem Teint. Seine Glatze thronte auf verboten breiten Schultern. Mit seinen guten zwei Metern Körpergröße, die in schwarzes Leder gehüllt waren, wirkte er bedrohlich und Mehit verstand, warum plötzlich alle Anwesenden auf dem Flur der Klinik in ihre Zimmer verschwanden. Sein Waffenkamerad nickte ihm zur Begrüßung zu.

„Mehit? Hat alles mit Marisol geklappt? Hast du sie gefunden?" Maddy flog ihm regelrecht in die Arme und er konnte nur noch verdutzt gucken.

Ament hingegen schnaubte verächtlich.

„Ja, und ja. Sie ist bei Ortischa. Aber sagt, was ist bei euch los?" Er hatte die Unruhe wahrgenommen, die Ament ausstrahlte.

„Nicht hier!", sagte Ament ernst.

„Im Aufenthaltsraum ist gerade niemand. Gehen wir da hinein." Er deutete den beiden den Weg. Dort setzten sie sich an den großen Tisch.

Ament schloss die Tür hinter ihnen und lehnte sich dagegen.

Leise sprach Maddy nun mit Mehit und blickte immer wieder suchend zu Ament.

„In der Bibliothek haben wir, Dank Ramos Hilfe, erstaunliche Entdeckungen gemacht. Er hat uns einen uralten Papyrus gezeigt, welches anscheinend mein Großvater entwenden ließ. Dort stehen dein ... und sein Name." Sie deutete auf die zwei. „Aber das ist noch nicht alles. In dem großen Kamin an der Rückseite, erschien bei einem großen Feuer der obere Teil des Sonnengotts Re. Die große Sonne mit der Schlange außen herum. Ist das nicht wahnsinnig aufregend?"

Mehit starrte Ament an, der nur zustimmend nickte. Irritiert schaute er wieder zu Maddy.

„Ausgesprochen interessant, zumal du erst einige Monate auf dem Anwesen bist und wir schon etliche Jahrzehnte." Wieder suchte er den Blick von Ament.

„Wir werden uns dessen nach der Operation annehmen." Insgeheim hoffte Mehit, dass Jonathan bald zurückkehren würde.

Von außen drückte jemand gegen die Tür, bevor Ament zur Seite wich.

„Oh, Entschuldigung, ich wusste nicht, dass hier ... MEHIT? Was machst du denn hier." Die junge Frau stürzte sich auf Mehit und fiel ihm um den Hals."

Ament und Maddy starrten sie an.

„Susan ... was ... ach ja, du arbeitest ja hier."

„Ja, und da wundert es mich sehr, dass ich gerade dich hier sehe." Nun glitt ihr Blick zu Maddy und zu Ament, der mitten im Raum aufragte.

„Oh ... hallo ich bin Susan. Eine Krankenschwester von Dr. Anderson." Sie reichte Maddy freundlich die Hand. Ament bedachte sie nur mit einem Nicken. „Wow, hast du eigentlich immer nur Freunde, die aussehen wie Schränke?" Sie deutete auf Ament, der leicht die Luft einzog.

Mehit schmunzelte. „Ja, scheint so. Das ist Ament und das ist Maddy."

„Und du bist seine Freundin?", fragte Susan überaus neugierig.

„Nein, Mehit ist mein Bodyguard, genauso wie Ament."

Ausgesprochen zufrieden entspannte sich Susan ein wenig.

„Weswegen seid ihr hier? Geht es dir nicht gut?" Sogleich fasste Susan an den Puls von Maddy und schaute ihr intensiv ins Gesicht.

„Nein, alles bestens. Es geht um meine ... Freundin. Sie wird nachher operiert", sagte Maddy sanft.

An Aments Hals zuckte ein Muskel heftig. Er konnte diese menschliche Frau nicht einordnen und es war ihm auch nicht recht, dass sie so dicht bei Maddy stand. Aber Mehit schien sie zu kennen, was die Situation nicht unbedingt einfacher für ihn machte.

Abermals ging die Tür auf und Michael betrat den Raum, auch er war sichtlich überrascht, warum eine seiner Mitarbeiterinnen neben Maddy saß und beide Clankrieger sich ausgesprochen ruhig verhielten.

„Susan?"

„Oh, Dr. Anderson. Ich habe gerade diese Herrschaften begrüßt und nun sollte ich ... ich mich um meine Patienten kümmern." Sie huschte mit einem Grinsen hinaus und Michael schloss die Tür hinter ihr, dann trat er auf Maddy zu.

„Milady" Er griff nach ihrer Hand und schenkte ihrem Handrücken einen zarten Kuss.

„Dr. Anderson, schön Sie wiederzusehen. Ich hoffe, dass wir uns auch einmal treffen, wenn Sie nicht gerade einem Familienmitglied gesundheitlich helfen."

Angesichts dieser Aussage waren Mehit und Ament total gerührt. Das Maddy Ortischa als Familienmitglied bezeichnete, war für sie eine Ehre.

Auch Michael war über diese Äußerung überrascht.

„Es wäre wunderbar, Sie einmal außerhalb der Klinik zu sehen. Ich glaube, ich weiß, wohin ich Sie einmal einladen werde. In nächster Zukunft soll es hier in der Nähe ein neues Bistro geben. Die Inhaber sind sehr nette Leute." Seine Lippen teilten sich und seine strahlend weißen Zähne kamen zum Vorschein.

Maddy lachte. „Ja, davon habe ich auch schon gehört. So machen wir das. Wir gehen Mal einen Kaffee trinken."

„Abgemacht", stimmte Michael ein. „In einer guten halben Stunde ist der Operationssaal vorbereitet. Seid ihr dann soweit?", fragte er in die Runde und alle drei nickten.

In einem Turmzimmer in Calabria …

„Du bist in deinem Zimmer. Miles kann dir nichts mehr tun", sagte Desmond leise aber bestimmt.

Elisa nickte erleichtert und zog die Decke bis unter ihr Kinn.

„Elisa … ich muss wissen, ob Miles dich entehrt hat." Ihm war diese Frage sichtlich unangenehm.

Sie drehte ihren Kopf in die entgegengesetzte Richtung, ohne ihm eine Antwort zu geben.

„Elisa bitte. Ich muss es wissen", fragte er nun intensiver.

„Warum … ist das so wichtig?" stammelte sie heiser.

„Wenn er dich entehrt hat, dann wird er dessen auch angeklagt."

„Lass mich allein", sagte Elisa flehend.

Er stand auf und ging um das Bett herum, dann kniete er sich auf der anderen Seite hin.

„Elisa, es tut mir leid. Ich kann es leider nicht mehr rückgängig machen, aber ich …"

Sie legte ihm zwei Finger auf seine vollen Lippen und er verstummte.

„Danke, …, dass du mich gerettet hast. Ich möchte aber … nicht darüber reden, bitte."

Er nickte ihr zu. „Ruh dich erst einmal aus. Ich werde dir Nahrung besorgen, damit deine Wunden besser heilen. Ich bin gleich wieder zurück."

Elisa nickte ihm zu und sank ins Kissen. Sie krümmte sich zusammen, indem sie ihre Beine dicht an ihren Brustkorb zog.

Als Desmond wenige Minuten später zurückkam, hielt er einen Blutbeutel in seinen Händen. Er setzte sich auf die Bettkante und strich Elisa eine Strähne aus dem Gesicht. Seine Fingerspitzen waren ausgesprochen vorsichtig, um nicht an die Wunden in ihrem Gesicht zu kommen.

Sie schlug ihre vollen Wimpern auf und die blaugrünen Augen starrten ihn verloren an.

„Hier, trink", sagte er einfühlsam, wobei er seine Hand sanft unter ihren Kopf schob, um diesen anzuheben. Mit einiger Anstrengung richtete sie sich auf und beugte ihren Kopf zu dem dargebotenen Lebenselixier. Sie öffnete die Lippen und Desmond führte den Verschluss des Blutbeutels an ihren Mund. Sie nahm einige kräftige Züge zu sich und ließ dann ihren Kopf gegen Desmonds Hand fallen.

„Besser?" Seine fragenden Augen waren auf sie gerichtet.

Sie nickte ihm zu.

„Elisa … du musst es mir sagen, sonst kann ich nicht …"

Abermals legte sie ihm ihre Finger auf den Mund und ließ ihn verstummen. „Desmond … nein." Dabei schüttelte sie leicht ihren Kopf. „Ich werde keine Anklage erheben."

Er runzelte die Stirn und richtete sich auf.

„Warum nicht?" Eine Sekunde lang blieben ihm seine Worte im Hals stecken, als die Bilder wieder vor ihm aufflackerten. „Ich habe es gesehen, wie er …"

„Nein, Desmond … es geht nicht." Eine Träne bahnte sich ihren Weg über ihre Wange.

„Dann werde ich ihn selbst anklagen. Damit darf er nicht durchkommen." Seine Wut spiegelte sich in seinem Gesicht wider und seine dunklen Augen funkelten wild.

Elisa legte ihre Hand auf seinen kräftigen Unterarm.

„Nein … das kannst du nicht machen. Tante Theresia würde dir nicht glauben. Sie würde denken, dass ich ihn provoziert habe, um Ärger zu machen. Sie wird mir sein Verhalten anlasten. Desmond … sie hasst mich. Sie wird alles daran setzen, mich zu beschuldigen. Bitte, bitte tu es nicht." Flehend sah sie ihn an, wobei ihre Lippen bebten.

Desmond wandte seinen Blick von ihr ab und starrte auf den Boden. Er probierte, seine Gedanken zu sortieren und die Worte zu verarbeiten, die Elisa gerade gesagt hatte.

„Theresia ist gerecht und wenn ich ihr erzähle, wie es war, wird sie auch gerecht urteilen", sagte er, obwohl seine Stimme eine leichte Unsicherheit erkennen ließ.

„Sie wird mich beschuldigen, dass ich dich benutze. Ich möchte nicht, dass du da mit hineingezogen wirst. Meine Wunden heilen schon und wenn alles gut geht, wird man morgen nichts mehr sehen."

„ELISA! Du kannst doch nicht einfach so tun, als ob nichts passiert ist?", fragend sah er sie an, wobei er seine Augenbrauen leicht zusammenzog.

„Ich habe noch einen ganz anderen Verdacht", sagte Elisa zögerlich.

„Und welchen?", bohrte Desmond nach.

„Dass das Ganze inszeniert war."

Er legte seinen Kopf leicht schief und wartete auf eine weitere Erklärung.

„Du bist die ganze Zeit an meiner Seite und genau zum Schichtende ruft sie dich zu sich? Sie wusste genau, dass dadurch einer der Anderen mich zurückbringen muss."

„Das sind schwerwiegende Anschuldigungen, die du da äußerst", antwortete er ihr gereizt.

„Das sind keine Anschuldigungen, das sind Vermutungen, die unter uns beiden bleiben sollten. Ich habe solche Angst, Desmond. Seitdem ich hierher gebracht wurde, probiert sie die ganze Zeit, mich zu kompromittieren. Schwester Marie hat mir gesagt, dass sie eine meiner Kolleginnen belauschte, die Anweisungen von Theresia bekommen hat, meine Arbeit zu sabotieren. Sie sollte die gestellten Tabletten für die menschlichen Patienten vertauschen, sodass ich für diesen Fehler bestraft werden konnte. Schwester Marie hat diesen Versuch aber vereiteln können. Ich will mich nicht rausreden, Desmond. Ich will dir keine Schauermärchen erzählen. Ich bekomme auch am Tage Besuch von einem Vampir. Er tut mir zwar nichts, aber ich kann mich auch nicht gegen ihn wehren. Ich sage dir die Wahrheit. Ich habe wirklich Angst um mein Leben." Ihr glasiger Blick traf den von Desmond.

Sein Gehirn arbeitete auf Hochtouren. Wenn diese Vorkommnisse wirklich dazu dienten Elisa zu kompromittieren, würde er auch so einige Befehle besser verstehen.

Er fuhr sich mit seinen Händen über sein Gesicht, hinauf bis über seinen kahlrasierten Kopf. Anschließend breitete er seine muskulären Arme zu beiden Seiten von Elisa aus und stützte sich in der Matratze ab. Sein Brustkorb senkte sich zu ihr hinab und sein Gesicht war nur noch Zentimeter von ihrem entfernt.

„Ist das wirklich wahr?", sagte er so ruhig und eindringlich, dass Elisa dachte in seinen Augen zu versinken.

„Lüg mich nicht an, Elisa!"

„Ich lüge dich nicht an. Es ist die reine Wahrheit. Du kannst Schwester Marie fragen", antwortete sie ihm nun selbstbewusst.

Er musterte jeden Zentimeter in ihrem Gesicht, konnte jedoch keine Lüge erkennen, was ihn irritierte. Ihr Blick war ihm gegenüber so offen, ihre Ausstrahlung so frei von jeglichen bösen Absichten, dass es ihn fast seine Fassung verlieren ließ.

Er presste seine Lippen zu einer geraden Linie zusammen und überlegte. Er war ein Meister darin, Lügen zu erkennen, doch hier gab es keine Anzeichen. Sollte sie wirklich die Wahrheit sagen, fragte er sich und schloss dabei seine Augen.

Elisa konnte fühlen, dass er sie prüfte. Doch alles war die reine Wahrheit. Schon oft hatte Elisa ihren Vater angelogen, um ein wenig mehr Privatsphäre zu haben. Aber hier und jetzt war das die Wahrheit. Sie wollte nicht, dass er sich quälte und sein Gesicht kam ihr auf einmal so weich vor. Sie wusste nicht warum, aber sie ließ ihre Hand nach oben gleiten und legte ihre Handinnenfläche an seine Wange. Er öffnete seine Augen, als er die Berührung fühlte. Sekundenlang starrten sich beide regungslos an.

„Entschuldige, ich wollte nicht ..." Sie löste ihre Hand von seiner Wange, jedoch fing er dabei ihre Hand ein und drückte sie wieder an sein Gesicht. Er schmiegte seinen Kopf daran und schenkte dann ihrer Handinnenfläche eine zarte Berührung seiner Lippen. Die Weichheit seines Mundes war so sinnlich und ihre Haut an dieser Stelle war wie elektrisiert. Ihr Atem ging schwerer, als er seinen Kopf in ihre Richtung drehte und ihn langsam senkte. Sie konnte schon seinen Atem an ihren Lippen spüren, so dicht war er ihr gekommen. Warm und sinnlich füllte sich die Luft mit Begierde.

Er öffnete seine vollen Lippen leicht und ließ seine Zunge darüber gleiten. Es trennte sie nur noch ein Hauch voneinander.

Elisa schloss ihre Augen, doch gleichzeitig erschien vor ihrem inneren Auge Mehit und sie zuckte zusammen.

Im selben Moment riss Desmond den Kopf nach oben, als er ein Geräusch im Flur wahrnahm.

Elisa hatte ihre Augen ebenfalls weit aufgerissen. Aus unterschiedlichen Gründen starrten sie sich an.

Desmond signalisierte ihr leise zu sein, indem er seinen Zeigefinger an seine Lippen presste. Geräuschlos stand er auf und tauchte in die tiefen Schatten des Zimmers ein.

Elisas Puls ging heftig. Sie war durcheinander, bei dem Gedanken an Mehit. Ihre Gefühle spielten verrückt, denn vor ein paar Sekunden hätte sie fast Desmond geküsst! Doch ihre Aufmerksamkeit war nun auf die Tür gerichtet, an der sich jemand zu schaffen machte. Ihr suchender Blick nach Desmond war ausweglos. Sie konnte ihn nicht mehr wahrnehmen. Zu tief war er in die Schatten getaucht.

Der Code wurde eingegeben und die Tür öffnete sich. Die Silhouette eines großen Mannes wurde sichtbar.

„Elisa?", flüsterte dieser.

Desmond erkannte die Stimme sofort. Es war Raymond und er wunderte sich, woher Raymond den Zugangscode zu Elisas Zimmer hatte. Er wollte schon aus den Schatten treten, entschied sich dann aber dagegen. Abwartend beobachtete er Raymond. Dieser lief zwei Schritte in den Raum hinein und schloss leise die Tür.

„Wie geht es dir? Kann ich dir etwas bringen?", fragte er wobei sein Blick auf den halbleeren Blutbeutel fiel, der noch immer neben dem Bett lag.

Elisa drehte sich zu ihm um und schaute ihm direkt ins Gesicht.

Als er das zerschundene Gesicht von Elisa sah, welches im Begriff war schon zu heilen, zuckte er merklich zurück.

„Geh einfach und lass mich in Ruhe", entgegnete Elisa ihm ernst.

Immer noch den Blick auf sie gerichtet sagte er: „Es tut mir leid, was Miles dir angetan hat, glaube mir, bitte." Dann wandte er sich wieder zur Tür und verließ den Raum so leise, wie er gekommen war.

Nach einigen Minuten der Stille trat Desmond aus dem Schatten heraus.

„Raymond?", flüsterte er überrascht.

Elisa nickte.

„Glaubst du mir jetzt?"

Desmond erstickte ihren Satz, als er seine Lippen auf ihren Mund presste und diesen in einen sinnlichen Kuss zog. Er forderte mit seiner Zunge Einlass und Elisa gewährte es ihm. Unendliche Leidenschaft kochte in Sekundenschnelle in Desmond hoch, als ihre Zunge sich um seine legte und sie sich einen wilden Kampf mit ihm leistete.

Elisa griff nach seinen nackten Schultern und zog ihn dichter an sich heran.

Er griff unter ihren Rücken und presste sie an seine breite Brust, ohne die Lippen von ihr zu lösen. Seine Fangzähne fuhren sich aus und stießen an ihre noch geschwollenen Lippen.

„Autsch", sagte Elisa leise.

Desmond zog sich ruckartig zurück.

Sie fasste sich an ihre Lippe, die noch nicht ganz verheilt war.

Unterdessen küsste er sanft die Stelle und schaute ihr dann tief in die blaugrünen Augen.

Elisa versank in seinem Blick, der sie hypnotisierte. Sie blendete das Geschehene vollkommen aus, und sah nur noch seine großen schwarzen Augen, trotzdem fühlte sie sich schuldig. Sie hatte Desmond zurückgeküsst, obwohl ihre Gedanken bei einem ganz anderen waren.

Mehit.

Er spukte in ihrem Kopf herum und dennoch fühlte sie sich zu Desmond hingezogen. Doch Mehit war nicht gekommen, um sie zu retten. Sie konnte es ihm auch nicht verdenken. Sie hatte ihn aus ihrem Leben geworfen, bevor er auch nur einen Schritt hineingesetzt hatte. Sie hatte ihn von sich geschoben und ihm den Kontakt verboten. Sie konnte nicht einmal erwarten, dass er überhaupt noch an sie dachte. Und nun saß sie hier mit einem sehr attraktiven hünenhaften Vampir, den sie geküsst hatte. Er hatte ihr Leben gerettet, sie beschützt und nun fing er auch an, ihr zu vertrauen. Hinter seiner harten Schale, schien ein ganz anderer Mann zu stecken.

Desmond nahm ihre Nachdenklichkeit wahr.

„Was ist los?", raunte er.

„Ich will offen zu dir sein."

Desmond kniff die Augen zusammen und erwartete mehr. „Du bist vergeben?", fragte er neugierig, aber keineswegs abfällig.

„Nein, das nicht. Aber ... ich habe vor meiner Abreise einen Vampir kennengelernt. Nicht wie du jetzt wahrscheinlich denkst. Ich war mit einer menschlichen Freundin unterwegs und eine Gruppe Vampire griffen uns an. Er hat uns aus dieser Situation gerettet und anschließend in eine Bar eingeladen. Dort griffen mich dann die Bodyguards meines Vaters auf."

„Jetzt denkst du, es wiederholt sich?", sagte Desmond ruhig. „Weil ich dich auch gerettet habe?"

„Das gerade Geschehene, ließ mich daran zurückdenken." Sie senkte ihren Blick.

„Hast du dich in ihn verliebt?"

Sie schüttelte den Kopf. „Nein, das nicht. Aber er war seit langem das erste Mal nett zu mir - und das hat Eindruck hinterlassen. Ich wollte nur, dass du das weißt."

Ihre Offenheit beeindruckte ihn.

„Er hat dich auch geküsst, richtig?" Seine Hand glitt unter ihr Kinn und hob es leicht an, sodass er in ihre Augen sehen konnte.

„Ja, er hat mich geküsst." Auch aus dieser Antwort sprach die pure Ehrlichkeit, doch sah er auch Unsicherheit in ihrem Blick.

„Elisa, wir haben uns geküsst. Das heißt nicht, dass wir unser restliches Leben miteinander verbringen müssen. Es war nur ein Kuss."

Elisa benetzte ihre Lippen und stammelte „Aber … aber?"

Nun legte Desmond zwei Finger auf ihre Lippen. „Auch ich habe mich weiter vorgewagt, als ich das je bei einem Schützling getan habe. Im Grunde war es mein Fehler. Ich habe mich verführen lassen von deinen …" Er schaute auf ihre willigen Lippen, die immer noch an seinen Finger lagen. Ihre Fangzähne fuhren aus und umrahmten seine Finger.

„Elisa", ermahnte er sie. Der laszive Blick, der nun in ihren Augen lag, trieb ihn an den Rand des Wahnsinns. Ihre Hand wanderte zu seinen Fingern und führte diese ihren Hals entlang. Er spürte ihren flattrigen Puls unter der zarten Haut.

„Küss mich noch einmal", bat sie. „Damit es nicht nur ein Kuss war", fügte sie hinzu. Sie beugte sich ihm entgegen, als er sich heftig auf sie stürzte und ihren Mund leidenschaftlich in Beschlag nahm. Ihre Hände griffen um ihn herum und ihre Fingernägel gruben sich sanft in seinen Rücken. Seine Haut fühlte sich unter ihren Fingerspitzen so samtig an, dass Elisa darin versinken wollte. Ihr Kopf war tief in das Kissen versenkt und sie schenkte ihm ihre ganze leidenschaftliche Hingabe in dem nicht endenden wollenden Kuss. Ihr Puls raste und sie konnte ihr Herz in der Brust hämmern hören. Sein gewaltiger Körper ragte über ihr auf und trotz der unbändigen Kraft fühlte sie sich geborgen. Er spielte mit ihrer Zunge, neckte sie und ließ sie dann ins Leere laufen, was ein Stöhnen bei Elisa auslöste. Dies trieb ihn weiter an. Ruckartig drehte er sich mit ihr um, sodass sie auf seinem Becken saß. Das dunkelblonde Haar fiel ihr über die Schulter nach vorne.

„Mein T-Shirt steht dir gut", hauchte er und das erste Mal verzogen sich seine Mundwinkel zu einem Lächeln.

„Ein Lächeln steht dir auch sehr gut", antwortete sie. Sie beugte sich hinab und kurz vor seinem Mund hielt sie inne. „Meinst du, ein dritter Kuss wäre auch noch drin?" Er griff ihr sanft in die Haare und zog sie zu sich heran. Ihre Lippen verschmolzen erneut miteinander. Ein Prickeln durchzog Elisas Körper und Desmond konnte es fühlen. Er hatte seine Hand in ihrem Nacken postiert, um ihr keine Rückzugsmöglichkeit zu bieten. Nun bahnten sich ihre Hände ihren Weg von seinem durchtrainierten Bauch zu seiner Brust nach oben. Sie ertastete seine Muskeln, die diesen wunderschönen Körper formten. Er hob seinen Oberkörper an und richtete sich mit ihr zusammen auf. Elisas Atem ging schwer und ihre Erregung machte sich in ihrem Körper breit. Sie griff nach dem Saum ihres T-Shirts und wollte es sich über ihren Kopf ziehen, als Desmond dieses festhielt.

„Nein", knurrte er zwischen seinen zusammengepressten Zähnen.

Ihr warmer Atem kitzelte leicht seine Haut. Als er ihr einen Kuss auf den Haaransatz gab, konnte er nicht umhin, ihre helle Haut anzusehen. Auch Elisa streichelte seine weiche Haut, die wie geschmolzene Schokolade unter ihr aussah.

„Schlaf ein wenig. Ich passe auf dich auf", sagte er leise.

Er konnte spüren, wie sie ihre Augen schloss, denn ihre Wimpern glitten an seiner Brust entlang.

„Desmond?"

„Ja?"

„Ich bin froh, dass es dich gibt", hauchte sie ihm entgegen.

Ein breites Grinsen trat auf sein Gesicht, während er mit dem Daumen ihre Taille streichelte.

Irgendwann war Elisa tatsächlich eingeschlafen.

Desmond hatte sich vorsichtig aus ihrer Umarmung gezogen, um sie nicht zu wecken. Er hatte das Zimmer verlassen und den Code an ihrer Tür geändert. Zielstrebig hatte er sich aus seinem Quartier ein neues T-Shirt geholt und war dann schnurstracks zum Gefängnis marschiert.

Am Tage konnten sich die Vampire nur durch die unterirdischen Gänge bewegen. So war es auch Raymond möglich gewesen, überhaupt zu Elisa zu gelangen. Desmond überlegte immer noch, woher er den Code von ihrem Zimmer hatte. Aber das musste warten, entschied er. Miles stand im Vordergrund. Als er den Eingangsbereich der Zentrale der Garde passiert hatte, kam er in einen Raum, indem fünf seiner Vampire ihn nervös anschauten. Seine Stiefel hämmerten auf dem Steinboden, als er durch den Raum schritt. Seine Erregung stand ihm ins Gesicht geschrieben – und keiner der Garde wagte es, ihn anzusprechen. Sie kannten ihn, wenn er diesen Gesichtsausdruck trug, sollte man sich lieber in Sicherheit bringen.

Kapitel 7

„Wo ist er?!", brüllte Desmond, ohne jemand bestimmtes dabei anzusehen.

„Zelle 4", antwortete einer derjenigen, die ihn hierher geschliffen hatten.

„Desmond? Was war da draußen los?", fragte ein anderer mutig.

Gerade wollte er sagen, das Miles fast Elisa vergewaltigt hatte, doch er schloss diesen Gedanken tief in seinem Kopf weg. Elisa hatte nicht gelogen und vielleicht war wirklich etwas Wahres daran, was sie gesagt hatte. Er musste herausbekommen, ob wirklich hinter seinem Rücken Fäden gezogen wurden, die Elisa kompromittieren sollten. Aber da schlug die nächste Frage in seinem Gehirn auf. Warum? Sie war die Tochter des Ratsmitgliedes Hamilton und die Nichte von Theresia. Warum sollte sie ein Opfer dieser Intrigen sein? Wer würde einen Vorteil daraus ziehen? Jeder wusste, dass wenn man Hamilton nur schief ansah, man seine Zukunft in einer der Gefängniszellen verbringen konnte. Theresia war da nicht viel anders. Unter ihr herrschte ein strenges Regime. Doch konnte er sich eine Verbindung zwischen den Ereignissen nicht erklären.

„Etwas Persönliches", gab Desmond nur knurrend zurück. Er wusste, dass seine Garde ihm treu zur Seite stand. Zumindest hatte er das immer gedacht – bis zu diesem Vorfall. Als ihr Vorgesetzter, war er ihnen keine Rechenschaft schuldig, doch es quälte ihn, dass einer aus der Reihe getanzt war. Er war für sie verantwortlich und bisher hatte er das auch ganz gut im Griff gehabt. Er wusste, dass Miles schon immer eine Vorliebe für schöne Frauen hatte, und dass seine Lust ihn oft übermannte, doch so hatte er ihn noch nie erlebt. Noch nie hatte Miles eine Frau tätlich angegriffen. Was war an dieser Situation anders? Diese Frage konnte er sich nicht beantworten. Noch nicht. Erst musste er Beweise für die Behauptungen haben, die Elisa aufgestellt hatte, sonst hätte er keine Chance, ihre Unschuld zu beweisen. Er riss die Tür zum Zellentrakt auf und zwei der Gardisten folgten ihm wortlos. Plötzlich blieb er stehen und drehte sich zu den beiden um.

„Ich gehe allein!"

Beide nickten ihm zu und gingen zurück in den Vorraum.

Als Desmond an der vierten Zelle ankam, saß Miles auf der Pritsche und hielt sich ein nasses Handtuch ins Gesicht, um seine Wunde zu kühlen. Seine Schultern hingen kraftlos herab und getrocknetes Blut war auf seiner dreckigen Kleidung zu erkennen. Er schaute nicht einmal auf, als Desmond den Zahlencode an der Zellentür aktivierte und eintrat.

Desmonds Fäuste waren so fest geballt, dass die Knochen unter seiner schokoladenfarbenen Haut hell durchschimmerten. Grell blitzten seine vollausgefahrenen Fangzähne im Licht der Neonröhre, und aus jeder Pore strahlte er eine tödliche Bedrohung aus.

„Du Idiot! Was hast du dir dabei gedacht?", schnauzte er Miles an, wobei er sich zurückhalten musste, nicht wieder auf ihn einzuschlagen. Seine Muskeln schrien förmlich danach, in Aktion zu treten.

Miles hingegen schien die Ruhe selbst zu sein. „Reg dich ab", antwortete dieser ausweichend und gleichgültig.

„Ich hätte dir da draußen den Kopf abreißen können. Also sag mir warum?", forderte Desmond nun energischer. Seine Wut brannte sich durch seinen Körper wie Säure. Er konnte auf seiner Zunge dem hässlichen Geschmack der Unaufrichtigkeit schmecken, die von Miles ausging, was ihn noch rasender machte.

„Weil sie ein geiles Fahrgestell hat und du immer die Sahneschnitten bekommst." Dieses Argument war an den Haaren herbeigezogen und strotzte nur so vor Verlogenheit.

Desmond schüttelte leicht den Kopf, denn Miles wusste, dass er seine Lügen sofort erkannt hatte. Warum servierte er ihm dieses Theater.

„Erzähl mir nicht solch einen Quatsch", presste Desmond hervor.

„Ist doch so, wenn wir unterwegs sind, kommen immer alle tollen Frauen nur zu dir." Miles behielt seine Schiene bei und Desmond konnte sein Verhalten nicht zuordnen.

„Ich will wissen warum gerade SIE!" Er spürte das Miles ihm auswich. „Du weißt doch, wer sie ist. Sie ist die Tochter vom Hamilton und die Nichte von Theresia."

„Sie wird mich anzeigen und ich werde für mein Verhalten gerade stehen", presste er hervor, wobei er keinen Blickkontakt zu Desmond suchte.

Ach, dachte sich Desmond. *Den Zahn werde ich dir jetzt ziehen.*

„Nein", sagte er ruhig und neigte seinen Kopf. Seine Augen waren aufmerksam auf Miles gerichtet.

Nun schwang sein Kopf ruckartig herum.

„Wie, nein?" Verwunderung stand in seinem Gesicht und seine Augen gingen hektisch durch die Zelle.

„Nein, wird sie nicht!", betonte Desmond noch einmal.

„Warum nicht?" Plötzlich stand Miles das blanke Entsetzen im Gesicht, und seine Hände fingen an zu zittern.

Der Mundwinkel von Desmond zuckte. „Begeisterung sieht anders aus. Du kannst doch froh sein, dass sie es nicht tut."

Miles wischte sich mit der zittrigen Hand übers Gesicht und Schweißperlen bildeten sich auf seiner Stirn. Er warf das Handtuch neben sich auf die Pritsche und richtete seinen Blick auf Desmond. „Dann … werde ich mich selbst anzeigen." Überzeugt war er von seiner eigenen Aussage nicht, dass konnte Desmond am Flattern seiner Stimme erkennen.

„Warum solltest du das tun? Es gibt keine Veranlassung!", forderte er ihn nun heraus. Er wollte wissen, was er vor ihm verbarg.

„Mein Verhalten war nicht richtig und ich sollte …"

Barsch unterbrach Desmond ihn, als er nun blitzartig vor ihm stand.

„WARUM? Ich frage dich das jetzt zum letzten Mal. Lüge mich nicht an, damit kommst du nicht weit!"

Miles sprang auf und beide standen sich von Angesicht zu Angesicht gegenüber. Sein hektischer Blick suchte in Desmonds Augen etwas, was ihn begnadigen würde, doch er fand nichts.

„Desmond? Ich konnte nicht anders." Fast demütig klang er nun.

Dieser beleckte seine Lippen und hielt seinem Blick stand. „Wer hat dich beauftragt?", sagte er so ruhig er konnte.

Nun riss Miles seine Augen noch weiter auf und er strauchelte nach hinten. Mit seinem Hintern landete er auf der Pritsche.

Hab ich den Nagel auf den Kopf getroffen? dachte Desmond bei sich, als er sich über ihn beugte. „Wer ist dein Auftraggeber?"

„Desmond … es gibt keinen … ach, Mist … ich kann nicht … verdammt", stammelte Miles.

Seine Überlegenheit spielte Desmond nun aus und flüsterte. „War es Theresia?"

Aufgebracht wandte sich Miles unter Desmond hin und her, um ihn nicht anschauen zu müssen.

„Antworte mir!", zischte Desmond zähneknirschend.

Eingeschüchtert bohrte Miles seinen Blick auf den Fußboden. Nach einigen Sekunden des Wartens nickte er zaghaft, ohne ihn direkt anzuschauen.

Desmond riss ihn an der Schulter herum und Miles stand die nackte Angst in den Augen. Er wollte sein Gesicht mit den Armen schützen, doch der heftige Faustschlag traf ihn hart und unnachgiebig. Seine Wange platzte auf und das Blut spritzte an die Wand.

„Du bist das Letzte!" Angewidert drehte sich Desmond von ihm weg.

„Ich konnte nicht anders", probierte, sich Miles zu verteidigen.

„Man hat immer eine Wahl", gab Desmond zurück, als er tief durchatmete. In diesem Moment realisierte er, dass Elisa das Opfer eines Komplotts war. Das hatte sich gerade einhundertprozentig bestätigt.

Miles streckte seinen Arm nach Desmond aus, ließ ihn dann aber sinken. Er griff nach dem Handtuch und drückte es auf die neue Wunde.

„Warum sollte Theresia ihre Nichte angreifen lassen? Das ergibt doch überhaupt keinen Sinn." Seine Ungehaltenheit ließ ihn wütend durch die Zelle laufen.

„Los! Sag mir warum?"

Niedergeschlagen rang Miles nach Worten. „Es ist nicht Theresia. Es geht alles von Hamilton aus."

„Überleg dir gut, was du da sagst. Wenn du Hamilton beschuldigst, wird das noch weitaus komplizierter. Er, als Ratsvorsitzender, hat alle Trümpfe in der Hand, dich zum Tode zu verurteilen. Das wird er wahrscheinlich tun, wenn er erfährt, was du getan hast." Wieder traten die Bilder vor Desmonds Augen, wie Elisa strampelnd unter ihm gelegen hatte und er musste seine Wut niederkämpfen, um ihn nicht auf der Stelle zu töten.

„Das wird er nicht", gab Miles so ruhig zurück, das Desmond fast das Blut in den Adern gefrieren ließ.

Desmond kniff die Augen zusammen, als er vor ihm stehenblieb und seine Arme ausbreitete.

„Sicher, er wird dir noch eine Medaille um den Hals hängen für deine Taten. Als Nächstes ernennt er dich dann noch zum Elitekämpfer", schnaubte Desmond.

„Könnte passieren", sagte dieser nur trocken.

Desmond zuckte zusammen, als er in den Worten die Wahrheit heraushören konnte. Sein Gehirn arbeitete auf Hochtouren. „Warum sollte er das tun?"

Einige Minuten verstrichen, bis Miles darauf antwortete.

„Weil er derjenige war, der den Auftrag erteilt hat. Egal, ob Elisa mich anzeigen oder die Sache verschweigt. In der Verhandlung würde alles so gedreht werden, dass sie die Schuldige ist. Ihre Chancen auf einen fairen Prozess sind gleich Null. Die zu erwartende Gefängnisstrafe, die dann beschlossen wird, lässt sie für sehr lange Zeit verschwinden."

Das Geständnis, was Miles von sich gab, verschlug Desmond die Sprache.

„Ich werde im Gegenzug eine Beförderung erhalten, welche mich von Calabria wegbringt", fügte er noch hinzu.

Desmond musste heftig schlucken. „Aber er ist ihr Vater! Warum sollte er das tun?"

Nun sah Miles auf - und ihm direkt in die Augen.

„Das ist ja der Punkt, um den es geht. Hamilton ist NICHT Elisas Vater."

Desmond konnte die Wahrheit dieser Worte aus seinen Augen ablesen und er griff sich mit der Hand an den kahlrasierten Kopf. Verwirrt ließ er sich auf dem Stuhl nieder, der nur unweit von der Pritsche stand.

„Warum machst du bei einem solchen Komplott mit? Ich weiß, dass wir nicht immer einer Meinung sind, aber so eine Hinterhältigkeit hätte ich dir dennoch nicht zugetraut." Er verurteilte sich nun selbst, dass er nichts von alldem mitbekommen hatte. Welche Anzeichen hatte er nicht erkannt? War er zu unaufmerksam gewesen?

„Ich hatte keine Wahl, Desmond. Ich wurde zu Theresia gerufen und dort wurde mir der Auftrag aufgebrummt. Ich konnte mich nicht dagegen wehren, sonst hätte ich auf der Stelle selbst mein Todesurteil unterschrieben."

Beide waren nun mit ihren eigenen Gedanken beschäftigt, sodass eine Pause zwischen ihnen entstand. Nach einiger Zeit richtete sich Desmond auf.

„Wann musst du deinen Auftrag erledigt haben?"

Miles sah ihn erstaunt an.

„Was meinst du? Ich habe es doch schon erledigt."

„Hast du es ihr schon gesagt?", bohrte Desmond nach.

„Nein, noch nicht. Da warst du schneller, als ich eingeplant hatte." Fast rutschte ihm ein Schmunzeln heraus.

„Du wirst übermorgen zu Theresia gehen!" Seine Worte waren drohend.

Miles beobachtete Desmond genau, konnte jedoch nicht verstehen, auf was dieser hinauswollte. Dennoch stimmte er nickend zu.

„Ich verlasse mich auf dich!", betonte er noch einmal.

„Das kannst du. Aber wie willst du mich zwei Tage lang hier verstecken. Die anderen werden Fragen stellen?"

„Das lass mal meine Sorge sein. Ich will, dass du diese zwei Tage stumm bleibst. Ich werde den anderen einen plausiblen Grund bieten. Wir trainieren. Es war eine Übung, die wir uns beide ausgedacht haben. Bist du dabei?"

Desmond reichte ihm seine Hand.

Miles ergriff diese mit festem Druck.

„Bin dabei."

In seinen Augen strahlte ihm nun die pure Wahrheit entgegen, was ihn etwas beruhigte. Desmond verließ die Zelle und verriegelte die Tür.

Als er in den Vorraum trat, starrten ihn die anderen neugierig an.

„Ist alles in Ordnung?", fragte einer von ihnen.

„Was ist eigentlich passiert?", wollte ein anderer wissen.

Desmond zog die Mundwinkel leicht nach oben und lachte verächtlich.

„Ihr kapiert gar nichts! Das war eine Übung! Aber ich sehe schon, ihr seid viel zu verweichlicht. Die Ruhe, der letzten Monate hat euch träge gemacht. Somit habe ich mit Miles einen Versuch gestartet. Also … seid euch nicht zu sicher. Ich werde in den nächsten Tagen alle auf Trab bringen. Wenn etwas Reales passiert wäre, hättet ihr nur dumm aus der Wäsche geguckt und das … kann nicht sein!"

Einige der Männer beugten ihre Köpfe hinab, da ihnen diese Erklärung sinnvoll erschien. Zwar bedeutete das ungeahnten Stress, denn sie wussten, wenn Desmond die Zügel anzog, war das kein Zuckerschlecken. Manche spürten regelrecht schon innerlich ihre Knochen brechen, andere konnten den kupfernen Geschmack von Blut bereits riechen.

An ihren Gesichtern konnte Desmond erkennen, dass sein Plan aufging. Die Irritation lenkte sie ab, sich weiter Gedanken zu machen.

„… und Miss Hamilton?" fragte Raymond sichtlich geschockt. „Was hat sie für eine Rolle gespielt?"

Desmond konnte die brennende Neugier aus der Stimme heraushören.

„Miss Hamilton ist nichts passiert. Sie war Teil der Übung", sagte Desmond abwiegelnd. Doch er konnte erkennen, dass Raymond sich damit nicht zufriedengeben würde.

„Wann willst du mit deinem Vorhaben beginnen?", fragte ein anderer in die Stille hinein.

Desmond bewegte sich rasant auf ihn zu, und gab ihm einen leichten Schlag auf den Hinterkopf.

„Es hat schon begonnen, du Idiot!", knurrte er ihn an. Er drehte sich um und deutete auf drei der Männer.

„Ihr … werdet jetzt einen Rundgang machen und alle Sicherheitssysteme überprüfen. Heute Abend will ich von euch Verbesserungsvorschläge hören!" Energisch erteilte er seinen Auftrag.

„Raymond! Du kommst mit mir!" Dieser nickte und zog seine Augenbrauen zusammen. „Ihr anderen solltet ein wenig trainieren gehen, damit eure müden Knochen in Schwung kommen." Ein hämisches Grinsen zierte seinen Mund.

„Du Sadist! Hast du Langeweile?", zischte ihm einer entgegen, als er sich an ihm vordrängte, um in den Trainingsraum zu gehen.

Desmond verschränkte seine muskulären Arme vor seiner Brust und beobachtete die Männer, wie sie sich nun hektische Blicke zuwarfen. Der Einzige, der ihn die ganze Zeit ruhig musterte, war Raymond. An die Wand gelehnt, ließ er Desmond nicht aus den Augen.

„Wir gehen!", kam der bissige Befehl und Raymond folgte ihm. Als beide in dem unterirdischen Tunnelsystem abgetaucht waren, riss Desmond ihn an der Schulter herum und knallte ihn gegen die Wand.

„Woher hast du den Code?"

Die ausgefahrenen Fangzähne von Desmond waren dicht an seiner Wange.

„Was für einen Code?", zischte Raymond zurück.

„Du weißt genau, welchen Code ich meine!" Die Wut funkelte in seinen Augen.

„Beziehungen … da bekommt man alles", probierte Raymond, sich zu verteidigen.

Doch das war Desmond nicht genug.

„Warum hast du dir den Code besorgt? Wolltest du ihr nachstellen?"

Raymond wusste, dass er mit Lügen bei Desmond nicht weiterkommen würde, deshalb offenbarte er seine Gefühle, was ihm total gegen den Strich ging.

„Ich habe mich in Elisa Hamilton verliebt, aber so wie es aussieht, erwidert sie meine Liebe nicht." Niedergeschlagenheit stand in seinem Gesicht.

„Bist du völlig übergeschnappt? Du kannst froh sein, dass ich derjenige bin, der deinen Fauxpas mitbekommen hat. Wenn das einer der Privatgarde von Theresia herausgefunden hätte, dann wärst du schon tot."

Seine Faust krachte in die Wand neben Raymond.

Dieser blickte ihn aufrichtig in die Augen. „Das glaubst aber auch nur du. Einer von ihnen war es, der mir den Code verkauft hat."

„Verkauft? Was hast du ihm geboten? Es ist ja nicht so, dass wir hier irgendein Gehalt beziehen. Also? Was hast du ihm gegeben?"

Raymond senkte seinen Kopf und sein hämmernder Puls wurde im Nu lauter. Nervös spielte er an seinen Fingern herum, denn sein Mund wollte die Worte nicht preisgeben.

Desmond spürte die Unruhe, die in Raymond tobte. Als er einige Minuten lang nichts sagte, dämmerte es Desmond langsam, was er verkauft hatte.

„Nein? Sag mir nicht, dass du deinen …"

„Sag nichts weiter", Raymonds Gesicht verzog sich zu einer jämmerlichen Fratze. „Es war hässlich genug. Ich möchte nicht daran zurückdenken. Ich habe meinen Preis bezahlt. Belassen wir es dabei." Beschämt drehte er sein Gesicht von Desmond fort.

Dieser konnte seine Emotionen kaum unterdrücken.

„Wir haben jetzt ein ganz anderes Problem."

Aufmerksamkeit trat in Raymonds Augen.

„Gegen Elisa Hamilton wurde ein Komplott gesponnen. Sie sollte in der Versenkung verschwinden und wenn wir sie nicht retten, ist sie verloren."

Desmond beobachtete sein Gegenüber genau.

„Was meinst du?"

„Wir haben zwei Tage. Die Aussichten zu sterben sind hoch und wir haben nur eine Möglichkeit."

„Desmond, wir kommen hier nicht raus. Das ist Wahnsinn."

„Das weiß ich. Aber wir müssen es probieren, oder willst du, dass Elisa in einem unserer Gefängniszellen verrottet?"

Raymond schüttelte den Kopf.

„Wie willst du Vorgehen? Du kennst die Sicherheitssysteme, da kommt nicht mal eine Maus durch.

„Deshalb werden wir uns auch Unterstützung holen."

„WEN?"

„Die Bestie!", gab Desmond trocken zurück.

Hektisch riss Raymond seine Augen auf.

„Bist du völlig übergeschnappt! Er wird uns in Stücke reißen. Er hat schon genug von uns umgebracht."

Desmond legte seine Hände auf Raymonds Schultern und drückte ihn gegen die Wand.

„Es gibt keine andere Möglichkeit. Also? Hilfst du mir?" Seine funkelnden Augen bohrten sich in ihn, doch sein Puls war ausgesprochen ruhig.

„Du unterschreibst damit unser Todesurteil, Desmond. Aber … ja … ich werde dir helfen, denn Elisa hat es nicht verdient, ihr Dasein in einem Gefängnis zu verbringen." Niedergeschlagenheit machte sich auf Raymonds Gesicht breit.

„Gut! Halte dich bereit. Es wird alles sehr schnell gehen müssen."

Desmond ließ ihn los und griff sich mit den Händen an den kahlrasierten Schädel.

„Desmond, er wird dich nicht mal anhören", gab Raymond zu Bedenken.

„Er muss! Er muss einfach!" Desmond legte sämtliche Überzeugung in diese Worte.

„Was soll ich in der Zwischenzeit machen?", Bereitschaft drang durch seinen Körper.

„Wir werden den kürzesten Weg vom Gefängnis zum Ausgang brauchen. Ich würde den Seiteneingang vorschlagen. Sieh dir die Pläne an, wer in den nächsten zwei Tagen Dienst hat. Gut wäre auch, wenn wir ein paar Waffen hätten."

Desmond atmete tief durch, denn die Bürde, die nun auf ihm lastete, umfasste nicht nur sein Leben. Er war nun verantwortlich für Elisa, Raymond und Miles. Dies schloss ungeahnte Pannen mit ein. Doch negative Gedanken wollte er nicht zulassen.

„Ich gehe jetzt zu Elisa und werde ihr von unserem Vorhaben erzählen."

Ein eifersüchtiger Blick traf den von Desmond. Er konnte die Erregung aus jeder Pore spüren, als er nur ihren Namen erwähnte. Doch er riss sich zusammen und antwortete ruhig.

„Mach das, ich kümmere mich um die anderen Dinge. Wann treffen wir uns?"

„Kurz nach Sonnenuntergang, auf der Krankenstation", entgegnete ihm Desmond.

Raymond nickte ihm zu, und verschwand daraufhin in den Tiefen der unterirdischen Tunnel.

Der Operationssaal glich eher einer Festung. Die Türen waren mental verriegelt worden und es befanden sich sieben Personen im Raum. Ortischa lag auf dem Operationstisch und ließ sich gerade die Arme und Beine von dem Assistenten festbinden, was zweifelsfrei ohne Belang war. Aber es diente einfach der Täuschung.

Michael wusch sich die Hände im angrenzenden Nebenraum und blickte durch die Glasscheibe auf das Szenario. Sekunden später trat er mit Handschuhen bekleidet an den Operationstisch.

„Ortischa", sagte er eindringlich. „Versuche nicht, gegen die beiden anzukämpfen und auch nicht gegen mich. Wir müssen alle zusammenarbeiten und sobald es überstanden ist, wird dir Maddy eine Überdosis verpassen. Soweit verstanden?" Seine klaren Worte halfen ihr, nicht weiter über die Konsequenzen nachzudenken, wenn etwas schiefgehen sollte.

„Ja verstanden", antwortete sie ihm klar und fest.

„Gut … dann werden wir jetzt beginnen. Wenn ihr dann bitte anfangen würdet." Sein Blick ging zu Ament und Mehit, die nun beide dicht an Ortischa herantraten.

„Es wird alles gut!", sagte Mehit entschlossen.

Ament legt seine Hand auf ihre und drückte sie. Diese stumme Bekundung seiner Hoffnung, ließ Ortischa sehr sentimental werden.

„Lasst uns anfangen", hauchte sie den beiden entgegen, denn zu mehr war sie nicht mehr imstande. Ihr geschwächter Körper schrie sie an, doch sie wusste, dass sie dem Druck nicht nachgeben durfte. Nicht jetzt, nachdem sie Marisol in die Arme schließen und ihre Schwester um Verzeihung bitten konnte. Marisol wartete im Aufwachraum und dies gab ihr die Zuversicht, die sie jetzt brauchte. Ihr letzter Blick galt Maddy, die in der Ecke saß und auf ihren Einsatz wartete. „Danke", hauchte sie ihr ebenfalls entgegen und Maddy lächelte. Dann schloss sie die Augen.

Mehit nickte Ament zu und der ließ seine Trance auf Ortischa los. Ihr Körper wandte sich unter seiner Trance und nun sandte auch Mehit seine Trance mit voller Wucht auf sie. Der Druck wurde zu heftig für sie und sie ließ sich fallen.

Genau in dem Moment traten Michael und seine Assistenten an den Operationstisch heran. Innerhalb von einer Minute war das Operationsfeld freigelegt. Mit einem Skalpell schnitt Michael genau dort in Ortischas Körper, wo die Computertomografie den Gegenstand gezeigt hatte. Hastig eröffneten sie ihren Bauchraum, präparierten das Gewebe und schon begann Ortischas Körper mit dem Heilungsprozess.

Die flinken Finger von Michael bohrten sich rasant schnell in die Tiefe vor.

„Haltet die Wunde offen!", wies Michael seine Assistenten an, die sahen, wie die Wunde sich immer wieder begann zu verschließen. Plötzlich spritzte Blut aus der offenen Bauchwunde.

„Shit", brüllte Michael, als er das verletzte Gefäß sah.

Mehit und Ament drängten Ortischa noch tiefer in die Trance, denn sie konnten spüren, wie ihr Körper rebellierte.

„Da … da ist es", rief Michael, als er gegen etwas Hartes stieß. „Skalpell!" Wieder tauchten seine Finger in die Bauchhöhle ein und in Windeseile präparierte er sich zu dem harten Gegenstand vor.

„Michael! Wir können das Operationsgebiet nicht mehr lange offenhalten. Beeil dich!", brüllte der Assistenzarzt ihm zu, wobei die Spitzen seiner Fänge gegen seine Lippen drückten. Der andere hatte schon Schweißperlen auf der Stirn und seine Hände fingen an zu zittern, denn die unerwartete Gefäßläsion überforderte seine Standhaftigkeit.

„Gleich … gleich … habe ich es." Seine Finger griffen tiefer und dann holte er aus den fleischigen Vernarbungen etwas Metallisches hervor. Er behielt es in der Hand und suchte mit der anderen Hand noch einmal das Operationsgebiet sorgfältig ab. Er konnte keine weiteren Verhärtungen spüren. Sekundenschnell zog er sich aus der Bauchhöhle zurück.

„So, loslassen!", brüllte Michael und seine Assistenzärzte zogen sich blitzschnell zurück. Die Wunde verschloss sich so schnell, dass es auch Michael offensichtlich erstaunte.

„Wahnsinn!"

Die Bauchdecke war wieder geschlossen und wurde nur noch von einer blutigen Naht geziert.

Michael sah zu Maddy hinüber.

„Jetzt!", gab er ihr den Befehl.

Maddy huschte zum Kopf von Ortischa und glitt mit einem Skalpell durch ihren Unterarm. Sie ließ das Rinnsal, welches sich dort nun bildete, in Ortischas Mund tropfen. Langsam zog Ament seine intensive Trance zurück.

Ortischa schluckte und ihre messerscharfen Fangzähne fuhren sich aus. Sie schnappte nach dem Lebenselixier, ohne jedoch ganz aus der Trance aufzuwachen.

Mehit wollte warten bis sie zu Ende getrunken hatte, um sich dann ebenfalls zurückzuziehen. Außerdem postierte er sich so, dass er Maddy jederzeit fortreißen konnte, wenn die Situation doch außer Kontrolle geraten sollte.

Das starke Blut von Maddy explodierte auf der Zunge von Ortischa und wurde rasch durch ihre Adern gepumpt. Ihre ausgelaugten Zellen regenerierten sich zusehends. Die fleischige Naht verwandelte sich in eine rote Linie, dann verblasste sie und nach einer weiteren Minute war die Wunde gar nicht mehr zu sehen.

„Es funktioniert", freute sich Maddy.

Doch dann trat ein ganz anderes Problem auf.

Monströs veränderten sich die Gesichtszüge der Assistenten von Michael und beide fingen wild an, zu fauchen, was alle zusammenzucken ließ.

„Dave! Chris! NEIN", schrie Michael sie an, als er sah, wie sie den Unterarm von Maddy fixierten.

„Raus mit euch beiden. Sofort!" Doch Michael konnte sie nicht mehr stoppen. Dave sprang mit einem gewaltigen Satz über den Operationstisch. Währenddessen fuhren sich seine Fangzähne zur vollen Länge aus und ein tiefes Knurren drang aus seiner Kehle. Ament ergriff ihn bereits im Flug und rammte ihn heftig gegen die Fliesenwand, die unter dieser Wucht bröckelte. Bewusstlos sank Dave auf den kalten Boden.

Gleichzeitig griff Mehit hektisch nach Maddy und versiegelte ihre Wunde. Schützend beugte er sich über sie. „Bleib ruhig", sagte er dicht an ihrem Ohr.

Unterdessen warf sich Michael mit seinem gesamten Körpergewicht auf den aufgebrachten Chris, der unter ihm heftig um sich schlug. Er schnappte mit den Fängen nach Michael. Die pure Gier stand ihm in den Augen.

„Beruhige dich Chris!", keifte Michael.

Doch dieser dachte nicht im Traum daran. Er trat um sich, bäumte sich auf, rollte sich mit Michael zur Seite und wollte sich auf Maddy stürzen, als er von hinten abrupt hochgerissen wurde.

Ament hielt den zappelnden, aufgebrachten Vampir auf Abstand. Die messerscharfen Fangzähne versuchten, ihn zu erwischen und die Fäuste waren zu Krallen gebogen. Er verletzte den Clankrieger am Arm, sodass Ament ihn kurzerhand zu sich drehte, seinen Arm um seinen Kopf legte und ihm das Genick brach.

Keuchend rappelte sich Michael hoch.

„Du bist verletzt", sagte Ament trocken, als er das Blut von dessen Handinnenfläche herunterlaufen sah.

„Maddy?", fragte Michael hektisch, ohne auf seine Verletzung zu achten. „Alles in Ordnung bei dir?" Er hätte es sich nie verzeihen können, wenn dieser Sterblichen etwas in seinem Operationssaal passiert wäre.

„Ja ... alles okay", sagte sie unter Mehit, der sich nun langsam erhob. Seine Hand lang immer noch auf Ortischas Stirn, da er so die Trance noch vertiefen konnte. Er wollte nicht, dass sie mitten in diesem Szenario aufwachen würde.

„Es ist unentschuldbar, was hier gerade passiert ist. Es tut mir so unendlich leid." Wütend griff sich Michael an den Kopf, riss die Haube herunter und schleuderte auch seine restliche Operationskleidung in die Ecke.

„So etwas hätte nicht passieren sollen. Nicht in meinem Operationssaal. Verdammt!"

„Deine Hand blutet immer noch!", bemerkte Ament nochmals.

Nun öffnete Michael seine verletzte Hand in der sich der metallische Gegenstand befand, den er gerade aus Ortischas Bauchhöhle herausgeholt hatte.

„Meine Hand ist kein Problem", sagte er sichtlich zerknirscht. Er warf das Metall in eine Schale. „Kannst du diesen Abschaum für mich entsorgen?" Dabei deutete Michael auf seine Assistenzärzte.

Sogleich hob Ament energisch seinen rechten Arm und sein todbringender Blick war auf die beiden Angreifer gerichtet. „Bist du dir sicher?"

„Und ob ich das bin!" Sein bernsteinfarbener Blick sah aus wie flüssiges Gold.

Nach einem zustimmenden Blick von Mehit, richtete Ament seinen Arm, aus dem eine Stichflamme schoss, auf Chris und Dave. In Sekundenschnelle wurde die Intensität verdoppelt und beide verbrannten in den Flammen. Die plötzliche Hitze, die durch Operationssaal schoss, ließ alle kurzweilig heftig nach Luft schnappen. Nur kleine Aschehaufen blieben von ihnen übrig.

Maddy stockte der Atem. Rohe, düstere Gewalt hatte sie in den letzten Wochen schon genug kennengelernt. Nie hatte sie jedoch gedacht, dass in einem Operationssaal zu erleben. Ihre größte Sorge war es, ihr eigenes Blut zu sehen. Die Situation hatte in einer bestialischen Hinrichtung geendet. Ihr irritierter Blick ging zu Mehit.

Dieser erkannte wie verstörend das alles auf Maddy gewirkt haben musste. Aus ihren Poren kroch immer noch die Angst. Um sie auf andere Gedanken zu bringen, sagte er. „Wir werden jetzt Ortischa in den Aufwachraum bringen und dort die Trance ganz aufheben."

„Ja, macht das. Wir entsorgen die Schweinerei hier", antwortete Michael, der immer noch zutiefst verärgert klang.

„Ich helfe dir", sagte Ament, was alle Anwesenden stutzen ließ. Sonst war Ament eher nicht derjenige, der sich ums Aufräumen scherte.

Mehit schob das Bett, während Maddy Ortischas Hand hielt, in den Nebenraum. Dort saß Marisol und wartete nervös.

„Was war denn los? Ich habe ..."

Geschickt überging Mehit ihre Frage. „Es ist alles in Ordnung. Ortischa hat die Operation sehr gut überstanden. Es wäre schön, wenn du dabei bist, wenn ich die Trance löse." Mehit stellte das Bett mit dem Fußschalter fest und lief an Maddy vorbei zum Kopfende.

„Ja, sehr gerne", sagte Marisol kleinlaut. Sie ergriff die andere Hand von Ortischa und Mehit legte seine Hand auf ihre Stirn. Er konnte fühlen, dass sie noch weit weg war. Zwar nicht mehr so tief wie vorhin, als Ament diese Trance noch verstärkt hatte, aber immerhin noch ausreichend. Er zog seine Trance langsam und behutsam zurück und war froh, Maddy mit seinem Körper im Notfall schützen zu können.

Ihre Augenlider flackerten und aus glasigen Augen starrte Ortischa zu ihm auf.

„Na?", er lächelte. „Du hast es überstanden. Es ist alles gut gelaufen, sagt Michael."

Dankbar verzog Ortischa ihre Mundwinkel zu einem leichten Grinsen. Dann aber riss sie mit ihren Armen an den Fesseln, sodass diese nicht lange standhielten.

Aus tiefster Seele knurrte sie. „Ich brauche Blut ... ich habe solchen Durst."
Durch ihre Aktion sensibilisiert, gab ihr Mehit eine Blutkonserve, die auf dem Nachtisch bereitlag. Sogleich schlug sie ihre Fangzähne durch das Plastik und trank den Beutel leer. Blutverschmiert sah sie nun erst, dass Maddy und Marisol an ihrem Bett mit aufgerissenen Augen standen. Ihre braunen Augen glänzten wie Schokolade, als sie sich über die Fänge leckte.

„Wartet bitte draußen", wies Mehit nun die beiden Frauen an.

Erst als Marisol die Tür hinter sich geschlossen hatte, fiel Mehit auf, das keiner vom Clan bei Maddy war. Er stürzte zur Tür, riss diese auf und trat auf den Flur.

Sie waren verschwunden.

„Nein, verdammt!", schrie er.

Der anhaltende Regen, der gegen die Fensterscheibe seiner Suite prasselte, weckte Chang aus seinem tiefen Schlaf. Wieder war ein Tag vergangen, wo er nichts geträumt hatte. Manchmal zeigte ihm sein Unterbewusstsein Bilder aus einem längst vergangenen Leben. Ein anderes Mal, war es die Fratze seines Mörders. Das Gesicht, welches er sich geschworen hatte zu vernichten. Aber heute wollte er nicht über diesen Mann nachdenken. Es sollte sich ein neues Kapitel in seinem Leben öffnen und heute Abend sollte es beginnen. Er schälte sich aus dem Bett und seine nackten Füße kamen auf dem weichen Teppich auf. Sein honiggelber Blick glitt prüfend durch die dunkle Suite. Sein gestählter Körper fühlte sich ausgesprochen erholt. Ein Gefühl, was er lange schon nicht mehr hatte. Aber irgendetwas störte ihn. Er legte den Kopf in den Nacken und witterte. Da war es. Der liebliche Duft einer jungen Frau, die sich auf dem Flur vor seiner Suite befand. Er filterte die anderen Gerüche heraus, die den zarten Geruch überdeckten. Er schloss die Augen und seine Sinne tasteten nach ihr. Neben ihrem Geruch, nahm er noch Reinigungsmittel und den frischen Duft gewaschener Handtücher wahr. Anscheinend hatte sie die Anweisung erhalten, diese Suite nicht zu säubern. Trotzdem blieb sie vor seiner Tür stehen und lauschte. Sie war höchstens Mitte zwanzig und hatte heute ihre Haare mit einem Shampoo, welches nach Limonengras duftete, gewaschen. Verwundert stand er auf und wickelte sich ein Handtuch um die Hüften, um seine Nacktheit zu bedecken. Mit großen Schritten ging er zur Tür, riss diese auf und starrte in die verschreckten Augen der jungen Frau. Mit seiner Größe überragte er sie, trotz seiner asiatisch-britischen Herkunft. Sein kraftstrotzender Körper ließ die Frau erbeben. Sein Muskelspiel, als er sich auf sie zubewegte, zwang sie in die Knie. Sein fordernder Blick bohrte sich in sie. Er griff nach ihr und zog sie in die geräumige Suite, wobei er sie in Trance versetzte. Mental verriegelte er die Tür hinter ihnen und sie legte bereitwillig ihren Kopf in den Nacken. Er öffnete seinen Mund, wo seine Fangzähne bereits auf die Freiheit warteten. Sie schossen hervor und als er seinen Kopf senkte, war sein Blick auf den flatternden Puls der jungen Frau gerichtet. Seine Fänge schabten über das zarte Fleisch ihres Halses, als sie sich mit einem Stöhnen in seine Arme gleiten ließ. Er nahm sie und legte seine Beute auf das große Bett, ohne den Kontakt zu ihr zu verlieren. Seine messerscharfen Spitzen drangen durch ihre blasse Haut und der kupferne Geruch von ihrem Blut breitete sich in der Suite aus. Ein kehliges Knurren entfuhr ihm, als das frische Blut seine Lippen benetzte. Nach einigen tiefen Schlucken, war sein Körper befriedigt. Genussvoll leckte er sich über seine Lippen.

„Perfekt." Dann verschloss er die Einstichstellen und brachte die Frau zurück in den Flur. Er löschte ihre Erinnerung und schloss die Tür der Suite wieder. Vollkommen zufrieden ging er auf seine Tasche zu und entnahm ihr ein frisches T-Shirt und eine Hose. Auf Unterwäsche verzichtete er, wie so viele seinesgleichen. Er leckte sich abermals über die Lippen und konnte immer noch den lieblichen Duft seiner Blutwirtin riechen. Er setzte ein gefährliches Lächeln auf und in seinen honiggelben Augen tanzte ein wildes Feuer. Er breitete die muskulären Arme aus und ballte seine Hände zu Fäusten. Breitbeinig stand er da und ein befriedigtes Knurren durchzuckte die Stille der Suite.

Im unteren Teil von Menderson …

Nachdem Ivan die Gefangene aus seiner Suite geholt und wieder in ihre Zelle gesperrt hatte, war er mit Angel zurückgekommen. Die schwere Eisentür ihrer Zelle öffnete sich und Justine hoffte, ihren Bruder dieses Mal zu sehen. Doch wieder war es nur dieser blonde Engel. So hatte Justine die Amerikanerin mittlerweile getauft. Ihre langen blonden, gelockten Haare, welche um ihr perfektes Gesicht fielen, taten alles, um dieses Bild zu verdeutlichen.

Angel hingegen war sehr wachsam, als sie der Gefangenen einen neuen Blutbeutel brachte. Ihr inneres Alarmsystem war am Anschlag. Doch dieses Mal hielt sich Ivan im Flur auf und gab ihr somit Rückendeckung. Sie wollte ihm die Versorgung der Gefangenen übertragen, doch Ivan hatte abgelehnt.

„Kann ich Raban sehen?", fragte Justine nun vorsichtig.

„Im Moment nicht. Es müssen erst einige Sachen geklärt werden", gab Angel ruhig zurück.

„Er hat hoffentlich wegen mir jetzt keinen Ärger?"

„Ich kann dir dazu nichts sagen", entgegnete Angel.

„Ich wollte nicht, dass er sich wegen mir in Schwierigkeiten bringt. Ich bin nichts mehr wert und vielleicht kannst du ihm sagen, dass er auf mich keine Rücksicht nehmen soll. Mein Leben hat geendet, als ich mich damals von ihm verabschiedet habe." Eine Träne lief aus ihren grauen Augen, die Angel traurig anstarrten.

Angel trat an die Tür und legte ihre Hand an den Türrahmen. „Keiner ist unschuldig", damit schloss sie die Tür und Ivan verriegelte sie mental.

„Sie scheint wirklich gebrochen zu sein, wenn man ihr so zuhört", stellte Ivan fest.

„Ja, man hat ihr anscheinend sehr wehgetan. Ob es der Wahrheit entspricht, wird sich noch rausstellen."

Geistesabwesend legte Ivan seine Hand auf seine Brust und rieb sie leicht hin und her.

„Alles in Ordnung?", fragte Angel, als sie die Bewegung sah.

Ertappt blickte er sie an und senkte sofort seinen Arm.

„Ja. Warum?"

„Weil du gerade sehr nachdenklich ausgesehen hast. Bei mir ist es so, dass ich mich gut in ihre Lage versetzen kann, ich hatte ja auch mal einen Bruder. Seitdem er gestorben ist, fühle ich eine Leere in mir, die niemand anderes ersetzen kann." Nun deutete Angel auf die Eisentür. „Sie hat das Glück ihren Bruder hier wiederzusehen." Angel klang bei ihren letzten Worten fast neidisch.

„Ich habe auch eine Schwester", sagte Ivan so leise, dass Angel es fast überhört hätte.

„Du? Eine Schwester?" Ihre plötzliche Neugierde, war nicht zu überhören.

„Ja, und ich kann mir nicht vorstellen, wie es wäre, wenn sie dort in der Zelle sitzen würde. Ich weiß nicht, wie Raban das durchhält. Mich müsste man wahrscheinlich in Silberketten legen, damit ich mich nicht zu ihr durchschlage." Seine Erregung spiegelte sich in seinem Gesicht wider.

Plötzlich legte sich eine große Hand auf seine Schulter und er fuhr herum.

„Ich habe all die Jahre nach ihr gesucht. Sie jetzt auf diese Weise zu finden, habe ich mir nie ausgemalt. Dass sie lebt, ist für mich das Wichtigste. Ob sie am Leben bleibt, wird sich entscheiden. Ich dachte, ich hätte sie für immer verloren und ich danke dafür, dass ich diese zweite Chance erhalten habe." Mit diesen Worten setzte sich Raban wieder in Bewegung und lief den geschwungenen Marmorflur entlang.

„Tapfer!", sagte Angel, wobei ihre Augenbrauen nach oben schnellten.

„Ja, das ist er." Ivan setzte einen Schritt vorwärts. „Komm, lass uns zu ihm gehen und hören, ob es schon Neuigkeiten aus dem Krankenhaus gibt."

Beide liefen nebeneinander her zur Kommandozentrale.

„Das sind beunruhigende Neuigkeiten", sagte Michael, als Mehit in den Operationssaal platzte und ihm von dem Verschwinden von Maddy und Marisol berichtete. „Ich werde das Krankenhaus sofort abriegeln." Er nahm rasch ein kleines Gerät aus seiner Kitteltasche und drückte eine Zahlenkombination. Schlagartig fuhren in der gesamten Klinik alle Rollladen herunter. Die Tore der Garage schlossen sich genauso rasant. Binnen von Sekunden war die gesamte Klinik hermetisch abgeriegelt. „So, rauskommen tut hier jedenfalls keiner mehr."

„Ich wusste ja nicht, dass du hier eine Festung hast?", bemerkte Mehit interessiert. „Wenn du mir jetzt noch sagst, dass du Überwachungskameras hast, wäre ich zufrieden."

„Die brauchen wir nicht!" Ament suchte bereits über sein Blut die verschwundene Maddy. Er folgte dem Rauschen, welches wie ein Signal in seinem Körper fungierte. „Folge mir, Mehit. Michael geh und pass auf Ortischa auf!"

Dieser nickte.

Beide Clankrieger machten sich auf die Suche.

Michael betrat das Zimmer von Ortischa, die noch im Bett lag.

„Sie ist noch hier. Ich kann sie spüren." Nachdenklich irrte ihr Blick durch den Raum.

„Weil sie dir ihr Blut gegeben hat?", antwortete Michael interessiert.

„Ich muss Mehit und Ament helfen", sagte sie und war dabei sich gerade aufzurichten, als Michael sie mit seinen starken Armen zurück ins Bett drückte.

„Du wirst jetzt gar nichts tun."

„Ich muss!", keifte sie ihn böse an.

„Du musst jetzt gesund werden und weiter nichts. Dann kannst du dich auch wieder in die Arbeit stürzen. Aber solange du hier bei mir bist, hörst du was ICH sage."

Von so viel männlicher Widerstandskraft überrascht, lehnte sich Ortischa zurück in ihr Kissen und sah ihn sprachlos an.

„Siehst du, geht doch." Seine Mundwinkel zuckten nicht einmal und als sie das getrocknete Blut an seinem Kittel und der Hand sah, fand sie ihre Stimme wieder.

„Was … ist … passiert?"

„Ein kleiner Zwischenfall im OP", sagte er knapp.

Ortischa spürte, dass das nicht alles war. Doch sie wollte ihn nicht drängen, denn an seiner Haltung konnte sie erkennen, dass es etwas Dramatisches gewesen sein musste. Ihre Hand traf sachte seinen Unterarm und überrascht sah er sie an.

Er nahm einen bedeutungsvollen Blick in ihren schokobraunen Augen wahr, woraufhin er seine Lippen zu einer geraden Linie verzog. Dann wandte er sein Gesicht von ihr ab. Als er sprach klang seine Stimme rau und mitgenommen.

„Meine Assistenzärzte, Dave und Chris, sind bei der Operation ausgerastet, als Maddy dir das Blut gab. Wir haben sie eliminiert." Er atmete tief ein und trat auf die Tür zu. In diesem Momente verriegelte Ortischa diese mental.

Mit einem wütenden Blick fuhr Michael herum.

„Was soll das!"

Sie sagte nichts weiter und deutete ihm nur an, dass er sich an ihre Bettkante setzen sollte.

Zornig blieb er noch einen Moment lang stehen, dann warf er den Kopf in den Nacken und stemmte seine Arme in die Hüften.

„Du hast gerne die Zügel in der Hand?", knurrte er mürrisch vor sich hin.

Sie sagte keinen Ton.

Widerwillig drehte er sich zu ihr und sie legte ihr schönstes Lächeln auf. Ihre strahlend weißen Fangzähne blitzten ihm entgegen, sodass er nun schmunzeln musste. Abermals bot sie ihm wortlos den Platz auf ihrer Bettkante an, wobei ein Anflug von Belustigung in ihren Augen sichtbar wurde.

Als er auf der Bettkante Platz genommen hatte, raste eine Hitzewelle durch seinen Körper. Dieses verführerische Lächeln, welches sich auf Ortischas Lippen breitmachte, forderte ihn geradezu heraus, es zu erobern. Ohne zu fragen, beugte er sich zu ihr und nahm ihren Mund in Beschlag. Nicht sittsam, sondern fast gierig, verschmolzen ihre Münder miteinander. Er stieß mit seiner Zunge in ihren Mund und forderte ihre Zunge auf, sich ihm zu stellen.

Auch Ortischa war berauscht von seinem drängenden Verlangen und erlag seiner fähigen Zunge. Der intensive Kuss wurde jäh von einem heftigen Klopfen an der Tür unterbrochen.

Keuchend kam Michael zu Atem. „Ja!", brüllte er.

„Ich wollte nur fragen, ob wir wieder zu Ortischa können?" Marisols Stimme klang besorgt.

„MARISOL? Ist Maddy bei dir?" Während er sprach, rutschte er von der Bettkante und bewegte sich rasant auf die Tür zu.

„Ja … wir sind beide hier." Entgegnete ihm Marisol verwundert, als Michael die Tür aufriss.

Er sah Maddy entspannt neben Marisol stehen, zog sie erleichtert ins Zimmer und hielt sie an der Hand fest.

„Wir haben gedacht du bist … entführt worden", sagte Michael. Hektisch holte er sein Handy aus der Tasche und rief Mehit an. Zur gleichen Zeit stürmten die beiden Krieger um die Ecke.

„Gott sei Dank", entwich es Mehit bei Maddys Anblick.

Entschuldigend hob Maddy ihre Hand. „Hey, wir waren nur einen Kaffee trinken. Nichts passiert. Ach und Michael, du kannst mich jetzt wieder loslassen."

Sofort ließ Michael ihr Handgelenk los.

„Wir haben uns Sorgen gemacht!", sagte Mehit so ruhig, dass Maddy ein Schauer über den Rücken lief. Sein Blick war gesenkt, dennoch konnte sie das Glühen auf dem Linoleumboden sehen. Mit nur wenigen Schritten war sie bei ihm und warf sich gegen seine breite Brust.

„Entschuldige …"

Er schloss seine muskulären Arme um sie, zog die Luft tief in seine Lungen und genoss ihre Nähe. Wenn er sie durch so einen dummen Fehler an den Feind verloren hätte, hätte er sich das nie verzeihen können.

„Wir sollten zurückfahren", sagte Maddy flüsternd.

Dies war etwas, was Mehit sehr gut gefiel. Er wandte sich an Ortischa.

„Du kommst hier alleine klar?"

Sie nickte.

„Wann können wir Ortischa abholen? Oder besser gesagt, wann entlässt du sie?" Diese Frage war an Michael gerichtet.

„Zwei Tage, wenn sie brav ist." Gleichzeitig betätigte er einen anderen Zahlencode auf seinem kleinen Gerät und die Verriegelung wurde im ganzen Haus zurückgezogen.

Ortischa knurrte über seine Äußerung.

Schwungvoll legte Mehit seinen Arm um Maddy und schritt mit ihr zur Tür.

Ament folgte ihnen wortlos. An der Tür angekommen, drehte er sich noch einmal zu Ortischa um und warf ihr einen durchdringenden Blick zu, bevor er den anderen beiden folgte. Ortischa kannte diesen Ausdruck nur zu gut. Ament war nicht der Mann vieler Worte, doch sein Blick sagte mehr als tausend Worte. Unweigerlich glitt ihre Hand an ihr Herz und Michael verfolgte ihre Bewegung.

„Hast du Schmerzen?", fragte er besorgt.

„Nein, alles in Ordnung. Ich bin froh, dass alles so gut geklappt hat, und das habe ich wohl dir zu verdanken." Ihre Wimpern legten sich wie ein Fächer um ihre braunen Augen.

„Es freut mich auch, dich wohlauf zu sehen." Schaltete sich Marisol dazwischen. „Kann ich hier bei dir bleiben, oder habt ihr in der Nähe ein Domizil für unseresgleichen?"

„Du kannst hier in der Klinik bleiben, wenn du das möchtest. Ansonsten hat mein Bruder, nicht weit weg von hier, ein Hotel. Ich rufe ihn gleich mal an." Er griff zu seinem Handy.

Marisol wollte erst protestieren, doch dann überlegte sie kurz und konnte nichts gegen ein Hotelzimmer einwenden.

„Michael ist sehr nett. Kennt ihr euch schon lange?", fragte Marisol, wobei ihr Augenmerk auf dem knackigen Hintern von Michael gerichtet war.

In Ortischas Körper machte sich ein ungewöhnliches Kribbeln breit. Doch es hatte nichts mit der Rückfront von Michael zu tun, sondern mit dem lüsternen Blick, der in Marisols Augen tanzte. Bevor sie ihre Worte stoppen konnte, hatten sie schon ihren Mund verlassen. „ER gehört mir." Diese Äußerung war eindeutig und Marisol sah sie entgeistert an. „Ich will ihn gar nicht! Wow, du bist noch die gleiche Zicke, die du früher warst."

Michael fuhr herum und strahlte die beiden Frauen an.

„Robert würde sich geehrt fühlen, wenn du die zwei Tage bei ihm bleiben würdest."

„Perfekt!", antwortete Marisol ihm mit einem übertriebenen Lächeln, was Ortischa fast zur Weißglut brachte.

Auch Michael konnte die Veränderung seiner Patientin spüren und wandte den Kopf in ihre Richtung.

„Fühlst du dich nicht gut?" Besorgnis zeichnete sich auf seinem Gesicht ab. Im Nu stand er neben ihr und legte seine Hand auf ihre Stirn.

In diesem Moment beruhigte sich der Puls von Ortischa schlagartig.

Meiner, schoss es durch ihren Kopf, als er sich so dicht über sie beugte. Das erste Mal in ihrem ganzen langen Leben verspürte sie etwas, was sie nicht einordnen konnte. Sie hatte schon einige Affären gehabt und sogar eine Beziehung mit Jonathan geführt, doch das, was sie jetzt fühlte, überstieg alles was ihr Körper unter Zuneigung oder sogar Liebe abgespeichert hatte. Sie erschrak bei dem Gedanken, sich zu verlieben. Sie sah zu ihm auf, als er sich wieder aufrichtete.

Marisol konnte das Knistern zwischen den beiden förmlich spüren. Sie räusperte sich.

„Kann mich jemand zum Hotel bringen? Ich habe seit langer Zeit nicht mehr geschlafen und ich würde mich gerne nähren. Und wenn noch etwas Zeit wäre, müsste ich auch noch ein paar Sachen einkaufen gehen."

„Robert holt dich gleich ab. Er ist in ca. 10 Minuten in der Tiefgarage."

Sie griff nach ihrer Handtasche und trat an das Bett, um sich zu verabschieden.

„Ich komme dich dann morgen besuchen. Ruh dich aus." Sie küsste Ortischa auf die Stirn und verließ dann ihr Zimmer.

Als sich die Fahrstuhltür vor Marisol öffnete, war ihr unwohl. Sie stieg aus, lief einige Schritte und lehnte sich dann mit dem Rücken gegen einen Betonpfeiler. Ihr Kopf fiel zurück und landete hart an der Wand. Es blieb ihr keine Zeit mehr, lange über das Geschehene nachzudenken, als ein schnittiger Sportwagen die Einfahrt zur Tiefgarage hinunterrollte. Als der Fahrer sie erblickte, trat er noch einmal auf das Gaspedal und der Motor heulte auf.

Marisol rollte mit den Augen.

Der schwarze, glänzende Mercedes, mit den dunkelgetönten Scheiben, blieb kurz vor ihr stehen. Der Motor erstarb und die Tür öffnete sich. Polierte, schwarze Schuhe landeten auf dem Beton.

Marisol holte tief Luft.

Als er seine kinnlangen Haare aus dem Gesicht strich, fiel ihr Blick auf seine dunklen Augen, die sie fasziniert musterten. Ein Dreitagebart überdeckte seine feinen Gesichtszüge, die nun von einem überheblichen Lächeln geziert wurden. Vielen Vampiren gelang es, auf ungewöhnliche Weise arrogant zu wirken. Und dieses Exemplar, was sich ihr gerade näherte, wusste ganz genau, wie er auf Frauen wirkte. Eine seidige Strähne seines rabenschwarzen Haares löste sich und umspielte seine Wange.

Marisol stockte der Atem, als eine jüngere Version von Michael ihr entgegentrat.

„Hi, ich bin Robert. Marisol?", fragte er, wobei seine Stimme wie flüssiger Honig klang.

„Ja, ich bin Marisol." Sie zog ihre Handtasche dicht an ihren Körper. „Solltest du dich daneben benehmen, werde ich dies meiner Schwester mitteilen, die ist eine Clankriegerin." Leicht hob sie ihr Kinn und war stolz, das von ihrer Schwester behaupten zu können.

„Du brauchst nicht denken, dass mich das einschüchtern könnte. Ich möchte dir nur ein Zimmer in MEINEM Hotel anbieten. Mehr nicht." Er schritt um seinen Wagen herum und öffnete ihr die Beifahrertür.

„So, wollen wir dann?" Einladend deutete er mit seiner Hand auf das Wageninnere, ohne auf ihre Stichelei weiter einzugehen.

„Gut, dann sind wir uns ja einig." Sie lief die wenigen Schritte zum Wagen und ließ sich auf den weichen Ledersitz gleiten.

Als Robert die Tür schloss, funkelte etwas Geheimnisvolles in seinen Augen auf. Überdimensional schnell sauste er um das Auto herum und stieg auf der Fahrerseite ein.

Seine Hand schloss sich um das Lenkrad und mit der anderen startete er den Wagen. Der Motor knurrte auf, wie ein wildes Tier und innerhalb von Sekunden schossen sie aus der Tiefgarage.

Kapitel 8

Das Wasser, welches sich über Elisas Körper schlängelte, hüllte sie in einen Hauch von Pfirsich. Die Seife glitt sanft durch ihre zarten Hände. Mit der wohltuenden Dusche lenkte Elisa sich etwas von ihren düsteren Gedanken ab. Immer noch sah sie Miles mit diesem verbissenen Gesichtsausdruck über sich, mit seinen scharfen Fangzähnen und der Brutalität, mit der er vorgegangen war. Sie tastete ihren Körper zaghaft ab. Aufgrund der schnellen Blutzufuhr, die ihr Desmond in Form seines Blutes und das eines Blutbeutels gegeben hatte, waren die meisten Wunden schnell wieder verheilt. Ihr Kiefer schmerzte immer noch, doch es war zu ertragen. Die Platzwunden, die ihr Gesicht geziert hatten, waren teilweise nur noch rote Striemen. Sie stellte den Wasserhahn aus und schlüpfte in einen flauschigen Bademantel. Ihre Haare rubbelte sie sich gerade mit einem Handtuch trocken, als sie Schritte auf dem Flur vernahm. Sie hielt einen Moment inne, dann hörte sie ganz auf zu atmen. Die Tür zu ihrem Zimmer wurde geöffnet.

Desmond sah sich in ihrem leeren Zimmer um, und folgte dann dem Geruch von Pfirsichen, der aus der Dusche kam. Zuerst wollte er an ihre Badezimmertür klopfen, doch eine innere Kraft hielt ihn zurück und er ließ die Hand wieder sinken, setzte sich auf einen Stuhl und wartete. Nur wenige Sekunden später trat Elisa schüchtern aus dem Bad.

„Desmond?" Ihre Frage war zögerlich, wie die nachfolgende auch. „Du bist einfach gegangen?"

Er senkte seinen Blick.

„Ich musste einige Dinge klären", gab er mit belegter Zunge zurück. Seine Sinne spielten verrückt, als er daran dachte, dass sie mit diesem Bademantel ihren nackten Körper verhüllte. Der Geruch von Pfirsichen verstärkte seine Begierde jetzt noch mehr. Doch er ermahnte sich, dass er jetzt nicht solche Gedanken haben durfte. Erstens, hatten sie sich nur geküsst. Zweitens, bedeutete das rein gar nichts. Drittens, musste er an sich halten, sie nicht in seine muskulären Arme zu schließen und ihren Körper nach allen Regeln der Kunst zu verwöhnen. Ihre sinnliche Haut unter seinen Fingerspitzen zu spüren und jeden Zentimeter auszukosten, wäre jetzt pures Glück für ihn. Er schüttelte leicht seinen Kopf, doch Elisa bemerkte seine veränderten Emotionen.

„Was hast du?"

Die Frage drang wie eine Spritze in sein Nervensystem ein. Ruckartig riss er sich aus seinen erotischen Gedanken und sah sie prüfend an.

„Elisa, ich habe einiges mit dir zu besprechen. Setz dich. Bitte." Er deutete mit der Hand auf ihr Bett und sie folgte seiner Anweisung.

„Deine Vermutungen waren richtig. Es war alles ein Komplott", flüsterte er.

Elisa keuchte auf, als die Worte an ihre Ohren drangen. Sie konnte fühlen, dass das nicht alles war, was er ihr mitteilen würde, deshalb schwieg sie und hörte ihm aufmerksam zu.

„Miles … hat nur einen Befehl befolgt … er wollte dir nicht wehtun", fing Desmond an. „Es ist alles eine Intrige gegen dich. Egal, ob du ihn nun anzeigen würdest oder er dich beschuldigen würde. Es läuft alles auf dasselbe hinaus. Das Ziel ist es, dich einzusperren und das … für eine sehr, sehr lange Zeit." Nun sah er ihr in die blaugrünen Augen, die ihn regungslos anstarrten. „Die Einzelheiten werde ich dir noch erklären, aber … dafür haben wir jetzt keine Zeit. Wir haben genau zwei Tage, bis wir von Calabria fliehen."

Nun klappte Elisa die Kinnlade hinunter.

„Es ist die einzige Möglichkeit, dich davor zu bewahren. Dieses Himmelfahrtskommando werden wir beide nicht alleine bewältigen können. Miles und Raymond helfen uns. Das wird aber nicht reichen, denn du weißt, dass Calabria das sicherste Gefängnis auf der ganzen Erde ist. Doch … es gibt eine Chance, die wir ergreifen werden."

Elisa konnte die Erregung spüren, die Desmond unterdrückte. Es kostete ihn seine ganze Kraft, ruhig und sachlich zu bleiben.

Zaghaft legte sie ihre Hand auf seinen Unterarm. „Welche?" flüsterte sie.

Er senkte seinen Blick und einige Minuten vergingen, bis er ihr antwortete. „In unserem Gefängnis sitzt nur ein Vampir, der dazu in der Lage ist, diese Mauern zu überwinden."

Ungläubig schaute Elisa ihn an. „Niemand überwindet diese Mauern. Der Magier hat einen Bann um Calabria gelegt, das weiß doch jeder."

Desmond hob seinen Kopf an und blickte ihr genau ins Gesicht. „Tja … er ist kein normaler Vampir. Er ist ein … Clankrieger."

Als Desmond das letzte Wort sagte, traf es Elisa wie ein Stich ins Herz. Ihre Augen gingen hektisch durch den Raum und ihr Blut hämmerte durch ihre Adern. Mehit, schoss es ihr durch den Kopf. *Nein, das kann nicht sein. Er kann nicht hier eingesperrt sein. Um Gottes Willen. War er darum nicht gekommen, weil mein Vater ihn gefangen genommen und hierher gebracht hat? War er hier, so dicht und ich habe es nicht bemerkt?*

Desmond registrierte die Gefühlsregungen und abwartend musterte er sie.

Als sie sich wieder etwas im Griff hatte, sagte sie zögerlich. „Wie lange ist er schon hier?"

Erstaunt über die Frage antwortete Desmond ihr ruhig. „Seit über zwanzig Jahren. Warum fragst du?" Nun wollte er wissen, warum sie so nervös geworden war.

Erleichterung machte sich bei Elisa breit. *Es war nicht Mehit.* Desmond spürte, wie sich ihr Körper entspannte.

Ihre blaugrünen Augen schlug sie weit auf und es kam ihm fast so vor, als ob sie sich gegen etwas rüstete.

„Der Mann, von dem ich dir erzählt habe …", sie musterte seine Gesichtszüge, die regungslos waren, bevor sie weiter sprach „… war ebenfalls ein … Clankrieger."

„DU willst mir erzählen, dass dich ein Clankrieger gerettet hat?" Nun machte sich ein ironisches Grinsen auf seinem Gesicht breit. „Ein Clankrieger ist eines der seltensten Exemplare, die es von uns gibt. Und DU bist einem begegnet?" Verwirrtheit strahlte er nun aus. „Sicher … und warum hat er dich dann nicht vor Calabria gerettet?", gab er nun spöttisch von sich, wobei seine schwarzen Augen wild funkelten.

„Nein, Desmond. So war es nicht." Auf einmal wollte sie Mehit verteidigen, obwohl sie ihm selbst verboten hatte, den Kontakt aufrecht zu erhalten. *War es ein Fehler, ihm davon zu erzählen?* fragte sie sich. Was Elisa aber noch viel mehr zu schaffen machte, war, dass sich ihr Herz zusammenzog, als Desmond sie fast auslachte. Sie hatte ihn vor einigen Stunden geküsst und dachte sogar, dass sie Gefühle für ihn hegte, doch gerade wurde ihr klar, dass sie immer noch an Mehit hing. Das konnte sie ihm auf keinen Fall sagen, denn auch für ihn war ein Platz in ihrem Herzen reserviert. Sie starrte in seine schwarzen Augen und stellte fest, dass sie sich ihrer Gefühle nicht sicher war. Aber im Moment war Desmond derjenige, der sein Leben riskierte, um sie von hier wegzubringen.

Aufgebracht sagte Desmond nun: „Dafür haben wir jetzt keine Zeit!" Er wollte sich im Moment keine Gedanken darüber machen, was sie hatte, denn es würde ihn jetzt von seinem Vorhaben zu sehr ablenken, obwohl es ihm unter den Fingernägeln brannte, dass Thema zu vertiefen.

„Sag mir seinen Namen!", forderte er nun.

Elisa zog die Luft tief ein und antwortete ihm härter, als sie es geplant hatte. „NEIN!"

Er kniff seine Augen zusammen. „Du willst mir seinen Namen nicht sagen? Ich probiere gerade dein Leben vor dem ewigen Knast zu retten, und du willst mir nicht einen läppischen Namen nennen?" Zweifel machten sich bei Desmond breit.

„Ich … werde mit ihm reden. Denn er wird dir nicht glauben, wenn du ihm von dem Ausbruchsversuch erzählen wirst. Er wird dich als Lügner darstellen und das hilft uns auf keinen Fall weiter." Sie wusste, dass sie sich zu weit vorgewagt hatte und hoffte nun, dass er es genauso sehen würde.

Seine Gedanken spielten verrückt und dennoch musste er Elisa zustimmen. Wenn er an seiner Stelle wäre, würde er ihm auch nicht glauben.

„Gut ... lass es uns probieren. Zieh dich an, wir haben nicht viel Zeit."

Elisa schlüpfte in ihre Jeans und zog sich hastig ein T-Shirt über. Beide verließen lautlos das Zimmer und stiegen eine Hintertreppe hinab. Desmond öffnete eine schwere Eisentür und dahinter lag ein unterirdisches Tunnelsystem. Im Dauerlauf sausten sie durch die verzweigten Gänge, bis sie vor einer weiteren Eisentür stehenblieben. Desmond legte seinen Zeigefinger auf die Lippen und signalisierte Elisa damit leise zu sein. Beide traten nun durch die Tür und der karge Raum offenbarte drei weitere Türen und eine Treppe, die nach oben führte. Desmond steuerte auf die rechts gelegene Tür zu und Elisa folgte ihm. Nach dem er einen Zahlencode eingegeben hatte, öffnete sich diese lautlos und sie traten hindurch. Vor ihnen ging es nun eine Steintreppe hinunter. Er hielt sie am Arm fest und legte seine Lippen an ihr Ohr.

„Diese Treppe hinunter und dann rechts den Gang entlang. Dort sind mehrere Zellen. In zwei der Zellen sitzen zwei verwirrte Vampire, ich werde dich in meine Schatten hüllen, damit sie dich nicht sehen. Am Ende ist eine Kristalltür dort ist ER eingesperrt. Er hängt an Silberketten und kann sich kaum bewegen. Wenn du anfängst zu sprechen, werde ich die Schatten kurz fallen lassen. Erkläre ihm, was wir vorhaben und wenn es geht, beeile dich. Dann umhülle ich dich wieder, damit die beiden Inhaftierten keine Möglichkeit haben, dich zu identifizieren." Seine Lippen formten ein stummes LOS und dann schob er sie auch schon zum Treppenabsatz.

Sie nickte ihm noch einmal zu und stieg dann lautlos die Stufen hinab. Je tiefer sie kam, desto modriger roch es. Es roch so intensiv, dass Elisa sich die Nase zuhalten wollte. Als sie unten angekommen war, orientierte sie sich nach rechts, so wie es ihr Desmond aufgetragen hatte. Die Dunkelheit macht ihr nichts aus, doch die Luft, die hier herrschte, umso mehr. Mit leisen Schritten huschte sie den Gang entlang. Sie erschrak, als ein kleiner Bewegungsmelder anging und ihr den Blick auf die Kristalltür freigab. In diesem Moment konnte sie die Schatten sehen, die ihr Desmond geschickt hatte. Wie durch einen hauchdünnen Schleier konnte sie ihre Umgebung nun noch schlechter wahrnehmen. Mit hastigen Blicken bemühte sie sich, sich weiter vorzukämpfen. Ihr Blick glitt nach oben und dort konnte sie große Löcher zur Belüftung sehen, die auch im unteren Teil freigelassen waren. Darüber konnte er sie hören. *Wenn er ein Clankrieger ist, dann hat er mich schon gehört, als ich oben zur Tür reingekommen bin*, schallte sie sich.

Die Dunkelheit in der Zelle gab nicht viel frei und ihre beeinträchtigte Sicht, half ihr auch nicht gerade. Sie konnte etwas Schwebendes erkennen, was aber keine Regung zeigte. Sie trat dicht an die Kristalltür heran und flüsterte.

„Hallo?"

In diesem Moment hellte sich die gesamte Vorderseite ein wenig auf. Desmond hatte seine Schatten teilweise fallen gelassen.

„Ich habe nicht viel Zeit. Ich bin Elisa und ich will hier ausbrechen – und du musst mir helfen."

Keine Reaktion.

„Ich kann nicht lange bleiben, um dir alles genau zu erklären. Aber wenn du hier ebenfalls rauskommen willst, dann wird sich jemand freuen, dich wiederzusehen."

Keine Antwort.

„Außer, du hast keine Lust Mehit zu treffen."

Ruckartig hob der Gefangene seinen Kopf und zwei weißglühende Augen starrten sie bedrohlich an.

Elisa blieb der Atem im Halse stecken. Sein eiserner Blick ließ ihr das Blut in den Adern gefrieren und ihre Stimme hörte sich eher nach einem Röcheln an, doch sie fasste all ihren Mut zusammen.

„Innerhalb der nächsten zwei Tage wird ein dunkelhäutiger Mann mit einer Narbe im Gesicht, Desmond, zu dir kommen. Er wird dich befreien, also töte ihn nicht. Zwei weitere, einer mit rotblonden Haaren, Raymond, und einer mit schwarzen kurzen Haaren, Miles, unterstützen uns."

Das Augenpaar fixierte Elisa wie zwei Scheinwerfer.

„Also, hilfst du uns?"

Einen Moment lang passierte gar nichts. Elisa hegte schon Zweifel daran, dass er sie vielleicht nicht verstanden hatte, als er zustimmend nickte.

Erleichtert atmete sie aus. „Gut"

Sie drehte sich um und als sie sich in Bewegung setzte, schloss sich der Schleier wieder um sie. Schnell lief sie den Gang zurück und erklomm die Steintreppe. Oben angekommen, huschten beide durch die Tür und legten ein rasantes Tempo zum Kloster zurück. Als sie den Eingangsbereich erreicht hatten, vernahmen sie Schritte.

Desmond drückte Elisa in eine Nische und hüllte so beide in seine Schatten ein.

Eine Nonne lief vorbei, jedoch ohne Notiz von ihnen zu nehmen.

Nachdem sie in einem der Zimmer verschwunden war, tauchten beide aus der Dunkelheit hervor und stiegen eilig die Stufen nach oben. Als die Zimmertür von Elisa hinter ihnen ins Schloss fiel, atmeten beide erleichtert auf.

„Und? Was hat er gesagt?", fragte Desmond nervös.

„Gesagt hat er gar nichts. Aber ... er hat dem Fluchtversuch zugestimmt", antwortete Elisa ihm, wobei sie seine Gesichtszüge genau beobachtete. Sie konnte eine gewisse Erleichterung in seinem Blick feststellen.

„Das ist gut. Das ist sehr gut. Ich bin stolz auf dich." Dies schien er auch so zu meinen, denn er nahm sie in die Arme und drückte ihren Körper an seine breite Brust.

„Desmond? Wie heißt dieser Gefangene?"

„Gute Frage. In all den Jahren hat er kein Sterbenswörtchen gesagt", antwortete er ihr. „Wir haben alles Mögliche probiert, etwas aus ihm herauszubekommen. Aber nichts. Gar nichts. Er hat alle Folterversuche einfach über sich ergehen lassen, ohne auch nur mit der Wimper zu zucken." Fast ehrfürchtig klangen seine Worte.

Elisa lehnte ihre Wange an seine Brust und sagte. „Armer Kerl, was muss er in der Zeit gelitten haben."

„Hey, du wirst doch jetzt nicht etwa sentimental. Ich kann dir sagen, dass er acht unserer Männer auf bestialische Weise getötet hat und … ich selbst bin ihm damals nur knapp entkommen." Er deutete auf seine Narbe im Gesicht.

„Das war er?", fragte Elisa zögerlich und Desmond nickte zustimmend. „Warum habt ihr ihn eingesperrt? Was hat er denn verbrochen?"

Desmond warf leicht seinen Kopf in den Nacken, bevor er antwortete. „Nichts!"

Elisa löste sich aus der Umarmung. „Wie nichts?", ihr Blick war strafend.

„Er hat nichts verbrochen. Er war nur zur falschen Zeit, am falschen Ort." Bei den nächsten Worten hätte er sich am liebsten die Zunge abgebissen. „Dein Vater hat damals den Auftrag erteilt. Sein Befehl lautete: Sollte einer von uns je einen Clankrieger erwischen, dann würde er Ruhm und Anerkennung vom Rat erhalten und in beachtlichem Wohlstand leben."

Elisa spürte, dass er ihr etwas verheimlichte. „Wer war derjenige, der ihn gefangen genommen hat?"

„Ich … war es und jetzt bin ich es, der ihn frei lässt." Ein ironisches Grinsen zog über seine Mundwinkel.

„Aber … hat denn mein Vater nicht Wort gehalten?", hinterfragte sie nun.

„Ja, und nein. Ja, ich habe Ruhm und Anerkennung bekommen, indem ich hierher versetzt und zum Hauptmann der Garde ernannt wurde. Wohlstand … nein. Ich besitze gerade mal das Nötigste. Ich habe keine finanziellen Mittel, kein Auto, kein Haus, so wie es damals versprochen worden war."

Elisa strich mit ihren Fingerspitzen über seine Wange. „Geld macht nicht glücklich. Ich habe immer alles bekommen, was ich wollte, und doch habe ich dafür mein Leben in einem goldenen Käfig verbracht. Meine Erfüllung war mein Beruf als Krankenschwester. Dort konnte ich sowohl Menschen als auch Vampiren helfen, das hat mir mehr gegeben als alles andere."

Desmond biss die Zähne fest aufeinander. Die Erwähnung ihres Vaters ließ einen mittelschweren Orkan durch ihn hindurch brausen.

„Wenn wir hier herauskommen, stehen wir vor dem Nichts. Das muss dir klar sein."

„Das ist es", gab sie besonnen zurück.

Im Hotel an der Themse ...

Der mit Spiegeln versehene Fahrstuhl war Chang immer noch zu langsam, als er sich aus dem obersten Stockwerk ins Erdgeschoss begab. Als dieser dann auch noch im vierten Stock hielt, wäre er fast hinausgesprungen. Doch als eine rassige Schönheit einstieg, blieb ihm fast die Luft weg. Die engen, blauen Jeans formten sich perfekt um ihren Hintern und ihre nicht enden wollenden Beine steckten in nietenbesetzen Boots. Ihre legere, cognacfarbene Lederjacke umspielte ihre weiblichen Rundungen, die sich durch einen cremefarbenen Pullover abzeichneten. Sein Blick glitt zu ihren, zum Bob geschnittenen, schwarzen Haaren und dabei konnte er einen vagen Blick auf ihr Seitenprofil erhaschen. Ihre langen Wimpern waren wie ein Fächer aufgespannt und sie benetzte ihre vollen Lippen.

Chang zog ganz langsam und genussvoll ihren Duft in seine Lungen, dabei merkte er wie sein Körper sich anspannte. Lange hatte er nicht mehr solch einen berauschenden Geruch wahrgenommen. Er dachte schon die Putzfrau von der Etage hatte einen angenehmen Geruch, doch nun musste er seine Meinung revidieren. *Sollte das eine Täuschung sein, oder sind die Frauen in England tatsächlich einfach exotischer?* fragte er sich. Mit seinen funkelnden, gelben Augen versuchte er sein enormes Interesse hinter der Sonnenbrille zu verbergen. Sein Kiefer schmerzte stark, als sich seine messerscharfen Fangzähne ausfahren wollten und er sie mit aller Macht zurückhielt.

Doch sein Gegenüber hatte ihn bereits bemerkt und auch was er war. Ein mächtiger tödlicher Vampir, der jeden Moment zuschlagen konnte. Bei dieser Erkenntnis stockte ihr der Atem. Sie vermied es, ihn anzuschauen, obwohl sie seinen Blick auf ihrem Körper fast spüren konnte. Er strahlte solch eine enorme Präsenz aus, dass es ihr eiskalt den Rücken herunterlief.

Endlich sprang die Tür mit einem *Pling* auf und so schnell sie konnte, verließ sie den Fahrstuhl, ohne sich auch nur noch einmal umzudrehen. Fast keuchend kam sie an der Rezeption an.

„Könnten Sie bitte Mr. Anderson mitteilen, dass ich ihn in der Lobby erwarte?"

„Ja. Nehmen Sie doch einen Moment Platz", antwortete die junge, menschliche Frau. Sogleich griff sie nach dem Hörer und wählte eine Nummer.

Marisol hatte gerade auf einem der bequemen Sessel in der Lobby Platz genommen, da stand Robert schon neben ihr.

„So früh schon auf?" Der Klang seiner weichen Stimme war ein liebevolles Geschenk, nach den Schrecksekunden, die sie gerade im Fahrstuhl erlebt hatte.

Ihre braunen Augen strahlten ihn an und als sie sich erhob, wollte sie Robert in ihre Arme schließen. Doch dann zuckte sie zurück. *Weswegen sollte ich mich bei ihm bedanken? Michael wollte, dass ich hier übernachte.* Verwirrung machte sich auf ihrem wunderschönen Gesicht breit.

„Vielleicht erst einmal einen Drink?" Es klang eher nach einer Aufforderung, als einer Frage. Er griff nach ihrem Handgelenk und zog sie sanft mit sich, bis sie an der Bar angekommen waren. Er postierte sie auf einem der Barhocker und nickte dem Barkeeper zu.

Zu ihrer Überraschung befüllte dieser zwei milchige Gläser mit einer rötlichen Flüssigkeit.

Blut. Menschenblut.

Sofort zuckten Marisols Nervenenden. Ihr ausgelaugter Körper wollte sich auf das Glas stürzen, als der Barkeeper es vor ihr auf einer Serviette abstellte.

„Ihr Tomatensaft."

Das Gleiche tat er bei Robert.

„Sir", sagte er und nickte seinem Chef zu. Dann wandte er sich von den beiden ab, ging zum Ende des Tresens und polierte einige Kristallgläser.

Ein wildes Verlangen loderte in Roberts Augen auf, als er sah, wie Marisol sich das Glas an ihre vollen Lippen führte. Sie nahm einen großen Schluck und ihre Fangzähne schimmerten unter ihrer Oberlippe hervor. Er schluckte schwer, als sie einen weiteren Schluck nahm. Ihr zufriedenes Lächeln, welches sich auf ihrem feingemeißelten Gesicht ausbreitete, ließ ihn förmlich zerspringen. Verheißungsvoll wartete er, dass sie sich die Lippen ableckte und er ihrer Zungenspitze dabei zusehen konnte.

Aber es kam anders.

Marisol knurrte warnend, als sie den mächtigen Vampir hinter Robert aufragen sah. Beide hatten ihn zuvor nicht einmal bemerkt.

Seinen starren Blick auf Marisol gerichtet, trat er an Robert vorbei und griff ungeniert nach dem vollen Glas.

Ohne zu zögern, packte Robert ihn am Arm und erhob sich gleichzeitig.

„Kann ich Ihnen helfen?" Beide standen sich fast auf Augenhöhe gegenüber.

„Habe schon alles, was ich benötige", antwortete Chang zähnefletschend. Er leerte das Glas, wischte sich mit der Handaußenseite den Mund ab und verschwand so schnell, wie er gekommen war.

Nach einem Moment hatten sich Marisol und Robert wieder gefangen.

„Interessante Gäste, die du in deinem Hotel beherbergst", stellte Marisol entrüstet fest.

„Der Gast ist König und du … bist meine Königin." Er verbeugte sich leicht und legte dabei eine Hand auf seinen Rücken. Auf keinen Fall wollte er die

Situation von eben näher erläutern. Seine Sinne suchten immer noch nach dem Gast. Doch er konnte ihn nicht wahrnehmen, was ihn arg verwunderte. Er war verschwunden. Doch Robert würde keine Ruhe geben, bevor er nicht wusste, wer ihm da gerade so quer gekommen war.

„Nun hör aber auf, Robert. Den Gentlemen nehme ich dir gerne ab, aber übertreibe es nicht." Ihre Mundwinkel zierten ein kleines Lächeln.

„Jaaaa. Ich hatte es mir zur Aufgabe gemacht, dich heute noch Lächeln zu sehen." Strahlend breitete er seine Arme aus. „Es ist mir gelungen", sagte er triumphierend.

Und Marisols verdrehte lachend die Augen.

„In weniger als einer halben Stunde fahren wir in die Klinik. Mein Bruder hat angerufen und gesagt, dass es deiner Schwester schon sehr viel besser geht und sie morgen entlassen werden kann."

So wie Robert sie gerade angestrahlt hatte, genauso schnell verwandelte sich sein Gesicht in ungläubiges Staunen.

„Was ist? Ich dachte solche Nachrichten würden dich sicher freuen?" Seine dunklen Augen suchten regelrecht nach einer Antwort in ihrem schönen Gesicht.

Doch Marisol wandte sich ab. „Hat nichts mit dir zu tun", sagte sie leise. „Meine Schwester und ich haben ... ein gespaltenes Verhältnis. Sie hat mir vor Jahren vorgegaukelt, sie sei tot. Wenn diese Operation nicht gewesen wäre, würde ich das wahrscheinlich immer noch denken. Ich habe erst vor Kurzem erfahren, dass sie überhaupt noch lebt. Wenn es ihr gut geht, werde ich auch wieder zurück nach Spanien gehen. Dort ..." Ihr fehlten die Worte.

Was war dort? Überlegte sie kurz. *Carlo war dort. Der Einzige, der mich die ganze Zeit beschützt hat. Der sich um mich gekümmert hat, als ich dachte, Ortischa wäre gestorben.* Nun brach die Verzweiflung aus ihr heraus und sie griff nach ihrer Handtasche, öffnete diese und kramte hektisch nach dem Handy, welches ihr Carlo gegeben hatte. Eilig drückte sie seine Nummer.

„Marisol? Alles okay?", erklang Carlos besorgte tiefe Stimme.

„Ja ... alles in Ordnung. So wie es aussieht, bin ich übermorgen wieder Zuhause."

„Das wäre schön. Ich ... ich vermisse dich."

Marisol hörte aus seiner Stimme heraus, wie ehrlich er es meinte.

„Carlo ... ich muss jetzt los. Holst du mich vom Flughafen ab?"

„Selbstverständlich, was für eine Frage."

„Ok, ich melde mich wieder", war ihre leise Antwort.

Dann beendete sie das Gespräch.

Nun zog Robert eine Augenbraue nach oben und fragte. „Dein Freund?" Obwohl er die Frage stellte, klang er keinesfalls eifersüchtig oder überheblich, was Marisol sehr schätzte.

„Nein … er ist EIN Freund." Sie umklammerte das Handy, als sei es das Wichtigste auf der Welt.

„Wollen wir dann? Ich müsste noch eine kleine Besorgung für Michael machen, wenn das in Ordnung ist?"

„Klar", antwortete Marisol schnell.

Beide verließen die Bar und gingen auf den Aufzug zu, der sie ins Untergeschoss brachte.

In der anderen Ecke der Lobby, hinter einer großen Palme, stand Chang. Als beide aus seinem Sichtfeld verschwunden waren, trat er erneut auf die Bar zu. Sogleich kam der Barkeeper vom anderen Ende und fragte höflich nach seinem Wunsch.

„Den sogenannten Tomatensaft", knurrte er bitterböse hervor.

„Sehr gerne, Sir." Er holte eine Karaffe aus dem Kühlschrank und goss ihm das Lebenselixier in ein neues Glas ein.

Chang nahm das Glas und setze es an seine Lippen. Nach einigen tiefen Schlucken stellte er das leere Glas ab.

„Noch mehr?"

Chang nickte. Fast gedankenverloren dachte er über das, was Marisol gesagt hatte, nach. Marisol. Ihr Name rollte durch sein Gehirn, wie ein Wirbelsturm. *Marisol, so hatte sie der Mann am anderen Ende der Leitung genannt.* Sein außergewöhnliches Gehör, welches noch ausgebildeter war, als das normaler Vampire, hatte es so aufgenommen. *Warum will sie London schon wieder verlassen? Sie kann nicht gehen!* legte er für sich fest. Warum das so war, dafür hatte er keine sinnvolle Erklärung. Aber eins stand für ihn felsenfest: Diese Frau würde England ohne seine Erlaubnis nicht verlassen. Nie zuvor hatte er je so ein Zugehörigkeitsgefühl verspürt. Sich noch nie so nach einer weiblichen Vampirin gesehnt. Doch seit dem Moment im Fahrstuhl war sein eiskaltes Herz am Schmelzen. Sein Handy piepte.

„Shit!"

Als er auf das Display blickte, prangte dort der Eintrag einer Erinnerung: *Moosleys Büro, Timberstreet 17, London. Termin in 20 Minuten.*

Er bellte den Barkeeper an.

„Ich brauche ein Taxi. SOFORT!"

„Selbstverständlich Sir." Der Angestellte griff sofort nach dem Telefon, während Chang bereits auf dem Weg durch die Lobby war.

Draußen atmete er tief die frische Luft ein, als bereits das Taxi vorfuhr. Zur gleichen Zeit kam aus der Tiefgarage ein schnittiger, schwarzer Mercedes gerollt. Über das Dach des Taxis hinweg, starrte er den Wagen an und konnte erkennen, dass Marisol darin saß. Trotz der getönten Scheiben konnte er sie ausmachen. Er ballte seine Faust und schlug heftig auf das Wagendach ein, welches sogleich eine tiefe Beule hinterließ.

„HEY!", schrie der Taxifahrer aufgebracht. Doch im nächsten Moment verschlug es ihm die Sprache, als er die messerscharfen Fänge im Rückspiegel erblickte.

Im Büro von Jonathan lehnte Ament an der Wand und erwartete den Söldner aus dem fernen Hongkong. Er hatte sich die Akte gut eingeprägt, die Raban ihm überlassen hatte. Darin hatte gestanden, dass Chang schon bereits seit ca. fünfzig Jahren in Hongkong lebte. Dort war er als einer der gefährlichsten Killer bekannt, die der asiatische Raum bislang hervorgebracht hatte. Warum Jonathan damals auf ihn kam, war Ament immer noch ein Rätsel. Gefährlich waren alle Clankrieger, insbesondere durch ihre speziellen Gaben. Aber noch nie zuvor hatte Jonathan Söldner angeheuert.

Ament probierte, sich wieder auf die Akte zu konzentrieren. Ob Chang immer in Hongkong gelebt hatte, konnte er aus der Akte nicht entnehmen. Entweder war Chang also noch ein sehr junger Vampir, oder aber er hatte seine Vergangenheit sehr gut verschleiern können. Eindeutig waren das zu viele Fragen, die noch offen waren. Auf keinen Fall wollte Ament einen Fehler machen. Nicht jetzt, wo Mehit und die anderen so sehr auf ihn zählten. Doch war ihm schon die Fahrt hierher schwergefallen. Die ganze Zeit über, hatte er an Conzuela denken müssen. Auch als er den Flur betrat, spiegelte sich vor seinem geistigen Auge die Situation wider, wie er dort mit Ivan gerungen hatte, als Conzuela in das Sichtfeld der beiden gekommen war. Gnadenlose Eifersucht hatte ihn damals beherrscht. Und nun? Nun war es eine beißende Leere, die seinen Körper erfüllte. Sie fraß sich durch seine Eingeweide und labte sich an seiner Verletzlichkeit.

Die große Flügeltür öffnete sich und James trat ein.

„Ament …" Er zögerte, als er den gefährlichen Clankrieger so direkt ansprach. „Verzeiht mir, aber Miss Dawn und ich machen uns wirklich Gedanken um Sir Moosley. Habt ihr vielleicht Neuigkeiten für uns?"

Die Ablenkung in Bezug auf Jonathan kam ihm sehr gelegen.

„Nein", war seine knappe und barsche Antwort.

Als James traurig seinen Blick abwandte, fügte er etwas freundlicher hinzu.

„Wir haben auch keine Informationen. Alle hoffen, dass er bald zurückkommt."

Über diese Worte war James sehr erfreut, was sich auch sofort in seinem Gesicht widerspiegelte.

„Danke, Ament." Eine kurze Pause folgte. „Soll ich dir und deinem Gast von Miss Dawn etwas anrichten lassen?"

„Nein, das wird nicht nötig sein. Aber … Danke." Ament bedachte ihn mit einem Blick, der für seine Verhältnisse schon äußert freundlich erschien.

James nickte ihm zu und verließ leise den Raum.

Die Standuhr zeigte Ament, dass es sich nur noch um Minuten handeln würde, bis dieser Halbasiat ankam. Just in diesem Moment hielt ein Taxi vor dem Haus.

Nach kurzer Musterung der Häuserfront trat Chang auf die kleine Treppe zu. Bevor er läutete, wurde ihm die Tür schon geöffnet.

„Guten Abend, Sir. Sie werden bereits erwartet." Mit einer einladenden Handbewegung bat James den Gast herein.

Schweigsam ging Chang an ihm vorbei. Nur ein kleines Nicken hatte er für den Butler übrig.

Ament legte seinen Kopf in den Nacken und witterte. Die Präsenz, dieses Vampirs war … anders. Sogleich spannten sich seine Muskeln an. Seine Gabe kroch nahe an die Oberfläche und ließ seine Haut kribbeln.

Die Flügeltür wurde geöffnet und James eskortierte den Gast hinein. Mit einer Verbeugung verabschiedete er sich sogleich wieder, um die beiden nicht länger zu stören.

Chang hob etwas den Kopf, um zu Ament aufzuschauen, der sich nun langsam auf ihn zu bewegte. Die strotzende Kraft, die in Leder gehüllt war, machte ihm keine Angst. Selten hatte er so ein Exemplar seiner Rasse gesehen. Auch fand er die kleinen tanzenden Funken in seinen Augen faszinierend, die seine Gabe verrieten.

„Chang", sagte er und reichte ihm die Hand.

„Ament", erwiderte dieser und ergriff seine Hand in einem festen Händedruck.

Die Luft zwischen den beiden Vampiren war hochelektrisierend.

Mit einer Handbewegung bot Ament ihm einen Platz gegenüber dem Schreibtisch an.

Chang nahm wortlos Platz und streifte seine Sonnenbrille von der Nase.

„Warum willst du zum Clan?", fragte Ament, ohne ihn dabei anzusehen.

„Der Clan hat MICH angeschrieben … nicht umgekehrt", bemerkte Chang trocken.

Nun lehnte sich Ament im Ledersessel zurück und presste seine Fingerspitzen aneinander.

„Das war nicht meine Frage?" Er hasste das alles jetzt schon. *Zu viele Worte.*

Interessiert sah Chang ihn an. Er konnte erkennen, dass es unter Aments Oberfläche gefährlich brodelte. Seine langjährige Erfahrung ließ ihn fast überheblich wirken, doch ließ sich sein Gegenüber davon nicht einschüchtern.

„Der Clan sucht Söldner und da ich gerade nichts Besseres zu tun habe, wollte ich mir das einmal anschauen und vielleicht … wenn es interessant genug ist, lasse ich mich von euch anheuern."

Chang wirkte extrem entspannt, was Ament nicht entging. Worüber dieser allerdings überhaupt nicht lachen konnte, war die Arroganz, die ihm entgegenschlug. Wenn es nach ihm gegangen wäre, hätte er ihn gleich achtkantig wieder rausgeschmissen und ihn am besten auch gleich in das nächste Flugzeug nach Hongkong gesetzt. Kerle wie er, die keine Skrupel hatten, würde er nie in Maddys Nähe lassen. Schon bei dem Gedanken daran, drehte sich ihm fast sein Magen um.

„Na … leicht gereizt?", fragte Chang und kniff seine Augen zusammen.

Ament ballte seine Hände zu Fäusten, sodass seine Knöchel weiß hervortraten. Dann besann er sich auf Jonathan. Im Geiste rief er sich die Worte, die Jonathan damals zu Ivan und Angel gesagt hatte, erneut vor Augen.

„Wir haben dich hergebeten, weil wir Unterstützung brauchen. In erster Linie verteilen wir ein paar Aufträge. Solltest du geeignet sein, könnte auch eine Aufnahme in den Clan erfolgen."

„Um was für Aufträge handelt es sich denn?", fragte Chang neugierig, wobei seine gelben Augen funkelten.

„Ich werde dich erst einem Test unterziehen, bevor ich dir Einzelheiten mitteile, wenn du damit einverstanden bist?"

Chang nickte.

„Wenn du für den Clan arbeiten willst, dann müssen wir uns sicher sein, dass du uns gegenüber absolut loyal bist. Du wirst während eines Auftrages zu niemandem Kontakt haben, dein Handy musst du abgeben und … wenn du einen Auftrag in unserem Namen ausführt, dann stehst du auch unter dem Schutz des Clans."

Auf Changs Gesicht bildete sich ein hämisches Grinsen. „Ich kann gut auf mich alleine aufpassen. Ich bin schon groß."

„Das bezweifeln wir auch nicht, aber wir arbeiten hier in einem Team. Jeder von uns ist ein Kämpfer, doch es zählt bei uns die Zugehörigkeit zum Clan. Wenn du das nicht kannst, dann …", Ament verfluchte das Ganze erneut. Er war kein Diplomat, nicht hier und auch nicht an anderer Stelle. Wenn man ihm sagte, was er tun sollte, gefiel ihm das besser. Aber hier, sich um Kopf und Kragen zu reden, bereitete ihm zusehends Kopfschmerzen. Er war für solche Aufgaben nicht geschaffen.

Chang blieb ausgesprochen ruhig. Nur seine gelben Augen bohrten sich erneut in Ament. Die Unruhe, die dieser Krieger verbreitete, war kurz vor dem Zerbersten. Seine Sinne nahmen die kochende Wut wahr – und noch etwas anderes. Etwas, das viel tiefer lag. Er wollte nicht zu sehr in die Privatsphäre dieses

Vampirs gleiten, doch er war in seinem Strudel der Gefühle gefangen und dann traf ihn die unterschwellige … Trauer? Chang erschrak innerlich. Er hätte viel erwartet, aber nicht, dass er Trauer vorfinden würde.

Ament spürte wie der Halbasiat in seine Sinne vordrang und sich an seinen tiefsten Gefühlen labte.

„Verpiss dich aus meinen Gedanken!", knurrte Ament ihm böse entgegen.

„Reine Selbsterhaltung, Kumpel. Ich muss doch wissen, mit wem ich es zu tun habe. Ehrlich gesagt, glaube ich deine Selbstbeherrschung ist gleich dahin." Wissentlich bedachte er Ament mit einem gespielt wehleidigen Blick.

„Verräter … du hättest mir sagen müssen, dass du ein Talent zum Gefühlelesen hast." Er sprang auf und ließ seine Fäuste hart auf der Tischplatte landen.

Chang verzog die Lippen und starrte in das wütende Gesicht von Ament. Seine Augen, fingen immer heftiger an zu funkeln.

Die Tür öffnete sich und Miss Dawn kam mit einem kleinen Servierwagen herein.

Schlagartig beruhigten sich beide.

„Meine Herren … eine kleine Erfrischung?" Sie reichte Chang ein hochwertig geschliffenes Glas, welches fast randvoll mit Blut gefüllt war. Sie ging um den Wagen herum und griff nach dem zweiten Glas, welches sie Ament servierte.

„Danke", murmelte Chang und von Ament folgte nur ein Nicken.

Miss Dawn verließ den Raum wieder und schloss die Tür leise hinter sich.

Beide Vampire blickten sich über den Rand ihrer Gläser an und stumm teilten sie ihren Durst. Das warme Blut benetzte ihre Lippen und floss ihre Kehlen hinab. Sie labten sich an dem Lebenselixier, was aus einer frischen Vene stammen musste. Diese Erkenntnis ließ beide ihre Gläser vollständig leeren. Genussvoll leckten sie sich die Lippen, um nur jeden erdenklichen Tropfen in sich aufzunehmen. Gesättigt und zufrieden lehnten sie sich fast gleichzeitig zurück.

„Fangen wir noch mal von vorne an?"

Ament atmete tief ein und nickte.

„Es ist ja nicht so, dass ich nicht weiß, was ihr hier treibt. Der Clan stammt von der Meet ab und ihr habt euch zum Ziel gesetzt, die Quelle zu beschützen. Einen oder auch mehrere Menschen, die das seltene und starke Blut in sich tragen. Zudem habt ihr das Tagesserum, was es euch erlaubt, auch am Tage unterwegs zu sein." Chang sagte dies, ohne dabei irgendeine Emotion von sich preiszugeben.

Nun flackerte echte Neugierde in Ament auf, doch Chang war noch nicht fertig.

„Du bist ein Clankrieger. Einer der seltenen Exemplare mit einer Gabe. Nachdem, was ich bisher beobachtet habe, ist dein Element das Feuer. Normalerweise würdest DU dieses Gespräch niemals führen, denn das ist nicht deine

Aufgabe. Diese Aufgabe untersteht eigentlich dem Clanoberhaupt. Wo ist also Jonathan Moosley?" Überheblichkeit machte sich bei Chang breit.

Nun war Ament richtig sauer. *Was bildete sich dieser Kerl eigentlich ein?*

Doch Chang folgerte weiter.

„Da das Clanoberhaupt nicht anwesend ist, haben sie dich dazu verdonnert. DU hast dazu gar keinen Bock. Nun sitzt du mit mir hier und versuchst die Situation, ohne Schaden, über die Bühne zu bringen, was dir bisher mittelprächtig gut gelingt." Es folgte eine Pause. „Nun zu mir. Ich kann von mir behaupten, dass ich ein sehr guter Kämpfer bin und mein Ruf eilt mir voraus."

Ach eingebildet bist du auch noch. Ament verzog seine Lippen zu einer geraden Linie. Langsam ging ihm dieser Asiate mächtig auf die Nerven.

„Aber, das weißt du auch bereits. Ich bin loyal gegenüber meinem Auftraggeber. Sollte ich jedoch hintergangen werden, garantiere ich für nichts. Und eines ist auch dem guten Raban bisher entgangen. Ich bin kein geborener Vampir, sondern ein Verwandelter."

Das war eindeutig.

Ehrlich und gradlinig.

Genauso wie es Ament gefiel, obwohl ihm diese Information leicht beunruhigte. Trotzdem erhob er sich und streckte Chang die Hand erneut entgegen.

Für das Auge zu schnell, sprang Chang aus seinem Sessel und ergriff die dargebotene Hand.

„Willkommen", raunte Ament ihm entgegen und er wusste nicht warum.

„Danke", sagte Chang überzeugter.

Mehit schritt immer noch durch die Kommandozentrale, wie ein wilder Tiger im Käfig. Er erwartete endlich Neuigkeiten, doch nichts passierte. Weder das Krankenhaus rief an, noch meldete sich Ament. Sein Geduldsfaden war auf das Äußerste gespannt und er wusste nicht, wie lange er noch dagegen halten konnte.

„Hat dir schon einmal einer gesagt, dass du mit deinem Gerenne echt nerven kannst?", spottete Raban.

Mehit hielt inne.

„Ist mir bisher gar nicht aufgefallen!", sagte er sarkastisch.

Das Ament sich noch nicht gemeldet hatte, konnte nur zwei Gründe haben. Entweder war Chang nicht mehr am Leben und Ament überlegte, wie er das den anderen beibringen sollte. Oder er hatte seinen Einstellungstest noch nicht abgeschlossen. Er musste an Raban denken. Beide hatten sich damals einen heißen Kampf im Trainingsraum geliefert. Die Erinnerung an diese Zeit beruhigte ihn auf sonderbare Weise. Ein Lächeln zierte seine Mundwinkel. Es war die Zeit gewesen, in der Jonathan noch bei ihnen gewesen war.

Raban riss Mehit aus seinen Gedanken.

„Ortischa wird heute Abend entlassen. Das hat mir Michael gerade gesimst." In seiner Stimme schwang leichte Unruhe mit.

„Was hast du?"

„Nichts."

„Nichts?"

Rabans Finger flogen wieder über die Tastatur.

„Hallo?", hakte Mehit nach.

„Mehit? Was passiert mit meiner Schwester? Können wir sie am Leben lassen?" Seine Stimme zitterte. „Was passiert mit diesem Chang? Wenn er zum Clan kommt, wird er hier auf dem Anwesen sein, wie Angel auch? Kommt er mit Maddy in Kontakt? Wie wollen wir mit Conzuelas Rettung fortfahren? Wann kommt eigentlich Jonathan mal wieder? Und dann wäre da auch noch eine Frau, die auf DEINE Rettung aus Calabria wartet, oder? So, dass wären dann erst einmal alle Fragen, die ich gern beantwortet hätte."

Perfektes Timing du Bastard. Zeige mir ruhig alle Fehler auf einmal auf.

Mehits Fangzähne fuhren sich schnell aus und seine kristallblauen Augen funkelten böse. Sein gesamter Körper war in Sekundenschnelle steinhart.

Nein, ich werde mich jetzt zusammenreißen. Shit.

Doch es war zu spät, er verlor die Kontrolle über sich und er sah es kommen. Seine ganze Erscheinung war angsteinflößend. Der Kopf starr geradeaus gerichtet. Die Sehnen an seinem Hals traten nur zu deutlich hervor. Seine Lippen zogen sich fletschend von den Fangzähnen zurück, während ein tiefes Grollen den Raum erfüllte.

Es legte sich eine kräftige Hand auf Mehits Unterarm.

Mehit riss seinen Kopf in den Nacken und brüllte aus tiefster Seele.

Die unbändige Wut und die tiefe Verzweiflung konnte Ivan durch den plötzlichen Körperkontakt fühlen. Doch er hielt dem Gefühlschaos stand, welches nun auf ihn einprasselte. Er wollte seinem Kumpel helfen. Wie Peitschenhiebe gruben sich die Emotionen von Mehit in Ivans Schädel. Seine violetten Augen wurden dunkler, als das ganze Ausmaß ihn bis ins Mark traf.

Unterdessen war Raban versucht, die beiden auseinanderzureißen. Doch er wirkte unsicher, ob das der richtige Weg sei.

Angel hingegen, die von Mehits Gebrüll im Trainingsraum aufgeschreckt wurde, kam um die Ecke geschossen. Ihre blonde Lockenmähne schwang um ihre Schulter, als sie schlitternd vor der Kommandozentrale zum Stehen kam. Die Lage abschätzend, trat sie behutsam auf Mehit zu.

„Ruhig … Mehit." Sie streckte ihre Arme nach ihm aus, doch Ivan strafte sie mit seinem Blick und zusammengezogenen Augenbrauen.

„Wir sind ein Team ... beruhige dich." Angels Stimme war zuckersüß, sodass Ivan verleitet war sie anzuschauen. Doch er hielt seinen Blick auf Mehit gerichtet und beobachtete ihn genau. Als er sah, dass sich seine Muskeln entspannten, konnte auch er einen Gang zurückschalten.

„So ist es gut, du machst das ganz wunderbar."

Plötzlich wandte Mehit seinen Blick auf Angel. Seine Augen hatte wieder ihre normale Farbe angenommen. Seine Erkenntnis traf ihn, als er die anderen um sich herum stehen sah - das angespannte Gesicht von Raban, die Angst in Angels Augen und der gnadenlose Blick von Ivan.

„Ich ...", ihm fehlten die Worte.

Ivan schlug ihm auf die Schulter. „Alles gut ... Kaffee?"

„Ja!"

Angel huschte an den beiden vorbei und füllte zwei Kaffeetassen.

Währenddessen traten die drei Männer an den Konferenztisch und setzten sich, ohne dass einer von ihnen sprach. Nur das Absetzen der Tassen war zu hören, als Angel sich neben Ivan auf einem Stuhl niederließ. Gebannt warteten alle auf eine Erklärung dessen, was gerade passiert war.

Mehit wusste, dass er ihnen dies schuldig war, doch er wollte nicht. Das erste Mal in seinem langen Leben verweigerte sein Inneres sich, den anderen Rede und Antwort zu stehen. Normalerweise war er nur Jonathan Rechenschaft schuldig, doch Jonathan war nicht da. Den anderen gegenüber musste er gar nichts - und er wollte es auch nicht. Er lehnte sich vor und griff nach dem Kaffeebecher.

„Haben wir schon etwas von Ament gehört?"

Überraschung spiegelte sich in den Gesichtern wider. Keiner von ihnen hatte gedacht, das Mehit wieder zum Tagesgeschehen übergehen würde.

Ivan lehnte sich entspannt zurück und verzog seine Oberlippe.

„Ich werde ihn gleich mal anrufen." Raban war dankbar für die Ablenkung. Binnen Sekunden stand die Leitung zu Ament, der in den Hörer knurrte.

„Was?"

„Mehit fragt, wie weit du bist?"

„Wenn ihr mich nicht stören würdet, wären wir schon weiter", bellte er in den Hörer und legte sofort wieder auf.

„Typisch Ament", murmelte Mehit vor sich hin. „Gut, dann zu den anderen Punkten auf der Liste." Plötzlich schoss er aus seinem Stuhl hoch. „Wer ist eigentlich bei Maddy?" Die Nervosität, die sofort durch den Raum schoss, ließ alle Anwesenden zusammenzucken.

„Sie ist oben in der Küche bei Jane, genauso wie die anderen Menschen", sagte Raban, nach einem Blick auf seine Überwachungskameras.

„Wir werden viel zu nachlässig und das passt mir gar nicht." Angewidert schüttelte Mehit seinen Kopf. „Unser Augenmerk muss wieder zu einhundert Prozent auf Maddy liegen. Sie ist das Wichtigste. Angel?"

Angel sprang sofort auf und hastete die Treppe nach oben in die Küche.

„Zum nächsten Punkt auf unserer Liste. Deine Schwester wird erst einmal am Leben bleiben. Bisher hat sie uns nur Informationen geliefert, die alle korrekt waren. Es gibt also keinen dringenden Verdacht oder Grund sie zu töten. Doch … werden wir immer Vorsichtsmaßnahmen ergreifen müssen. Nie wird einer alleine mit ihr sein!"

Alle nickten ihm zu und Raban entglitt ein kleiner Seufzer der Erleichterung.

„Was mit Jonathan ist, wissen wir nicht. Solange er nicht zurückkommt, müssen wir als Team noch dichter zusammenrücken, um uns vor eventuellen Angriffen besser zu schützen. Sind das Herrenhaus sowie das Grundstück komplett abgesichert?" Sein Blick glitt zu Raban.

„Das gesamte Anwesen ist gesichert, da kommt nicht mal eine Maus ungesehen durch."

„Auch wenn die Maus von oben kommt?" Mehit zog eine Augenbraue hoch.

„Auch wenn eine Ratte von oben käme, würde ich es auf meinen Bildschirmen gemeldet bekommen und zwar schon ab einer Höhe von 500 m." Raban wusste genau, worauf die Spitze sich bezog, auf den verheerenden Angriff auf das Anwesen.

„Gut, dann können wir jetzt planen, wie wir Conzuela retten und damit Ament wieder zu etwas Normalität verhelfen können."

Währenddessen irgendwo außerhalb von London …

„Ist er sich sicher, mit dem was er da geäußert hat?"

„Ich bin mir vollkommen sicher", sagte Jonathan sachlich.

„Er meint also, es gäbe ungeahnte Vorgänge auf dem Anwesen?"

„Ja, und diese haben rein gar nichts mit uns Vampiren zu tun", verteidigte Jonathan sich. Er wusste, dass er sein Gegenüber behutsam behandeln musste, denn die Macht, die er besaß, hätte Jonathan im Nu in tausend Teile zerfetzen können.

„Er lügt!", sagte der alte Vampir und erwartete keinerlei Widerworte.

„Nein, ich lüge nicht", sagte Jonathan vorsichtig.

„Er sollte nicht das Siegel brechen, so wurde es ihm aufgetragen. Doch er tat es. Ich lehrte ihn alles über die Quelle und ihre Umgebung. Dennoch wagt er es, hier aufzutauchen und mir Unwahrheiten aufzutischen." Bevor Jonathan etwas sagen konnte, hob der Alte die knöcherne Hand und zwang ihn zum Schweigen.

„Ihn wollte ich nie Wiedersehen! Er sollte sich um die Quelle kümmern! Warum hat er sich nicht daran gehalten?"

Jonathan faltete seine Hände und sprach ruhig weiter. „Ich wollte das Siegel zwischen uns nicht brechen, das müsst ihr mir glauben. Doch es sind Umstände eingetreten, unter denen ich die Sicherheit der Quelle nicht mehr gewährleisten konnte. Das goldene Dreieck ist der Beweis dafür, dass ich nicht lüge."

Der alte Vampir stand so schnell vor ihm, dass Jonathan verwundert war.

„Er hat die Quelle alleine gelassen! Sie in der Hand seiner Gabenkrieger zurückgelassen!" Er schüttelte seinen Kopf. „Hier sitzend und jammernd, wie ein kleines Kind! Seine Fähigkeiten sind ausreichend, die Quelle zu schützen. Er sollte nicht erzählen, das goldene Dreieck hätte eine Bedeutung!"

Jonathan sah dem Vampir hinterher, als er wieder zurück zum Kamin schlich.

„Eric, wir brauchen deine Hilfe. ICH brauche deine Hilfe", flehte Jonathan.

„NIEMALS! ER ist das Clanoberhaupt!", erwiderte Eric energisch.

Doch Jonathan wollte nicht locker lassen, dafür war es ihm zu wichtig mehr von den Erfahrungen Erics zu profitieren.

„Ja, das weiß ich! Aber ich benötige deine Hilfe. Verdammt Eric, lass mich nicht im Stich. Wir haben auch einen …", er zögerte.

Eric nahm sofort die Erregung war, die durch Jonathan hindurchgefahren war.

„ER … HAT … WAS?", knurrte Eric nun schon fast.

„Versprecht ihr, mir zu helfen?" Nun wusste Jonathan, dass er ihn unbeabsichtigt neugierig gemacht hatte.

Eric war hin- und hergerissen. Wenn es um Geheimnisse ging, war es ihm immer schwergefallen nicht auch eine Übereinkunft zu treffen, um an sein Ziel zu kommen. Es vergingen einige Minuten.

„Gut … er soll sprechen."

Ja, drang es durch seinen Kopf.

„Wir haben einen Vampir auf dem Anwesen, der alle vier Elemente in sich vereint." Nun beobachtete Jonathan sein Gegenüber genau. Das Zucken seiner Unterlippe und das nervöse Reiben der Fingerspitzen, bewiesen ihm, dass er sich kaum noch zurückhalten konnte.

„Er erzähle mehr!", forderte Eric nun eindringlicher.

In knappen Sätzen erzählte Jonathan, wie René damals das Blut der vier Elemente bekam, durch den Angriff getötet wurde und seitdem in den Elementen lebt.

Eric lauschte andächtig.

„Er will mir erzählen, dass er einen nicht körperlichen Meistervampir auf dem Anwesen hat? Auf dem Anwesen, wo die Quelle lebt und das die Quelle diesen beschützt? Was hat er aus dem Clan gemacht? Die Enttäuschung über das Gesagte wiegt schwer."

Jonathan wusste, dass Eric nun nicht mehr lockerlassen würde. Diesen Meistervampir wollte er mit Sicherheit sehen. Das würde heißen, dass er auf das Anwesen zurückkehren würde. Dann würde er mit eigenen Augen sehen, wie Maddy mit Ramos umging. Er musste innerlich schmunzeln, wenn er bedachte, dass Maddy sich vor Ramos stellen würde, um ihn zu verteidigen. Eric würde sich wundern, was sich alles noch geändert hatte.

„Ja genau, das will ich dir erzä…"

„Schweigt!" Unterbrach ihn Eric derb. „Wenn er nur etwas vorgaukelt, um mich auf das Anwesen zu locken … er sollte sehr vorsichtig sein."

„Wann wollen wir aufbrechen?", fragte Jonathan ruhig.

„Er soll alles für heute Nacht vorbereiten." Damit wandte er sich von Jonathan ab und ging in ein angrenzendes Zimmer, dort angekommen schloss er die Tür hinter sich.

Erleichtert atmete Jonathan aus und nahm das goldene Dreieck wieder in seine Hand und drehte es. „Wir werden schon noch rausbekommen, wo du herkommst und zu was du nützt." Er lehnte sich mit seinem großen, mit Blut gefüllten Glas zurück und genoss dieses in vollen Zügen. *Es hat funktioniert! Ich hoffe nur, dass sie auf dem Anwesen in der Zwischenzeit keine Katastrophen angestellt haben. Wenn ich mit Eric ankomme, sollten alle vorbildlich … so ein Quatsch aber auch. Maddy wird sich mit ihm anlegen, wenn es um ihren Ramos geht. Eric wird sich noch wundern.*

Philippe und Corinne liefen derweil aufgeregt durch das neueingerichtete Bistro. Corinne rückte die Stühle zurecht und Philippe verschwand in der Küche.

Mona richtete die Blumenarrangements aus und stellte eines davon auf jeden Tisch.

Jacques machte sich daran, die neu gelieferten Tische und Stühle für den Außenbereich hineinzutragen. Das hektische Treiben steckte auch Sophie an, die hinter den Tresen gegangen war, um sich einen Espresso zuzubereiten. Als sie einen kleinen Teelöffel voll Zucker in die Tasse schütten wollte, zitterten ihre Hände so stark, dass der gesamte Zucker auf der Arbeitsplatte landete. Fluchend versuchte sie mit einem Lappen, das Malheur zu bereinigen, doch ihre Finger wollten nicht so, wie sie wollte. Ihre Knie fingen ebenfalls an zittern und plötzlich ging alles sehr schnell. Sie sackte zusammen und landete mit ihrem Kopf auf einem Haufen Handtücher, die Philippe zum Putzen benutzt hatte. Sogleich hastete Corinne zu ihr und rief hektisch nach Philippe, der aus der Küche hereingeeilt kam. Auch Jacques stürmte ins Bistro und beide Männer luden Sophie auf ihre Arme und trugen sie in einen angrenzenden Raum. Dort legten sie sie auf eine Couch.

Corinne holte ein Glas Wasser und sie beobachteten Sophie eindringlich. Mona griff zu ihrem Handy und informierte Mehit per SMS.

„Vielleicht sollten wir sie in die Klinik zu Dr. Anderson fahren?", fragte Philippe.

„Es war sicher alles zu viel für sie in der letzten Zeit. Erst die Trennung von John, dann der Umzug hierher. Sie ist ja auch nicht mehr die Jüngste", sagte Mona fürsorglich.

Corinne stimmte Mona zu. „Du hast ganz recht mein Kind. Wenn Philippe sich nach so langer Zeit von mir trennen würde, ich würde auch zusammenbrechen."

Jacques schielte zu Mona. *So haben sie es gedreht, damit keiner auf den Tod von John zu sprechen kommt. Ihre Erinnerungen wurden einfach gelöscht.* Die Erkenntnis trat in sein Gesicht und Mona schenkte ihm ein liebevolles Lächeln.

Doch im gleichen Moment kamen bei Jacques die Bilder seiner eigenen Entführung wieder hoch. Wie Mike ihm auf dem Campusgelände die geladene Pistole in die Seite gerammt hatte und ihn dann zwang, in die Limousine zu steigen.

Mona konnte seine Unruhe sehen, die sich immer weiter auf seinem Gesicht ausbreitete.

„Schatz, wollten wir nicht die restlichen Möbel hineintragen, sonst fehlt uns vielleicht nachher die Hälfte?", fragte sie und ging auf ihn zu, um nach seinem Arm zu greifen.

Doch Jacques wehrte dies ab, und lief an ihr vorbei mit den Worten: „Ja … lass uns weitermachen."

Als beide nun vor der Tür standen, musterte Mona ihren Verlobten eindringlich.

„Ist wirklich alles in Ordnung? Du sahst gerade sehr blass aus?"

Jacques sah sie nicht an, als er ihr antwortete. „Mir geht es gut. Es kamen nur Bilder vom Campus wieder hoch. Tut mir leid, wenn ich dich verunsichert habe. Dass mit der Erinnerung löschen hat ja anscheinend nur gut bei meinen Eltern funktioniert." Er sagte dies sehr abwertend, was Mona sogleich auffiel. „Vielleicht hätte mir Mehit auch das Gehirn löschen sollen. Wäre sicher besser gewesen." Zerknirscht blickte er zu Mona, die ihn angstvoll anblickte.

„Aber ich wollte das nicht. Wir müssen damit klarkommen. Wir haben uns das versprochen." Kummer schwang in ihrer Stimme mit, denn sie spürte, dass das nicht alles war, was Jacques ihr sagen wollte.

Er zögerte einen Moment, dann nahm er einen Stuhl und stellte ihn in einen anderen, bevor er aufsah und den bohrenden Blick von Mona auf sich spürte.

„Ja, wir haben es uns versprochen, aber wie sollen wir denn damit leben?" Er riss die Arme nach oben. „In ständiger Angst sein um unser Leben, nur weil wir Maddy kennen?" Er fuchtelte nun wild mit seinen Armen um sich.

„Jacques! Jacques! Beruhige dich bitte. Es wird alles werden. Wir schaffen das. Maddy schafft es auch und sieh nur, was ihr alles um die Ohren fliegt.

Wir müssen zusammenhalten und gegenseitig füreinander da sein." Nun traten Mona Tränen in die Augen.

„Und wenn ich darauf keine Lust habe? Ich will nicht in ständiger Angst leben müssen. Ich will das einfach nicht." Er wandte sich von Mona ab.

„Jacques, wir wussten, dass es nicht einfach werden würde, aber ..."

„Nichts aber. Anscheinend hegst du auch noch Sympathien für diese Blutsauger? Oder warum verteidigst du sie so vehement?"

„Das eine hat doch mit dem anderen nichts zu tun. Wenn sie nicht gewesen wären, wäre ich vielleicht gar nicht mehr am Leben. Und du auch nicht!", stellte sie klar.

„Ach, jetzt bin ich wahrscheinlich noch Schuld daran, dass ich entführt worden bin, oder was?! Sie wollten nur ein Druckmittel gegen Maddy in der Hand haben und da kam ich ihnen gerade recht."

„Du bist so ungerecht. Du weißt, was sie für dich getan haben und trotzdem bist du so undankbar!"

„Sollen sie doch bleiben, wo der Pfeffer wächst. Ich will nichts mehr mit ihnen zu tun haben." Als er sich zu dem Wagen umschaute, der gerade am Bürgersteig hielt, fügte er noch hinzu. „Geh zu deinem Retter, aber halte sie mir vom Leib." Schnurstracks lief er mit einigen Stühlen beladen zurück in das Bistro hinein.

Mona schaute zu dem Mustang rüber, aus dem Mehit mit einem Lächeln ausstieg.

„Hi Mona", begrüßte er sie freundlich.

„Hi Mehit. Schön, dass du so schnell kommen konntest." Ihre Augen versuchten, ihm auszuweichen.

Er blieb vor ihr stehen und sagte kein Wort, bis sie zu ihm aufschaute und er ihren glasigen Blick sah.

„Was ist los?"

Sie wandte sich leicht ab von ihm, doch Mehit griff ihr sanft an den Arm.

„Ich habe mich fürchterlich mit Jacques gestritten. Er ist sehr ungerecht und eigensinnig. Er will ... er will euch nicht mehr sehen. Am liebsten wäre es ihm, wenn du sein Gehirn auch löschen würdest. Ach Mehit, warum ist er nicht dankbar, dass ihr ihm sein Leben gerettet habt? Ich verstehe ihn nicht."

„Es ist nicht einfach, unsere Welt zu akzeptieren, deshalb bleiben wir lieber im Verborgenen. Die Menschheit hat ungeheure Angst vor uns und es gibt nur wenige Ausnahmen, mit denen wir kooperieren."

Mona griff beherzt Mehit an den Arm. „Aber ihr habt ihn doch gerettet? Conzuela hat sich sogar für ihn eintauschen lassen. Ein größeres Opfer kann doch niemand bringen und trotzdem ist er so ..."

Eindringlich musterte er sie nun. „Du musst mir sagen, wenn er zu einer Bedrohung wird. Mona! Es geht hier um viel mehr - und das weißt du auch. Maddy vertraut dir und nur deshalb haben wir darauf verzichtet, eure Erinnerungen zu löschen. Doch, wir können das jederzeit nachholen." Finsternis trat nun auf Mehits Gesicht und Mona schreckte zurück.

„Ich weiß, was auf dem Spiel steht. Aber ich kann doch nicht entscheiden, ob ich zu Maddy oder zu Jacques halte." Als sie die letzten Worte ausgesprochen hatte, war ihr klar, dass sie eine Entscheidung treffen musste. Die Erkenntnis darüber spiegelte sich in ihrem Gesicht wider.

„Kluges Mädchen", sagte Mehit, der ihren Blick auffing. „Wir müssen alle viele Entscheidungen treffen. Sag mir also Bescheid, wenn du deine getroffen hast."

Mona nickte.

„Lass uns nun zu Sophie gehen."

Mona ging voran und er folgte ihr.

Kapitel 9

Mehit folgte Mona durch das neu eingerichtete Bistro in den Wohnbereich, wo Sophie auf einer Couch lag und Corinne sich über sie beugte. Sophie schien immer noch bewusstlos zu sein. Als Corinne jedoch den hünenhaften Vampir erblickte, erhob sie sich langsam und schob ihn aus dem Raum. In der angrenzenden Wohnküche bot sie Mehit einen Stuhl an.

„Mehit, schön das du so schnell gekommen bist, aber ich glaube, es war nur ein Schwächeanfall. Sophie ist ja nach der Trennung von John ganz schön mitgenommen. Möchtest du einen Kaffee?"

Mehit nickte.

Sogleich trat Corinne an die Kaffeemaschine und brühte einen Kaffee auf.

„Wo sind Philippe und Jacques?" Er wollte sich nur vergewissern, ob er mit weiteren Zwischenfällen rechnen musste. Er hatte die Familie von Maddy sehr lieb gewonnen, was für einen Vampir nicht normal war.

„Die beiden sind gerade in den Keller gegangen und schließen die neue Anlage für die Softgetränke an", antwortete Corinne ihm.

Der frisch gebrühte Kaffee verbreitete seinen Duft in der Wohnküche. Corinne servierte ihn Mehit in einer neuen Kaffeetasse, die von einem italienischen Lieferanten stammte.

Unterdessen hatte sich Mona an seine Seite gestellt und starrte vor sich hin.

„Kann ich euch kurz alleine lassen, ich muss nach den Baguettes gucken, sonst verbrennen sie noch im Ofen?"

„Ja klar, wir rennen dir nicht weg", sagte Mehit freundlich.

Im Nu huschte Corinne aus der Küche in die angrenzende kleine Backstube, die Philippe hatte einrichten lassen. Als die Tür wieder geschlossen war, drehte er sich zu Mona um.

„Hey … lass den Kopf nicht hängen. Das wird schon."

„Das sagst du so einfach. Manchmal denke ich … ich schaffe das alles nicht. Es ist wirklich schwierig … Ach was rede ich. Ich kann mir vorstellen, dass du dir nicht mein Gejammer anhören möchtest. Du willst sicher so schnell wie möglich mit Sophie sprechen?" Aufrichtig sah sie in seine kristallblauen Augen.

Er nickte ihr zu. „Aber ich werde immer ein offenes Ohr für dich haben. Das weißt du hoffentlich?"

Nun war es Mona, die ihm zunickte. „Was macht denn die neue Arbeitsstelle? Hast du dich schon etwas eingelebt? Sind sie nett zu dir?"

Seine Frage hellte die Laune von Mona etwas auf. „Ja, es ist ein fantastischer Laden. Wir haben dort ausgefallene Modelle und Rose, Jill und Agnes sind wundervolle Kolleginnen. Sie sind ..." Hektisch sah sie sich um, ob sie jemand belauschte. „... sehr nett und unauffällig, wenn du weißt, was ich meine."

Er verstand sehr gut, was Mona ihm damit sagen wollte. Vampire hatten es teilweise nicht leicht, einen Job zu finden, zumal wenn es um ein Geschäft ging, das am Tage geöffnet hatte. Deshalb hatte sich diese Kombination angeboten. Die drei Vampirinnen hatten eine Hilfe gesucht, die die Vormittagszeiten abdeckte. Als sie von Mona erfahren hatten, boten sie ihr diese Stelle an und ihnen allen war damit sehr geholfen. Die drei freuten sich auch sehr, dadurch ein wenig Schutz vom Clan zu genießen, wenn es nötig sein sollte. Außerdem hatten sie durch Mona auch einen perfekten Draht zu dem Bistro, wo sie abends auch mal einen ungestörten Kaffee trinken konnten. Mona war auf jeden Fall eine Bereicherung für alle Seiten, denn sie wusste von der Existenz der Vampire und verbarg ihr Geheimnis.

„Ja, das sind sie." Fast fürsorglich legte er seinen Arm um Mona.

„Nimm deine Hände von ihr!", rief Jacques plötzlich, als er die Wohnküche betrat. Wutverzerrt war sein Blick auf Mehit gerichtet, als er näher kam.

Sofort senkte Mehit seinen Arm und starrte Jacques finster an.

„Beruhige dich doch, Jacques", forderte Mona, doch Jacques schien dies nicht zu interessieren. Er ging auf Mehit los, der sich von seinem Stuhl erhob. Mit erhobener Faust stürmte er auf ihn zu.

„Was soll das?", fragte Mehit ihn irritiert, wobei er gekonnt den ersten zwei Hieben auswich, ohne sich auch nur anzustrengen.

„Du Bastard. Verschwinde von hier!", schrie Jacques ihn wütend an.

„Was ist denn mit dir los?" Mehit wehrte weitere Schläge des aufgebrachten Jacques ab.

„Jacques, bitte beruhige dich doch!", flehte Mona.

„Was machst du da, Mona? Sag schon! Sind dir deinesgleichen nicht mehr gut genug?", tänzelnd ging er wieder auf Mehit los.

Doch dieses Mal stellte sich Mona dazwischen und in diesem Moment traf Jacques Faust Mona genau im Gesicht und sie ging zu Boden.

„Super hinbekommen!", knurrte Mehit ihn an.

Keuchend rappelte sich Mona wieder auf, wobei ihr Mehit unter die Arme griff.

„Könnten wir uns jetzt mal alle beruhigen?"

„Nichts da. Verschwinde einfach und lass uns endlich in Ruhe." Fuchtelnd ging Jacques erneut auf Mehit los, der ihn nun kurzerhand an der Kehle packte und ihn für einige Sekunden in der Luft hielt.

„Ruhe ... zum allerletzten Mal", fauchte Mehit nun.

In der Bewegung eingeschränkt, versuchte Jacques zu nicken. Erst dann ließ er ihn wieder runter. Aber er hielt ihn weiter an der Kehle fest.

„Mona, alles in Ordnung? Oder soll ich Corinne holen?"

„Nein, es geht schon. Wird wahrscheinlich blau werden, aber ..." Sie blickte auf Jacques. „Wir werden uns noch unterhalten. Ich habe nicht alles für dich aufgegeben, damit du hier ausrastest und dich wie ein Irrer benimmst. Mehit und die anderen haben uns geholfen und ..."

„... und was? Sag mir nicht, dass ich ihnen irgendetwas schuldig bin. Ich habe es mittlerweile satt, immer wieder daran erinnert zu werden", verteidigte sich Jacques vehement.

„Dann ... bleibt keine andere Möglichkeit." Mona senkte ihren Kopf. „Mehit, tu es."

„Was soll er tun?", fragte Jacques hektisch.

„Dir die Erinnerung nehmen, dann hast du keine Sorgen mehr." Enttäuschung schwang in ihren Worten mit.

„Ach ... jetzt löschen wir mal schnell dem Störenfried das Gehirn und schon ist wieder Ruhe? Sehr einfach und ..."

„Nein, du bist ganz allein daran schuld. Wärst du nicht auf Mehit losgegangen, dann hätte ich nichts gesagt, aber so ..." Ihr Blick suchte den von Mehit, der ihr zunickte.

„Wage es nicht!"

„Was soll er sich nicht wagen?" Corinne schaute erstaunt, als sie die Küche wieder betrat. Die Situation wirkte auf sie verstörend.

Mona schluchzte, Jacques stolperte vornüber und Mehit wandte sich ab.

„An deinen Baguettes zu meckern", sagte Mona schnell.

Doch Corinne nahm ihr die Antwort nicht ab. Dazu sah die Situation zu komisch für sie aus. Ihr Blick ging durch den Raum, doch eigentlich wusste sie, dass sie am besten den Raum wieder verlassen sollte. Sie wandte ihren Blick ab und lief rückwärts hinaus.

Nachdem sie die Tür geschlossen war, sagte Mona. „Jetzt, MEHIT!"

Eindringlich blickte er Jacques in die Augen und legte seine Hand auf seine Stirn. Nun drang er tief in das Gehirn von Jacques ein und löschte ihm die Erinnerung an alles, was mit der Entführung zu tun hatte. Nach einigen Sekunden löste er sich von ihm.

Jacques schüttelte leicht seinen Kopf und dann sah er Mona an.

„Schatz, was ist passiert?" Besorgt ging er auf sie zu.

„Ich bin gerade ausgerutscht und mit dem Kinn auf der Tischplatte gelandet. Es ist nicht weiter schlimm. Das wird schon wieder."

„Warte ich gehe schnell und hole dir einen nassen Lappen, dann kannst du dein Gesicht etwas kühlen", rief er und war auch schon mit großen Schritten aus dem Raum.

Mona schaute zu Mehit auf und sagte: „Es war besser so."

Mehit musterte eindringlich die Gesichtszüge von Mona. Er konnte sehen, wie sehr es sie schmerzte, diesen Weg gegangen zu sein. Doch Jacques hätte zu einer Gefahr werden können und das hätte der Clan nie geduldet.

Sie griff nach seiner Hand. „Mehit? Danke und …" Schnell löste sich ihre Hände wieder, als Jacques zurückkam.

„So, hier ist das Tuch. Möchtest du dich hinlegen?", fragte er besorgt.

„Nein, es geht mir gut." Sie nahm ihm den Lappen ab und presste ihn gegen ihren Unterkiefer.

„Ich werde mal nach Sophie sehen, wenn das okay ist?", sagte Mehit an Mona gerichtet.

„Ja, geh nur zu ihr. Ich komme gleich nach." Sie versuchte, ihm ein Lächeln zu schenken, doch ihre Mundwinkel zuckten nur leicht.

„Dann kann ich wieder zu Pepe gehen? Ich muss ihm noch ein wenig bei der Zapfanlage helfen. Bis später mein Schatz." Er drückte Mona noch sanft einen Kuss auf die Stirn und lief dann zur Kellertür. Dort angekommen schenkte er ihr noch ein herzliches Lächeln.

Zufrieden trat Mehit einen Schritt zurück.

„Ich gehe jetzt nach nebenan. Wenn was ist, ruf mich bitte. Dann bin ich im Nu wieder bei dir. Wenn es dir besser geht, kannst du ja nachkommen?", sagte er ruhig.

Mona nickte.

Die Vision, die Sophie gesehen hatte, war vollkommen verwirrend gewesen. Doch als sie Mehit vor sich sah, entspannte sie sich zusehends.

„Ach Mehit, vielleicht war es wirklich nicht eine so tolle Idee, bei meinem Bruder und Corinne einzuziehen. Ich fühle mich schlecht ihnen gegenüber. Diese Lüge mit sich herumtragen zu müssen, macht mir täglich neue Sorgen. Ich möchte ihnen so gern erzählen, was John für ein hirnverbrannter Bastard war. Und das wir nur durch ihn, in vielerlei Hinsicht, in Schwierigkeiten gekommen sind. Ich hätte es viel früher spüren müssen, dass er meiner Familie nicht guttut. Aber nein, ich dachte immer, ich hätte in ihm mein Glück gefunden. Mehit? Warum habe ich denn bloß nichts gemerkt?" Ihre mit Tränen gefüllten Augen blickten ihn fragend an.

„Wir können nichts mehr an der Situation ändern. Wir können nur von Glück sprechen, denn Maddy ist am Leben und das ist die Hauptsache."

„Und Conzuela? Sie ist bei diesen Scheusalen, und das nur, weil John ihnen von ihr erzählt hat. Oh MEHIT, was muss denn noch passieren, bevor dieser Wahnsinn endet?"

„Darauf kann ich dir keine Antwort geben. Ich kann dir nur versichern, dass wir alles was in unserer Macht stehende tun werden, um Maddy zu beschützen. Dafür stehe ich mit meinem Leben, genauso wie der gesamte Clan", seine gesamte Überzeugung schwang in diesen Worten mit.

Sophie nickte aufrichtig. „Ich habe auch Bedenken wegen Jacques. Er sieht sehr angeschlagen aus und Mona ist so tapfer. Sie versucht alles, um es für uns erträglich zu machen, obwohl es ihr auch nicht leicht fallen kann." Traurig drückte sie ihr Taschentuch in ihrer Hand.

„Mona ist wirklich sehr mutig und Jacques kann froh sein, sie an seiner Seite zu haben." Er wollte Sophie nicht weiter beunruhigen, wenn er ihr erzählen würde, was Mona vor ein paar Minuten erst zu ihm gesagt hatte.

„Aber sag mir … was hast du gesehen. Deine Vision?"

Sophie kniff kurz ihre Lippen zusammen und erzählte dann, was in ihrem Kopf geschehen war. „Es war alles sehr verschwommen. Ich konnte Maddy nur am Rande wahrnehmen denn im Vordergrund war ein Mann. Es sah fast so aus, als ob er sich mir in den Weg stellte, sodass ich keinen freien Blick auf Maddy hatte. Wenn ich ihm auswich, folgte er mir. Es machte mich rasend, dass er so hartnäckig war. Ich konnte ansonsten nur Geräusche wahrnehmen, die ich aber auch nicht wirklich zuordnen konnte."

„Wie sah er denn aus?", fragte Mehit leise.

„Groß, muskulös gebaut, ähnlich deiner Statur."

Das half Mehit nicht besonders weiter.

Sophie sah seinen resignierten Blick.

„Ich sage ja, es war alles sehr verschwommen."

Zur gleichen Zeit auf Menderson …

Immer noch starrte Maddy auf das Bildnis ihres Großvaters, welches in der Eingangshalle hing. „Irgendetwas stimmt hier nicht und ich werde dahinter kommen, was es ist", sagte sie fast drohend.

Angel, die etwas abseits stand, musterte sie aufmerksam.

„Was meinst du damit?"

„Mein Großvater hatte anscheinend sehr viele Geheimnisse. Und nicht nur er, sondern auch schon mein Urgroßvater." Maddy trat dicht an das Gemälde heran und versuchte, von unten oder an den Seiten etwas Ungewöhnliches zu entdecken. Ihre Fingerspitzen strichen vorsichtig über den unteren Teil, der für sie erreichbar war.

„Kann ich dir vielleicht irgendwie helfen?" Angel verfolgte ihren Blick und trat zu ihr.

„Ihr habt doch Adleraugen, oder? Ich meine, ihr könnt doch viel besser sehen, als wir Menschen. Suche doch mal bitte dieses Bild nach allem ab, was dir komisch vorkommt."

Etwas ungläubig strahlten Angels blaue Augen sie an.

Scherzend sagte Maddy: „Nun mach schon. Du wolltest mir doch helfen. Wir wollen ja nicht den ganzen Tag damit verbringen."

Maddy überlegte immer noch, was sie und Ament in der Bibliothek gefunden hatten. Den Papyrus und das Abbild von dem Sonnengott Re im Kamin. *Sollten sich noch weitere Verstecke in diesen Anwesen befinden? Vielleicht haben wir ja Glück und dieses Monstrum birgt auch ein Geheimnis.*

Am oberen Teil fing Angel an das Gebilde akribisch mit ihren Augen abzusuchen. „Es ist ein echter goldener Rahmen ... faszinierende Schnitzkunst ... da war ein Meister am Werk ... ein sehr feines Ölgemälde ... der Maler war wirklich gut, wenn ich das bemerken darf ... ziemlich alte Arbeit nach euren Verhältnissen." Ihre Augen suchten Zentimeter für Zentimeter ab. „Die Oberfläche ist ausgesprochen rau und ..." Sie trat dichter heran und begutachtete das Bildnis nun auch von der Seite. „... uneben. So, als ob etwas dahinter eingearbeitet wurde."

Schnell trat Maddy an ihre Seite.

„Bist du dir sicher? Ich sehe keinen Unterschied."

„Doch ... ziemlich weit oben links erhebt sich das Bild."

Nun traten beide einige Schritte zurück.

Maddy lief sogar bis zur Portaltreppe und stieg einige Stufen nach oben. Ihr Blick war immer noch auf den oberen Teil gerichtet. Hin und her wippend ging sie etwas in die Knie und dann plötzlich rief sie. „Ja, DA!"

Angel folgte ihr in Sekundenschnelle, stand im Nu hinter ihr und folgte der Bewegung ihres Armes. Sie konnte aber nicht erkennen, was Maddy meinte.

„Was?"

„Oben links ist das Bild ... kaputt?" Über ihre eigenen Worte stutzte Maddy.

Angel versuchte neben ihr, den gleichen Winkel einzunehmen.

„Du hast recht", stimmte Angel ihr zu, obwohl sie nicht verstand, wie man das von unten nicht sehen konnte. „Wir sollten es abnehmen."

Maddy war über diesen Vorschlag begeistert.

„Ich hole Edward, und Ivan könnte auch helfen es ..."

Angel stand mit verschränkten Armen vor der Brust da und schaute sie missbilligend an.

Zögerlich sagte Maddy: „Du bekommst das auch alleine hin?" Wobei ihre Augenbrauen nach oben schnellten.

„Ja, stell dir das mal vor. Ich bin ein starkes Mädchen."

„Na dann, los!"

Ramos saß auf der Empore auf dem Geländer und schaute Maddy und Angel dabei zu, wie sie wie aufgescheuchte Hühner durch die Gegend liefen. Er sprang hinunter und landete neben Maddy. Mit einem kräftigen Ausatmen, flogen gleich mehrere Strähnen von Maddy durch die Gegend.

„Ramos … wo bist du? Warte!" Sie eilte zu den zwei Eimern, die die eine Zofe aus dem Kader von Frau Kottendraw zum Putzen der Treppe vor die Küche gestellt hatte. Sie trug diese vor das Gemälde und streckte dann Angel ihren Finger entgegen. „Könntest du mir kurz deinen Fangzahn leihen?" Sie deutete auf ihren Finger und sogleich ließ Angel die scharfen Spitzen ausfahren.

Unterdessen tauchte Ramos in das Element Wasser ein und erhob sich zu seiner vollen Größe. Wie neu geboren machte er eine Faust, reckte die Arme und streckte seinen gesamten Körper in dem Wasser aus.

Angel schaute weg, als Maddy ihren Finger an ihrem Fangzahn öffnete.

Mit einem verkniffenen Gesichtsausdruck drückte Maddy schnell einen Blutstropfen aus ihren Finger hervor und hielt ihn so hoch wie sie konnte.

„Hier Ramos, schnell bevor ich ohnmächtig werde." Sie lächelte in sich hinein, denn sie wusste, dass das nicht passieren würde. Wenn Ramos in ihrer Nähe war, war sie immer wie verzaubert. Er gab ihr Zuneigung, obwohl er nicht ganz real war. Doch auch seine hüllenlose Form hielt Maddy nicht davon ab, mit ihm auf eine Art verbunden zu sein, die sonst wohl keiner verstand.

Ramos stand sofort parat und nahm den Blutstropfen dankend entgegen. Sogleich wurde sein imposanter Körper fest, sodass Angel zurückschreckte und ihre Augen weit aufriss. Der plötzlich in Wasser getauchte gestählte Körper war eindrucksvoll und gleichzeitig schwang bei Angel wieder diese Unruhe mit, die sie bereits schon mehrmals auf dem Anwesen gespürt hatte. Unbehagen machte sich auf ihrer Haut breit und ihre Sinne waren wie Drahtseile gespannt.

Der unendliche Glanz in Maddys Augen war immer wieder überwältigend und Ramos erfreute sich jedes Mal, erneut eine feste Hülle zu besitzen. Er schenkte ihr ein warmes Lächeln, wobei er seine Fangzähne hinter seinen Lippen verbarg.

„Wunderbar, dass du da bist … wir haben etwas Ungewöhnliches am oberen Rand des …"

Sie schaute ihn an und Erkenntnis trat in ihr Gesicht. „Du bist schon die ganze Zeit hier, nicht wahr?"

Er nickte zufrieden.

„Dann weißt du auch, was wir gerade vorhaben?"

Ein breites Grinsen trat in sein Gesicht, wobei er seinen Arm anwinkelte und seine Muskeln sich anspannten.

„Na dann los", forderte Maddy nun beide auf.

Mittlerweile hatte sich Angel wieder etwas beruhigt und ging an die linke Seite des Gemäldes.

Ramos postierte sich gegenüber, als beide sich kurz ansahen und gleichzeitig den riesigen Bilderrahmen von der Wand nahmen. Dann legten sie ihn vorsichtig auf dem Boden ab.

Maddy war fasziniert, wie sich der aus Wasser bestehende Körper so verfestigte, und dabei nicht einmal einen Tropfen auf dem Boden hinterließ.

Gerade trat Maddy um das Bild herum, als es an der Eingangstür läutete.

„Erwarten wir jemanden?", fragte Maddy, ohne weiter den Blick von dem Gemälde abzuwenden.

„Eigentlich nicht, und wenn würde sich Raban eigentlich schon gemeldet haben." Angel gesellte sich neben Maddy, als es erneut läutete.

„Vielleicht sind die unten beschäftigt? Könntest du zu Tür gehen?"

„Klar." Schon machte sich Angel auf den Weg zur Tür.

Dort angekommen, sah sie durch den Spion und öffnete erstaunt die Tür.

„Jonathan? Es ist Jonathan!", rief sie erfreut aus.

Maddy wandte sich freudestrahlend zur Tür um und Ramos tat es ihr gleich. Lange hatten sie auf diesen Moment gewartet.

Nun trat Jonathan über die Türschwelle. Als er Maddy und Ramos erblickte, zeichnete sich in seinem Gesicht ein breites Lächeln ab.

„Jonathan", rief Maddy freudig.

Angel wollte gerade die Tür schließen, als ein alter, gebrechlich wirkender Mann ebenfalls durch die Tür trat. Sie zuckte zurück, als ihr die Präsenz des Alten entgegenschlug. An Jonathans Macht hatte sie sich bereits gewöhnt, doch das, was dieser Vampir ausstrahlte, überstieg ihre kühnsten Fantasien.

In diesem Moment hatten auch schon die Augen des Alten Maddy und Ramos ins Visier genommen. Blitzartig erhob er seine knöchernen Arme bedrohlich in ihre Richtung.

Ramos sprang vor Maddy und versuchte sie mit seinem Körper zu schützen. Doch die enorme Druckwelle, die nun seinen Körper traf, ließ ihn in tausend Einzelteile bersten. Die enormen Schmerzen, die Ramos nun spürte, gingen ins Unermessliche. Er schrie, doch es hörte keiner. Als nun die einzelnen Teile auf dem Boden aufkamen, zerplatzten sie wie Seifenblasen. Mit allerletzter Kraft zog er sich in das Element Luft zurück. Dann katapultierte er sich in die Höhe, um sogleich einen Blick auf Maddy werfen zu können. Als er sie nun in dem zerstörten Gemälde auf dem Boden liegen sah, gefror sein Blut und seine eigenen Schmerzen waren wie weggeblasen.

Sie bewegte sich nicht.

Unendliche Wut kochte in ihm hoch.

Zur gleichen Zeit brüllte Jonathan erschrocken.

„NEINNNNNN!"

Eric, der immer noch in der Nähe der Eingangstür stand, starrte ihn böse an.

„Was hast du getan?" Völlig außer sich, raste Jonathan auf Maddy zu. Er kniete sich hin und hob sanft ihren Kopf an und auch Angel beugte sich neben die bewusstlose Maddy.

Wütend fuhr Jonathan den immer noch erstaunt dreinschauenden alten Vampir an.

„Das ist Maddy. Unser Schützling! Du hast ..." Ihm stockte der Atem.

Sogleich stürzte Raban die Treppe herauf.

„Verdammt, wie konnte das passieren?" Grollte er durch die Eingangshalle. Binnen Sekunden lud er sich Maddy auf die Arme und, gefolgt von Angel und Jonathan, begaben sie sich nach unten.

Als Jonathan hinter Raban herlief, bildete sich in seinem Kopf die Vision, die Sophie vor einiger Zeit gesehen hatte. Maddy auf den Armen eines Mannes mit rotbraunen Haaren, der ihren leblosen Körper trug. Innerlich zuckte er zusammen, sollte Raban doch ein Gegner sein, der nur auf diesen Moment gewartet hatte? Er zwang sich, noch einmal über alles nachzudenken. Einige der Puzzleteile stimmten nicht überein. Sie waren weder in einem goldenen Raum, noch war ihre Kleidung mit Blut getränkt. Es konnte nicht die Vision von Sophie sein. Oder doch?

Raban betrat in Windeseile die Krankenstation und legte Maddy behutsam auf eines der Betten nieder.

Um sich abzulenken, tastete Jonathan nach ihrem Puls. „Der Puls ist schwach, aber sie lebt."

„Was ist denn in Gottes Namen da oben passiert?", fauchte Raban nun abermals.

Angel antwortete. „Es ging alles so verdammt schnell. Ramos und ich hatten gerade das große Gemälde von Maddys Großvater von der Wand genommen, als Jonathan mit ... ich weiß nicht wem, an der Tür geklingelt hat. Ich habe geöffnet und sogleich hat dieser Vampir die beiden angegriffen. Ramos hatte sich noch schützend vor Maddy gestellt, doch die Wucht zerschlug ihn und ließ dann auch Maddy zu Boden fallen. Sie ist hart mit dem Kopf aufgeschlagen. Keiner hat das voraussehen können."

Finster blickte Raban nun Jonathan an.

Jonathan trat einen Schritt zurück und war fassungslos. So hatte er sich seine Rückkehr zum Anwesen nicht vorgestellt und dass Eric gleich auf Ramos losging auch nicht. War es sein Fehler gewesen? War er zu unvorsichtig? Nachdenklich beobachtete er Raban, wie er die Vitalfunktionen von Maddy kontrollierte.

Ruckartig drehten sich alle zur Tür, als Eric plötzlich im Türrahmen stand. Angel wollte gerade in Kampfposition gehen, als Jonathan sie bremste. Er schüttelte nur seinen Kopf.

Eric stand da und sah aus wie eine Statue. Nur seine Lippen bewegten sich jetzt.

„Er hat mich gewarnt. Ich habe ihm nicht geglaubt." Resignation schwang in diesen Worten mit, was aber keinen der Beteiligten interessierte.

Nun dröhnte Rabans Stimme durch den Raum. „Ich werde mit Maddy zu Dr. Anderson fahren. Sie muss geröntgt werden. Vielleicht hat sie eine Gehirnerschütterung!"

Jonathan trat wortlos beiseite. Er hatte schon genug Schaden in so kurzer Zeit angerichtet.

„Angel, fahr den Bentley vor und sag Ivan er soll Dr. Anderson schon mal Bescheid geben."

Sie nickte und drängte sich an Eric vorbei, der immer noch im Türrahmen stand.

Raban wollte sich gerade Maddy auf seine Arme laden, als sein Handy klingelte. Sanft legte er sie zurück in die Kissen und ging an sei Handy.

„Ja?"

Am anderen Ende war Mehit, der von Ivan schon über den Zwischenfall informiert worden war.

„Was sagt Mehit?", fragte Angel leise, als sie wieder zurückkam.

„Mehit kommt, dann werden wir sehen was …" Er sah Jonathan und Eric an. „Das klären wir nicht hier." Mit einer Handbewegung forderte er Jonathan auf, die Krankenstation zu verlassen.

„Das wollten wir doch gar nicht!", verteidigte sich Jonathan gegenüber den beiden.

Doch Raban ignorierte dies.

„Geh mir aus dem Weg!", forderte er den Alten auf und nach einigem Zögern trat Eric zur Seite. An Angel gewandt sagte er: „Du bleibst bei ihr, wenn irgendetwas ist, sag sofort Bescheid. Meine Herren – wenn Sie mir bitte folgen mögen."

Mit einer Handbewegung Richtung Flur bedeutete er Jonathan und Eric, die Krankenstation zu verlassen.

„Er will mir vorschreiben, was ich zu tun habe?", sagte Eric überrascht über so viel Aufmüpfigkeit von einem Vampir seiner Stellung.

„Ja, genau! Ihr habt keine Vorstellung, was ich mit euch tun werde, wenn Maddy wegen euch auch …"

„Beruhige dich Raban. Eric wollte das nicht. Er hatte nicht mit Ramos Präsenz gerechnet."

„Trotzdem kann er sich so etwas HIER nicht erlauben, egal wer er ist."

„Wo ist Conzuela? Sie kann Maddy gleich untersuchen." Suchend ging sein Blick den Flur entlang.

„Jonathan … sei einfach ruhig. Du hast überhaupt keine Ahnung, was in der Zwischenzeit hier alles passiert ist? Oder?"

Jonathan schüttelte merklich den Kopf.

„MEHIT wird dir alles erklären, wenn er hier ist." Damit war alles gesagt, das konnte Jonathan an seiner gesamten Haltung erkennen.

„Er sollte sich eines anderen Tones gegenüber dem Clanoberhaupt befleißigen. So werde ich nicht mit mir sprechen lassen. Ich soll auf einen Clankrieger warten? Er hat in vielen Punkten versagt. Er ist eine Schande für uns alle. Wie konnte er mich in solch eine Situation bringen?"

Langsam richtete sich Jonathan auf und sah Eric aufrichtig an.

„Wir warten auf Mehit", gab er nur ruhig zurück.

Eric blieb der Mund offen stehen.

Der schwarze Audi R8 hielt vor dem Etablissement und Ament und Chang stiegen aus. Die Blicke, der wartenden Gäste vor der Tür, waren gnadenlos. Dazu kamen noch wilde Beschimpfungen, als sich beide direkt zum Eingang begaben und der Türsteher sie durchließ. Beide drängten sich durch die Menschenmassen immer tiefer in den Nachtclub hinein.

Die bunten Laserstrahlen zuckten durch den großen Raum und auf der Tanzfläche bewegten sich die Gäste rhythmisch zur donnernden Musik. Verschwitzte Körper rieben sich lasziv an anderen, was Chang eine Augenbraue noch oben ziehen ließ. Manche der Tanzenden hatten die Augen geschlossen und bewegten sich wie in Trance. Als sie am langen Tresen vorbeikamen, schweifte Aments Blick über die Angestellten. Als seine Augen Mina am Ende des überfüllten Tresens erblickten, verkrampfte er sich ein wenig. Er wusste, dass er sich das letzte Mal ihr gegenüber wie ein Idiot benommen hatte. Obwohl er eigentlich nicht der Typ für Entschuldigungen war, wollte er dies bei ihr wiedergutmachen. Es brannte ihm schon seit diesem gewissen Abend auf der Seele. Ihn plagte die Frage, wie sie auf ihn reagieren würde. Doch er sollte seine Frage schneller beantwortet bekommen, als erwartet.

„Hi, Ament", rief sie ihm über die laute Musik hinweg zu, wobei ein weiches Lächeln ihr Gesicht zierte. Aufrichtig sah sie ihn an und es war keine Wut oder Hass in ihren wunderschönen Augen zu sehen. Diese Reaktion hätte er nicht erwartet und war sichtlich irritiert. Er konnte nur nicken, mehr brachte er nicht zustande.

Sie deutete beiden an, ihr auf die Empore zu folgen. Als sie am dort wachenden Security-Mitarbeiter vorbei traten, spürte Chang beißende Blicke in seinem Rücken. Aus seinen leicht mandelförmigen Augen sah er über die Menschenmenge hinweg. Die getönten Gläser seiner Brille behinderten ihn dabei keineswegs. Er nahm in Sekundenschnelle die Vampire, die sich zwischen den Menschen befanden, wahr. Ihre aufgerissenen Augen ließen ihn schmunzeln. Auch hier wusste man, was er war. Seine weißen Haare fielen hier zwar nicht so sehr auf wie in Hongkong, dennoch konnte er die tuschelnden Vampire sehen. Ihre angstverzerrten Gesichter bereiteten ihm wahre Freude.

Mina wies ihnen einen Tisch zu, an dem sich beide auch sogleich niederließen.

„Was möchtet ihr?", fragte sie und dabei fiel ihr Blick erneut auf Ament.

„Whiskey!", antwortete dieser und schaute zu Chang.

„Ich nehme ein Bier."

Mina drehte sich um und verschwand in der Menge.

Am Nachbartisch hatten sich vier Frauen versammelt, welche schon sehr betrunken zu sein schienen. Eine von ihnen drängte sich an die Seite von Ament, doch dessen Blick war starr auf Mina geheftet.

„Hey Süßer, hast du Durst?", lallte sie ihm entgegen, wobei ihr verlaufender Kajalstift ihre geröteten Augen noch mehr betonte.

„Nein, danke", antwortete er ruhig.

„Ach, komm schon. Hier ... Trink!", forderte ihn die betrunkene Frau erneut auf und hielt ihm ein Glas Champagner vor die Nase.

„Vielen Dank, aber ich möchte nicht."

„Spielverderber. Vielleicht willst du etwas anderes." Sie strich ihm über seinen Oberschenkel. „Aaahh, ich liebe Leder. Stehst du auf Leder?"

„Ich möchte ..."

„Entschuldigung ... kann ich mal bitte", kam es nun von Mina, die ihr Tablett zwischen die beiden schob.

„Eh ... kannst du nicht aufpassen. Blöde Tresenschlampe!"

Schlagartig schoss Ament hoch und riss die betrunkene Frau mit sich. Seine Augen fingen an zu glühen, als er sie unsanft zu den anderen schubste.

Sofort stellte sich Mina vor ihn und legte beruhigend ihre Hand auf seine muskulöse Brust.

„Setz dich. Bitte."

Er tat, was sie sagte und griff nach seinem Whiskey. Unruhe tobte in seinem Körper. Doch der verbale Angriff auf Mina hatte ihm überhaupt nicht gefallen. Keiner sollte so mit ihr reden. Verwundert über seine Reaktion wandte er sich zu Chang um, nickte ihm zu und kippte das goldfarbene Getränk seine Kehle hinab.

„Noch einen?", fragte Mina mit einem liebevollen Lächeln.

Er nickte.

Chang, der die Situation die ganze Zeit beobachtete hatte, nahm einen weiteren genussvollen Schluck von seinem frischgezapften Bier.

„Deine …?" Er ließ die Frage im Raum stehen, was ihm einen bösen Blick von Ament einbrachte.

„Nein!" Erwiderte dieser energisch. „Ich bin … gebunden." Als diese Worte über seine Lippen kamen, bohrte sich gleichzeitig ein Dolch in sein Herz. „Doch, ich …" Ament überlegte, ob er dem Neuling, der noch nicht einmal zum Clan gehörte, über sein Privatleben informieren sollte.

„Du musst mir nichts erklären", gab Chang von sich, als sein Kopf herumschnellte.

Aus dem Seitengang näherte sich ihnen ein großer Kerl in dunklem Designeranzug.

„Ament, du schon wieder." Mamba beugte sich über den Tisch. „Muss ich Mehit anrufen?", rief er gereizt.

„Verpiss dich, Mamba!" Ament sah nicht einmal zu ihm auf.

„Moment Mal, das ist mein Laden", spottete Mamba zurück und spreizte seine Arme von seinem Körper.

„Dann lass uns in Ruhe."

„Nicht, wenn du mir nicht erzählst, ob ich Schwierigkeiten zu erwarten habe?" Nun war sein Blick deutlich ernster geworden.

„Was meinst du?"

„Ich hatte das letzte Mal nach eurem Auftritt hier Besuch vom Rat."

Nun war die Aufmerksamkeit Aments geweckt.

„Sie haben meinen ganzen Laden gefilzt. Angeblich waren sie auf der Suche nach Drogen und ich hätte wohl gegen eine Auflage verstoßen."

„Und? Hast du?" Ament verzog genervt die Mundwinkel.

„Was? Sie haben meinen Laden zwei Tage lang geschlossen. Außerdem haben sie zwei meiner Mitarbeiter mitgenommen", kam es zähnefletschend von ihm und beide merkten wie sehr ihn das Ganze mitgenommen hatte. „Sie haben sie bisher noch nicht wieder freigelassen. Ich schätze mal, sie werden nicht mehr zurückkommen." Nun schwang sogar ein Anflug von Traurigkeit in seiner Aussage mit.

„Da fehlt noch etwas?", sagte Chang trocken, als er sich in das Gefühlsleben von Mamba bohrte.

Mamba senkte seinen Kopf, sodass seine langen schwarzen Haare über seine Schulter schwangen. Leise begann er zu sprechen.

„Sie haben auch meine Schwester. Ronda ist ebenfalls seit einer Woche verschwunden. Ich habe meine Männer losgeschickt, aber …" Ihm brach die Stimme und der sonst so stark wirkende Mamba war sichtlich am Boden zerstört.

Ament konnte die Traurigkeit fühlen, die Mamba ausstrahlte und dennoch berührte ihn das wenig. Er war nicht verantwortlich für ihn oder seine Schwester.

„Und was noch!", forderte Chang weiter, der Mamba immer noch fixierte.

Dieser schaute langsam auf und richtete seinen Blick auf den Halbasiaten.

„WAS meinst DU?", keifte er.

„DU erzählst uns nicht alles", sagte Chang ruhig und beherrscht. Dann griff er nach seinem Bier und nahm lässig einen weiteren Schluck aus der Flasche, wobei seine Augen Mamba keine Sekunde aus den Augen ließen.

Mamba deutete mit dem Finger auf Chang.

„Wer ist das? Einer von euch?" Seine Wut kämpfte sich an die Oberfläche.

„Ja, er gehört zu mir." Ament ließ keinen Zweifel zu, dass er es auch so meinte.

„Eure Getränke", drängte Mina sich erneut dazwischen. „Mamba möchtest du auch etwas?", fragte sie freundlich. Sie hatte die eskalierende Situation bemerkt und versuchte nun, das Augenmerk der Männer auf sich zu lenken.

„NEIN!", knurrte Mamba sie an.

„Fahr sie nicht so an Mamba. Sie hat dir nur eine Frage gestellt", brüllte ihn Ament an und wunderte sich selbst über seine Reizbarkeit.

Über seine Reaktion sichtlich erschrocken, ruderte Mamba zurück. Er wandte sich an Mina und sagte nun viel ruhiger. „Entschuldige ... bring mir bitte auch ein Bier." Danach begegnete er dem Blick von Ament, der ihn aus tödlichen Augen fixierte.

Mamba strich sich mit der Hand durch seine langen Haare, als er weitersprach. „Entschuldige, meine Nerven liegen blank. Meine Schwester ... meine Schwester ist mein ein und alles, und wenn dieser verdammte Hamilton seine dreckigen Finger im Spiel hat, dann Gnade ihm Gott. Sollte er ihr auch nur ein Haar krümmen, werde ich ihn töten, das schwöre ich."

„Bist du dir denn sicher, dass Hamilton sie hat?", fragte Ament nun interessierter.

„Er war persönlich bei der Razzia dabei. Niemals ... ist er sonst mit seinem Fußvolk unterwegs. Er wollte sich an meiner Angst laben. Ich habe es in seinen eiskalten Augen gesehen, als er mich auf Ronda angesprochen hat. Er wusste genau, dass ich es merken würde und das hat ihn gefreut." Vor Wut biss er die Zähne fest aufeinander.

„Aber ihr wisst es nicht genau?", schaltete sich Chang ein.

„Nein, genau weiß ich es nicht. Aber sollte er sie haben, dann ...", drohend ballte er seine Faust.

„Ich spreche mit Mehit und Raban darüber. Wenn wir etwas in Erfahrung bringen können, sagen wir dir Bescheid. Okay?"

„Danke. Ich hoffe, ihr könnt mir bald etwas berichten, sonst drehe ich wirklich noch durch", erwiderte Mamba und sah auf. Einer seiner Mitarbeiter winkte ihm dezent zu und bedeutete ihm, in den hinteren Bereich zu kommen.

„Entschuldigt mich." Mit diesen Worten verschwand Mamba in dem Gang, der zu seinem Büro führte.

„Habt ihr noch einen Wunsch?", fragte Mina, als sie die zweite Runde Getränke auf dem Tisch abstellte.

Ament musterte Mina aufmerksam. Irgendetwas in ihm drängte ihn, mit ihr alleine zu sein.

„Kann ich dich einen Moment alleine lassen?", äußerte er Chang gegenüber unruhig.

Chang nickte.

Er griff nach der Hand von Mina, die ihn überrascht anstarrte. Er zog sie hinter sich her zu dem Raum, den er beim letzten Mal so schnell verlassen hatte. Als beide den Raum erneut betraten, verriegelte er mental die Tür und lehnte sich dagegen.

„Was ist los?", fragte Mina erregt.

„Ich ... ich wollte mit dir noch einmal sprechen. Ich habe mich das letzte Mal wie ..."

Sie legte ihm zwei Finger auf seine Lippen und er verstummte.

„Ist schon gut. Es ist ja nichts passiert." Ihre Augen strahlten ihn an und er kam sich noch blöder vor, als gedacht. Ihr Körper war so dicht vor ihm und er konnte ihre sinnliche Erregung riechen. Einen Moment lang stellte er sich vor, wie er ihr die Kleider vom Leib riss und sich an ihrem köstlichen Körper rieb. Die Vorstellung katapultierte ihn auf eine andere Ebene. Ehe er es sich versah, hatte er einen Arm um ihre schlanke Taille geschlungen und sie dicht an sich gezogen. Sein Kopf senkte sich und er nahm ihr den Atem, als sie ihre Lippen für ihn öffnete. Seine Zunge drang in ihren lieblichen Mund ein und forderte ihre Zunge zum Duell auf. Ihre Lippen verschmolzen miteinander und sogleich drängte sich ihr Körper an den seinen. Seine Erektion pochte heftig und wuchs immer weiter an. Seine Hände glitten über ihren Rücken bis zu ihrem wohlgeformten Po. Er umfasste ihn und Mina entwich ein heftiges Stöhnen. Sie schmiegte sich an ihn und er genoss die Hitze, die sie ausstrahlte. Sie bot ihm ihre Halsschlagader dar und in Sekundenschnelle brachen seine Fänge hervor. Er schabte über ihre zarte Haut, die ihren schlanken Hals überzog. Dann bohrten sich seine scharfen Fangzähne tief in ihr Fleisch und er saugte an ihr. Nach einem tiefen Schluck ließ er wieder von ihr ab und versiegelte die Wunde. Seine Hand war unterdessen unter ihren Minirock gewandert und er glitt an ihrem Slip entlang. Ihre Erregung spiegelte sich in ihrem Gesicht wider, als er sie nach hinten bog, um ihre Brüste willkommen zu heißen. Sie drückte ihren Rücken durch und streckte ihm ihren Busen entgegen. Langsam versenkte er seinen Kopf und saugte an ihren Knospen. Sie stöhnte auf. Ihre Oberschenkel hatten sich geteilt und seinen Schenkel nun in Beschlag genommen. Sanft glitt sie daran hinauf und hinab, was ihn nur noch schärfer machte.

„Mina … wir dürfen nicht." Er forderte ihre Zustimmung ein.

„Warum nicht?"

„Weil ich … ein gebundener Vampir bin", sagte er an ihrem Busen.

„Und wenn ich dir sage, dass mir das egal ist?" Über diese Aussage war er einerseits schockiert, anderseits feuerte es ihn umso mehr an.

Ihre Hände glitten zu ihrem T-Shirt und im Nu hatte sie es ausgezogen. Auch der Spitzen-BH folgte. Als nun ihr blanker Busen vor ihm lag, konnte er nicht mehr an sich halten. Er senkte seine Lippen darauf und kam genau auf ihrer Knospe an. Er leckte erst sanft, aber dann immer heftiger daran. Zwischendurch saugte er an ihr und leckte dann wieder über diese wohlgeformten Hügel, die sich so wunderbar vor ihm präsentierten.

„Ich will dich! Du bist so heiß. Hör nicht auf", stöhnte sie und trieb ihn weiter an.

„Wir dürfen das nicht", gab Ament zu bedenken, wobei seine Standhaftigkeit ins Bröckeln geriet.

„Hör nicht auf. Lass uns den Augenblick einfach genießen. Es muss ja keiner wissen, wenn du das nicht willst. Ein kleines Geheimnis zwischen uns beiden. Niemand wird etwas erfahren. Komm … küss mich", forderte Mina ihn auf und Ament folgte ihr.

Kapitel 10

In Calabria ...

Der Gefangene hatte seine Augen wieder geschlossen und sein Kopf fiel zurück. *Wer war diese Frau? Woher kannte sie Mehit? Wie sollte ein Ausbruch funktionieren? Welche Rolle soll ich dabei spielen? Oder ist das Ganze eine Falle? Wann sind zwei Tage vorüber?* Fragen über Fragen tobten in seinem Kopf umher. Er hatte jegliches Verhältnis von Zeit verloren, doch seit Langem war diese Frau das wohl Aufregendste, was er die letzten Jahrzehnte gesehen hatte. *Konzentriere dich!* ermahnte er sich selbst. *Also, ... diese Frau kann ich nicht einordnen. Da sie aber von hier fliehen will, muss sie ebenfalls eine Gefangene sein. Quatsch! Eine Gefangene würde hier nicht frei rumlaufen. Vielleicht ist sie eine Angestellte im Kloster oder im Gefängnis? Ja, das passt schon eher. Woher sollte sie Mehit kennen?* Allein die Erwähnung seines Namens hatte ihm wieder einen Funken Lebensgeist eingehaucht. *Vielleicht hat sie ihn vor ihrer Zeit hier kennengelernt. Mehit! Es wäre einfach fantastisch nicht nur ihn, sondern auch Ament und Ortischa wiederzusehen.* Er erinnerte sich an die kurze Zeit, als sie gemeinsam auf dem Anwesen gelebt hatten. Seine Verwandlung zum Clankrieger ging ihm wieder durch den Kopf und dann einen Tag danach - sein Ausflug in die Nachtwelt, die ihm zum Verhängnis geworden war. Er wollte mit seinen Kumpels feiern und war auf seinem Motorrad vom Anwesen gebraust. Mehit und Ament wollten mit dem Auto nachkommen. Doch als er auf dem Weg zum Club war, gab es eine Straßensperre. Erst hatte er gedacht, diese umfahren zu können, aber seine Freude über die Clanzugehörigkeit hatte ihn unachtsam werden lassen. Zu spät hatte er erkannt, dass er in eine Falle geraten war. Die Garde, die sich daraufhin auf ihn gestürzt hatte, war in der Überzahl. Er konnte seine neu erworbenen Kräfte noch nicht richtig einschätzen, geschweige denn steuern, und so hatten sie ein leichtes Spiel ihn gefangen zu nehmen. Seine enorme Kraft hatte zwar drei von ihnen das Leben gekostet, doch er hatte sich zu schnell verausgabt und dann unkontrolliert in der Gegend herumgefuchtelt. Seine Gegner sprangen ihn an und begruben ihn unter sich. Mit heftigen Schlägen und Elektroschocks transportierten sie ihn damals auf direktem Weg nach Calabria und schlossen ihn in diesem Verließ ein. Wut kochte in ihm hoch, als er an diese Zeit zurückdachte. Dann konzentrierte er sich auf die Sachen, die diese Frau gesagt hatte. *Sie sagte „Ausbruch". Wie witzig. Seit jenem gottverdammten Tag, habe ich probiert hier auszubrechen, und wie weit bin ich gekommen? Jetzt kommt diese Frau, wie hieß sie gleich noch mal? Lisa? Elisa? Elisa glaube ich, und erzählt mir, dass genau der Vampir, der mich eingekerkert hat, mich jetzt befreien will? Das ist doch alles viel zu mysteriös. Vielleicht ist das auch nur eine neue Art und Weise mich zu foltern? Genau. Eine hübsche junge Frau hierher schicken, die mir diesen Köder hinschmeißt. Ihr seid eigentlich gar nicht so doof. Das Einzige, was an der Geschichte nicht passt, ist, dass sie den Namen von Mehit erwähnt hat.* In seinem Kopf herrschte ein heilloses Wirrwarr – und dennoch hatte er immer noch den Duft von Pfirsichblüten in der Nase. *Zwei Tage? Zwei Tage? Woher soll ich denn wissen, wann zwei Tage vorbei sind? Es bringt jetzt gar nichts, wenn ich mich verrückt mache. Ich werde abwarten, was passiert. Hoffentlich bringen sie eine Schere mit, damit ich mir die Haare abschneiden kann.* Er musste über sich selbst lachen, wobei auch etwas Hoffnung in ihm aufflammte. Solche, die er schon lange Zeit verloren geglaubt hatte.

Unterdessen ging Desmond zum x-ten Mal mit Elisa Punkt für Punkt seinen Plan durch.

„Also … jetzt du. Ich will sehen, ob du dir alles gemerkt hast." Seine Mimik glich der eines Lehrers, der vor seiner Klasse stand und das Wissen der letzten Stunde kontrollierte.

Elisa atmete tief durch und fing dann an den Plan erneut aufzuzählen.

„Wenn es morgen Abend dämmert, gehen wir gemeinsam zur Krankenstation, damit ich dort meinen Dienst antreten kann. Unter einem Vorwand übergibst du mich an Raymond. Eine Stunde vor Mitternacht laufen wir zum anderen Ende der Krankenstation und ich steige dort die Treppe hinab. Raymond hält oben Wache. Die Tür ist durch einen Code gesichert. Diesen gebe ich ein und wenn sie entriegelt ist, kommt Raymond hinterher. Dann müssen wir durch den unterirdischen Gang rennen und am anderen Ende ist ebenfalls eine Tür, die du uns dann öffnen wirst. Das Ganze darf nicht länger als zehn Minuten dauern."

Desmond nickte ihr zu. „Perfekt!"

„Du hast mir noch nicht gesagt, wo diese Tür hinführt?"

„Sie führt in den sogenannten Versorgungstrakt. Dort werden Medikamente, Verbandsmaterialien und unser Lebenselixier angeliefert. Zwei Mal in der Woche kommt diese Lieferung an. In diesen zwanzig Minuten verringert der Magier den Bann am Südtor, deshalb ist es auch so wichtig, dass wir den Zeitplan einhalten und IHN dabei haben. Nur er kann den Rest des Banns aufheben. Nur Clankrieger, oder sehr mächtige, alte Vampire sind dazu überhaupt in der Lage."

„Aber … da gibt es doch sicher auch Wachen?"

„Ja, schon … zwei Männer von mir sind dort postiert. Entweder sie lassen uns durch, oder … wir müssen kämpfen."

„Das heißt, du willst deine eigenen Männer umbringen?", empört starrte Elisa ihn an.

„Ja, das heißt es. Wir lassen ihnen ja die Wahl. Einer von ihnen wird Miles sein und ich hoffe, die anderen werden sich fügen. Elisa, es wird nicht alles ohne Verluste ablaufen, darüber musst du dir im Klaren sein." Dabei griff er nach ihren Oberarmen und drückte sie leicht.

„Und wie willst du IHN herausholen?"

Den Part hatte er bisher die ganze Zeit ausgeklammert.

„Theresia geht, gefolgt von ihren Nonnen, immer eine Stunde vor Mitternacht in die Kirche, um zu beten. Ihre Leibgarde ist somit außer Reichweite. Ich werde mich, kurz nachdem ich dich auf der Krankenstation abgeliefert habe, auf den Weg zum Gefängnis machen. Die dort Eingeteilten, unter anderem auch durch Miles, werden abgelenkt sein."

„Moment mal … warum konnten wir durch den unterirdischen Tunnel gehen und das Gefängnis betreten, ohne dass einer der Wachen aufgetaucht ist?"

„In dem Moment, wo wir dort waren, fand oben gerade der Schichtwechsel statt. Zudem ist es auch nicht das Problem zu ihm zu gelangen, sondern ihn dort herauszuschmuggeln. Seine Ketten, die ihn halten, sind aus Silber und die Handschellen aus Kristallen, die sind auch nicht gerade einfach abzuschütteln. Sobald ich die Ketten gelöst habe, haben wir genau zwei Minuten, bevor der Alarm losgeht. Diesen Code, um den Alarm auszuschalten, hat nur Theresia. Deshalb müssen du und Raymond dann schon am Südtor sein, denn wir haben dann nur Sekunden. Sollte dabei etwas schiefgehen, haben wir alle unser Leben verloren."

„Was passiert, wenn wir draußen sind? Sie werden, spätestens wenn der Alarm losgeht, die Verfolgung aufnehmen?"

„Dann heißt es nur noch rennen, so schnell deine Beine dich tragen. Nach dem freien Gelände vor dem Kloster kommt ein Waldstück, welches wir durchqueren müssen. Dahinter liegt ein Fluss. Durch diesen müssen wir hindurch. Er führt zu dieser Jahreszeit wenig Wasser, somit müssten wir ihn zu Fuß überwinden können, wenn nicht, müssen wir schwimmen. Auf der anderen Uferseite gelangen wir dann in ein kleines Dorf." Seine Ausführung endete damit, was Elisa nachdenklich werden ließ.

„Und dann?" Sie legte ihren Kopf leicht schief.

„Tja, von da aus wird es etwas einfacher. Dort erstreckt sich ein riesiger Wald über mehrere Kilometer. Wenn wir auch diesen erfolgreich zurückgelegt haben, sind wir in der Nähe einer Kleinstadt. In der müssen wir uns den Tag über verschanzen." Überzeugt klang anders.

„Du meinst wir müssen Menschen in Trance setzen, damit sie uns aufnehmen?"

Er nickte zustimmend.

„Komisch … ich kann mich nicht erinnern an einer kleinen Stadt vorbeigekommen zu sein, als wir hierher gefahren sind", gab Elisa nachdenklich von sich.

„Wie auch, sie haben dir eine Trance aufgezwungen, damit du den Weg nicht wiederfindest."

„Okay … aber, wenn ich bedenke, dass wir dann noch die ganze Zeit die Leibgarde und deine Männer im Rücken haben, die uns nachjagen, wird mir ganz anders."

„Die Leibgarde von Theresia wird sich trennen. Es werden nur zwei von ihnen ausrücken. Von meinen Männern werden es maximal zehn sein."

„Ja, und wir sind zu fünft. Fünf gegen zwölf?" Bei dieser Äußerung wurde Elisa sehr mulmig.

„Wieso fünf? Du, ich, Raymond und ER. Das sind vier." Er reckte vier seiner Finger in die Höhe.

„Was ist mit Miles? Wird er nicht mit uns fliehen?"

„Nein, er wird hierbleiben", resigniert ließ Desmond seinen Blick durch den Raum schweifen. „Ich habe es in seinen Augen gesehen und ich weiß, dass er hier glücklicher ist. Er könnte dort draußen nicht leben. Er kennt nichts außerhalb dieser Mauern."

„Oh … wir müssen los. Meine Schicht fängt gleich an."

Als sie kurz darauf in der Krankenstation ankamen, begrüßten sie Raymond und Charly. Desmond gab Charly den Befehl, Miles wieder aus seiner Zelle zu lassen. Danach sollten die beiden ihren Dienst am Südtor antreten und Peter ablösen. Desmond wollte, dass Peter sich im Trainingsraum einfindet. Charly fand das sehr amüsant, denn er war froh, dass ihm noch nicht die Stunde des Desmonds geschlagen hatte. Er feigste in sich hinein und war sichtlich abgelenkt.

Nachdem er verschwunden war, trat Elisa durch die Tür. Während Elisa in der Umkleidekabine verschwand, erklärte Desmond Raymond den genauen Plan ihres Ausbruches.

Schwester Marie trat auf Elisa zu und begrüßte sie. „Na meine Liebe, geht es dir gut?"

„Ja, danke Marie, alles bestens", antwortete sie ihr freundlich.

„Du siehst etwas mitgenommen aus." Es hatte etwas Mütterliches, wie Marie das sagte.

„Mir geht es wirklich gut", versicherte Elisa ihr erneut.

„Mir machst du nichts vor, Elisa. Es bedrückt dich doch etwas. Hast du vielleicht Liebeskummer?"

Alles in der Welt, nur keinen Liebeskummer, eher Todesangst! dachte Elisa. „Nein, wo denkst du hin?" Mit einer spielerischen Handbewegung winkte sie ab.

„Mein Kind … lass dich nicht trüben, denn dann wirst du erkennen, was dein Glück ist, denn bald ist die Zeit für etwas Größeres bereit."

Wie Recht sie damit hat, durchfuhr es Elisa.

„Ich danke dir Marie. Jetzt muss ich aber los, sonst bekomme ich noch Ärger von der Oberschwester." Dabei zwinkerte sie Marie zu, bei der sich ebenfalls ein breites Grinsen auf den Lippen abzeichnete.

Nach dem sie ihren ersten Rundgang beendet hatte, besaß sie schon mal ein Skalpell und einen ersten Blutbeutel, der sich zwischen ihren Brüsten befand. Der Wagen, der mit den Blutbeuteln bestückt war, stand im Kühlraum und sie hatte sich vorgenommen, soviel wie möglich davon herauszuschmuggeln. Es gab eine kleine Nische im Kühlraum, wo sie noch weitere Beutel deponieren wollte, um sie beim Ausbruch mitzunehmen. Wohl war ihr dabei nicht, denn sie wusste, dass sie Marie damit hintergehen musste.

Marie war herzensgut und hatte sie freundlich aufgenommen.

Bei ihrem zweiten Rundgang hatte sie noch weitere Blutbeutel in ihre Tasche wandern lassen. Zusätzlich auch noch Mullbinden, eine Schere und Desinfektionsspray. Während ihrer Pause zog sie sich in einen Nebenraum, wo Laken gelagert wurden, zurück. Hastig schlug sie ihre Fangzähne in den Blutbeutel und sog das Lebenselixier in sich auf. Ihr Puls pumpte das frische Blut durch ihren Körper. *Wie viel wird ER brauchen? Wie lange hatten sie ihm kein Blut gegeben? Sie werden ihm sicherlich immer nur so viel gegeben haben, dass er am Leben bleibt.* Sie erschrak, als sie ein Geräusch vor der Tür vernahm. Schnell ließ sie den leeren Beutel im Wäschesack verschwinden, wo auch die alten Laken abgelegt wurden. Gleichzeitig ging die Tür auf und Raymond sah sie mit prüfendem Blick an.

„Alles in Ordnung?"

„Ja, alles in Ordnung." Sie drängte sich an ihm vorbei und er zog tief die Luft ein. Sie warf ihm deshalb einen fragenden Blick über die Schulter zu. Ohne sich weiter um ihn zu kümmern, ging sie in den Aufenthaltsraum, indem auch die anderen Schwestern saßen und sich über einen frischgebrühten Kaffee freuten.

„Elisa, komm setz dich doch zu uns ... mach mal Pause und trink mit uns einen Kaffee!", sagte eine der Schwestern.

Elisa ging auf den Tisch zu und nahm sich eine Tasse. Diese befüllte sie mit dem heißen, köstlich duftenden Kaffee.

„Mmhh, der duftet aber gut!", kam es ihr über die Lippen.

„Ja, der ist aus Südamerika. Meine Tante hat mir ein Paket geschickt." Freudig klang die Schwester, die Elisa bisher nur einige Male gesehen hatte. Auch Marie gesellte sich nun zu ihnen und goss sich eine Tasse des etwas anderen Lebenselixiers ein.

„Wir werden heute noch einen Zugang bekommen. Es gab einen schweren Unfall mit mehreren Verletzten. So wie es aussieht, werden drei davon zu uns geschickt. Sie werden in einer knappen halben Stunde da sein."

Alle Schwestern richteten ihren Blick in Maries Richtung und folgten ihren Ausführungen. Eine Stunde später waren die Verletzten bereits versorgt und langsam näherte sich das Ende von Elisas Schicht. Als sie die Umkleidekabine betrat war sie stolz, acht Blutbeutel in ihrem Versteck verstaut zu haben. Hastig zog sie sich um und trat vor die Tür.

Desmond trat hinzu und starrte sie eisern an.

„Was ist?" fragte Elisa nervös.

„Wir gehen!", erwiderte er knapp.

Wortlos liefen sie an Raymond und Charly vorbei und verließen die Krankenstation. Elisa wagte nicht, ihn zu fragen was los war, obwohl es ihr unter den Fingernägeln brannte.

Desmond lief neben ihr her, wie ein Fremder, was Elisa erschreckte. In ihrem Zimmer angekommen legte er diesen Gesichtsausdruck nicht ab, sondern kontrollierte akribisch ihre Vorhänge.

„Was ... ist ... los?", knurrte sie fast.

„Komplikationen", warf er ihr entgegen.

Na das kann ja heiter werden. Rätselraten, super. Sie rollte mit den Augen.

„Welche Komplikationen?", fragte sie genervt.

Er winkte ab und griff sich nachdenklich mit der Hand ans Kinn.

Gut ... dann also warten. Wie ich so etwas hasse. Innerlich kochte Elisa, aber sie spürte, dass es etwas Gewaltiges sein musste.

Immer noch überlegte Desmond, wie er Elisa erklären sollte, was er durch Zufall mit angehört hatte. So schnell er konnte, war er aus der Grotte verschwunden, wo sich zwei Vampire der Privatgarde von Theresia aufgehalten hatten. In ihr Gespräch vertieft, hatten sie nicht mitbekommen, dass Desmond ebenfalls im Raum gewesen war. Er hatte sich absichtlich in einen tiefen Schatten gehüllt, um keine Aufmerksamkeit auf sich zu ziehen.

Nach einigen Whiskys, die die beiden heruntergekippt hatten, kamen sie ins Tratschen. Bei diesem Gespräch enthüllte sich der eigentliche Grund für Elisas Inhaftierung. Der treue Diener von Theresia, den Desmond schon so lange kannte, zögerte nicht, sich über Elisas liebeskranken Vampir lustig zu machen. Desmond kochte vor Wut und musste sehr an sich halten, als der ältere Vampir Raymond sogar als Waschlappen bezeichnet hatte. Am liebsten wäre Desmond aus dem Schatten getreten und hätte den verfluchten Hurensohn zur Rede gestellt.

Doch was dann folgte, bestätigte die Aussage von Miles – und ließ Desmond das Blut in seinen Adern gefrieren.

Dieser Vampir behauptete, dass Elisa nicht die Tochter vom Hamilton sei und er selbst sich um ihre Einkerkerung kümmern sollte. Doch er hatte das an einen der Garde abgetreten, der sich nach Erfolg sehnte.

Angespannt verfolgte Desmond das Gespräch weiter, bis er fast aufhörte zu atmen, als er weitersprach. Hamilton wusste schon seit einiger Zeit, dass Elisa nicht seine leibliche Tochter war, hatte dies aber vor der Vampirbevölkerung bislang geheim gehalten. Ihm schien eine vergessene Tochter, oder sogar eine tote „Tochter", besser in den Kram zu passen.

In Desmonds Hals bildete sich ein Kloß der Entrüstung.

Aber damit nicht genug, fügte der Vampir noch hinzu, dass die Mutter von Elisa wohl schon schwanger war, als Hamilton mit ihr die Verbindung geschlossen hatte.

Diese Informationen reichten Desmond aus, sofort zu Elisa zu stürzen. Und nun stand er vor ihr und wagte es nicht, ihr die Worte wiederzugeben.

In der Klinik …

Ortischa wartete immer noch auf die Rückkehr von Michael.

„Verdammt noch mal. Wie lange soll ich denn noch hier herumhängen?" Sie trommelte mit ihren Fingernägeln auf einer Zeitschrift herum und starrte zum x-ten Mal auf die Uhr. Ihr kam es vor, als ob die Zeit in diesem Krankenhaus stehen bleiben würde.

Endlich senkte sich die Klinke.

„Hi, na wie geht es dir?", fragte Michael, als er die Tür hinter sich schloss.

„Gut, warum hat das solange gedauert?" Ortischa gab sich betont sauer. Ihr Blick wanderte an dem weißen Kittel entlang. Doch als sie eine Tüte in Michaels Hand erspähte, entwich sämtliche Farbe aus ihrem Gesicht.

Michael sah ihren Blick und trat dicht an ihr Bett heran.

„Das … habe ich aus dir herausgeholt." Er reichte ihr die Tüte.

Zaghaft glitten ihre Finger in seine Richtung, doch kurz davor zuckte sie zurück.

„Ich …" Ihre Stimme brach.

„Es ist alles in Ordnung. Es wird dir nie wieder Schmerzen bereiten können." Seine Stimme war so sanft und wenn es nach Ortischa gegangen wäre, hätte er noch stundenlang weitersprechen können.

Michael öffnete die Tüte und holte das dünne Metallstück heraus. Es war nicht größer als eine Streichholzschachtel und hatte ausgefranste Ränder.

„Mir ist bei der Säuberung etwas aufgefallen", sagte Michael und deutete mit seinem Finger auf eine Stelle an der unteren Seite. „Hier … sieh dir das Mal an. Vielleicht kannst du damit etwas anfangen?"

Ortischa richtete sich auf und ließ ihren Blick auf das Metallstück gleiten, was Michael in seinen Finger hielt.

„Zahlen? Oder was soll das sein?" Sie musterte den Gegenstand intensiv.

„Hatte ich auch zuerst gedacht. Aber es sind keine Zahlen, ich würde eher sagen es sind Zeichen?" Er hob eine seiner Augenbrauen fragend nach oben.

„Zeichen?", wiederholte Ortischa und drehte dabei das Metallstück hin und her. „Das sieht aus wie …", sie verstummte als ihre Augen etwas erblickten, was ihr die Sprache verschlug. Sie nahm das Stück fest in die Hand und ballte sie zur Faust.

„Wenn du noch fester drückst, könnte das blutig enden", sagte er und riss damit Ortischa aus ihren Gedanken.

„Shit!", schon bildete sich ein Rinnsal, welches an ihrem Handballen entlanglief.

„Gib es mir!", forderte Michael energisch.

Sie drehte die Hand und öffnete ihre Finger.

Michael ergriff das Metall und führte ihre Hand an seine Lippen. Dies geschah so schnell, dass Ortischa sich gar nicht wehren konnte.

Seine Zunge glitt über ihre Handinnenfläche. Als ihr Blut auf seine Zunge traf, explodierte förmlich sein Gaumen. Er schloss seine Augen und seine Fangzähne bohrten sich rasant an seiner Unterlippe vorbei.

„Wow", knurrte er tief auf der Kehle.

Ortischa beobachtete die Reaktion, die ihr Blut bei ihm auslöste – und das machte sie scharf. Ihr gesamter Körper spannte sich an und sie wäre ihn am liebsten angesprungen. Lasziv leckte sie sich über ihre vollen Lippen.

Michael öffnete seine Augen, die wie schwarze Diamanten funkelten. In ihnen spiegelte sich etwas Mysteriöses, was Ortischa zurückzucken ließ. Solche Augen hatte sie noch nie gesehen und es machte ihr … Angst? Als wenn ihr jemand einen Pflock ins Herz gerammt hätte, traf sie die Erkenntnis. *Mit ihm stimmt etwas nicht!* Ihr Atem ging unregelmäßig und es schien, als ob die Zeit stehen geblieben wäre.

Michael atmete tief ein und wandte seinen Blick schnell von ihr ab. Er war verunsichert, und versuchte sich wieder unter Kontrolle zu bekommen.

„Entschuldige", krächzte er und war im Begriff das Zimmer zu verlassen.

Ortischa öffnete ihren Mund, doch es kam kein Ton heraus. Sie schluckte schwer, als sich die Tür hinter ihm geschlossen hatte.

Warum habe ich ihn nicht aufgehalten? Er war … was war mit seinen Augen? Solche Augen habe ich noch nie gesehen. Ich kann nicht mehr klar denken. Es wird Zeit, dass ich hier rauskomme, und zwar schnell. Hektisch ging ihr Blick zu ihrer Tasche. Sie sprang auf, packte in Windeseile die wenigen Sachen zusammen, die sie hatte und zog den Reißverschluss zu, als es an der Tür klopfte.

„Ja", sagte sie leise.

„Hi, wie geht es dir?" Ihre Schwester strahlte sie an und Ortischa war immer noch so bewegt, dass sie ihre Schwester fest in die Arme schloss und an ihrer Schulter schluchzte.

Marisol war vollkommen verwirrt, denn solch eine Geste hatte sie das letzte Mal bei ihrer Schwester nur als Kleinkind gesehen.

„Alles in Ordnung? Soll ich Michael rufen?" Besorgtheit schwang in ihrer Stimme mit.

„Nein!"

„Aber …?"

„Nichts aber! Lass uns gehen … sofort." Schon schloss sich Ortischas Hand um den Türknauf und es dauerte keine Minute und sie waren am Fahrstuhl angekommen. Als das Pling ertönte, trat Marisol hinein und Ortischas Blick ging den Flur entlang. Am Ende des Flurs lag Michaels Büro. Fast traurig neigte sie ihren Blick und trat zu Marisol.

In der Tiefgarage angekommen, sah Marisol sofort Robert, mit dem Handy in der Hand, an seinem Auto stehen. Er drehte sich ruckartig um, als er die Präsenz der beiden Frauen bemerkte. Kurzerhand beendete er sein Gespräch und schob das Handy in seine Hosentasche.

„Marisol? Ich hatte dich nicht so früh zurückerwartet und …" Er erblickte Ortischa an ihrer Seite an und es verschlug ihm die Sprache. Sie hatte eine genauso schlanke Figur wie Marisol, nur mit einer vollen Lockenmähne, die ihr fast bis zu ihrem Hintern reichte.

„Robert … wir fahren", sagte Marisol kurz angebunden und ging auf die Beifahrerseite zu.

Ortischa musterte ihr Gegenüber kurz und identifizierte ihn als Michaels Bruder. Er hatte die gleichen schönen Haare und sogar die gleiche Größe, doch gefiel ihr die ältere Version viel besser. Wortlos trat sie an die hintere Tür, öffnete diese und schmiss ihre Reisetasche hinein. Dann ließ sie sich auf dem Rücksitz nieder und senkte ihren Kopf.

Verdutzt stieg Robert ein. Er blickte zu Marisol.

„Wo soll es denn genau hingehen?"

Sie schaute ihn mit ihren großen braunen Augen fragend an und zuckte unwissend mit ihren Schultern. Einige Minuten lang sagte keiner von ihnen etwas.

Die Stille im Wagen wurde erdrückend.

Ortischa wusste, dass sie Marisol und Robert nicht auf das Anwesen mitnehmen konnte. Maddys Sicherheit stand an oberster Stelle und sie würde nicht diejenige sein, die das ändern würde. Immer noch Michaels Augen vor sich sehend, konnte sie keinen klaren Gedanken fassen. Dann stellte sie fest, dass er das Metallstück, welches er aus ihrem Körper geholt hatte, immer noch bei sich trug. Sie fluchte vor sich hin, als sie bemerkte, dass sie von einem Augenpaar im Rückspiegel angestarrt wurde.

„Du hast doch ein Hotel?"

Robert nickte.

„Dann lass uns dahin fahren", sagte Ortischa schnell.

„Euer Wunsch ist mir Befehl", antwortete Robert und startete den Wagen.

Michael beobachtete den schwarzen Mercedes seines Bruders, als dieser das Krankenhausgelände verließ. Dann trat er vom Fenster zurück.

„Das hätte nicht passieren dürfen", ermahnte er sich selbst. „Sie wird es den anderen erzählen und dann? Ich konnte es so lange verbergen."

Resigniert setzte er sich auf seinen Schreibtischstuhl. Er griff sich nachdenklich mit seiner Hand an sein Kinn und glitt dann über sein Gesicht.

„Verdammt noch mal. Wie konnte das nur geschehen?" Er forschte in seiner Erinnerung und kam zu einem Entschluss. „Es muss ihr Blut gewesen sein. Das starke Blut einer Clankriegerin. Ach, quatsch … Es ist das starke Blut von Maddy, welches sie ihr nach der Operation gegeben hat. Es pulsierte im Kreislauf von Ortischa, deshalb hat es mich so aus der Bahn geworfen." Als er die Erklärung für seine Veränderung begriff, konnte er sich endlich wieder beruhigen. Eine ganze Weile lang starrte er das Stück Metall an, welches auf seinem Schreibtisch lag. Immer noch benetzt von Ortischas Blut.

Das Klingeln seines Telefons riss ihn aus seinen Gedanken. Aber als ihn der Anrufer informierte, was geschehen war, ließ Michael sein Handy auf den Schreibtisch fallen und sauste in übermenschlicher Geschwindigkeit in die Notaufnahme.

Dort angekommen schrie er dem Sanitäter entgegen:

„WAS IST PASSIERT!"

Die Sanitäter bahnten sich gerade, mit einer der Patientinnen, ihren Weg in die Erste Hilfe.

„Ein Unfall. Dr. Anderson. Der Wagen ihres Bruders wurde von einem LKW getroffen und zwischen einer Mauer eingeklemmt", berichtete der Arzt. „Eine Frau ist schwer verletzt, die andere hat nur ein paar Kratzer."

„Und mein Bruder?", bellte er nun aufgebracht.

„Wir konnten nichts mehr für ihn tun. Es tut mir leid", sagte der Arzt ruhig.

„Wo ist er?", keifte Michael erneut.

„Er kommt mit dem zweiten Wagen."

Michael wandte sich um und sah Marisol blutüberströmt auf der Trage liegen. Ihre Augen waren geschlossen und es sickerte sogar schon Blut durch die Decke, die ihren Körper bedeckte. Hinter ihr schoss Ortischa aus dem Krankenwagen. Kurz wechselten sie einen Blick, der Michael wissen ließ, dass das kein Unfall gewesen war. Eine Schürfwunde am Kopf war alles, was er an ihr sah. Sofort drehte er sich zu Marisol um und folgte den Sanitätern.

Ortischa stand in der Aufnahme und hektisch lief das Personal an ihr vorbei. Sie stemmte ihre Hände in die Hüfte und fluchte auf Spanisch. Dann nahm sie ihr Handy und rief auf dem Anwesen an. Als sie Raban und Mehit alles erzählt hatte, hielt der zweite Krankenwagen vor der Ersten Hilfe. Die Sanitäter beeilten sich in diesem Falle jedoch nicht. Der reglose, doch glücklicherweise bedeckte Körper wurde auf eine Bahre gehievt und in einen Nebenraum geschoben.

Ortischa folgte ihnen.

„Madam ... Sie können da nicht rein."

„Und ob ich das kann!", versicherte sie dem Feuerwehrmann.

Sie schlug das Laken zurück und begutachtete den zerfetzten Körper von Robert. Vampire konnten so einiges aushalten, doch gegen einen Molotowcocktail war auch er machtlos.

Ortischa stützte ihre Hände auf den Rand der Trage ab, als sie die Präsenz von Michael hinter sich spürte.

„Was ist passiert", fragte er leise.

„Sie haben einen Molotowcocktail in den Wagen geworfen, als wir eingeklemmt waren. Sie waren sehr schnell. Es tut mir sehr leid, Michael. Wirklich ... das musst du mir glauben?"

Er schob sie unsanft beiseite und blickte auf den zerfetzten Körper seines Bruders. Sein Gesicht und die linke Körperhälfte waren fast nicht mehr vorhanden. Er sah zerrissene Sehnen, entblößte Muskeln und gebrochene Knochen, die aus seinem geschundenen Körper hervorragten. Es roch immer noch nach verbrannten Fleisch und Blut tropfte von der Liege auf den Boden.

Ortischa konnte die unbändige Wut, die sich nun in Michaels Innern zusammenbraute, spüren. Behutsam legte sie ihm eine Hand auf den Rücken.

„HAU AB!", schoss er ihr entgegen. „Hau einfach ab!"

Sie nahm ihre Hand zögerlich zurück und verließ leise den Raum. Auf dem Gang wandte sie sich an eine der Krankenschwestern.

„Wo ist die Schwerverletzte, die gerade eingeliefert wurde?"

„Da vorne, Sie können sich gern setzen, Sie werden informiert, sobald die Operation überstanden ist."

„Operation?", fuhr Ortischa die Schwester an.

„Setzen Sie sich bitte. Ein Arzt wird gleich kommen."

Ortischa erhob ihre Stimme und brüllte. „MICHAEL!"

In Sekundenschnelle schoss sie zurück, wo sie Michael gerade erst zurückgelassen hatte. Sie riss die Tür auf und sah ... Nichts. Es war kein Michael und auch kein Robert mehr zu sehen. Die Trage sah unbenutzt aus, genauso wie der restliche Raum. Selbst das Blut auf der Erde war verschwunden. Hektisch wanderte ihr Blick durch den leeren Raum. Da klingelte ihr Handy.

„Ja!"

„Ament und Chang kommen zu dir. Sie sind in der Stadt und …"

„Was sollen die hier?", unterbrach Ortischa Mehit barsch. „Robert ist tot und Marisol schwer verletzt." Ihre Stimme klang besorgt, obwohl sie alles daran setzte, es zu unterdrücken.

„Michael wird alles Erdenkliche tun um …"

„Wird er nicht! Er hat gerade seinen Bruder verloren. Shit. Wäre ich bloß nicht früher aus der Klinik abgehauen, dann wäre auch nichts passiert. Mehit! Ich bin schuld. Wieder einmal. Ich bringe über alle nur Unglück."

„Bleib ruhig … Ament ist gleich da. Lass deine Wut an ihm aus, friss es nicht in dich hinein. Wir brauchen dich und das weißt du." Nun nahm auch Mehits Stimme einen bedrohlichen Unterton an. „Du bist eine Clankriegerin Ortischa, also verhalte dich auch wie eine."

Mit quietschenden Reifen blieb Ament just in diesem Moment hinter dem Krankenwagen stehen. Er sprang hinaus und es dauerte keine Minute, da hatte er Ortischa gefunden.

Chang folgte ihm lautlos wie ein Schatten.

„Ament …", Ortischa brach die Stimme, als sie aufblickte.

Ament war sichtlich überrascht, denn, die sonst so taffe Ortischa, hatte Tränen in den dunklen Augen.

„Robert, der Bruder von Michael ist tot und Marisol schwerverletzt." Ohne darüber nachzudenken, fiel sie Ament an die breite Brust.

Dieser zuckte sichtlich zurück, denn die Nähe zu Ortischa war zu viel für ihn.

Ortischa, die bemerkte, was sie gerade tat, riss ihren Kopf zurück und stolperte rückwärts.

Die Peinlichkeit stand ihr ins Gesicht geschrieben. Sie winkte ab, drehte sich um und ihre High Heels hallten den Gang entlang.

Nach einem kurzen düsteren Seitenblick von Ament zu dem Halbasiaten, der regungslos dastand, setzen sich beide in Bewegung und folgten ihr. Nur das Knarzen der Lederkluft von den zweien hallte auf dem Flur wieder. Nach einigen Sekunden hatten sie Ortischa gefunden. Sie saß auf einem Stuhl vor einer Tür mit der Aufschrift: „Operationssaal"

In Gedanken versunken, grübelte Ortischa nach, ob Vampire ihre Schwester im Operationssaal behandeln würden, was sie etwas beruhigte.

Der Schatten, der sie nun traf, war der von Ament. Seine Augen waren dunkel und voller Finsternis.

Mit drei Kaffeebechern kam Chang nun ebenfalls den Gang entlang geglitten, wovon er je einen weiterreichte. Ament nahm ihn wortlos entgegen und trat einen Schritt beiseite.

Ortischa nickte ihm dankend zu, als sie nach dem heißen Getränk griff. Sie nahm einen Schluck und musterte dann den muskulösen Halbasiaten, der als Verstärkung für den Clan angeheuert worden war. Sein kraftstrotzender Körper war in schwarzes Leder gehüllt und passte sich perfekt an Aments Aussehen an, der das Leder ebenso liebte.

Seine mandelförmigen Augen, die hinter einer getönten Brille versteckt lagen, fixierten sie, doch sie hielt seiner Prüfung stand.

Er zeigte keinerlei Emotionen.

Als sie ihre Sinne in seine Richtung aussandte, wurde sie hart abgeblockt.

„Lass das", knurrte Ament hervor und etwas Gefährliches blitzte in seinen Augen auf. „Er kann Gefühle besser lesen, als wir."

Erschrocken zog Ortischa ihren übersinnlichen Angriff zurück.

In überdimensionaler Geschwindigkeit schritt Michael mit einem harten Gesichtsausdruck an ihnen vorbei und stieß die Tür zum Operationssaal auf.

Zur gleichen Zeit sprang Ortischa auf. Ihr Mund blieb offen stehen, dann sank sie wortlos wieder auf ihren Stuhl zurück.

Ament, der sich an der gegenüberliegenden Wand postiert hatte, fixierte Ortischa aus halb geschlossenen Augen. Er konnte sich nicht erklären, was in den letzten Stunden passiert sein musste, dass Michael sie mit so viel Abscheu angesehen hatte.

„Willst du reden?", sagte er, doch in seiner Stimme schwang ein scharfer Unterton mit.

Ortischa hielt ihren Blick auf ihren Kaffeebechern gesenkt. Es dauerte einige Sekunden, bis sie sich gesammelt hatte. Ihr Gefühlschaos, welches in ihr tobte, beruhigte sich langsam. Sie wollte keine Zurschaustellung ihrer Gefühle und dennoch fühlte sie sich Ament gegenüber irgendwie verpflichtet.

„Es war meine Schuld. Ich hätte in der Klinik bleiben sollen, dann wäre dieser tödliche Angriff nicht passiert."

„Dein Selbstmitleid kannst du dir sparen. Sag uns lieber, wer das war? Der Rat? Oder Isfets Leute? Sprich!", forderte Ament energisch.

Langsam drehte sie ihren Kopf in seine Richtung und blickte zu ihm auf. „Ich kann es dir nicht sagen. Es ging alles so schnell und …"

„Nun reiß dich mal zusammen!", drohend fletschte er die Zähne, was sie erschaudern ließ. „Es gab doch wohl „einen" Anhaltspunkt?" Seine Fäuste ballten sich und seine bedrohliche Ausstrahlung füllte den Flur aus. Die Neonröhren fingen an, mächtig zu knistern.

Ortischa überlegte fieberhaft, was ihr noch von der chaotischen Situation im Gedächtnis geblieben war. Nervös kaute sie auf ihrer Unterlippe herum. Aber so sehr sie es auch versuchte, es wollte ihr nicht gelingen. Hektisch sah sie den Flur hinunter und wieder zurück zum Operationssaal. Als sie sich wieder umdrehte, ragte Chang vor ihr auf.

„Ich kann dir helfen, wenn du willst?", raunte er ihr entgegen, wobei seine Stimme einen samtigen Klang hatte.

„Verpiss dich!"

„Wow, das nennt man mal Gastfreundschaft." Er nahm seine Brille von der Nase. Dann zog er seine Augenbrauen nach oben und musterte sie aus seinen gelbglühenden Augen.

„Netter Versuch! Aber …"

„Aber was? Du versuchst, dich zu erinnern - und es gelingt dir nicht. Lass mich dir doch einfach helfen. Ich will dir doch nicht wehtun!" Ungläubigkeit trat in sein Gesicht.

Kurzerhand schubste Ortischa den Söldner von sich.

Dieser schlitterte ein Stück, fing sich dann aber gleich wieder. Er legte seinen Kopf schief, wobei seine langen, weißen Haare über seine Schulter glitten. Er nahm eine Kampfhaltung ein und seine Gesichtszüge waren wie versteinert.

„Ruhig!", schaltete sich Ament zwischen die beiden.

„Seid ihr von allen guten Geistern verlassen? Wir sind hier in einer Klinik und … es gibt hier auch Menschen!"

Bei dem letzten Wort hielten beide inne und sahen sich eindringlich um, ob jemand ihre Streitigkeit mitgekommen hatte.

Der Flur war zu beiden Enden leer, was alle Beteiligte Aufatmen ließ.

Aments brodelnder Blick war es, dem Ortischa sich nun beugte. „So, und nun noch einmal von vorne. DU kannst dich nicht mehr erinnern und ER kann dir helfen. Also?" Strafend sah er sie an.

Ortischas Lippen bebten. Sie wollte sich ihm widersetzen, doch in ihren Inneren wusste sie, dass er recht hatte. Sie mussten herausbekommen, wer hinter dem Anschlag steckte. Doch das, was Ament gerade von ihr wollte, hieß, sich jemanden anderen zu offenbaren, den sie nicht einmal kannte. Im Zwiespalt mit sich selbst, starrte sie ihn wütend an.

„Und?", forderte Ament eindringlicher.

„Gut, aber nicht hier und vor allem nicht jetzt! Ich muss erst einmal wissen, was mit Marisol ist. Danach können wir es gerne …" Sie blickte unruhig zu Chang. „… probieren."

Dieser nickte zustimmend und seine harten Gesichtszüge waren nun wieder weicheren Konturen gewichen. Er schob seine Sonnenbrille wieder auf seine Nase, um seine gelben Augen vor der nahenden Schwester zu verbergen.

Kapitel 11

Zur gleichen Zeit machte sich Mehit in seinem Mustang auf den Rückweg zum Anwesen. Die Informationen der Vision, die ihm Sophie mitgeteilt hatte, waren nicht sehr hilfreich gewesen. Auch, dass er Jacques sein Gedächtnis löschen musste, war nicht eingeplant gewesen. Doch bevor er zu einer Bedrohung geworden wäre, war es definitiv so besser. Als er den Anruf von Ivan erhalten hatte, dass Jonathan wiedergekehrt wäre, war er im ersten Moment froh. Doch das Desaster, was sich danach abgespielt hatte, brachte ihn fast an den Rand der Verzweiflung. Die Quelle wurde in den eigenen Hallen angegriffen und das vom ehemaligen Clanoberhaupt Eric Sierks persönlich. Das, was Maddy und Ramos passiert war, war unentschuldbar. Auch ein ehemaliges Clanoberhaupt konnte sich einen solchen Fauxpas nicht erlauben. Mehit hatte Schwierigkeiten, sich auf die Autofahrt zu konzentrieren. Er beschleunigte seinen Mustang und ließ ihn durch die Nacht schießen. Er war froh, dass das Bistro nicht mehr so weit entfernt war, wie die alte Wirkungsstätte von Philippe und Corinne.

Abermals klingelte sein Handy. Ament übermittelte ihm die Information, dass Marisol immer noch im Operationssaal war und sie die Lage unter Kontrolle hätten. Er sagte ihm auch, dass die Schwester von Mamba, so wie es aussah, in die Hände von Hamilton gefallen wäre und dieser sie nun als Druckmittel verwenden könnte. Diese zweite Nachricht schockierte Mehit nur am Rande, doch dass dieser Hamilton immer wieder seinen Weg kreuzte, ging ihm mittlerweile mächtig gegen den Strich. Im Gegenzug erzählte Mehit ihm in knappen Sätzen, was sich auf dem Anwesen zugetragen hatte. Dabei vergaß er auch nicht zu erwähnen, dass sich Eric auf dem Anwesen befand. Daraufhin war Ament komplett verstummt.

Er beendete das Telefonat, als er gerade durch das große Eingangstor von Menderson fuhr. Im Rückspiegel sah er, wie es sich hinter ihm schloss. Mitten im Waldabschnitt erstarb plötzlich der Motor und der Mustang rollte nur noch einige Meter, bevor er ganz stehenblieb.

„Auch das noch!", wütend schlug er auf das Lenkrad. „Das kann doch nicht wahr sein." Er stieß die Tür auf und trat auf die asphaltierte Straße. Als er gerade zu seiner Motorhaube laufen wollte, war er in Sekundenschnelle von einem Schwarm Fliegen umgeben. *Oh nein, bitte jetzt keine Viecher,* flehte er innerlich, doch seine Sinne waren überaus geschärft, als sie sich ein Stück zurückzogen und sich im Scheinwerferlicht formierten.

Mehit neigte leicht seinen Kopf, als er erstaunt seinen Mund öffnete. Vor ihm bildete sich in Sekundenschnelle aus diesem Schwarm ein Gebilde.

Mehit kniff seine Augen zusammen, um besser sehen zu können.

Die Fliegen arrangierten sich zu eine Art Gebäude und desto mehr er darauf blickte, umso mehr konnte er das Anwesen erkennen.

„Das ist Menderson", sagte er leise, um die Fliegen nicht weiter zu beeinflussen.

Als wenn ihn die Fliegen verstanden hätten, löste sich das Gebilde im Bruchteil einer Sekunde wieder auf und begann, ein Neues zu formen.

Ihm blieb alles im Hals stecken, als sie eine Pyramide bildeten. Als wenn ihm jemand in den Bauch geschlagen hätte, ging er in die Knie und stützte sich mit einer Hand auf der Erde ab. Sein Puls raste. Unendliche Fassungslosigkeit machte sich bei ihm breit, als er dann sah, was die Fliegen taten. Es sah aus, als ob eine Ecke aus der Pyramide herausbrechen würde.

„Das goldene Dreieck", flüsterte Mehit.

Als ob die Fliegen nur darauf gewartet hätten, löste sich der Schwarm erneut auf.

Gleichzeitig sprang der Motor seines Mustangs wieder an.

Verwirrt lief er zu seinem Wagen, drehte sich noch einmal um, doch der Schwarm war nicht mehr zu sehen. Er stieg ein und schloss die Tür. Unfassbar waren für ihn diese Momente gewesen. Sein donnernder Herzschlag trug nicht gerade zu seiner Erleichterung bei. Er war verunsichert, denn als damals Maddy auf die mysteriösen Frubies traf, waren sie ihr überaus freundlich gesonnen. Ebenso war Jonathan das goldene Dreieck von Waldbewohnern vor die Füße gelegt worden. Nun war er derjenige, der die Zeichen erhalten hatte und Ratlosigkeit machte sich bei ihm breit. Vollkommen durcheinander trat er langsam auf das Gaspedal und steuerte den Wagen in die Garage des Anwesens an.

Dort angekommen stand Raban gleich an seinem Wagen.

„Was hat denn da so lange gedauert? Du weißt doch, dass Maddy auf der Krankenstation liegt und bewusstlos ist?!", rügend beäugte er ihn.

„Es ist ..." Er überlegte, wie er Raban das am besten beschreiben sollte, was ihm gerade im Waldstück widerfahren war. Doch er entschied erst einmal, sich um Maddy zu kümmern, das andere konnte warten. Rasch stieg er aus und beide machten sich auf den Weg nach unten.

Ohne einen Blick in die Kommandozentrale zu werfen, ging Mehit mit schnellen Schritten zur Krankenstation. Dort angekommen begutachtete er erst einmal Maddy von Kopf bis Fuß.

„Sie atmet gleichmäßig und wir schätzen sie hat sich nur eine Gehirnerschütterung zugezogen", sagte Angel leise mit unruhigem Ton in der Stimme.

„Wie konnte es nur dazu kommen? Du warst doch in ihrer Nähe?" Nun sah er sie rügend an.

Pure Verzweiflung gesellte sich zu ihren Gefühlen. Aus glasigen Augen sah sie ihn an und hob dabei ihre Arme ungläubig.

„Ich konnte nicht ahnen, dass Jonathans Begleiter, dieser Eric, Ramos sofort angreifen würde. Er hat eine so starke Machtwelle durch den Raum geschossen, so etwas habe ich noch nie erlebt. Als Ramos zerbarst traf die Druckwelle Maddy und sie schlug rückwärts in das große Bild ihres Großvaters ein, welches ich zuvor gerade mit Ramos auf den Boden gelegt hatte. Mehit es tut mir wirklich leid. Du weißt, ich würde alles für Maddy tun und …"

„Ist schon gut Angel", unterbrach er sie etwas freundlicher und Angel beruhigte sich. Er ging an das Kopfende des Bettes und legte sanft seine Hand auf Maddys Stirn und befühlte diese. Den Gesichtsausdruck, den Mehit nun trug, war angsteinflößend. Seine kristallblauen Augen glühten und seine Faust ballte sich.

„Eric", knurrte er hervor. „Er hat unsere Maddy in eine tiefe Trance versetzt." Bitterböse richtete er sich auf. Ihm war klar, dass er diese Trance nicht auflösen konnte, auch wenn es alle Clankrieger zusammen versuchen würden, es würde nicht gelingen. Selbst Jonathan würde schon Schwierigkeiten haben.

„Hol Jonathan und sag den anderen nichts. Versuch zu erreichen, dass Eric in der Kommandozentrale bleibt", befahl er Angel.

Sie sauste sofort den Marmorflur entlang.

Wenige Sekunden später hörte Mehit sie zurückkommen und er spürte auch die Präsenz von Jonathan.

„Mehit?" Jonathans Stimme war freundlich und abwartend.

„Jonathan … schön, dass du wieder da bist", antwortete Mehit ihm, ohne ihn anzuschauen.

„Ich bin auch froh … nur die Umstände sind nicht sehr glücklich." Jonathan trat dichter an das Bett von Maddy und ohne Umschweife forderte Mehit das Clanoberhaupt auf, zu agieren.

„Eric hat eine Trance auf Maddy gelegt, löse sie auf!" Normalerweise würde er dem Clanoberhaupt nie Vorschriften machen, doch die Situation war ein Ausnahmezustand und Mehit würde alles tun, um Maddy wieder wohlbehalten zu sehen.

Ohne weiter auf den Befehl einzugehen, den Mehit ihm gerade erteilt hatte, trat Jonathan an das Kopfende und legte seine Hand auf die Stirn von Maddy.

„Wow … heftig … ich sollte Eric holen, damit er …"

„Nein!"

Erschrocken sah Jonathan in das Gesicht von Mehit, aus dem er ablesen konnte, dass das keine Option war. Konzentriert legte er noch seine zweite Hand auf ihre Stirn. Er förderte seine gewaltige Macht an die Oberfläche und der ganze Raum war im Nu mit den mächtigen Wellen durchzogen.

Mehit und Angel spürten den Druck, der nun auch auf ihren Körpern lastete und Angel bekam Probleme. Die Welle drückte so stark auf ihren Brustkorb, dass sie kaum noch atmen konnte. Mit letzter Kraft schob Mehit sie und sich selbst vor die Tür, wo Angel kraftlos zu Boden sank.

Auch er konnte sich nur schwer gegen diese Wellen aufrecht halten. Sein Körper wurde von dieser unsichtbaren Kraft niedergerungen. Mit seinen Ellenbogen stützte er sich auf dem Marmorboden ab und blickte durch die Glastür der Krankenstation zu Jonathan auf, dessen smaragdgrüne Augen sich auf das Gesicht von Maddy gelegt hatten. Er konnte die ungeheure Anstrengung, die es ihn kostete, in seinem Gesicht ablesen. Die Sehnen an seinem Hals traten hervor und seine Hände verkrampften sich zusehends.

Erschöpft brach Jonathan einige Sekunden später zusammen und fiel auf den Boden der Krankenstation.

In diesem Moment löste sich auch der Druck und Mehit konnte seinen Körper wieder kontrollieren. Er sauste hinein und strauchelnd kam Angel ihm hinterher. Sofort ergriff er Jonathan, hob ihn hoch und legte ihn in ein weiteres Bett. Seine Augen waren geschlossen und die Anspannung aus seinem Körper gewichen. Dann wandte er sich an Maddy, ergriff ihre Hand und lauschte dem Unverständlichen, was sie vor sich hin murmelte.

„Hast du … schimmer … auuuchh."

„Maddy, ich bin es Mehit. Es wird alles wieder gut. Ich bin bei dir und passe auf dich auf", sagte er leise neben ihrem Ohr.

Daraufhin drückte sie nur seine große Hand. Das reichte ihm völlig aus. Er hatte sie wieder und das war das Einzige, was wirklich zählte. *Warum hatte Eric sie mit einer Trance belegt? Er wusste doch, dass sie die Quelle ist. Er muss es gespürt haben. Wie konnte er so etwas tun? Und warum hat Jonathan nicht schon vorher eingegriffen. Eindeutig viel zu viele Fragen.* Die Ratlosigkeit, die sich in seinem Gesicht breitmachte, blieb auch Angel nicht verborgen.

„Das wird wieder. Könntest du mir einen Gefallen tun?"

Angel nickte ihm zuversichtlich zu.

„Such bitte Ramos. Er muss völlig verstört sein. Geh nach oben und rufe ihn. Wenn er sich dir nicht zeigt, dann versuche es in der Bibliothek. Erkläre ihm, was passiert ist und vor allem sag ihm, dass er nicht an der Situation schuld ist."

„Ja, mach ich." Damit trat sie auf den Flur und sauste nach oben.

In der Klinik …

Die Krankenschwester war ebenfalls im Operationssaal verschwunden, als Chang sich erhob und auf Ortischa zutrat. Sie zuckte unwillkürlich zurück und knallte fast mit ihrem Kopf gegen die Wand.

„Moment!" Drohend hob sie ihren Zeigefinger in seine Richtung. „Wir haben nicht gesagt, dass wir es hier und jetzt machen." Irritiert wanderte ihr Blick zu Ament, der an der Wand gelehnt stand. „Was, wenn einer vom Klinikpersonal oder ein normaler Homo sapiens vorbeikommen?"

„Du brauchst keine Ausreden zu erfinden", sagte Ament trocken und sein Gesicht zierte nicht einmal eine Gefühlsregung.

Daraufhin warf sie ihm einen todbringenden Blick zu.

„Wir haben keine Zeit für solch einen Quatsch!" Ament war sichtlich genervt von der Situation, die sich gerade auf dem Krankenhausflur abspielte. Vor allem wollte er so schnell wie möglich zurück zum Anwesen, um sich selbst zu überzeugen, dass es Maddy gutging. Dass er dabei Chang noch im Schlepptau hatte, gefiel ihm ebenfalls nicht. Das Jonathan wieder da war, erschien ihm dabei nebensächlich. Eigentlich sollte er sich darüber freuen, dass das Clanoberhaupt den Weg zurück in die Reihen des Clans gefunden hatte. Doch, dass er Eric bei sich hatte, der sich nun ebenfalls im Herrenhaus befand, ließ ihn innerlich toben. Er hatte von ihm gehört und einmal hatte sich Jonathan über ihn geäußert, dass er zum Todesengel werden konnte, wenn er wollte.

Schlimmer als jeder Clankrieger.

Auch dass Ivan und Raban wahrscheinlich mit der veränderten Situation vollkommen überfordert waren, ließ ihm keine Ruhe. Geschweige dann Angel, die sich am wenigstens wohlfühlen durfte, zeugte von seiner Verbundenheit, was ihn auch wieder an seine ureigenen Gefühle zum Clan erinnerte.

Reumütig schielte Ortischa zu dem Halbasiaten.

„Okay, aber schnell. Aus meinem restlichen Gedächtnis hältst du dich aber fern. Verstanden?"

Chang stand so schnell vor ihr, dass ihr der Atem stockte. Er nahm seine Sonnenbrille von der Nase und seine gelben Augen bohrten sich schnell und tief in ihr Gedächtnis.

Ortischas Kopf fiel leicht zurück, und er legte schützend seine Hand in ihren Nacken. Es schien fast so, als ob sich ein gelber Schein zwischen Ortischas Augen und denen von Chang projizieren würde.

Ament beobachtete genau, was sich unmittelbar neben ihm zutrug. Unwillkürlich griff er nach der Hand von Ortischa, um ihr damit ein Zeichen der Sicherheit zu geben.

Binnen weniger Augenblicke war der Spuk auch schon zu Ende.

Chang schaute zu Ament und erklärte ihm, was er aus Ortischas Gedächtnis gezogen hatte.

„Sie wurden von einem Lkw gerammt, so wie es Ortischa gesagt hat. Der LKW schob ihn direkt gegen die Mauer. Zwei Männer sind ausgestiegen und haben sofort einen Molotowcocktail in den Wagen geworfen. So wie es schien, waren es keine von Isfets Leuten, denn sie hatten beide keine grauen Augen. Mein Urteil wäre, dass es entweder Leute vom Rat waren, was sehr unwahrscheinlich ist, oder sie waren Opfer eines ganz normalen Überfalls."

Die Schlussfolgerung gefiel Ament gar nicht.

„Bei einem normalen Überfall wäre auch etwas gestohlen worden. Zumal wohl das Auto den meisten Wert hatte", grübelte der Clankrieger vor sich hin.

„Ein Überfall von Menschen?" So wie Ortischa das sagte, schien es fast so, als wenn sie dies für vollkommen ausgeschlossen halten würde.

„Ja, es soll schon vorgekommen sein, dass unseresgleichen von Menschen angegriffen wurden." Dabei setzte Chang seine Sonnenbrille wieder auf die Nase.

„Chang nichts für ungut, aber du kannst nicht wissen …"

„Schweig!", keifte Ament sie an. Die todbringenden Augen starrten sie an, bevor er sich nach einigen Sekunden wieder beruhigte.

„Conzuela … meine …" Er konnte das Wort Frau nicht über seine Lippen bringen. Sein Herz schlug immer heftiger in seiner Brust. Es kam ihm so vor, als würde ihn jemand schlagen, ohne dass er sich zur Wehr setzen würde. Kraftlos sank er auf die Bankreihe und atmete schwer.

Keiner der beiden wagte es, ihn anzusprechen. Lange Minuten des Schweigens vergingen.

Aus seiner trockenen Kehle krächzte Ament kurz darauf seine schweren Worte hervor.

„Der Rat wollte sie und Isfets Leute auch. Sie ist …" Seine Stimme brach und er schluckte heftig. Dann erhob er sich und lief den Flur entlang.

Verwundert blieb Chang bei Ortischa. „Was ist passiert?", fragte er kühl.

Ortischa griff sich in ihre lange Lockenmähne und sah dann Chang mit einem Blick an, der ihn fast das Blut in seinen Adern gefrieren ließ. Sie erzählte ihm von den Vorfällen der Ersatzfamilie von Maddy, und in welcher Verbindung sie zu ihnen standen. Anschließend folgte das Kapitel über Mike, den Briefträger, der zum Verräter wurde und nun ein Mitglied von Isfets Leuten war. Dann vom Rat, die alles in ihrer Macht Stehende getan haben, um Conzuela aus dem Zentrum zu entführen. Von Aments Rettungsaktion und ihrer wachsenden Liebe, die dann so erschüttert wurde, dass sie ihm den Rücken gekehrt hatte und sich gegen Jacques hatte eintauschen lassen. Gewisse Punkte ließ Ortischa absichtlich weg, denn das war zu privat und sollte es auch bleiben. Obwohl sie sich sicher war, dass solche Geheimnisse nie an die Oberfläche kämen, wenn Ament es nicht wollte.

„Und ihr meint mit einem Chip im Kreislauf habt ihr sie immer auf dem Radar?", sagte nun Chang unverblümt.

„Ja."

In diesem Moment war sie sich nicht mehr sicher, doch würde sie nicht an Rabans Fähigkeiten zweifeln. Nicht in solch einer Situation. Sie konnte zwar den Neuzugang nicht besonders leiden, doch seine technischen Raffinessen überwogen doch bei Weitem alles, was sie bisher gesehen hatte. Vor allem war er ein Clankrieger, auf den sie nie ein schlechtes Licht werfen würde. Sie kniff ihre wunderschönen Augen zusammen, als Ament um die Ecke bog und drei Kaffeebecher in seinen Händen balancierte.

Erleichtert sah sie zu ihm auf.

Als er die beiden erreichte, nahmen sie ihm die Becher mit der schwarzen, kochend heißen Flüssigkeit ab.

„Gibt es schon Neuigkeiten von da drinnen?", fragte Ament und deutete mit seinem Kopf in die Richtung Operationssaal.

„Nein, noch nicht. Aber ich hoffe … bald." Ortischa spürte innere Unruhe in sich aufkommen.

Michael arbeitete derweil hochkonzentriert und versorgte zuerst die Knochenbrüche, die bereits begannen wieder zusammenzuwachsen. Ihren rechten Arm musste er erneut brechen, um ihn wieder in die richtige Stellung bringen zu können.

Von einer Schwester wurde ihr eine Blutkonserve nach der anderen angehangen, die unaufhaltsam in ihren ausgelaugten Körper gepumpt wurde.

Die tiefen Schnittwunden, die Marisol erlitten hatte, schlossen sich langsam, was Michael nur am Rande wahrnahm. Sein Blick war auf das blutüberströmte Gesicht von seiner Patientin gerichtet. Er presste seine Lippen so fest aufeinander, dass es schon schmerzte. Marisol sah ihrer Schwester Ortischa so ähnlich. Die feingemeißelten Wangenknochen, die wohlgeformte Nase und diese vollen Lippen waren fast wie eine Kopie ihrer Schwester, die, die so tief in seine Seele geblickt hatte. Bisher hatte er seine Emotionen immer sehr gut unter Kontrolle halten können, doch das wenige Blut, welches er von Ortischa zu sich genommen hatte, wurde ihm nun zum Verhängnis. Es hatte ihn in eine andere Ebene katapultiert. Sie hatte seine tödliche Seite gesehen, was ihm überhaupt nicht gefiel. Er hatte sich bloßgestellt gefühlt, als er es in Ortischas Augen gesehen hatte. Ihre Verwunderung war so deutlich gewesen, dass er sich nur noch abwenden konnte. Ihr Blick hatte die finsteren Augen des Todes gesehen.

Seine Bedrohlichkeit.

Tiefschwarz und leblos.

Tödlich.

„Dr. Anderson?", holte ihn die OP-Schwester aus seinen Gedanken.

Ertappt riss er sich zusammen. Sein Blut raste durch seinen Körper und er fühlte sich … schlecht. Am liebsten wäre er vom Operationstisch weggetreten, doch irgendetwas in ihm befahl ihm, zu bleiben.

„Die Patientin ist stabil", sagte die OP-Schwester und hängte einen weiteren Blutbeutel an.

Michael trat einen Schritt zurück und begutachtete den kalten sterilen Raum, der nach Desinfektionsmitteln roch.

Die Schwestern räumten die blutigen Tücher zusammen und sortierten das Operationsbesteck, welches zurechtgelegt worden war.

Das Bild um ihn herum fing an zu schwanken, und er schloss seine brennenden Augen. Sein Blut hämmerte durch seinen Kopf und es kam ihm so vor, als ob er jeden Moment platzen würde. Unbewusst legte er seine Hand an seine Schläfen und knurrte aus tiefster Seele.

Fluchtartig verließen die beiden Schwestern den Operationssaal.

Nun riss Michael seine Augen auf, die, wie er wusste, nun wie schwarze Diamanten funkelten. Er war nicht mehr Herr seiner Sinne. Sein Inneres drohte, an die Oberfläche zu kommen. Er probierte, dagegen anzugehen, doch sein Körper versagte mehr und mehr. Sein Blut verwandelte sich in einen reißenden Strom, der nun unaufhaltsam durch seinen Leib schoss. Immer heftiger wurde das Rauschen, was auch seine Hände veränderte. Seine Fingernägel wuchsen zusehends und es bildeten sich aus Horn gekrümmte Krallen an den Spitzen. Seine Finger bogen sich unnatürlich und ein röhrendes Geräusch entwich seiner Kehle.

„Michael?"

Die weiche Stimme von Marisol riss ihn aus seinen Untiefen. Er kämpfte gegen sein Inneres an und gewann in letzter Sekunde die Oberhand. In Sekundenschnelle zogen sich die Krallen zurück und sein Blutkreislauf normalisierte sich. Er senkte seinen Blick und sah in die großen Augen von Marisol, die ihn musternd ansah.

„Es … tut mir leid, wenn ich dich erschreckt habe. Ich …", stammelte er.

„Nein, du hast mich nicht erschreckt. Aber sag, was ist mit den anderen? Mit Ortischa? Und Robert?" Ihre Stimme schwankte, als sie die beiden Namen erwähnte.

Michael leckte sich über die trockenen Lippen und war sichtlich erleichtert, dass Marisol ihn anscheinend nicht in seiner veränderten Form gesehen hatte.

„Ortischa sitzt draußen und … Robert … Robert ist …" Er konnte es nicht aussprechen. Marisol ergriff seine mit Gummihandschuhen überzogene Hand.

„Darf ich aufstehen?", fragte sie zögerlich.

„Es wäre besser, wenn du noch eine Weile liegen bleiben würdest. Dein Körper ist schon stabil, aber die Knochenbrüche sollten noch etwas geschont werden." Er probierte so sachlich wie möglich mit ihr zu sprechen, damit sich sein Körper weiter beruhigte. Erstaunlicherweise gelang ihm dies immer besser. *Sollte sie es gar nicht gesehen haben?* fragte er sich zwischenzeitlich und hoffte innerlich, dass dem so wäre.

„Ich werde einen Arzt kommen lassen, der dich auf ein Zimmer bringt." Er brachte gequält ein Lächeln hervor, obwohl es ihn innerlich zerriss.

Als er sich vom Operationstisch entfernte, verspürte er den bohrenden Blick von Marisol in seinem Rücken. Doch er konnte und er wollte sich ihr nicht stellen.

Nicht jetzt.

Vielleicht niemals.

Im Vorraum des Operationstraktes waren ein Lagerungspfleger und einer seiner Ärzte zu Gange. Beide wies er an, seine Patientin in ein Zimmer auf seiner Station zu bringen und die Angehörigen vor der Tür zu informieren.

Der Arzt sah ihm verdutzt hinterher, denn so abwesend hatte er seinen Chef noch nie erlebt. Dennoch folgte er sogleich seiner Anordnung.

Als der junge Arzt auf den mit Neonlicht beleuchteten Flur hinaustrat, verschlug es ihm die Sprache. Die rassige Schönheit, die ihm entgegentrat brachte ihn um den Verstand. Doch als hinter ihr zwei finster dreinschauende Kerle auftauchten, fand er langsam seine Stimme wieder.

„Ähm, der Patientin geht es den Umständen entsprechend gut und ich ..."

„Wo ist sie?" Kam es nun fordernd von der atemberaubenden Frau.

„Ich bringe sie jetzt auf die Station, wenn Sie mich begleiten wollen?", sagte er mit einer einladenden Handbewegung in Richtung Operationssaal.

Die hämmernden Absätze verfolgten ihn und es kam ihm so vor, als wenn er sich genau überlegen sollte, was er den Angehörigen sagen sollte. Ängstlich hielt er die Tür auf und ließ die Frau und die beiden in Leder gehüllten Begleiter durchtreten, obwohl sonst Unbefugten kein Zutritt zum Operationstrakt gewährt wurde.

Kurze Zeit später kamen sie auf der Station an und als Marisol ihr Zimmer bezogen hatte, entschuldigte sich Ament kurz und trat erneut hinaus auf den Flur. Dort griff er nach seinem Handy und rief Raban an, um ihn über den Stand in der Klinik zu informieren. Nachdem er das Telefonat beendet hatte, lehnte er sich an die Wand und legte seinen Kopf zurück.

Chang stand vor der Tür und sah Ament prüfend an, wobei er seine Mundwinkel verächtlich verzog.

„Alles in Ordnung?"

„Ja", antwortete Ament etwas weniger entspannt. „Ich habe noch etwas Wichtiges zu erledigen. Kann ich dich hier alleine lassen?"

Chang schielte ihn an.

„Schon gut. Ich bin in spätestens zwei Stunden wieder zurück."

Ohne eine Antwort abzuwarten, drehte er sich um und schritt zum Fahrstuhl. Als dieser im Erdgeschoss seine Türen öffnete, atmete Ament tief durch. Mit großen Schritten lief er durch den Eingangsbereich der Klinik und trat dann nach draußen. Er blickte in den Nachthimmel, wo sich der Mond sichelförmig abzeichnete. Im Licht der Notaufnahme glitzerte sein dunkler Audi R8, als er darauf zuschritt. Er öffnete die Tür und ließ sich auf seinen Sitz gleiten. Als der Motor aufheulte, schlossen sich seine Finger fest um das Lenkrad. Langsam trat er auf das Gaspedal und rollte an dem geparkten Krankenwagen vorbei.

Nachdem er das Klinikgelände verlassen hatte, fädelte er sich in den nächtlichen Verkehr Londons ein. Er wusste ganz genau, wo er hinwollte.

Als er seinen Wagen vor dem Reihenhaus stoppte, blickte er auf die verdunkelten Fenster. Er drehte den Zündschlüssel und der Motor erstarb darunter. Sein Kopf lehnte er zurück an die Kopfstütze. Aus halbgeschlossenen Augen fixierte er die Räume im Erdgeschoss. *Was mache ich denn hier?* In Gedanken ging er noch einmal das Gespräch mit Raban durch, welches er vor seiner Abfahrt zu Jonathans Büro mit ihm geführt hatte. Raban hatte ihn verächtlich angesehen, als er sich nach dieser Adresse erkundigt hatte. Doch es war ihm egal gewesen. Es interessierte ihn nicht einen Pfifferling, was Raban dachte. Das Einzige was ihm wichtig war, war die Tatsache, dass Raban die Klappe hielt. Er hatte ihm sogar das Clanehrenwort abgenommen, worüber er jetzt in sich hinein schmunzelte.

Sein Ament stockte, als er den Grund seiner Anwesenheit den Bürgersteig auf ihn zukommen sah. Lautlos glitt er aus seinem Wagen und als die Frau den Schlüssel zu ihrer Wohnung in den Schlitz steckte, legte Ament seine Hand auf ihre.

Sie schreckte auf. „DU?"

Unter der Klinik …

Als die Fahrstuhltür sich öffnete, fühlte es sich so an, als ob eine zentnerschwere Last auf Michaels Schultern lag. Zu diesem Stockwerk hatten nur er und seine Familie Zugang. Er zog seinen Schlüssel aus dem Tablett des Fahrstuhls und trat auf den Betonboden. Mit der Kraft seines Willens ließ er im Untergeschoss das Licht angehen. Sein zielstrebiger Gang war auf den großen sterilen Raum vor ihm gerichtet. Dort hatte er seinen Bruder hingebracht. Weit weg von den neugierigen Blicken.

Er trat dicht an die Stahlliege, die einem Sektionstisch gleichkam. Seine Finger betasteten den zerfetzten Körper seines Bruders.

„Robert …", seine Stimme glich eher einem Knurren.

Er drehte sich herum und riss einige Türen der mannshohen Kühlschränke hinter sich auf. Hastig zog er einige Schubladen heraus und entnahm einzelne Gliedmaßen, die dort lagerten. Zielstrebig ging er dann auf einen riesigen Bluttank zu, der an der Wand angeschlossen war und das Lebenselixier kühlte. Er zog den Tank an die Liege und legte den Schlauch mit dem Verschluss auf den Tisch neben Robert. Dann nahm er einen weiteren großen Behälter aus einem anderen Schrank. Er platzierte alles um Roberts zerfetzten Körper. Unter der Liege zog er eine Schiene hervor, die alle Instrumente beinhaltete, die nötig waren.

Nachdem er tief eingeatmet hatte, setzte er sich auf einen rollbaren Hocker und begutachtete die Leiche.

Nach einigen Sekunden begann er mit seiner Arbeit. Er löste den zersplitterten Arm vom Rumpf und fing an, die Knochen zu richten und Sehnen aus dem Behälter einzusetzen. Die Enden beträufelte er mit dem Blut aus dem Tank und der Heilungsprozess setzte ein.

Hinter ihm glitt die Fahrstuhltür auf und auf leisen Sohlen trat eine Frau in den sterilen Raum.

„Michael … ich helfe dir", sagte sie ruhig.

Michael schaute nicht auf, als er sich den Fingern seines Bruders widmete. Er wusste, dass seine Schwester die Nachricht erhalten hatte. Sie setzte sich ihm gegenüber, nachdem sie sich einen grünen Kittel übergeworfen hatte. Wie auch ihr Bruder, arbeitete sie sich an einem Arm entlang und ersetzte die zerfetzten Teile. Beide sagten kein Wort, denn sie hingen ihren eigenen Gedanken nach. Nur das leise Surren der Pumpe, die das Blut in Wallung hielt, unterbrach die Stille. Nach einiger Zeit war die linke Körperhälfte fast vollständig wieder hergestellt. Michael widmete sich nun dem männlichen Teil von Robert, der ebenfalls in Mitleidenschaft gezogen worden war. Aber auch hier konnte Michael sein Fachwissen einsetzen und seinem Bruder seinen ganzen Stolz zurückgeben.

Immer noch roch der Leichnam nach verbranntem Fleisch, was beide entsetzlich anwiderte.

Seine Schwester ging zum Kopf, brach den Kiefer entzwei und setzte einen neuen ein. Dann überzog sie das Ganze mit neuen Muskeln. Das halbzerfetzte Ohr wurde entfernt und ein ähnliches eingesetzt. Auch die gebrochene Nase wurde wieder von ihr gerichtet und die verbrannten Hautschichten abgetragen, dabei erwies sich seine Schwester als äußerst geschickt.

Beide nahmen nun eine Art Schwamm, tränkten diesen mit dem Blut aus dem Tank und wuschen damit den gesamten Körper von Kopf bis Fuß. Dickflüssig wie eine Zuckergussglasur floss das Blut an Roberts gesamten Körper entlang. Seine Schwester hob den Körper seitlich an, damit Michael auch die

Rückseite mit dem Blut behandeln konnte. Nachdem der gesamte Körper getränkt war, schlossen sich auch die kleinsten Schnittwunden.

Beide stützen sich am Rand der Liege mit ihren blutverschmierten Händen ab.

„Danke Cynthia", brachte er brüchig hervor. „Jetzt erkennt man ihn wieder als unseren Bruder."

Cynthia nickte nur.

„Sagst du mir, wie das passiert ist?"

„Sie wurden angegriffen, mit einem Molotowcocktail, nachdem das Auto von einem LKW gegen eine Wand gefahren worden ist."

„Also war Robert nicht schuld?"

„Nein … war er nicht. Aber ich werde die Schuldigen finden und sie leiden lassen", antwortete Michael verbissen.

Nun trat Cynthia um den Tisch herum und ging auf ihren Bruder zu. Sie spreizte ihre Hände von ihrem Körper ab und sprach langsam.

„Du … könntest ihn zurückholen. Hauch seiner leblosen Hülle wieder Leben ein. Du kannst das. Michael … er war … ist unser Bruder und er konnte nichts dafür, das hast du gerade selber gesagt."

„HÖR AUF CYTHIA! Wir dürfen nicht in die Natur eingreifen, das weißt du genauso wie ich." Finster blickte er sie an.

„Ich verstehe dich nicht. Wenn es seine Schuld gewesen wäre, okay. Dann würde ich dich verstehen. Aber er ist unschuldig ums Leben gekommen. HILF IHM!"

„Ich kann nicht. Dann müsste ich jeden Menschen retten, der verletzt in meine Klinik eingeliefert wird. Cynthia überleg bitte, was du sagst." Er bemühte sich, ruhig und sachlich an die Diskussion zu gehen.

„Wer weiß davon?", forderte Cynthia zu wissen.

Michael zog seine Augenbrauen zusammen. „Nein, komm mir jetzt nicht so."

„Oh doch, und ob ich dir so komme. Wie vielen müsste ich das Gehirn manipulieren, damit du unserem Bruder hilfst?" Sie ballte ihre kleinen Hände zu Fäusten, um ihrem Vorhaben mehr Druck zu verleihen.

Unterdessen in Calabria …

Als schwere Stiefel die Treppe herunterkamen, öffnete der Gefangene langsam seine schweren Augenlider. Bedächtig zog er einen tiefen Atemzug in seine Lungen ein und filterte alle fremden Gerüche heraus.

Sein Peiniger kam.

Der, der ihn in diese Situation gebracht hatte.

Der, der ihn wegen seiner Unachtsamkeit gefangen genommen hatte.

ER.

Seine vollausgefahrenen Fangzähne schabten an seinen trockenen Lippen entlang. Angewidert versuchte er, den üblen Geschmack loszuwerden, der seine Kehle hinaufkroch. Doch so sehr er es auch verfluchte, er war ihm ausgeliefert.

„Desmond, du Tyrann. Willst du wieder mit mir spielen?", fragte die Vampirin hinterlistig, als sie ihren knöchernen Arm nach Desmond aus ihrer Zelle ausstreckte. Ihre Fangzähne hatte man ihr gewaltsam verstümmelt, sodass nur noch zwei Stumpen zum Vorschein kamen. Ihre Haare hatte sie sich fast komplett ausgerissen und ihre Augen lagen in tiefen Höhlen, in denen der Wahnsinn tanzte.

„Spiel mit mir." Sie lachte hämisch und leckte sich schnell mehrere Male mit ihrer Zunge über die Unterlippe.

Der Inhaftierte neben ihr rüttelte dabei heftig an den Gitterstäben.

„Tz, tz, tz ... Desmond ist ein böser Vampir. Desmond ist ein böser Vampir."

Die Vampirin schnaubte. „Warum willst du nicht spielen? Ich zeige dir, wie es geht." Hektisch ging ihr Blick durch den spärlich beleuchteten Gang. „Geh nicht! Will spielen!"

„Böser Vampir, böser Vampir!", schrie der andere nun und war sichtlich aufgebracht.

„RUHE!", befahl Desmond den beiden, doch seine Worte waren unnütz.

Desmond setzte seinen Weg unbeirrt fort und blieb dann vor der Zellentür stehen. Er ließ seinen Blick in die karge Unterkunft des Gefangenen gleiten und legte die Tüte, die er mitgebracht hatte, neben die Tür.

Hinter ihm waren immer noch die beiden Vampire in heller Aufregung, was er aber nur noch am Rande wahrnahm. Konzentriert hob er seinen Arm und tippte einen Code in das Zahlenfeld ein.

In diesem Moment verstummten, die beiden Inhaftierten hinter ihm.

Mit einem Krachen löste sich der obere und untere Bolzen, der die Tür verriegelte.

„Oh, oh ... Desmond ganz böser Vampir", kam es nun kleinlaut aus der einen Zelle.

„Mach auf ... spiel mit mir ... ich will auch", sagte die Vampirin zynisch und klopfte heftig gegen ihre Gitterstäbe.

Desmond ließ sich davon nicht ablenken. Nachdem sich die Tür entriegelt hatte, zog er sie mit einem Ruck auf und tippte einen weiteren Code ein, damit die Tür hinter ihm nicht wieder zufallen konnte. Die abgestandene Luft, die ihm entgegenschlug drückte auf seinen Brustkorb, wie eine zentnerschwere Last. Die fast weißen Augen seines Gefangenen fixierten ihn durch schmale Schlitze.

Sollte er mein Befreier sein! Niemals! Nicht er. Dachte er sich. Stevo beobachtete jede noch so kleine Bewegung von Desmond.

Mit seiner rechten Hand griff Desmond in seine Hemdinnenseite und förderte einen Blutbeutel zutage. Hastig öffnete er ihn und legte die Öffnung an den Mund des Vampirs. Der saugte in gierigen Zügen das Lebenselixier in sich auf. Der kupferne Geruch breitete sich schnell aus und hinter ihm wurde mit den Fingernägeln an den Gitterstäben gekratzt.

„Böser Desmond … Blut … gib es mir!", krächzte der Vampir hervor.

„Gib, gib schon … Durst … Gib her!" Keifte die Vampirin.

Desmond war fokussiert, auf die schmalen Schlitze, die ihn anstarrten. Leise äußerte er nun. „Ich werde dich jetzt befreien. Also mach uns beiden keine Schwierigkeiten."

Als Antwort bekam er nur ein kleines Nicken.

Sogleich machte sich Desmond daran, ihm den fahrbaren Tisch unter seinen schwebenden Körper zu schieben. Dann eilte er zu der Vorrichtung, die den Mechanismus für die Ketten auslöste. Nach mehreren Eingaben lockerten sich langsam die Ketten und der Gefangene sank immer tiefer, bis er mit dem Rücken auf dem rollbaren Tisch aufkam.

Diese Prozedur hatte der Vampir oft über sich ergehen lassen müssen. Doch war es immer ein anderer Grund gewesen, weswegen sie ihn aus seiner hängenden Position gelöst hatten.

Folter.

Er konnte immer noch nicht glauben, dass der dunkelhäutige Hauptmann der Garde ihn befreien würde. Er zweifelte immer noch. Doch eins stimmte bisher an der ganzen Situation. Die Frau hatte die Wahrheit gesagt. Er konnte nicht weiter darüber nachdenken, denn Desmond erschien wieder in seinem Sichtfeld. Dieser drückte ihm einen weiteren Blutbeutel in den Mund. Dann machte er sich mit seinen behandschuhten Händen daran, die Ketten vorsichtig aber zügig von seinen Handgelenken zu entfernen. Nach einigen Sekunden fiel die erste Handschelle klirrend zu Boden. Ohne weiter darauf zu achten, ging Desmond auf die andere Seite und machte sich daran, auch die zweite zu lösen.

Gierig schluckte Stevo immer mehr Blut, welches seine Kehle hinunterglitt und seinen ausgedörrten Körper mit neuem Leben versorgte. Wachsam beäugte Stevo den Vampir, der fieberhaft versuchte, die Handschelle zu öffnen. Wenn dies auch eine Falle sein sollte, war er froh, vielleicht eine kleine Chance zur Flucht zu bekommen. Zumindest hatte er mehr Blut bekommen, als in den letzten Tagen, Wochen oder Monaten. Er konnte es nicht sagen. Zeit und Raum verschwammen und für eine Sekunde dachte er, er würde in eine Bewusstlosigkeit abdriften. Oder vielleicht war es doch der Wahnsinn, dem auch die anderen beiden Vampire verfallen waren, die hier unten einsaßen? Unsicher, was er jetzt denken sollte, fiel die zweite Handschelle zur Erde.

Desmond wandte sich sofort ab und ging weiter zu seinen Füßen.

Langsam drehte er seine Handgelenke im Kreis. Das Gefühl der Freiheit durchströmte seinen Körper und gab ihm neue Kraft. Das erste Mal, nachdem sie ihm diese Handschellen angelegt hatten, konnte er seine Hände und Arme wieder bewegen. Seine Muskeln waren steif und verspannt, doch das hielt ihn nicht auf sie zu bewegen.

Der linke Fuß war nun ebenfalls befreit.

In ihm erwachte neuer Lebensmut, dennoch ermahnte er sich nicht leichtsinnig zu werden. *Es kann immer noch eine Falle sein!* Seine Gehirnzellen arbeiteten auf Hochtouren, was sein Blut durch den gesamten Organismus pumpte.

Die letzte Schelle fiel zu Boden.

Ruckartig wollte der Gefangene sich aufsetzen, doch wurde er sofort wieder zurückgerissen. Desmond stand neben seinem Kopf und zückte eine scharfe Klinge.

Ernüchtert schaute Stevo ihn aus seinen Schlitzen an. *Es war doch eine Falle. Ich wusste es, alles nur um in Sicherheit …*

Desmond senkte die Klinge und unter ihm ratschte es.

Knurrend schaute er ihn an, als seine meterlange Haarpracht auf den Boden fiel.

„Oder wolltest du mit dem Rapunzelzopf durch die Gegend rennen?" Der Mundwinkel von Desmond zuckte kurz zu einem angedeuteten Lächeln.

Verwirrung stand in Stevos Gesicht und als Desmond ihm auch noch die Hand reichte, war das Maß an Überraschungen komplett.

Stevo ergriff die Hand und zog seinen schlaffen Körper in eine sitzende Position.

„Komm zu Kräften, denn in wenigen Minuten, brauchen wir deine Gabe, sonst werden wir es nicht schaffen, von Calabria zu fliehen." Die Worte, die Desmond sagte, waren ruhig und sachlich, dennoch konnte Stevo einen besorgten Unterton in ihnen hören.

Er reckte seine Arme, streckte seine Beine und versuchte seinen geschundenen Körper wieder auf Touren zu bekommen. Verzweifelt hatte er drauf gewartet, einen weiteren Blutbeutel zu bekommen, doch so wie es aussah, musste er sich mit dem zufriedengeben, was er bekommen hatte. Vorsichtig rutschte er vor an die Tischkarte und stellte den ersten Fuß auf den Boden, dann zog er den zweiten hinterher. Nach so langer Zeit, wieder festen Boden unter den Füßen zu spüren, war fantastisch. Es durchströmte ihn wie ein Wirbelsturm. Sein Element rebellierte in ihm, wollte an die Oberfläche durchbrechen, doch er zwang es zurück. Eine weitere Erkenntnis durchzuckte ihn. Desmond hatte gesagt, dass sie seine Gabe bräuchten. *Deshalb hat er mich befreit. Sonst würde er nie von Calabria fliehen können. Ich bin sein Schlüssel zur Freiheit.* Aber es war ihm eigentlich egal, Hauptsache er konnte fliehen. Mit seiner Hoffnung stemmte er seinen Körper in die Höhe.

Desmond war etwas erschrocken, als er die vielen Narben auf seiner Haut sah, da kam ihm seine eigene Narbe wie eine Lappalie vor.

„Hier, zieh das rasch an." Er reichte ihm eine schwarze Hose, ein dunkles T-Shirt und ein paar Stiefel aus der Tüte, die er mitgebracht hatte. „Wir haben noch genau 17 Minuten. Wenn wir in dieser Zeit nicht aus dem Tor sind, dann war es das, dann sind wir alle verloren."

In weniger als einer Minute stand Stevo neben Desmond, bereit für alles, was jetzt kommen sollte.

Beide liefen schnell den Gang entlang und als die Vampirin gerade etwas sagen wollte, schnellte Stevos Kopf in ihre Richtung. Als sie die fast weißen Augen des Kriegers sah, blieben ihr die Worte im Halse stecken. Auch dem anderen Gefangenen verschlug es die Sprache, beim Anblick seines finsteren und glühenden Blickes. Nie zuvor hatten sie so etwas gesehen.

Desmond war froh, dass die beiden keinen Laut mehr von sich gaben, als sie die Tür zum Verließ hinter sich schlossen und die Treppe zügig nach oben stiegen. Die Wendeltreppe war ihr Weg in die Freiheit.

Stevos Beine marschierten, obwohl sie immer noch extrem schmerzten. Aber alles war es wert, aus dieser Hölle zu gelangen.

„Hier nimm. Sie ist mit Silberkugeln geladen", sagte Desmond streng und drückte ihm eine Baretta in die Hand.

Als sie oben ankamen, konnte Stevo schon die frische Luft riechen, die sie hinter dieser Tür erwartete.

Luft. Sein Element.

Es nährte ihn in diesem Moment, mehr als das Blut, welches er gerade zu sich genommen hatte. Er sog die frische Luft tief in seine Lungen, sodass Desmond ihn ungläubig ansah.

Doch er schwieg, wahrscheinlich in der Voraussicht, dass Wachen in der Nähe sein konnten. Seine Hand wanderte zum Zahlenfeld, welches neben der Tür hing. Er tippte einen weiteren Code ein und als ein leises Summen ertönte, kribbelte es auf seiner Haut.

„Wir müssen nach links. An der Krankenstation vorbei bis zum Südtor. Der Versorgungstrakt liegt dort. Dieser ist …" Er sah auf seine Uhr. „… noch 15 Minuten vom Magier geöffnet." Damit öffnete er die Tür.

Kalte klare Nachtluft traf Stevos geschundenen Körper wie eine Druckwelle und er taumelte einen Schritt nach hinten.

Besorgt starrte ihn Desmond an.

„Alles okay?", flüsterte er leise.

Stevo nickte kurz und holte abermals tief Luft. Seine Lungen füllten sich mit der reichhaltigen Essenz, die seine Gabe nährte. Dann traten beide lauschend, witternd und prüfend vor die Tür des Gefängnisses.

Alles war frei.

Sie tauschten einen kurzen Blick und bogen dann nach links ab. An der nächsten Häuserwand angekommen, hielt Desmond eine Hand nach oben und Stevo blieb hinter ihm stehen. Er riskierte einen kurzen Blick in den Nachthimmel und freute sich, die Sterne über sich zu sehen. Doch er konnte nicht verweilen, als Desmond den Befehl gab.

„Weiter! Noch 14 Minuten."

Sie überquerten eine Rasenfläche, als Stevo plötzlich stehen blieb. Verdutzt suchte er den Boden ab. Seine Augen brauchten nicht lange, bis er die getrockneten Blutstropfen im Gras erblickten. Scharf zog er die Luft ein, als der Geruch der jungen Frau seine Lungen traf.

Es war ihr Blut. Warum? Warum ist ihr Blut auf diesem Rasen? Hatte man sie verletzt? Sein Inneres wollte anfangen zu brüllen, als Desmond vor ihm stand und ihn strafend mit weit aufgerissenen Augen ansah. Stevo wandte seinen Kopf ab, um sich zu beruhigen, was ihm sichtlich schwerfiel.

„Los weiter", forderte Desmond ihn auf, griff an seinen Arm und zog ihn mit sich.

Stevo brannten viele Fragen auf der Seele und sobald die Möglichkeit bestehen würde, würde er auch Antworten einfordern.

Desmond winkte und beide rannten weiter und versteckten sich dann an der Häuserwand, die ein großes Rotes Kreuz trug. Geduckt zog Desmond Stevo neben sich in die Knie.

„Da drüben ist das Südtor." Er deutete mit dem Zeigefinger in die gegenüberliegende Mauer, die ein riesiges Tor beherbergte.

„Das ist unsere einzige Möglichkeit. Noch 12 Minuten. In zwei Minuten wird der Alarm losgehen." Knurrend sah er erneut auf seine Uhr. „Wenn wir dort drüben ankommen, musst du dich einzig und allein auf das Tor konzentrieren. Setz all deine Kraft ein, um es aufzudrücken. Nur in den nächsten 10 Minuten ist das Südtor gegen Angriffe ungeschützt, da nur die normale Vorrichtung aktiviert. Aber die ist für uns normale Vampire schon sehr schwer unüberwindbar. Ich werde derweilen Elisa und Raymond aus dem unterirdischen Tunnelsystem retten."

Bei der Erwähnung des weiblichen Namens, entspannte sich Stevos Haltung etwas. *Sie ist am Leben.* Stevo konnte aber auch eine unterschwellige Unruhe spüren, die der Hauptmann nun ausstrahlte.

Er nickte dem Vorschlag zu und fokussierte sich auf das gewaltige Tor. Nun kam es ihm ebenfalls wie eine unüberwindbare Barriere vor, doch er wollte, hier und jetzt, nicht kapitulieren. So weit wie er gekommen war, das grenzte wirklich an ein Wunder. Er nahm all seinen Mut zusammen und erhob sich. Seine Hände waren zu Fäusten geballt und nun schritten beide den Weg zum Tor hinunter.

Mit gezückter Waffe lief Desmond neben ihm her und in diesem Moment kam ein Wachmann der Garde zum Vorschein.

Dieser ging sogleich in Kampfstellung.

„Desmond ... was wird das?"

„Geh zurück in den Tunnel, dann geschieht dir nichts, Peter", sagte er, wobei er immer noch die Waffe auf ihn gerichtet hielt.

„Wow, immer langsam Desmond", Peter hob die Hände. „Was hast du vor? Und wer ist das?" Sein Blick schweifte an Desmond vorbei, während er ebenfalls nach seiner Waffe griff.

„Lass es!", keifte Desmond, doch Peter wollte nicht hören. Der Schuss löste sich aus Desmonds Waffe und die Kugel schoss durch die Luft direkt auf das Herz von Peter zu. Zu schnell für ihn, traf ihn die Kugel, er sackte zu Boden und löste sich in Staub auf. Hektisch traten zwei weitere Männer seiner Garde aus dem Seitenflügel auf ihn und Stevo zu.

„Miles ... ?" Desmonds ganze Aufmerksamkeit war nun auf seinen Kollegen gerichtet.

Dieser drehte sich zu dem, der neben ihm herlief.

„Richard ... solltest du nicht im Trainingsraum sein?" Schon hielt er ihm eine geladene Waffe an die Schläfe und führte den völlig perplexen Vampir ab. Dann sperrte er ihn in einen Raum neben dem Tor, nachdem er ihn niedergeschlagen hatte.

Als er sich wieder umdrehte, stockte ihm der Atem.

„Du hast ihn wirklich ... befreit."

Ungläubigkeit konnte Desmond in den Augen von Miles erkennen, obwohl es ihr gemeinsamer Plan gewesen war.

„Sagte ich doch", schoss er knapp zurück.

In diesem Moment ging die heulende Sirene los und flackernde Lichter glitten über ganz Calabria.

„Shit ... JETZT!", schrie er Stevo an.

Stevo stellte sich breitbeinig hin und streckte seine Arme aus. Er wusste nicht, ob seine Kraft ausreichen wurde, das Tor zu öffnen. Zumal er damals nicht gerade in der Lage war, sein Element besser kennenzulernen. Er hatte nur kurz Zeit gehabt, um trainieren zu können, bevor der Rat ihn festgenommen hatte. Seine ganze Wut über die Jahre, die er eingekerkert war, erhob sich nun und er zog die frische Luft tief in seine Lungen. Seine Arme, die er über seinen Kopf aufrichtete, fingen an zu zittern, und seine Augen wurden immer leuchtender. Die Luft um ihn herum begann sich in Bewegung zu setzen. Es entwickelte sich eine Art Strudel, der immer heftiger um Stevo herumwirbelte. Als Stevo nach oben blickte, umhüllte ihn sein Element. Es umarmte seine Seele und er fühlte sich endlich wieder frei.

„Das TOR!", brüllte Desmond dem Strudel entgegen, der wie ein wachsender Tornado aussah. Seine Augen erfassten die Kraft, die hinter dieser Aktion stand und es ließ ihn erbeben, die gewaltige Macht zu sehen, die dieser Krieger all die Jahre in der Gefangenschaft unterdrückt hatte. Es beschämte ihn zutiefst. Aber er konnte sich jetzt keinen Fehler leisten.

Stevo blickte Desmond an, der wie ein Wilder auf das Tor deutete. Langsam senkte er seine Arme und der Wirbel richtete sich auf das Tor, welches sogleich anfing zu zerbersten. Holzstücke brachen hervor und flogen durch die Gegend. Die Scharniere quietschten unter der enormen Kraft, die auf sie wirkte. Die eine Kette, die in dem Tor verankert war, bog sich immer weiter auf und schließlich brach sie. Heftig schlug das Ende gegen die Steinmauer und gegen das riesige Tor. Immer mehr Teile wurden aus dem Tor herausgebrochen und flogen unkontrolliert durch die Gegend. Nun ächzte das Schloss, welches sich zentral am Tor befand. Stevo konzentrierte seine gesamte Kraft auf dieses Schloss. Nach einigen Sekunden gab es endlich nach und die breiten Flügeltüren schwangen auf. In der gleichen Sekunde brach Stevo auf der Erde zusammen. Seine Kraft war am Ende. Stolz schwang in seinen Augen mit, als er sah, dass er es geschafft hatte.

Mühsam rappelte er sich wieder hoch und folgte Desmond, der an eine Eisentür getreten war und diese ruckartig aufriss.

Kapitel 12

lisa und Raymond standen dicht an die Tür gepresst, die die halbe Freiheit für sie bedeutete.

Beide sahen sich an und pure Verzweiflung stand in ihren Augen.

War nun alles vorbei?

Sollte ihr Fluchtversuch hier enden?

Hier an dieser Tür?

Heftig flatterte Elisas Puls. Ihr war nach Schreien und Weinen zugleich zumute. Doch sie beherrschte sich so gut es ging. Sie wusste nicht, ob der Kampf zu ihren Gunsten ausfallen würde und das machte sie wahnsinnig. Ihre Gedanken wurden aber nun von etwas anderem abgelenkt. Eine extrem laute Sirene heulte los und versetzte Elisa und Raymond in eine Schockstarre.

Raymond löste sich als Erstes.

„Es ist der Alarm vom Gefängnis", flüsterte er. „Jetzt dauert es nur noch Minuten bis alle hinter uns her sind. Es gibt kein zurück mehr." Seine Niedergeschlagenheit drang durch den Flur.

„Wir müssen es schaffen", gab Elisa zögernd zurück. Sie starrte die Treppe hinunter und kniff ihre Augen leicht zusammen, als sich ein schabendes Geräusch ausbreitete.

„Was ist das?"

Der karge Gang, durch den sie gekommen waren, barg nun ein quietschendes Geräusch, was sich immer weiter in ihre Richtung bewegte.

Raymond sah über seine Schulter und stöhnte auf.

„Ratten!"

„Wo kommen die denn jetzt her?" Elisas hektischer Blick ging zum Fuße der Treppe. Sie wusste, dass diese Kreaturen in ihrer Panik auch nicht vor Vampiren Halt machen würden.

„Bei einem Ausbruch aus dem Gefängnis wird das unterirdische Tunnelsystem mit Wasser geflutet. Das treibt die Ratten hierher."

Quietschend betraten die Ratten die erste Stufe der Treppe.

„Das heißt also, sie werden alle hier hochkommen … und … Raymond … sie werden uns anfressen … und das Wasser wird den Rest erledigen."

Blanke Panik stand in Elisas Gesicht und sie drängte sich dichter an die Tür, die der Weg in die Freiheit bedeutete.

Unterdessen probierte Raymond sie zu beruhigen, doch ihm war auch nicht wohl bei dem Gedanken, angenagt zu ertrinken. Scharenweise kamen die Ratten immer näher und nahmen nun Stufe für Stufe ein.

Das Peitschen von Wasser erfüllte nun das Tunnelsystem.

Elisa fing an, zu beten.

„Lieber Gott, lass uns hier nicht verrecken. Nicht hier." Sie wusste auch, dass sie nicht schreien durfte, weil sie nicht wusste, was hinter dieser Tür gerade geschah.

Die erste Ratte krabbelte über den Fuß von Raymond und er trat sie die Treppe hinunter, wie auch die folgenden. Er wusste, dass das ein aussichtsloser Kampf war, denn es waren Hunderte. Doch so lange er konnte, wollte er sie von Elisa fernhalten. Sein erbitterter Kampf war nach Sekunden verloren und sie strömten auch auf Elisa zu.

Er schaute sie mitleidig an.

„Es sind zu viele."

„Schon gut", antwortete sie ihm mit angsterfülltem Blick.

Immer mehr Ratten drängten die Steintreppe hinauf. Das Tosen des Wassers im Untergrund wurde ebenfalls immer lauter.

Raymond brach einigen Ratten das Genick, anderen schlug er seine Fangzähne in den Hals und tötete sie.

Unermüdlich schüttelte Elisa ihre Beine und Arme, dennoch gelang es einigen Ratten, an ihr empor zu kriechen. Nun nahm auch sie ihren Mut zusammen und griff nach dem Tier, welches an ihrem Arm hinaufkletterte. Ihre Fangzähne fuhren sich aus und sie biss der Ratte in den Hals und tötete sie. Der Geschmack des Blutes ekelte sie an, doch im Moment war es die einzige Möglichkeit, sich gegen diese Viecher zu wehren. Hektisches Treiben brach unter den Ratten aus, als das Wasser bis an die Treppe drang und langsam anstieg.

Mit entsetzten Blicken verfolgten beide das Unheil, was sich immer weiter seinen Weg nach oben bahnte.

Die Ratten wurden ebenfalls panisch und bissen sich gegenseitig und alles, was in ihrer Umgebung war.

Tapfer ertrug Elisa die Bisse an ihren Beinen und Armen, denn das lenkten sie von der anderen Gefahr ab, die ihnen bevorstand.

Raymond hatte die Kreaturen schon auf seinen Schultern und auf seinem Kopf.

Der Wasserpegel stieg rasant an. Es würde nur noch Sekunden dauern, dann wäre alles vorbei.

Kraftvoll zog Raymond Elisa an seine Brust und legte schützend seine Arme um sie.

„Wir werden es schaffen!", flüsterte er ihr aufmunternd entgegen, obwohl er wusste, wenn sich die Tür nicht in den nächsten Sekunden öffnen würde, dass ihr Leben dann ein jähes Ende nehmen würde. Doch blieb keine Zeit, sich jetzt damit auseinanderzusetzen.

Schluchzend und zitternd harrte Elisa an seiner Brust aus und umklammerte seine Taille. Todesangst stieg in ihr hoch, als das Wasser über ihre Schuhe schwappte.

„Wir … haben es … probiert", stotterte sie, während sie von einen auf den andern Fuß trat.

Die Ratten bissen in ihrem Todeskampf um sich und es war ihnen egal, ob sie dabei einen Artgenosse oder einen Vampir trafen.

Mittlerweile stand Raymond und Elisa das Wasser schon bis zur Taille.

„Elisa? Ich …"

Raymond versagte sogar jetzt noch die Stimme, als er ihr seine Gefühle gestehen wollte.

„Was?" forderte Elisa keuchend.

Nun war das Wasser bereits über die Schulter von Elisa geschwappt und Raymond griff beherzt unter ihren Po und hob sie hoch.

Zentimeter um Zentimeter kroch das Wasser unablässig an ihnen empor.

Raymonds Kinn war bereits vom Wasser erfasst, als in diesem Moment die Geräusche hinter der Tür verstummten und schwere Stiefel an die Tür traten. Beide vernahmen, wie der Code am Tastenfeld eingegeben wurde.

Raymond und Elisa versagte die Atmung, denn nun entschied sich, ob sie in einigen Sekunden tot wären, oder Desmond ihnen den Weg in die Freiheit schenkte.

Die Tür sprang auf.

Durch den Sog konnte Raymond sich nicht mehr halten. Seine Beine wurden ihm regelrecht weggerissen. Er landete hart auf dem Boden, doch er hielt den Körper von Elisa fest umklammert. Die enormen Wassermassen strömten über sie.

Die Ratten, die noch nicht ertrunken waren, rutschten auf der Wasserfontäne davon.

Starke Arme griffen nach Elisa und entrissen sie ihm.

Raymonds Orientierungslosigkeit ließ ihn unkontrolliert um sich schlagen.

„Raymond! Beruhige dich." Die Stimme von Desmond drang wie Honig in sein Ohr. Nun wurde auch er vom Boden gerissen und rieb sich das Wasser aus den Augen.

„Ein paar Sekunden länger und wir wären ersoffen", sagte er schroff als sein Blick auf den hünenhaften Vampir ihm gegenüber fiel.

Dann ertönten Schritte, die sich ihren Weg über den Innenhof bahnten.

„SIE KOMMEN! LOS! RENNT!", war Desmonds Befehl.

In einem Vorort von London …

Nachdem Ament von seiner Gastgeberin hineingebeten wurde, lehnte er sich an die Arbeitsplatte in der kleinen Küche. Seine riesenhafte Erscheinung füllte fast den gesamten Raum aus. Sein Blick schweifte über das feine Porzellan, welches in einer Vitrine aufgereiht war. Dann auf den kleinen Tisch, der von zwei Stühlen umrahmt wurde. Es war alles schlicht, aber es strahlte eine unglaubliche Wärme aus. Es erinnerte ihn an sein Zuhause. Bei seinen Eltern war auch immer alles sehr einfach gewesen, dennoch hatte er sich immer wohlgefühlt.

Das Geräusch einer sich öffnenden Kühlschranktür riss ihn aus seinen Gedanken. Seine Gastgeberin nahm zwei Flaschen, die mit Blut gefüllt waren, drehte sich zu ihm um und reichte ihm eine davon. Erst wollte Ament verneinen, doch diese freundliche Geste beschämte ihn erneut. *Oh Mann, was mache ich hier?* Um sich abzulenken, las er die Aufschrift auf der Flasche. *Tomatensaft – Frisch abgefüllt.*

„Danke", brachte er nur hervor.

„Gerne", sagte sie leise.

Sie senkte ihren Blick und öffnete ihre Flasche. Als sie ihre Lippen an die Flasche setzte, verfolgte Ament jede noch so kleinste ihrer Bewegungen. Fast mechanisch öffnete auch er seine Flasche und trank sie bis zur Hälfte aus.

Warum ist er hier? Vielleicht will er mir meine Erinnerung nehmen? Ohne weiter nachzudenken, sagte sie:

„Was willst du?" Ihre Neugierde sprach so deutlich aus ihren Worten, dass Ament fast grinsen musste. Sie hatte etwas an sich, was ihn faszinierte.

Er nahm einen weiteren Schluck aus der Flasche, schraubte sie langsam wieder zu und stellte sie auf der Arbeitsplatte ab.

„Ich wollte sehen, ob du … quatsch", er zögerte einen Moment. Dann schaute er sie an und wusste, was er sagen musste. „Ich wollte mich entschuldigen." Seine Stimme war weich wie Butter und der Moment verursachte eine Gänsehaut bei ihm. Sein Körper spannte sich an und es überkam ihn Unsicherheit, als sie nicht antwortete.

Mina starrte ihn aus ungläubigen Augen an.

„Warum solltest DU dich bei mir entschuldigen?" Sie legte erschrocken eine Hand auf ihre Brust.

„Weil ich mich vor Kurzem wie ein … Idiot dir gegenüber benommen habe." Er wandte seinen Blick ab.

Einige Sekunden vergingen und es passierte nichts.

Ament dachte schon, dass er einen großen Fehler begangen hatte, als unerwartet ihre kleine Hand seine Finger traf, die auf der Arbeitsplatte ruhten. Er blieb ruhig und verfolgte die Bewegung, die ihre Hand nun vollführte.

„Deshalb bist du zu mir gekommen?" Unsicher schwang ihre Stimme ihm entgegen.

„Ja … sag mir, wie ich das wieder gutmachen kann?"

Langsam bewegte sie sich auf ihn zu und drehte sich dann bei ihm ein, sodass ihr Rücken an seiner breiten Brust landete. Sie strich ihre roten Haare zur Seite und entblößte ihren Hals.

„Beiß mich noch einmal", forderte sie und ihr Atem ging dabei schwer.

Verwundert musterte Ament die ihm dargebotene Vene, die unter dieser zarten Haut pulsierte. Zögernd schloss sein Arm sich um ihre Taille und das Leder seines Mantels knarzte in die Stille hinein. Innerhalb eines Moments entledigte Ament sich seines Mantels, der krachend auf dem Fliesenboden landete. Dicht aneinandergedrängt, nahm er ihren lieblichen Duft in sich auf, zog ihn tief in seine Lungen und seine Fangzähne schoben sich an seinen Lippen vorbei. Er beugte seinen Kopf und nun schabten sie an ihrer erregten Haut entlang, bevor sich beide Körper synchron anfingen aneinander zu reiben.

„Beiß mich!", hauchte sie erneut.

Nun senkte Ament seinen Kopf und die Spitzen seiner messerscharfen Fänge drangen durch ihre zarte Haut. Das warme Blut, welches nun in seinen Mund drang und dann seine Kehle hinunterlief, erfüllte ihn mit Genuss und Hingabe. Sogleich regte sich seine Lendenregion und drückte gegen seinen Reißverschluss.

Mina stöhnte ihm entgegen. „Ja ... mehr!"

Erneut nahm er einen kräftigen Schluck und er wusste, dass heute Nacht seine Sinne verrücktspielten. Aber es war ihm gerade egal. Er schwelgte in dieser Sinnlichkeit und hob langsam den Kopf und zog sich aus ihrer Vene zurück. Dann leckte er über die Einstichstellen und die beiden Löcher schlossen sich im Nu. Als er seinen Kopf wieder anheben wollte, landete Minas Arm um seinen Hals und zog ihn wieder dicht an sich heran.

„Wir brauchen uns nicht zu ... bloß ... halt mich ... halt mich fest", bat sie leise.

Ament öffnete seinen Mund, um zu antworten. Aber es kam keine Silbe heraus. Sein Arm schloss sich noch etwas fester um ihre Taille, was Mina einen kleinen Seufzer ausstoßen ließ. Einige Minuten blieben sie so stehen und schwiegen, bis auf einmal Minas Körper anfing zu zittern.

Ament drückte sie noch etwas dichter an sich, als er bemerkte, dass sie nicht zitterte sondern ... weinte. Er rang mit sich, ob er nach dem Grund fragen sollte. *Es steht mir nicht zu sie zu fragen, was los ist.* Innerlich hoffte er, sie würde sich ihm offenbaren, aber überzeugt war er davon nicht.

Mina schmiegte erneut ihren Rücken an Aments breite Brust und genoss seine intensive Nähe. Noch nie war ein Mann in ihren vier Wänden gewesen und hatte sie so liebevoll gehalten. Vollkommen überwältigt donnerte ihr Herzschlag, als sie seinen herben Geruch einatmete. Sein Biss katapultierte sie auf eine andere Ebene und brachte sie an einen Ort, an dem sie noch nie zuvor gewesen war. Glückseligkeit herrschte in Minas Kopf und plötzlich wurde ihr schwarz vor Augen.

„Atme, so atme doch!", schrie Ament panisch als Mina in seinen Armen zusammensackte. Seine Arme fingen ihren schlaffen Körper auf, bevor dieser auf den Küchenfußboden aufschlagen konnte. Dann presste er seinen Mund auf ihre Lippen, drückte diese auseinander und pustete Luft in ihre Lungen.

„Mina tu mir das nicht an", sein Atem ging hektisch. Er drückte abermals seine Lippen auf ihren Mund und pustete erneut hinein. Aber ihr regloser Körper hing nur schlaff in seinen Armen.

Er legte sie sanft auf den Fußboden, richtete sich auf und griff nach einem Geschirrtuch. Er hielt es unter einen kalten Wasserstrahl und legte es ihr dann auf die Stirn. Doch Mina lag da und bewegte sich nicht mehr.

„Shit!" *Warum passiert das mir?* Ament strich sich über seine Glatze und stieß einen Fluch aus. Dann kniete er sich neben Mina und legte seine Hand auf die Stelle, wo ihr Herz pochen sollte. Als seine Hand das T-Shirt berührte, konnte er seine Verwunderung nicht unterdrücken.

„Verdammt, was soll das?" Unter seiner Handinnenfläche konnte er den sehr langsamen aber gleichmäßigen Herzschlag von Mina fühlen. Irritiert zog er seine Hand zurück. Sein Blick ging unruhig durch die kleine Küche. *Was ist mit ihr? Sie atmet nicht, aber ihr Herz schlägt? Hören denn die Kuriositäten überhaupt nicht mehr auf?* Er schüttelte seinen Kopf, legte seinen Kopf in den Nacken und atmete tief durch. Als sein Blick wieder auf Mina landete, entschied er sich dafür, sie vom Fußboden zu heben. Er schob seine Arme unter ihren zierlichen Körper und erhob sich mit ihr. Als er nun orientierungslos in der Küche überlegte, welche der beiden Türen in das Wohnzimmer und welche in das Schlafzimmer führte, hörte er ein Geräusch, was ihn innehalten ließ.

Es näherte sich jemand, der einen schlürfenden Gang hatte. Als die Tür zur Küche sich langsam öffnete, war Ament auf alles gefasst.

„Mina … bist du das? NEIN … Wer sind Sie? Was machen Sie hier?" Eine alte Vampirin bewegte sich, nun etwas schneller, mit erhobener Faust auf ihn zu.

„Entschuldigung. Ich bin Ament. Ich kann die Situation erklären. Ich …"

Ohne auf ihn einzugehen, wandte sich die alte Frau in die Richtung von Mina.

Da sah Ament ihre Augen.

Graue, leblose Augen.

„Mina? Mina? Wo ist sie? Sagen Sie es mir?" Sie fuchtelte mit ihren Armen wild in der Gegend herum, als Ament bemerkte, dass sie blind zu sein schien.

Lautlos wich er ihr aus und sie tappte wieder ins Leere und prallte gegen die Arbeitsplatte.

„Ihr werdet sie nicht bekommen." Die alte Frau knurrte ihn giftig an. „Ich werde sie nicht hergeben. NIEMALS! Hört Ihr! Verschwindet aus meinem Haus. Lasst uns in Ruhe."

Immer wieder tastete sie ins Leere, wenn Ament seine Position mit Mina auf den Arm wechselte.

Dann sagte er ruhig. „Ich werde Ihnen und Mina nichts tun."

Kaum hatten die Worte Aments Mund verlassen, schoss die Vampirin auf ihn zu.

„Das sagen SIE!"

Ament wich ihr gekonnt aus und so langsam nervte ihn die Situation. Er hob seinen Arm und sendete eine Trance in Richtung der Vampirin. Dann schob er mit seinem Hinterteil die eine Tür auf und war erleichtert, dahinter das Wohnzimmer vorzufinden. Peinlich wäre es geworden, wenn er mit Mina in den Armen in ihr Schlafzimmer getappt wäre und sie dabei erwachte. Die Situation war auch so peinlich genug. Mit wenigen Schritten kam er an der geblümten Couch an, die mindestens aus dem letzten Jahrhundert stammte. Dort legte er sie sanft ab und bettete ihre Füße auf einem Kissen. Das Kissen unter ihrem Kopf hingegen nahm er weg und legte es auf den Sessel, der dicht daneben stand. Mina atmete immer noch nicht, doch ihre Ader pulsierte unter ihrer zarten Haut. Das rote Haar legte sich wie ein Schal um ihren Hals.

Ament nahm eine Strähne und strich ihr diese aus dem Gesicht, als er sich wieder erhob und der Situation in der Küche stellte. Er öffnete die Tür und ging direkt auf die Vampirin zu, löste die Trance und griff nach ihren Händen.

„So, und nun noch einmal. Ich tue Ihnen und Mina nichts. Verstanden! Mina liegt im Wohnzimmer auf der Couch und ist … bewusstlos. Wenn Sie mir dabei helfen könnten, wäre das wunderbar. Ansonsten werde ich die Trance wieder auf Sie loslassen, bis ich eine andere Lösung gefunden habe." Sein Atem streifte ihre mit Falten überzogene Haut und er konnte ihre Nervosität spüren.

„Ich … ich … dachte SIE wären gekommen", gab sie zitternd von sich.

„Wer sind SIE?", fragte Ament sichtlich ruhiger.

Sie hauchte ihm entgegen. „Isfets Leute." Dann räusperte sie sich und witterte. „Ihr seid ein Clankrieger?"

Verwunderung stand Ament im Gesicht, aber er antwortete nicht.

„Euer Element ist sehr mächtig. Nie zuvor habe ich solch eine starke Trance gespürt. Es tut mir leid, dass ich Euch so angefahren habe." Nun schwang Resignation in ihrer Stimme mit. „Ich dachte SIE haben uns gefunden. Die ganzen Jahre haben wir uns vor ihnen versteckt. Aber … es wird immer schwieriger, ihnen aus dem Weg zu gehen. Mina hatte SIE schon auf ihrer Arbeitsstelle. Dazu müssen Sie wissen, Mina arbeitet in einem Restaurant, welches einen 24 Stundenservice hat. Ich kann nicht mehr viel zu unserem Lebensunterhalt beisteuern. Wie Ihr bemerkt habt, kann ich nichts mehr sehen. SIE haben mir eine Tinktur verabreicht, seitdem ist mein Augenlicht ausgelöscht. Danach wurde ich ausgesondert." Ein verächtliches Grinsen trat auf ihre Lippen. „Ich sollte nicht so viel reden. Ihr habt sicher wichtigere Sachen zu tun, als einer alten Frau zuzuhören." Sie wandte sich ab.

„War Mina auch bei IHNEN?" Ament unterdrückte das Zittern in seiner Stimme.

„Mina? Nein", sie schüttete ihren Kopf vehement. „Mina wurde nach meiner Flucht geboren. Ich habe einen Mann kennengelernt, der mich trotz meines Leidens zur Frau nahm. Ich konnte ihm aber nur eine Tochter schenken, bevor ..." Sie senkte ihren Kopf.

„Bevor?", hakte Ament nach.

„Bevor SIE uns fanden und ihn ... umbrachten. Er hat sich für uns geopfert." Tränen traten in ihre leblosen Augen und eine Träne verließ ihr Auge und lief ihr über die Wange.

„Ich wollte Ihnen nicht zu Nahe treten. Ich habe von Mina getrunken und dann ist sie ... bewusstlos geworden und ich weiß ..."

Sie tastete nach seiner Hand. „Sie ist berauscht. Euer Biss ist hypnotisierend, wusstet Ihr das nicht?" Nun zeichnete sich ein kleines Lächeln auf ihren Mundwinkeln ab.

Ament empfing ihre Hand und sagte: „So eine heftige Reaktion kenne ich nicht."

„Mina ist nur ein halber Vampir. Sie wurde mit einem Menschen gezeugt." Aus ihrem Mund klang das wie das Normalste von der Welt. Doch beide wussten, dass diese Kinder unter den Vampiren nie anerkannt wurden.

Man nannte sie Sampire.

„Aber normale Menschen werden doch auch nicht ohnmächtig, wenn ich mich von ihnen nähre." Ament kam sich vor, als wenn man ihn auf die Schulbank gesetzt hätte, und er über seine Spezies aufgeklärt wurde.

„Du ... bist etwas ganz Besonderes. Menschen nehmen deinen Biss als Aphrodisiakum war, doch durch die Trance kann sich dieses Gefühl nicht weiter ausbreiten. Bei Mina ist es anders. Sie ist anders als die anderen. Ich weiß es daher, weil ich mich mal von ihr genährt hatte, wo wir auf der Flucht waren. Von meinem Biss wurde ihr schwindlig. Also kannst du verstehen, was dein Biss erst angerichtet hat." Ihre Stimme klang weder anklagend noch zynisch. Dennoch fühlte sich Ament schlecht.

„Aber ... es", er hielt inne, als er sich erinnerte, wie er im Mambas Laden in diesem stickigen Hinterzimmer seine Fangzähne in ihren schlanken Hals geschlagen hatte.

„Ja?", fragte Minas Mutter.

„Ähm, wir sollten nach ihr sehen, ob sie schon wieder …"

„Mir geht es gut", kam es nun von der Wohnzimmertür, die einen kleinen Spalt geöffnet war. Mina lehnte mit ihrem Kopf dagegen und sah aus, als ob sie die ganze letzte Nacht durchgefeiert hätte.

Sogleich schritt die alte Vampirin mit ausgestreckten Armen zielstrebig auf sie zu.

„Mein Kind, alles in Ordnung?" Als sie sie endlich erreichte, tastete sie ihr Gesicht ab und schloss sie dann in ihre Arme.

Bei ihrem Anblick war Ament unwohl. Er war dafür verantwortlich, dass sie bewusstlos geworden war. *Ich hätte doch merken müssen, dass sie anders ist.* Seine Nasenflügel blähten sich leicht auf, als er versuchte, ihren Geruch wahrzunehmen. Das was Sampire von normalen Vampiren unterschied, war eigentlich ihr Geruch. Sie alle rochen leicht nach Vanille. So hatte es ihn Jonathan gelehrt. Doch er konnte keinen derartigen Duft in sich aufnehmen. Weder im Club, noch jetzt in dieser kleinen Küche. Seine Irritation stand ihm ins Gesicht geschrieben.

Als Mina ihn ansah konnte er ihren prüfenden Blick sehen.

„Es ist wirklich alles in Ordnung", beteuerte sie. „Ich muss kurz ins Bad. Mom."

„Ja sicher", sie entließ ihre Tochter und suchte wieder Halt an der Arbeitsplatte.

Ament war gewillt, ihr zu helfen, doch Mina winkte ab und signalisierte, dass er nicht eingreifen sollte. Er nickte ihr zu und wartete, bis sie wieder aus dem Bad zurückkehrte.

Ihr Gesicht war leicht gerötet und ihr Haaransatz war noch nass vom Wasser, welches sie sich zuvor ins Gesicht geschüttet hatte. Ihre Augen waren wieder groß und klar. Die roten Locken tanzten an ihrer Schulter entlang, als sie auf ihn zuging.

„Mom, ich bringe dich nach oben." Die Worte waren zärtlich bestimmend und die ältere Dame hakte sich bei ihr ein.

„Auf Wiedersehen, Ament. Es war nett, dich kennenzulernen. Komm doch mal wieder vorbei. Wir würden uns freuen." Ihre Hand glitt in seine Richtung und er griff nach ihr und sagte:

„Gerne würde ich noch einmal vorbeikommen." Sein Blick wanderte zu Mina, die ihren Blick senkte. „Ich sollte jetzt lieber gehen", fügte er noch hinzu.

„Warte bitte noch kurz." Beide verließen die Küche und als Ament wieder allein in der kleinen Küche stand, überkam ihm ein bedrückendes Gefühl. Es breitete sich ein stechender Schmerz in seiner Brust aus und er konnte sich nicht erklären woher der kam. Er rieb mit seiner Hand über seine Brust, doch der Schmerz blieb hartnäckig.

Sekunden später betrat Mina wieder den Raum.

„Entschuldige", sagte sie leise. „Ich hätte es dir sagen müssen."

„Mich würde vielmehr interessieren, wie du in Mambas Club arbeiten kannst. Weiß er es nicht?", fragte er neugierig.

„Nein. Er weiß es nicht, und die anderen im Club auch nicht. Es wäre schön, wenn das auch so bleiben würde. Wir brauchen das Geld." Ängstlich schaute sie ihn an.

„Dein Geheimnis ist bei mir sicher. Aber sag mir, wie überdeckst du deinen … Geruch?"

Erschrocken wandte sie sich ab und fummelte nervös an ihren Fingern herum.

„Was meinst du?"

„Du weißt genau, was ich meine!"

„Nein, weiß ich nicht!" Ihre Stimme zitterte.

„Dein Geruch. Den Geruch einer Sampirin", aus seinem Mund klang es interessiert - und keineswegs abwertend.

Minas Blick wanderte hektisch durch die kleine Küche.

„Ich … ich … habe noch nie anders gerochen." Ihre Worte kamen fast empört aus ihrem sinnlichen Mund.

„Sampire riechen nach Vanille. Du riechst nicht danach. Warum nicht?" Er trat einen Schritt weiter auf sie zu.

Mina schreckte zurück und ihr Becken drückte sich gegen die Arbeitsplatte.

„AMENT … ich habe noch nie nach Vanille gerochen, dass musst du mir glauben." Ihr aufrichtiger Blick bohrte sich in ihn, sodass er gewillt war, sie in seine Arme zu schließen. Er näherte sich noch etwas und ihre Lippen teilten sich und ein schwerer Atemzug verließ ihre Lunge.

„Geheimnisse vor mir zu haben, lohnt sich nicht besonders", gab er ruhig von sich, obwohl seine Sinne unter seiner Haut wie eine Armee Ameisen krabbelten. Sein Körper war mittlerweile so dicht an ihrem angekommen, dass sie ihre Hand nach ihm ausstreckte und ihre Fingerspitzen seine Brust berührten.

„Ich würde dich nicht belügen." Ihre großen Augen sahen ihn verheißungsvoll an.

„Bist du dir da wirklich sicher?" Er näherte sich ihren Lippen bis auf wenige Zentimeter.

„Ja bin ich", hauchte sie ihm entgegen.

„Wirklich? Das ist deine letzte Chance."

„Ist mein Mund nicht Antwort genug?" Sie senkte ihre Augenlider und leckte mit ihrer Zungenspitze über die trockenen Lippen.

Sein Atem ging immer unregelmäßiger und seine Augen hefteten sich an die bereiten Lippen, die ihn sehnsüchtig erwarteten. Er beugte seinen Kopf tiefer und nur wenige Millimeter vor ihren Lippen stoppte er. Ihr Atem traf seine Lippen.

Seine Standhaftigkeit bröckelte.

Minas Atmung wurde ebenfalls heftiger. Sie wollte ihn nicht drängen. Die Angst ihn wieder zu verlieren, breitete sich in ihr aus, wie ein Waldbrand. Zögerlich ließ sie ihre Hand nach oben gleiten und sie landete an seinem Hals. Sanft drückte sie ihn die letzten Millimeter tiefer und ihre Lippen trafen sich.

Explosionsartig vereinten sich ihre Münder und verschmolzen in einem innigen Kuss, der an Intensivität nicht zu übertreffen war. In Sekundenschnelle breitete sich bei beiden eine Hitze aus, die Mina so nicht kannte. Ihr Körper fing an zu beben, und als seine Zunge ihren Mund erforschte, verlor sie den Halt. Sein starker Arm fing sie auf und zog sie noch dichter an sich heran. Ihre Zungenspitze stellte sich ihm entgegen und ihre Sinnlichkeit überlagerte alles andere. So eine köstliche Empfindung und Ament fühlte sich, als ob seine Beine einknickten. Er konnte nicht entscheiden, ob sie ihn mit ihrem lieblichen, überdeckten Geruch betörte oder ob er einfach seiner Wahrnehmungen beraubt war. Er fühlte sich einfach nur hoffnungslos verloren. Mit einem heraufsteigenden Knurren, löste er sich von ihren heißblütigen Lippen, die nun noch dunkler erschienen.

„Ich muss … gehen!" Er wandte sein Gesicht ab, sonst hätte Mina die Leidenschaft darin brennen sehen können.

„Bis dann", hörte er leise hinter sich. Dies klang zufrieden und nicht fordernd. Nicht fordernd nach einem weiteren Treffen, so wie er gedacht hatte.

Mina war anders. Ihre Art verwunderte ihn. Als er die Eingangstür hinter sich schloss, fühlte er sich mies. Er ging zu seinem Auto, öffnete die Tür und stieg ein. Wütend startete er den Motor und fuhr los. Bei seiner Fahrt zurück zum Krankenhaus, gingen ihm viele Gedanken durch den Kopf.

Ich sollte die Finger von Mina lassen. Sie ist zerbrechlich und vor allem bin ich ein gottverdammter Krieger, der seinen Kopf mal wieder freibekommen sollte. Diese Frauengeschichten rauben mir noch den letzten Nerv. Conzuela hat mich hintergangen, das werde ich ihr nie verzeihen. Sie hatte ihre Chance, aber nein, sie musste mich verlassen. Und Mina? Mina! Eine Sampirin. Das kann natürlich auch nur mir passieren. Unter allen meiner Art, suche ich mir ein Halbblut aus. Echt super hinbekommen. Rügte er sich selbst. *Hören denn die Schwierigkeiten gar nicht mehr auf?*

Vor Calabrias Toren …

Sie passierten das zerstörte Tor und noch zwei weitere Türen, bevor sie auf dem Sandweg vor dem Tor alle ins Schlittern gerieten, was eine gewaltige Staubwolke aufwirbelte.

Desmond rannte voran und Elisa und Raymond folgten ihm mit einem kleinen Abstand. Als Letzter lief der Clankrieger hinter ihnen her. Seine Kraft war schon vor dem Ausbruch und dem anschließenden Kampf sehr geschwächt, doch er mobilisierte alle Reserven, die sein Körper noch hergab.

Hektisch griff Elisa in ihren Rucksack und holte zwei Blutbeutel heraus und streckte diese dem namenlosen Vampir entgegen. Wortlos ergriff dieser die Beutel und hackte seine Fangzähne hinein. Das Blut füllte seinen Mund und floss seine Kehle hinunter. Gierig saugte er die Beutel leer und warf sie weg. Das Blut verteilte sich schnell in seinem Kreislauf und er konnte die Energie spüren, als sie seinen Organismus erfüllte. *Wenigstens eine, die mitgedacht hat, dass ich fast verhungert bin,* dachte er sich.

In Windeseile überquerten sie das freie Gelände vor dem Kloster und rasten auf den dichten Wald zu, als ihre Verfolger gerade durch das Südtor stürzten.

Am Wald angekommen, gaben ihre Füße unter den weichen, mit Tannennadeln bedeckten Boden nach, was sie etwas langsamer werden ließ. Sie hatten sich hinter Desmond angeordnet, der seine Arme schützend vor sein Gesicht hielt. Sämtliche Äste zerbarsten daran. Trotz der Schneise, die Desmond hinterließ, trafen die anderen einzelnen Äste, die ihnen die Arme oder Beine zerkratzten, manche sogar durch die Haut schnitten. Keiner von ihnen gab jedoch einen Laut von sich, obwohl Elisa nach schreien zumute war, bei den heftigen Schmerzen, die sie hatte. Sie mussten auf ihrem Weg sogar Felsen und Wurzeln ausweichen.

Desmond probierte so gradlinig wie möglich, sich den Weg zu bahnen, doch die Bäume ließen das nicht zu. Keiner von ihnen wagte es, sich umzudrehen, dennoch saß ihnen die Gefahr im Nacken. Sie hörten, wie weitere Äste hinter ihnen brachen und Flüche herausgebrüllt wurden. Das trieb die vier an, noch schneller zu laufen, als sie es sowieso schon taten.

Langsam lichtete sich der Wald und der Flusslauf kam zum Vorschein. Auf dem festen Boden gelang es ihnen wieder, mehr Geschwindigkeit aufzubauen. Mit großen Schritten stürzte sich Desmond als erster in den Fluss.

Das Wasser peitschte zu beiden Seiten an ihnen vorbei.

Elisa erkannte, dass es ihm gerade Mal bis zum Knie ging, was ihr Erleichterung verschaffte, denn sie hatte nie schwimmen gelernt.

Raymond sprang als nächster hinein und stampfte durch den Fluss.

Als Elisa an der Reihe war, machte sie einige Schritte und verlor auf den glitschigen Steinen am Grund den Halt. *Verdammter Mist. Ich wusste es,* dachte Elisa sich, als sie sich schon in den Fluss stürzen sah. Sie taumelte, doch ein starker Arm griff um ihre Taille.

Der Clankrieger hatte sie fest an sich gedrückt und überquerte mit ihr gemeinsam den restlichen Fluss.

Elisa war ihm sichtlich dankbar und sah ihn aus ihren großen Augen an. Dass er ihr geholfen hatte, hatten die beiden anderen nicht einmal mitbekommen.

Am anderen Ufer, als sie wieder festen Boden unter den Füßen hatten, entließ er sie aus seinem starken Arm und beide rannten entschlossen weiter.

Hinter ihnen hörten sie immer noch die gebrüllten Flüche aus dem Wald dringen.

Sie setzten ihren Weg weiter fort bis nach einem kleinen Hügel ein Dorf in ihr Blickfeld kam. Zielsicher steuerte Desmond nach links um das Dorf herum. Direkt über den kleinen Marktplatz zu donnern, erschien ihm zu laut und zu gefährlich. Ihre Schritte hämmerten nun über einen Feldweg, der anschließend zu einer kleinen Straße wurde.

Desmond warf einen kurzen Blick über seine Schulter, um sich zu vergewissern, ob alle Schritt hielten. Nach dem sie einige Häuser und Scheunen hinter sich gelassen hatten, ging es durch ein Maisfeld, welches sich über einige Hektar weit erstreckte. Die schmalen Blätter waren scharf wie Rasierklingen, als die vier hindurchschossen.

Elisas Atem ging heftig und sie hoffte, dass sie bald eine Möglichkeit fanden anzuhalten. Ihre Muskeln in den Beinen schmerzten vor Anstrengung, doch wollte sie nicht schwach erscheinen. Es ging hier um ihr Leben – und deshalb musste sie durchhalten.

Der Weg führte sie nun auf eine kleine Anhöhe, auf der Desmond abrupt abbremste und seine Stiefel sich dabei leicht ins Erdreich gruben.

Raymond kam einige Schritte neben ihm zum Stehen und fing Elisa auf, die verbissen weiter gerannt wäre.

Der Clankrieger stoppte schlagartig neben ihnen.

Unterdessen hatte sich Desmond umgedreht und seinen Blick auf ihre Verfolger gerichtet.

Doch … es kam niemand.

Weit und breit war niemand zu sehen.

„Wusste ich es doch", knurrte er hervor.

„Was wusstest du?", fragte Raymond neugierig, was auch Elisa und den Clankrieger interessierte.

„Sie verfolgen uns nicht weiter, als bis zu diesem Dorf", gab er nun fast triumphierend von sich.

„Und weiter?", bohrte Raymond ungeduldig nach.

„Ich habe mal die Elitegruppe sagen hören, dass ihr Bewegungsraum nur bis zu diesem Dorf reicht. Weiter hat der Magier keinen Einfluss. Da sie nun wissen, dass ER bei uns ist, werden sie sich eine andere Taktik ausdenken, um uns einzufangen."

„Das heißt, wir sind erst einmal sicher?", kam es zögerlich von Elisa.

„So wie es aussieht … ja", antwortete er ihr.

Sie beugte ihren Oberkörper leicht nach vorn und stützte ihre Hände in die Leisten.

„Was ist mit dir?", fragte Desmond irritiert.

„Ich habe längst nicht so eine Kondition wie ihr. Wenn ich es nicht besser wüsste, würde ich sagen, ich habe Seitenstechen", dabei musste sie sogar schmunzeln.

Desmond legte seinen Kopf leicht schief.

„Wir müssen noch bis zu diesem Wald da drüben." Er deutete mit seinem Arm in die tiefe dunkle Nacht.

„Du blutest!", sagte Elisa erschrocken, als ihr der kupferne Geruch in die Nase stieg.

Auch den anderen blieb es nicht verborgen.

„Das ist jetzt Nebensache. Wir müssen unseren Vorsprung noch weiter ausbauen, bis die Sonne aufgeht", erwiderte er trocken. Sein Blick fiel auf den Clankrieger, der mit verschränkten Armen hinter Elisa aufragte.

„Bei dir alles okay?", fragte er ihn.

Dieser antwortete nur mit einem Nicken.

„Gut … dann weiter."

Kapitel 13

Raban saß vor seinem Computer und wurde auf das Piepen seines Rechners, der Calabria im Auge behielt, aufmerksam gemacht. Er schaltete sich auf die Oberfläche und konnte zeitversetzt erkennen, dass in Calabria irgendetwas Großes passiert sein musste. Hektisch flogen seine Hände über die Tastatur und in kürzester Zeit erschienen etliche Bilder von Calabria auf seinen Monitoren.

Nur ein Bildschirm blieb weiterhin auf das Signal von Conzuela gerichtet. Diesen behielt Ivan im Auge, als Raban ruckartig zum Handy griff. In Windeseile tippte er eine SMS und versendete diese.

Auf der Couch saß Eric mit einer Tasse Tee in der Hand. Er musterte die beiden, wie sie diese, in seinen Augen, neumodischen Computer bedienten. Er wollte von diesem ganzen technischen Equipment nichts wissen. Seine Sinne und seine Erfahrung hatten ihn auch so durchs Leben geleitet. Als er die beiden nun stillschweigend beobachtete, stellte er fest, dass man mit diesen Computern weitaus mehr machen konnte, als nur eine E-Mail zu schreiben. Die Bilder, die er nun von Calabria sah, erschienen ihm so nah, als ob er danach greifen könnte. Fasziniert studierte er die wenigen Augenblicke, in denen er das sicherste Gefängnis seinesgleichen sehen konnte.

Kurz danach ließ Raban alle Monitore wieder auf das Signal von Conzuela umschalten.

„Warum beobachtest du Calabria?", fragte Ivan neugierig.

„Nur so", es sollte ganz belanglos rüberkommen, doch es gelang Raban nicht. Der starre Blick aus den violetten Augen bohrte sich in ihn und nach einigen Minuten wandte er sich zu ihm um. Er wollte Ivan keine Schauermärchen erzählen, aber die Wahrheit konnte er ihm auch nicht sagen. Würde er das tun, könnte es sein, dass Mehit ihn einen Kopf kürzer machen würde. Wie er es auch drehte, die Situation war zu verfahren.

„Ich muss immer auf dem aktuellen Stand sein", versuchte er, sich aus der Affäre zu ziehen.

Doch Ivan ließ nicht locker, was Raban schon befürchtet hatte.

„Und jetzt noch einmal für Erwachsene."

„Ich … ich kann es dir nicht sagen. Belassen wir es einfach dabei. Okay?" Fast hilfesuchend war nun sein Blick und Ivan lehnte sich daraufhin zurück und verschränkte die Arme hinter seinem Kopf.

Überzeugt sieht anders aus, stellte Raban fest.

„Guck doch mal, ob du etwas über die Schwester von Mamba findest. Ronda. Sie soll laut Mambas Aussage verschwunden sein und er vermutet, dass es Hamilton war, der sie entführen ließ. Wo könnte er sie versteckt halten und vor allem, was hätte er davon?"

„Ich könnte mich ja mal in der Stadt umhören, aber ... ich glaube, ich werde hier gerade mehr gebraucht." Ivans Blick glitt in Richtung von Eric, der wieder an seiner Teetasse nippte.

„Da könntest du recht haben", pflichtete Raban ihm bei.

„Er sei so freundlich und behandle mich nicht wie einen Niemand", sagte Eric besonnen.

Rabans Kopf schnellte zu ihm.

„Egal was Sie für eine Position hier inne hatten, keiner ... und damit meine ich wirklich keiner, greift unsere Maddy an, ohne dafür die Konsequenzen zu tragen."

„Er weiß wirklich nicht, wen er vor sich hat." Nun stellte Eric seine Teetasse auf den kleinen Beistelltisch ab und sogleich sprang Ivan aus seinem Stuhl auf und hielt sich in einer lauernden Position gegenüber von Eric.

„Ruhig Ivan", forderte Raban ihn auf. „Wir sollen nur auf ihn aufpassen." Er sah ihn eindringlich an und nach einigen Sekunden entspannte sich Ivan und ließ sich wieder auf dem Stuhl nieder, ohne jedoch den Blick dabei von Eric zu lösen. Er konnte spüren, dass er sehr mächtig war, dieser alte knöcherne Vampir. Ihm wäre es lieber gewesen, sie hätten ihn in eine der Zellen eingeschlossen, doch aus unerfindlichen Gründen sagte eine innere Stimme zu ihm, dass das auch kein Hinderungsgrund für diesen Vampir wäre.

Seine Unruhe übertrug sich auf Raban, der ihn jetzt missmutig ansah. Auch ihm war dieses Mitbringsel von Jonathan ganz und gar nicht willkommen. Aber so wie es schien, kannten sich Jonathan und er, sonst hätte er ihn doch niemals mit auf das Anwesen gebracht.

Eric konnte förmlich die Neugierde riechen, die den beiden Clankriegern aus jeder Pore kroch. Insgeheim freute es ihn zu sehen, wie sie sich die Köpfe über ihn zermarterten. Doch äußerlich konnte man ihm das nicht ansehen. Keine Regung, war auf seinem aschfahlen Gesicht zu sehen. Seine Augen registrierten nur alle Veränderungen, die seit seinem Weggang hier erfolgt waren. Technisch konnte er es nicht beurteilen, doch vom Aussehen der Krankenstation her, war er sichtlich überwältigt gewesen. Auch das Jonathan neue Clankrieger angeheuert hatte, wunderte ihn. Zumal er spürte, dass Ivan keiner war, der ein Element in sich trug. Bei Raban konnte er die unterschwellige Macht spüren, mit der er sein Element im Zaum hielt. Aber welches Element Raban in sich trug, war ihm ebenfalls ein Rätsel. Er liebte Rätsel. Sie waren seine große Leidenschaft und er würde nicht eher Ruhe geben, bis er hinter des Rätsels Lösung gekommen war.

Weiter auf der Flucht ...

Nach dem sie den Wald erreicht hatten, verlangsamte Desmond sein Tempo etwas. Dieser Wald war für Wanderer ausgelegt und somit konnten sie die plattgetretenen Wege benutzen und mussten sich nicht wieder durch das Dickicht kämpfen. Keiner von ihnen sagte etwas. Sie rannten immer weiter und die wilden Tiere wichen ihnen aus. Rehe sprangen tiefer in den Wald hinein und das Einzige, was zu hören war, war der Ruf eines Uhus. Nach gefühlten Stunden, verließen sie den Wald und liefen auf eine Kleinstadt zu, die verschlafen in einem Tal lag. Die Straßenlaternen erhellten ein wenig die menschenleeren Straßen. Vereinzelt brannte in einem der Häuser Licht, wo sich gerade jemand für die Frühschicht fertigmachte. Am Horizont wurde es langsam heller, sodass ihnen nicht mehr viel Zeit blieb, eine Unterkunft zu suchen.

Desmond sondierte die Gegend.

Ein nahegelegenes Gestüt erschien ihm nicht besonders lukrativ, da die Pferde bei ihrer Ankunft verrücktspielen würden, doch etwas weiter entfernt entdeckte er eine Scheune.

„Dorthin!"

Er schlug den Weg in diese Richtung ein und die anderen folgten ihm.

In ihrem Rücken bahnte sich die Sonne gerade ihren Aufstieg. Es waren noch fast hundert Meter, bevor sie ihr Ziel erreicht haben würden. Das Tor der Scheune war nur mit einem dicken Balken versehen, welchen Desmond mit Leichtigkeit anhob und bei Seite warf. Er riss das Tor auf, als die ersten Sonnenstrahlen auf ihre Rücken trafen.

„REIN!", brüllte er.

Alle Drei warfen sich mit letzter Kraft in die Scheune. Einzelne Strahlen hatten sich schon durch ihre T-Shirts gebohrt und dabei kleine Verbrennungen hervorgerufen.

Desmond schloss schnell das Tor und sein suchender Blick fand einen Holzbalken, mit dem er das Tor von innen verriegeln konnte. Dann sank auch er auf die Knie und stützte seine Hände auf dem Boden ab. Als er aufblickte sah er die anderen im Stroh liegen. Alle waren bis an die Grenzen ihrer Körper gegangen.
„Das war knapp", sagte Raymond erleichtert.
„Mmhh", konnte Desmond nur erwidern.
Elisa drehte sich um und streifte ihren Rucksack ab. Wortlos öffnete sie ihn und griff hinein. Sie förderte Blutbeutel zum Vorschein, was bei allen gleichzeitig ihre Fangzähne ausfahren ließ. Sie warf Desmond den Ersten zu. Gab Raymond und dem Clankrieger einen und verbiss sich dann in ihren eigenen.
Nach dem sie ihre Beutel geleert hatten, fühlten sie sich etwas besser.
„Noch jemand einen?", fragte Elisa, als sie in die Runde blickte.

Desmond und Raymond verneinten.

Der Clankrieger sagte nichts und zeigte auch sonst keine Reaktion.

Elisa kroch ein Stück zu ihm und holte noch einen weiteren Beutel hervor.

„Trink … du musst dich stärken." Sie hielt ihm die letzten zwei Beutel hin. Ihr offener und ehrlicher Blick trieb ihn fast in den Wahnsinn. Sie war bedacht darauf, dass er zu Kräften kam, was ihn beschämte. Aber er war dankbar für ihre Fürsorge. Er griff nach den Beuteln und trank. Seine Zellen nährten sich an dem Blut und langsam erholte sich auch sein geschwächter Körper.

Elisa beobachtete ihn genau und konnte ihren Blick kaum von seinen fast weißen Augen lösen. Sie zwang sich wegzusehen, doch dabei fielen ihr die Schnittwunden an seinen Armen auf, die sich nur langsam schlossen. Ebenso konnte sie etliche hässliche Narben auf seinen Unterarmen erkennen. Sie kramte in ihrem Rucksack nach dem Desinfektionsspray.

„Zeig mir deinen Arm!", sagte sie und streckte ihre Hand nach ihm aus.

Er zögerte.

„Los, gib mir deinen Arm", forderte sie nun energischer.

Er neigte seinen Kopf leicht zur Seite und deutete auf den am Boden liegenden Desmond. Als sie die Wunden an seinem Körper sah, sprang sie auf und ging zu ihm. Er lag auf dem Rücken und atmete schwer.

„Gib mir deinen Arm." Er tat wie ihm gesagt wurde.

Sorgfältig säuberte Elisa die Wunden an seinen Armen und im Gesicht. Der Heilungsprozess konnte nun einsetzen. Sie strich ihm eine Strähne aus dem Gesicht, bevor sie zu ihm sagte. „Schlaf ein wenig. Wir passen auf." Dann senkte sie ihren Kopf und küsste sanft seine Wange.

Er nickte ihr zu und schloss seine Augen.

Auf dem Rückweg sah sie nach Raymond, der ihr die Arme zeigte und verneinte.

„Raymond, ich muss die Bisswunden der Ratten desinfizieren, oder willst du eine Sepsis bekommen?" Da hatte er nichts gegen zu setzen. Auch er beugte sich ihrer medizinischen Behandlung.

Anschließend setzte sie sich dicht neben den Clankrieger und streckte abermals ihre Hand aus, ohne etwas zu sagen.

Er reichte ihr wortlos seinen Arm und sie nahm die Wunden in Augenschein. Ihre zarten Fingerspitzen auf seiner Haut ließen ihn an den Rand des Wahnsinns treiben. *Wie lange ist es her, dass mich jemand so zart berührt hat. Nein, wie lange ist es her, dass mich eine Frau überhaupt berührt hat?* Schoss es ihm durch den Kopf. Er genoss das Gefühl, welches nun durch ihn hindurch strömte.

Elisa arbeitete hoch konzentriert und reinigte die Wunden, doch der Heilungsprozess setzte immer noch sehr verzögert ein.

Sie schüttelte ihren Kopf.

„Du brauchst definitiv noch mehr Blut", sagte sie eigentlich mehr zu sich selbst. Sie förderte noch einen weiteren Beutel aus ihrer Bluse hervor und drückte diesen in seine andere Hand, ohne ihn dabei anzuschauen.

Seine Fangzähne bohrten sich auch in diesen Beutel und er saugte daran bis kein Tropfen mehr drin war.

Elisa war sichtlich entsetzt über seine verdreckte Haut und den Zustand, in dem er sich befand. Aus medizinischer Sicht war das nicht tolerabel. *Wie kann man jemanden so behandeln,* schoss es ihr durch den Kopf. Sie wandte sich zu ihrem Rucksack und holte ein Päckchen Kosmetiktücher hervor.

Der Clankrieger zuckte zurück und riss die Augen weit auf. *Was hat sie vor?* dachte er sich.

Sie drehte sich zu ihm um und sagte entschieden.

„So … halt still. Es tut nicht weh, aber dein Gesicht hat auch Schnittwunden und die werden sich entzünden bei dem Dreck, den du auf der Haut hast."

Bevor er etwas sagen konnte, richtete sie sich auf und rieb mit dem ersten Tuch über seine Stirn. Das Tuch holte eine dicke Dreckschicht herunter und Elisa griff nach dem nächsten Tuch.

Er hielt still und vergaß sogar dabei das Atmen. So etwas kannte er nicht. Er hatte sein Gesicht bisher immer mit Wasser gewaschen und nicht mit nassen Tüchern. Es roch frisch, war sehr weich und auf der anderen Seite fand er die Prozedur außergewöhnlich angenehm. Die halbe Packung ging bei seiner Reinigung drauf und dann sah sie zu seinen Haaren.

„Was ist das denn?" Ihre blaugrünen Augen musterten die langen Zotteln.

Nun hob er eine Augenbraue, doch sie ließ sich davon überhaupt nicht ablenken.

Sie zog eine Schere aus dem Rucksack.

„Mit der wird es schon funktionieren."

Als sie anfangen wollte, schnellte seine Hand nach vorne und ergriff ihr Handgelenk, sein Blick bohrte sich drohend in sie. Doch sie hielt diesem stand.

„Ich werde dir jetzt einen anständigen Haarschnitt verpassen. Wenn du natürlich sprechen würdest, könntest du mir sagen, wie du es gerne hättest." Ein hämisches Grinsen trat auf ihr Gesicht, denn sie wusste, dass sie ihn damit herausforderte. Im gleichen Moment durchfuhr sie ein merkwürdiges Gefühl. *Was mache ich eigentlich hier? Das ist ein Clankrieger. Bin ich denn von allen guten Geistern verlassen? Er könnte mich im Handumdrehen töten, ohne mit der Wimper zu zucken. Und ich? Will ihm vorschreiben, dass seine Haare geschnitten werden müssen? Bin ich denn total bescheuert?*

Der Clankrieger sah in ihren Augen die Unsicherheit, die sie jetzt durchströmte und auch ihr Puls flatterte wie eine Schar Schmetterlinge.

Er ließ ihr Handgelenk los und legte seine Handfläche an sein Kinn.

„Okay, dann auf Kinnlänge", sagte sie zögerlich.

Ein schwaches Nicken bestätigte ihr Vorhaben.

Sie stieg um ihn herum und kniete sich ins Stroh. Vorsichtig schnitt sie nach und nach eine Strähne nach der anderen ab. Nach einigen Minuten war sie hinten fertig. Sie ging um ihn herum und kämmte mit den Fingern durch seinen Pony. Die Haare dort reichten ihm bis zur Brust.

Er beobachtete sie durch die Haare hindurch, was Elisa etwas nervös werden ließ. Auch hier schnitt sie den Pony auf Kinnlänge ab. Ihre Blicke trafen sich mehrmals und sie formte mit den Lippen, so dass er davon ablesen musste.

DANKE

Er zeigte keine Reaktion, aber innerlich brodelte es in ihm. *Warum bedankt sie sich bei mir? Ich habe doch nichts gemacht. Der da drüben hat das alles angeleiert. Eigentlich müssen wir uns bei ihm bedanken. Vor allem scheint sie Gefühle für ihn zu haben, sonst hätte sie ihn wohl kaum auf die Wange geküsst.* Verwundert über diese Geste strich er sich den Pony aus dem Gesicht. Aus unerfindlichen Grund wollte er ihr seinen Namen sagen und so hauchte er ihr entgegen.

„Stevo"

Erschrocken starrte sie ihn an.

„Elisa", antwortete sie genauso leise. Damit die anderen beiden nichts mitbekamen, widmete sie sich wieder den Utensilien und verstaute alles in ihrem Rucksack. Als ihr Blick jedoch zu Raymond und Desmond schweifte, stellte sie fest, dass beide schliefen. Sie drehte ihren Kopf in Stevos Richtung, doch er saß regungslos da. Sie setzte sich wieder neben ihn und spürte, wie ihr Körper vor Erschöpfung anfing zu zittern. Sie probierte es zu unterdrücken, doch es gelang ihr nicht. Ihre Beine wollten ihr nicht gehorchen, sodass sie ihre Arme um sie schlang, um sie daran zu hindern.

Stevo beobachtete sie genau. Er war keineswegs müde. Geschlafen hatte er lange genug in seinem Verließ. Geschwächt war er, aber aufgrund der Blutkonserven ging es ihm zunehmend besser. Seine Nervenenden waren wieder vollkommen regeneriert. Seine Sinne waren wachsam und fast zu einhundert Prozent einsetzbar. Das Einzige, was er noch nicht wieder benutzen konnte, war sein Element. Er wusste, dass es ihn viel Kraft gekostet hatte das Tor zu zerbersten.

Seinen Kopf drehte er zu Elisa, die immer noch damit beschäftigt war, ihre Beine unter Kontrolle zu bringen.

Sie ist so tapfer. Versorgt erst einmal alle, ohne an sich zu denken. Bemerkenswert. Ich möchte nur wissen, woher sie Mehit kennt? Und jetzt bricht sie fast zusammen und kämpft gegen ihre Erschöpfung an, damit die anderen sich ausruhen können. Ich bin wirklich beeindruckt.

Er hob langsam seinen Arm und legte seine Hand auf ihren Arm.

Elisa zuckte unter der Berührung leicht zusammen und blickte ihn erstaunt an.

„Schlaf … ich wache über euch", hauchte er ihr entgegen. Aus unerfindlichem Grund vertraute sie ihm.

Aber Desmond und Raymond würden das sicher nicht tun. Beide hatten ihn eingefangen und jahrelang in diesem Kerker eingesperrt. Er konnte einfach verschwinden, wenn sie jetzt einschlafen würde. *Soll ich es tun?* fragte sie sich. *Die beiden würden mir das nie verzeihen, wenn ich jetzt einschliefe. Vielleicht würde er auch beide töten. Fliehen könnte er nicht, denn die Sonne scheint. Er würde verbrennen. Verdammt, was soll ich denn nur machen?*

Stevo konnte ihre Zerrissenheit spüren und hauchte ihr erneut entgegen.

„Wenn ich euch hätte töten wollen, dann hätte ich das schon längst getan." Sein starrer Blick strahlte pure Ehrlichkeit aus.

Wo er recht hat, hat er recht. Er hätte uns schon im Wald umbringen können, was er nicht getan hat. Er hätte auch in eine andere Richtung abhauen können, was er ebenfalls nicht getan hat. Sie zögerte. *Mehit würde ihm trauen. Er ist ein Clankrieger, wie er. Mehit war auch aufrichtig zu mir.* Als sie an ihn dachte, wurde ihr Körper etwas ruhiger und ihr Herz wurde schwer. Sie fragte sich, ob sie nicht doch mehr für Mehit empfand, als sie sich zugestand. Ziemlich verwirrt wandte sie ihren Blick von ihm ab.

Stevo konnte ihre Unruhe fühlen, denn sie drang aus jede ihrer Poren. Er nahm seine Hand von ihrem Arm und lehnte sich ins Stroh zurück, nahm einen Halm und kaute darauf herum. Elisa hingegen konnte sich nicht so einfach entspannen. Ihre Beine zuckten immer noch und ihre Augenlider wurden immer schwerer. *Ich muss wach bleiben! Ich muss wach bleiben!* redete sie sich ein und riss die Augen wieder weit auf. *Wach bleiben! Ich darf nicht einschlafen!* Doch so sehr sie auch dagegen ankämpfte, lasteten Zentner auf ihren Augenlidern. Sie verfiel in einen Sekundenschlaf. Ihre Stirn sank auf ihre Knie und einige Sekunden war sie in das Land der Träume abgetaucht, als sie ruckartig den Kopf hob und hektisch um sich blickte.

Sie sah Desmond und Raymond ruhig schlafen und drehte ihren Kopf zu Stevo. Der grinste sie unverschämt an, während er den Halm im Mund von der einen Seite zur anderen schob.

Erbost über ihre Nachlässigkeit, schüttelte sie ihren Kopf und starrte wieder auf das Scheunentor. Dann musste sie leicht schmunzeln, als sich ein Gedanke in ihren Kopf formte. *Wenn Stevo einen Cowboyhut aufhätte, sähe er aus, als wenn er gerade einem Western entsprungen wäre.* Sie reckte ihre Arme, drückte den Rücken durch und atmete tief ein. Für einige Minuten ging auch alles gut, doch dann holte sie die Erschöpfung ein weiteres Mal ein. Gnadenlos legte sich die Müdigkeit über ihren gesamten Körper und sie gähnte. Dann drehte sie sich zu Stevo und hauchte:

„Nur ein paar Minuten, dann weckst du mich wieder, okay?"

Er nickte ihr zu und sein breites Grinsen entblößte seine schneeweißen Fangzähne.

Sie senkte ihren ausgelaugten Körper auf die Seite und bettete ihren Kopf auf ihrer Handinnenfläche auf dem Stroh. Das letzte, was sie sah, waren die weißglühenden Augen von Stevo, die sie auf hypnotische Art und Weise faszinierten. Dann schloss sich der dichte Kranz ihrer Wimpern und sie war eingeschlafen.

Geht doch. Du brauchst keine Angst vor mir zu haben. Du bist im Verließ zu mir gekommen und hast mir Mut gegeben, an den Ausbruch zu Glauben. Du hast mir Blut gegeben, als ich es am nötigsten brauchte, woran die anderen nicht gedacht hatten. Auch danach hast du dich um mich gekümmert, meine Wunden versorgt und mir vertraut. Deine grenzenlose Aufopferung und ... du dein wundervolles Haar ... und deine wahnsinnig weiche Haut. Sein Blick glitt über ihren zusammengerollten Körper. *Deine perfekten Kurven und deine sinnlichen Lippen sind der Wahnsinn. Du kannst dir meiner sicher sein. Hallo? Nun komm mal wieder in die Reihe*, schallte er sich, als er seine Gedanken analysierte. Sein Kiefer zermahlte den Halm und seine Fangzähne bohrten sich an seiner Lippen entlang. *Konzentrier dich! Verdammt noch mal. Es kann doch nicht sein, dass diese Frau dir den Kopf verdreht. Also, Schluss jetzt damit. Ich werde jetzt aufhören, sie anzustarren. Sie war für mich da und jetzt bin ich für sie da. Punkt. Nicht mehr und nicht weniger.* Sein Blut hämmerte durch seine Adern, dass er dachte, sie könnte von dem Rauschen wach werden. Er war verwirrt von den Gefühlen, die sich plötzlich in seinem Kopf formten. *Es ist alles in Ordnung. Ich habe mich unter Kontrolle*, probierte er sich einzureden, doch er musste feststellen, dass er selbst nicht recht daran glauben konnte. Er versuchte, sich auf etwas anderes zu konzentrieren, was ihm nur schwerlich gelang. Nach einigen Stunden und etwa nach einem Dutzend Halme, die er zerkaut hatte, bemerkte er, wie Desmond sich regte und seine müden Glieder reckte.

Als dieser sah, dass Raymond und Elisa ebenfalls fest schliefen, überkamen ihn Schuldgefühle, dass er sich diesen Schlaf gegönnt hatte. Er hätte aufpassen sollen, doch nun blickte er in die Augen von Stevo, der ihn eindringlich musterte.

Desmond sprach leise, um die beiden nicht aufzuwecken.

„Du ... hast Wache gehalten?"

Stevo nickte, ohne ihn aus den Augen zu lassen.

Langsam senkte Desmond seinen Blick und flüsterte.

„Danke!"

Schon wieder bedankt sich jemand. Das wird langsam unangenehm, dachte sich Stevo, ohne eine Reaktion in seinem Gesicht zu zeigen.

Nun fiel Desmonds Blick auf die schlafende Elisa und es gefiel ihm gar nicht, dass sie so dicht bei ihm lag. Er musste sich beherrschen, um nicht hinüber zu stürzen und sich schützend über sie zu beugen. Ihr Körper lag nur wenige Zentimeter von ihm entfernt und das brachte ihn an seine Toleranzgrenze. Die Emotionen kochten über und seine Fangzähne schoben sich schmerzhaft aus seinem Kiefer.

Stevo zog eine Augenbraue nach oben, als er die Verärgerung von Desmond wahrnahm. Er konnte die Eifersucht in seinen Augen glitzern sehen – und es amüsierte ihn. *Das kann doch wohl nicht wahr sein. Pass bloß auf, dass du nicht gleich vor Eifersucht platzt.*

Nun rührte sich auch Raymond, was beide davon ablenkte, sich weiter niederzustarren.

„Hey ... wir sind noch ..." sagte Raymond, als er von Desmond zischend unterbrochen wurde.

„Sei ruhig", dabei deutete er auf Elisa, die sich leicht regte.

Sofort verstummte Raymond und sein Blick traf den von Stevo.

Nein, nicht du auch noch, dachte sich Stevo, als er in die funkelnden Augen von Raymond blickte. *Zwei Kerle, eine Frau ... das wird sehr ... sehr ... schwierig.* Dabei schloss er sich bewusst aus diesem Kreis aus, um die Situation nicht noch weiter zu komplizieren. Er griff nach einem weiteren Halm und steckte sich diesen in den Mund.

Elisas Atem war ruhig und gleichmäßig. Zwischenzeitlich war sie aus dem Land der Träume entrissen worden, als eine Stimme an ihr Ohr gedrungen war. Doch diese kurze Unterbrechung hielt sie nicht davon ab, erneut wieder einzutauchen. Vor ihr erschienen Bilder von einer weitläufigen Wiese im Mondschein. Sie war darauf herumgelaufen, doch plötzlich war der gesamte Boden unter ihr weggerutscht und sie war in ein tiefes schwarzes Loch geglitten. Sie probierte sich am Erdreich festzuhalten, doch sie rutschte immer wieder ab. Die Erde gab weiter nach und plötzlich erschien am Rand eine Hand. Nein. Zwei Hände. Als sie aufblickte, sah sie Desmond und Mehit am Rand der Wiese stehen. Beide reichten ihr die Hand zu ihrer Rettung und Elisa zögerte, welche sie ergreifen sollte. In diesem Moment wurde sie schlagartig wach und starrte in die fast weißen Augen von Stevo. Ihre Atmung ging heftig und er studierte ihre Reaktion. Eifrig benetzte Elisa ihre Lippen. Der Traum war ihr so real vorgekommen, dass sich Erstaunen und Angst in ihrem Blick breitmachten.

Kapitel 14

angsam schlug Maddy ihre Augen auf und über ihr erschien Mehits Gesicht.

„Mehit? Was ist passiert? Ich habe Jonathan gesehen und dann wurde es schlagartig dunkel um mich, wo sind Ramos und Angel? Geht es ihnen gut?" Gerade wollte sie sich aufrichten, als er sie sanft zurück ins Kissen drückte.

„Du wurdest von Eric in Trance versetzt, deshalb ist alles schwarz um dich herum geworden." Auf keinen Fall wollte er sie belügen. Sie war sein Schützling und daher musste sie erfahren, was geschehen war.

„Mehit … nicht!", forderte ihn Jonathan auf, der etwas abseits stand.

„Oh doch, Jonathan. Sie hat ein Recht, die Wahrheit zu erfahren", konterte er. Daraufhin senkte Jonathan nur beschämt seinen Kopf.

„Jonathan? Du bist wieder da. Wir haben uns Sorgen gemacht. Wo warst du denn die ganze Zeit? Und was soll ich nicht erfahren?" Ihr Blick wanderte wieder zu Mehit, der sie mit seinen kristallblauen Augen fixierte.

„Jonathan ist bei Eric gewesen. Eric war vor Jonathan das Clanoberhaupt." Seine Stimme war einfühlsam, was Maddy etwas die Aufregung nahm.

„Aber warum hat er mich in Trance versetzt?", fragte sie neugierig.

„Das werden wir noch klären." Dabei sah Mehit mit einem missbilligen Blick zum Clanoberhaupt.

Die Spannung, die zwischen beiden herrschte, konnte sogar Maddy wahrnehmen.

„Ihr werdet euch doch jetzt nicht streiten? Ich glaube, wir haben bessere Dinge zu tun, als uns gegenseitig anzufeinden." Langsam erhob sie ihren Körper und setzte sich an die Bettkante.

Mehit kniff seine Lippen zu einer geraden Linie zusammen und starrte zu Boden.

„Jonathan … wir haben alle gedacht, du hast uns im Stich gelassen. Warum hast du dich denn nicht gemeldet?" Anklagend waren ihre Worte.

„Ich war auf der Suche nach Eric."

„Das hättest du uns auch sagen können."

„Nein, hätte ich nicht, da es mir eigentlich nicht zusteht, das ehemalige Clanoberhaupt aufzusuchen. Aber ich wusste mir wegen dem Dreieck keinen anderen Rat, deshalb bin ich gegangen."

„Ich bin so enttäuscht. Du hast anscheinend überhaupt keine Ahnung, was hier in der Zwischenzeit passiert ist?" Entrüstet erhob sie sich aus dem Bett und riss die Arme in die Höhe.

Erstaunt schaute Jonathan sie an.

„Nein."

Er konnte die Unruhe, die in Mehit brodelte spüren und als er gerade ansetzen wollte, um zu fragen, bohrte sich Maddys Blick bitterböse in ihn.

Sie winkte ab.

„Ich glaube, das alles nicht. Du tauchst hier mit deinem Mentor auf und hast nicht die leiseste Ahnung, was in der Zwischenzeit geschehen ist? Und dann wagt es dieser Eric auch noch, mich in Trance zu versetzen? Jetzt bin ich richtig sauer!" Sie legte ihren Kopf in den Nacken, holte tief Luft und richtete dann ihren Blick auf Jonathan.

„Dann werde ich dich mal aufklären. Mike ist zu Isfets Leuten übergelaufen und hat Mona und Jacques überfallen lassen. Jacques wurde dabei entführt. Mona konnten wir gerade noch retten. Isfets Leute, in Form von Mike, haben uns beim Ball erpresst und ein Ultimatum gestellt. Jacques im Austausch gegen Conzuela. Warum Conzuela? Weil sie -die Stimme- ist. Ja, sie ist einer der wertvollsten Vampire, die wir an Isfets Leute verloren haben. Dabei hat sich dann der Maulwurf zu erkennen gegeben. Ja, und jetzt stell dir vor, wer es war? Tja, wenn du hier gewesen wärst, dann wüsstest du es, dass Sophie ihren Mann verloren hat. Ja, John war der Maulwurf und er hat Selbstmord begangen, ach und eine Gefangene haben wir auch. Unterdessen wurde auch das Anwesen vom Rat angegriffen und wenn Ivan, Raban und Angel nicht gewesen wären, hätten wir sicher noch mehr Verluste erlitten. Seit dem ist Ament außer Rand und Band, wie du dir sicher vorstellen kannst. Dazu kommt, dass Ortischa im Krankenhaus ist und gerade operiert wurde. Ich glaube, das war es im Großen und Ganzen, oder?" Ihr suchender Blick ging zu Mehit, der ihren Ausführungen andächtig gelauscht hatte.

„Chang, der Söldner aus Hongkong ist eingetroffen und Ament hat ihn begutachtet. Beide sind bei Ortischa in der Klinik genauso wie Ortischas Schwester Marisol. Beim Verlassen der Klinik wurden sie angegriffen und Marisol ist schwer verwundet worden und der Bruder von Michael ist tot."

Diese Informationen waren auch für Maddy neu.

„Oh mein Gott, wie konnte das passieren?"

„Zudem wurde die Schwester von Mamba entführt und Hamilton führt in ganz London Razzien durch."

Geschockt hob Jonathan seine Hand an den Mund. Das ganze Ausmaß wollte er sich gar nicht erst vorstellen. Fieberhaft überlegte er, wie er seine Abwesenheit wieder gut machen konnte.

„Mehit? Wo ist Ramos?", fragte Maddy nun leise.

„Er hatte sich schützend vor dich gestellt, als Eric …"

„Warum redest du in der Vergangenheitsform?"

Er probierte, sich Maddys aufgewühlten Blick zu entziehen.

„Weil wir ihn seit dem nicht mehr finden können", knurrte Mehit. „Angel sucht schon das ganze Anwesen nach ihm ab. Aber er versteckt sich."

„Kein Wunder! Wenn er angegriffen wurde. Ich werde ihn suchen. ALLEIN!" An dieser Aussage gab es nichts zu rütteln. „Ach Jonathan", sagte sie im Gehen. „Rede mit diesem Eric. Das ist MEIN Anwesen und ich werde mich nicht zurückhalten, ihn rauszuschmeißen." Zielstrebig lief sie den Mamorflur entlang.

„Super hinbekommen!", schnaubte Mehit verächtlich und trat ebenfalls an Jonathan vorbei aus der Krankenstation.

„So ein verdammter Mist!", fluchte Jonathan leise vor sich hin.

Nachdem Maddy die komplette untere Etage des Anwesens durchkämmt hatte, und nun auch schon das letzte Zimmer auf der oberen Etage durchsuchte, verließ sie langsam der Mut.

Sollte dieser Eric meinen Ramos zerstört haben? Nein, das darf auf keinen Fall passiert sein. Er muss sich gerettet haben. Er muss. Sie schloss die Tür und lehnte ihren Kopf gegen das Holz.

„Wo bist du?", sagte sie leise und überlegte, wo sie noch suchen könnte. Nach einigen Überlegungen fiel ihr eine Stelle ein, wo sie noch nicht gesucht hatte. Sie zückte ihr Handy und wählte eine Kurzwahlnummer. Als am anderen Ende abgehoben wurde, fragte sie:

„Wie komme ich auf den Dachboden?" Bevor sie die Antwort erhielt, stand Mehit schon neben ihr.

„Was möchtest du dort oben?"

„Ramos ist dort!"

„Bist du dir sicher?"

„Nein, bin ich nicht. Aber …" Ihr glasiger Blick, der ihn nun traf, bewegte ihn, Maddy in seine Arme zu schließen.

„Wir finden ihn", sagte er zuversichtlich, als seine Lippen ihre Haare trafen. Einen Moment blieben sie so stehen. Dann löste sich Mehit von ihr und nahm ihre Hand.

„Komm"

Beide bewegten sich den Flur entlang bis sie an einer unscheinbaren Tür ankamen.

„Hier?", fragte Maddy aufgeregt.

„Ja, das ist die Treppe, die auf den Dachboden führt." Er öffnete mental die Tür, doch als er hindurchtreten wollte, hielt sie ihn zurück.

„Lass mich vorangehen. Bitte."

Er nickte ihr zu und ließ sie die Treppe allein hochsteigen.

Die Stufen knarrten unter ihrem Gewicht, doch das schien Maddy nicht zu stören.

Leise rief sie: „Ramos … bist du hier? Ich bin es Maddy und Mehit ist ebenfalls bei mir." Als sie am Ende der Treppe ankam, sah sie eine zentimeterdicke Staubschicht auf dem Boden. Langsam stützte sie sich auf, wobei ihre Fingerspitzen sogleich vom Staub überzogen wurden. Die Luft war stickig und es fiel auch nur wenig Licht durch die verdreckten Fenster. Als sie auf den Dielen stand, versuchte sie, sich erst einmal zu orientieren. Vor ihr sah es so aus, als ob dort eine alte Couch stand - umgeben von etlichen Spinnweben und Gerümpel, das sie nicht zuordnen konnte. Links von ihr stand ein großer Schrank, der mit Schnitzereien versehen war. Als ihr Blick nach rechts schwenkte, sah sie dort einen Schaukelstuhl stehen, der ebenfalls mit einer dicken Staubschicht überzogen war. Sie achtete auf jedes Geräusch oder noch so kleine Bewegung ihrer Haare, aber es passierte nichts. Sie versuchte es erneut. „Ramos … wir sind allein. Keiner wird dir etwas tun."

Nun hatte auch Mehit die Stufen erklommen und begutachtete den Dachboden.

„Ich denke, wir verschwenden unsere Zeit. Hier ist er auch nicht. Dieser verdammte Eric. Was bildet sich dieser Kerl eigentlich ein? Kommt hier her und führt sich auf, als ob das sein Zuhause wäre." Erstaunt über sich selbst und wie schnell sie nun doch Menderson ihr eigen nannte, blickte sie zu dem Clankrieger auf.

„Ich kann leider auch nichts spüren. Ich würde dir so gerne helfen."

Enttäuscht wandte sie sich erneut dem staubigen
Schaukelstuhl zu.

„War das der Raum, in dem meine Großmutter sich …"

Die letzten Worte wollten ihr nicht über die Lippen kommen.

„Ja, das ist der Raum. Dort." Er deutete auf einen Dachbalken hin, wo noch ein Stück Seil hing.

„Es ist erschreckend zu wissen, was in diesen Raum passiert ist." Fröstelnd strich sich Maddy über die Unterarme.

„Es ist schon verdammt lange her", versuchte es Mehit irgendwie abzuwenden, doch er sah den ausdruckslosen Blick in Maddys Augen.

„Dieses Anwesen ist …" Jetzt fehlten selbst Maddy die Worte. „… irgendwie mysteriös."

Der plötzliche Windhauch, der ihr Haar streifte, ließ sie zusammenzucken.

„Ramos?", fragte sie neugierig und mit einem Lächeln im Gesicht. Sie schaute sich nach allen Seiten um, konnte ihn jedoch nicht ausmachen.

Erleichtert atmete auch Mehit aus. *Ein Glück, er ist noch da.*

„Komm Ramos, wir gehen in meine Suite", forderte sie ihn auf.

Im gleichen Moment zeichnete sich in der Staubschicht ein Wort ab.

Nein.

„Hier sieh!" Mehit zeigte auf das Wort und sogleich kniete sich Maddy daneben. „Warum nicht? Ich habe dir doch nichts getan und Mehit auch nicht?"

Wieder erschienen Worte.

Habe Angst und …

„Du brauchst keine Angst vor uns zu haben. Es war Eric. Eric ist der Vorgänger von Jonathan. Ein ehemaliges Clanoberhaupt. Ich habe ihm schon ausrichten lassen, dass das was er getan hat, überhaupt nicht …"

Erschrocken sah sie wieder auf die Staubschicht.

Schmerzen stand dort geschrieben.

„Mehit, was sollen wir tun?" Hilfesuchend starrte sie ihn an.

„Ramos, es wäre wirklich besser, wenn wir in Maddys Suite gehen. Kannst du dich im Wasser oder im Feuer zeigen? Oder bereitet es dir auch Schmerzen?"

Keine Ahnung.

„Komm, bitte", hauchte Maddy ins Nichts. Sie drängte sich an Mehit vorbei die Treppe hinunter, der ihr mit weit aufgerissenen Augen nachsah und ebenfalls die Stufen hinunterstieg. Unten angekommen, verriegelte er die Tür wieder mental und schritt den Flur entlang, bis er bei Maddys Suite angekommen war. Er drehte sich um und ließ seine Sinne noch einmal über die Etage gleiten, nicht das er aus Unachtsamkeit etwas übersehen würde.

Am Kamin stehend, hatte Maddy schon ein Feuer angezündet und wartete auf die Ankunft von Ramos. Auch Mehit begab sich direkt dorthin.

„Wir probieren es mit dem Feuer, wenn das nicht funktioniert, dann wechseln wir in mein Element", sagte er zuversichtlich.

Maddy lächelte ihn an.

Nach weiteren Minuten knisterte das Feuer lichterloh und beide waren zufrieden.

Immer noch im Zweifel mit sich selbst, war Ramos ihnen hinterher geschwebt. *Es ist keine gute Idee, die ihr jetzt vorhabt.* Seine Gesichtszüge waren schmerzverzerrt und es kostete ihn ungeheure Kraft, seinen hüllenlosen Körper zu bewegen. Er fühlte sich, als ob er aus tausend Einzelteilen wieder zusammengesetzt worden war. Hier und da saß ein Teil an falscher Stelle. Dies war seiner Meinung nach das, was ihm diese höllischen Schmerzen bereitete. Doch nun war er nur noch zwei Schritte von dem Kamin entfernt. Ramos sah das freundliche Lächeln auf Maddys Gesicht und die Erwartung, dass er sogleich im Kaminfeuer erscheinen würde.

Er tat es.

Die Schmerzen, die es ihn kosten würde, würde er alleine nur für sie aushalten. Er biss die Zähne zusammen und trat in das Element Feuer über. Doch als er zur Hälfte übergetreten war, kam es ihm so vor, als ob sein Körper noch mehr Schmerzen bekam. Seine Hülle war plötzlich heiß, als wenn er verglühen würde. Sein halber Körper war schon sichtbar und Maddy riss ihre Augen auf. Doch in diesem Moment konnte sie auch sein schmerzverzerrtes Gesicht sehen. Seine rot glühenden Augen, sahen aus, als wenn sie kochen würden. Der restliche Teil des Körpers war wie flüssige Lava.

„Mehit? Hier stimmt etwas nicht. Lösch das Feuer!"

Mehit hob rasant seine Arme und ließ eine riesige Wasserfontäne auf Ramos niederprasseln.

In Sekundenschnelle war das Feuer gelöscht und alles war klitschnass. Er bückte sich und förderte eine Wasserkugel zum Vorschein und sprach.

„Komm Ramos. Komm in mein Element." Er zog die Kugel auseinander, sodass es wie eine Wand aussah.

Mit letzter Kraft sprang Ramos hinein. Das kühle Nass war sichtlich besser, doch auch hier war etwas anders. Er versuchte, sich zu orientieren, und stellte fest, dass er das Gefühl hatte zu ertrinken. Sogleich regte er seinen Kopf aus dem Wasser und ließ nur den restlichen Körper im Wasser.

„Da stimmt auch etwas nicht!", rief Maddy erschrocken. „Sieh, sein Körper ist im Wasser, aber sein Kopf? Mehit tu was."

„Was soll ich denn tun?" Seine Ratlosigkeit, machte ihm zu schaffen.

Ramos richtete seine Hände auf beide aus. Mit dieser Geste beruhigten sich beide.

„Sieh, seine Handbewegung."

Beide fixierten nun die Hände, die sich im Wasser abzeichneten.

Pantomimisch stellte er beiden dar, dass er Schmerzen hatte und dass sein Kopf ertrinken würde.

Mehit überlegte und sagte dann verunsichert:

„Ich glaube, ich weiß, was passiert ist. Durch die Machtwelle, die Eric auf ihn losgelassen hat, sind seine gesamten Moleküle durcheinandergeraten. Heißt, im Wasser würde er jetzt ertrinken, im Feuer schmelzen und wahrscheinlich in der Erde ersticken. Das einzige Element Luft ist gerade komplikationslos."

Ramos richtete seinen Daumen nach oben und signalisierte, dass er auf der richtigen Spur war.

„Dieser verdammte Eric." Wütend stemmte Maddy ihre Hände in die Hüfte.

Unterdessen hatte Jonathan sich an den Konferenztisch gesetzt und Eric nahm ihm gegenüber Platz. Über die Kaffeetasse gebeugt, fing er an seinem ehemaligen

Mentor alles zu erklären, was sich in den letzten Jahren zugetragen hatte. Als er beim neusten Stand angekommen war, halfen ihm Raban und Ivan aus.

Eric war schockiert und interessiert zugleich.

Nie hätte er gedacht, das Anwesen noch einmal zu betreten.

Nie hätte er gedacht, Jonathan wieder zu sehen.

Nie hätte er gedacht, an der Lösung des Dreiecks mitzuwirken.

Doch nun war alles anders gekommen und er war zutiefst erschüttert, dass er Maddy, der Quelle, solches Leid zugefügt hatte. Doch in seiner Mission hielt sich ein Vampir immer im Hintergrund. Er durfte nie in Erscheinung treten, das war der Pakt zwischen ihnen und dem Urgroßvater von Maddy gewesen. Er gab ihnen dafür das Tagesserum und sie hielten sich im Untergrund und standen für seine Experimente zur Verfügung. Doch so wie es aussah, hatte sich in der Zwischenzeit sehr viel geändert. Der Sohn des Earls war nicht mehr am Leben. Seine Tochter, die Mutter von Maddy, und ihr Mann auch nicht. Ihre Schwester war entführt worden. Nur eine Quelle hatte überlebt und diese hat nun den Pakt aufgehoben und erneuert. Seine Augen gingen innig durch den Raum. Dann erzählte ihm Jonathan von der Anheuerung der Söldner, die zur Unterstützung des Clans beitrugen. Von der Verwandlung von Conzuela, Raban und Ivan, wobei er auch erwähnte, dass Raban das Element Flora in sich barg. Dann fügte er die seltsame Übergabe des goldenen Dreiecks hinzu, welches er ihm bereits gezeigt hatte. Schweigend hörte Eric dem Clanoberhaupt zu und nippte zwischendurch wieder an seiner Teetasse. Als nun das Gespräch auf Ramos kam, war seine Neugierde noch mehr geweckt. Er hatte ihn ja bereits in der Eingangshalle bei seiner Ankunft bemerkt, doch dass das der Meistervampir sein sollte, konnte er sich nicht vorstellen. Er hatte keine Macht gespürt. Im Gegenteil, er hatte gar nichts wahrgenommen.

„Er will mir sagen, dass das aus dem Clan geworden ist?"

Jonathan nickte.

„Schändlich hat er versagt. Nie wird der Clan verzeihen, was er ihm angetan hat. Seine Zeit ist verschwendet und ..." Er sah zu Ivan und Raban hinüber. „... unwiderruflich besiegelt. Die Quelle hat oberste Priorität und er hat bei dem Versuch, sie zu schützen, versagt."

„Nein, das hat er nicht!", äußerte Maddy jetzt bitterböse, die mit Mehit plötzlich im Türrahmen stand.

„Sie ist nicht befugt, sich zu äußern."

„Und ob ich das bin. Denn ich bin die Quelle, die Sie so freundlicherweise mit einer Trance belegt haben." Wütend stürmte sie auf ihn zu, doch er zeigte keine Regung.

„Er ist ein Versager!", rügte er nun Jonathan wie einen kleinen Schuljungen.

„Ist er nicht, im Gegensatz zu Ihnen. Sie kommen hierher, in mein Zuhause, und benehmen sich wie das Letzte."

Nun schnellte Eric herum und starrte Maddy aus seinen regungslosen Augen an.

„Wer erteilt ihr das Wort?!" Er richtete seine knöchernen Finger auf sie.

Sogleich waren alle in Alarmbereitschaft und Ivan erhob sich und gesellte sich zu Maddy.

Doch Maddy ließ sich davon nicht beirren und sagte:

„Das erteile ich mir selbst. Aber Sie können gerne wieder gehen, wenn es Ihnen hier nicht passt. Ach eins noch. Bevor Sie gehen, werden Sie noch alles wieder bei Ramos zurücksetzen, was Sie angestellt haben. Wie Sie das machen, ist mir egal. Nur stellen Sie ihn wieder her, wie er war, bevor Sie uns angegriffen haben. Verstanden?"

„Sie stellt Forderungen?" Nun war Eric vollkommen perplex.

„Was ist mit Ramos?", wollte Raban gleich wissen und auch Ivan schloss sich ihm an.

„Er … dieser Vampir", sie zeigte auf Eric. „… hat seine molekulare Struktur durcheinandergebracht und das … wird er rückgängig machen."

„Sie will mir Befehle erteilen?" Er stellte die Frage in den Raum, doch es schien ihm nicht mal einer zuzuhören. Alle sorgten sich um das Wohl, eines in den Elementen lebenden Meistervampirs. Er konnte nur noch den Kopf schütteln.

„Also, wann richten Sie das wieder mit Ramos?" Maddy verschränkte ihre Arme vor der Brust.

Eric sah erstaunt zu ihr.

In der Klinik …

Ament trat aus dem Fahrstuhl der Klinik und ging mit zügigen Schritten auf Chang zu.

„Alles erledigt?", fragte dieser und durch sein Wittern, war Ament gewillt ihm zu sagen, dass der Duft von Mina an ihm haftete. Doch er blieb schweigsam und erkundigte sich nur knapp, ob es irgendwelche Vorkommnisse gegeben hatte.

Dies verneinte Chang und strich mit seiner Hand durch sein weißes Haar.

„Der Patientin geht es wohl schon besser und Ortischa ist immer noch bei ihr. Sie möchte weiterhin bei ihr bleiben, denn Chefarzt, Dr. Anderson, ist seit vorhin nicht mehr aufgetaucht."

Nun sah Ament den leicht besorgten Blick von Chang in Richtung der großen Fensterfront wandern, wo die Sonne ihren Auftritt inszenierte.

„Wir werden hierbleiben. Ich besorge dir Nahrung und ein Zimmer, wo du ruhen kannst, wenn du das möchtest?"

Kurz nickte ihm Chang zu.

Eine knappe halbe Stunde später lag Chang in einem sterilen Krankenhausbett, frisch geduscht, genährt und schlummerte vor sich hin. Ihm gefiel der Service, den er bisher hier erhalten hatte. Ament hatte ihn nicht als Anfänger dastehen lassen und ihm sogleich eine Aufgabe erteilt. Auch Ortischa war ihm gegenüber zwar kratzbürstig, aber dennoch hatte sie ihn akzeptiert und darauf kam es ihm an. *Ich bin mal auf die anderen gespannt. Aber bisher entwickelt sich das doch ganz gut.*

Was er zu diesem Zeitpunkt noch nicht wusste, war, dass die Patientin, die nur ein Zimmer weiter lag, genau die Marisol aus seinem Hotel war. Wenn er dies gewusst hätte, wäre er wahrscheinlich nicht so ruhig geblieben.

Ament hatte sich vor der Zimmertür von Marisol postiert und schrieb nun Mehit eine SMS, in der er ihm mitteilte, dass er und Chang in der Klinik bleiben würden. Auch zu dem Stand, das Ortischas Genesung abgeschlossen schien, tippte er eine weitere Nachricht. Kurz daraufhin kam auch schon die Antwort von Mehit, in der er ihm wiederum mitteilte, dass Ramos gefunden wurde, aber sich Schwierigkeiten ergeben hatten.

„Na, super", knurrte er hervor, bevor er sein Handy wieder in seinen Ledermantel gleiten ließ. Er lehnte seinen Kopf an die Wand und als er für einen Moment die Augen schloss, sah er das Bild von Mina vor sich. Wie sich ihre roten Locken an ihrer feinen Wange hinabschlängelten. Ein leichtes Schmunzeln trat in sein Gesicht.

In einer Scheune im Norden Englands …

Als die Sonne gerade untergegangen war, machten sich alle bereit, um in die Nacht zu jagen. Sie hatten noch einiges vor sich, bis sie in Sicherheit wären.

Desmond vergewisserte sich, dass alle bereit waren. Stumme Zustimmung konnte er in den sechs Augenpaaren erkennen, die ihn anschauten. Er schob den dicken Balken von der Türverankerung und ließ diesen auf den Scheunenboden fallen.

„Mich verwundert es, dass wir noch nichts von unseren Verfolgern sehen, aber …"

Raymond verstummte schlagartig, als im Türrahmen eine große Frau erschien und im selben Moment Desmond von ihr in die Scheune zurückgeschleudert wurde.

Vor ihnen stand eine wunderschöne Kriegerin, gekleidet wie eine Amazone, und funkelte alle wild mit ihren grünen Augen an.

„Tja, Eure Verfolger, wie Ihr sie nennt, waren sehr lecker. Doch wie wir sehen, gibt es hier noch weitere Leckerbissen." Übertrieben leckte sie sich über ihre vollen Lippen und deutete mit ihren Händen in die Richtung von den vieren, die nun zurückwichen.

Elisa drängte sich dicht hinter Stevo und ihr Atem ging nur noch stoßweise. Mutig rappelte sich Desmond von der mit Stroh bedeckten Erde auf und ging in Kampfstellung.

Raymond und Stevo strafften die Schultern und in ihrem Blick spiegelte sich kochende Wut. Sie waren überrumpelt worden und das, obwohl ihre Sinne auf einhundert Prozent Achtsamkeit geschaltet waren.

Doch dieses Wesen, was dort stand, war so lautlos aus dem Wald gekommen, dass es ihnen unheimlich vorkam. Ihresgleichen waren zwar Meister der Geschmeidigkeit, aber diese lautlose Erscheinung übertraf ihre kühnsten Fantasien.

Die Silhouette der schlanken Frau, mit ihren üppigen Kurven, drängte sich, gefolgt von drei weiteren Frauen, weiter in die Scheune. Ihre ausgefahrenen Fangzähne blitzten auf und die letzte zog die Tür mit einem Lächeln hinter sich zu.

Ihre überwältigende Schönheit ließ Raymond die Augen weit aufreißen. Seine Gefühle spielten verrückt. Seine Haut fing an zu kribbeln, und sein Mund wurde ganz trocken.

Auch Desmond musste beim Anblick der Kriegerinnen eine Erektion unterdrücken, die stark gegen seine Hose drückte.

Die traumhaft schönen Frauen drängten ihr Gegenüber nur mit ihren Blicken in die Knie.

Stevo konnte sich am besten gegen diese weibliche List, und ihre damit verbundene Macht, behaupten. Sein kühler Blick traf den der Anführerin.

Diese spürte, dass ihre Verführungskünste bei ihm nicht so leicht funktionieren würden. Sie leckte sich lasziv über ihre vollen Lippen und griff sich gefühlvoll an ihre wohlgeformten Brüste.

„Gefällt dir, was du siehst?", fragte sie Stevo verführerisch.

Bevor Stevo ihr antworten konnte, drängte sich Elisa an seiner Flanke vorbei und baute sich vor ihm auf.

„Stevo! Du wirst dich doch nicht von einer verruchten Amosith verführen lassen, oder?"

Die grüngekleideten Vampirinnen fauchten Elisa giftig an, als diese ihre Herkunft aussprach.

Elisa wandte sich energisch an die Anführerin.

„Verschwindet, und zwar ganz schnell! Diese Männer gehören mir!" Sie versteifte sich und hob drohend ihre Faust.

Die Anführerin grinste sie schamlos an.

„Bleib mal ganz geschmeidig, Kleine. Alle drei? Übernimmst du dich da nicht ein wenig?"

„Was man hat, hat man. Aber eins steht fest, ich teile nicht!" Sie stemmte ihre Hände in ihre Hüfte und ihr Gesicht drückte wilde Entschlossenheit aus.

Desmond war in den Bann der Kriegerinnen gezogen und auch Raymond kämpfte krampfhaft dagegen an.

„Nur weil ihr wie die Wilden in der freien Natur lebt, braucht ihr nicht zu denken, dass ich euch einen davon abgebe." Zornig funkelten ihre Augen ihr Gegenüber an.

„Einen der hübschen Jünglinge wirst du mir übergeben müssen, damit wir euch nicht allen den Tod bringen." Sie leckte sich mit ihrer spitzen Zunge über ihre trockene Unterlippe und schabte mit ihren Fangzähnen darüber, bis sie einriss.

Elisa wusste, dass diese Frau und ihre Begleiterinnen ihre männlichen Opfer bis zum letzten Blutstropfen aussaugen würden, sobald sie sie in ihren Armen hatten. So war es überliefert. Nur wenn man sich ihrer entzog, konnte man sicher sein, zu überleben.

Die Amosith schienen gekränkt zu sein, weil Elisa ihren Plan durchkreuzte. Sie wollten alle drei Männer, das konnte Elisa in ihren funkelnden Augen lesen. In Sekundenschnelle entschied sie sich, dass die Kriegerinnen nicht ohne einen von ihnen die Scheune verlassen würden. Sie konzentrierten nun ihre gemeinsame Macht auf den Schwächsten aus der Gruppe.

Raymond.

Als Elisa ihre Blicke verfolgte, schrie sie ihn an.

„Raymond! Komm sofort zu mir. Hast du verstanden?"

Doch Raymond ging unweigerlich in die Knie und kroch wie hypnotisiert auf die Anführerin zu, was den anderen Amosith ein breites Lächeln einbrachte.

Erschrocken und hilflos drehte sich Elisa zu Stevo um.

„Hilf mir!"

Doch Stevo wusste, wenn er sich jetzt aus seiner harten Starre lösen würde, würde auch er anfällig für ihre Verführungskünste werden.

Er zog Elisa in seinen Arm, um ihren Duft in sich aufzunehmen.

Unterdessen bewegte sich Raymond weiter auf die Füße der wunderschönen Vampirin zu.

Das Flehen und Bitten von Elisa half nicht.

Raymond war in ihrem tödlichen Bann gezogen.

Stevo knurrte:

„Wir können ihm nicht mehr helfen."

Elisa wollte sich von Stevo losreißen, um nach Raymond zu greifen, doch er hielt sie in einem unnachgiebigen Griff fest.

„Hör auf Elisa. Sonst töten sie uns alle!" Seine eiskalte Stimme hatte eine solch arrogante Art angenommen, dass ihr die Stimme versagte.

Die Situation erkennend, ließ sie ihren Kampf gegen Stevo verebben. Sie sah wie Raymond am Fuß der Anführerin angekommen war. Genussvoll leckte er mit seiner Zunge über ihren Fuß und dann an ihrer Wade entlang, als wäre sie ein Lolli. Überlegenheit breitete sich auf dem Gesicht der Kriegerin aus.

Aus dem Augenwinkel sah Stevo zu Desmond, der seinen Blick ebenfalls auf die Anführerin gerichtet hatte. Leise flüsterte er Elisa zu.

„Wenn sie sich auf ihn stürzen, renn los", dabei drückte er ihren Arm.

Sie antwortete mit einem kleinen Nicken.

Die Stille wurde nur von dem Geräusch des stöhnenden Raymond, der sich am Unterschenkel der Kriegerin hing, unterbrochen.

Der pure Hunger tanzte in dem wilden Blick der Anführerin. Sie hob ihren Arm und schlagartig wandten sich alle Kriegerinnen ihrem Opfer zu und stürzten sich in Sekundenschnelle auf ihn. Alle vier schlugen ihre messerscharfen Fangzähne in sein Fleisch und Raymond schrie schmerzvoll auf.

„LAUF!", schrie Stevo und schubste Elisa nach vorne.

Elisa rannte los, als wenn es um ihr eigenes Leben gehen würde.

Unterdessen riss Stevo den, am Boden kauernden, Desmond am Arm hoch und zerrte ihn hinter sich her.

Hinter sich konnten sie die schmatzenden Geräusche der Kriegerinnen hören, die Raymond bis auf den letzten Blutstropfen aussaugten. Seine Schreie glichen eher einem lustvollen Stöhnen, was ihnen einen zusätzlichen Schauer über den Rücken jagte.

Binnen Sekunden hatten beide zu Elisa aufgeschlossen und Desmond konnte sich endlich aus seiner Benommenheit lösen. Bei einem letzten Blick über seine Schulter konnte Stevo sehen, wie der leblose Körper von Raymond auf den Scheunenboden aufschlug.

Die Kriegerinnen mit ihren blutverschmierten Gesichtern erhoben sich, starrten ihnen kurz hinterher und verschwanden blitzartig im dichten Wald hinter der Scheune.

Am frühen Abend in Calabria …

Mit der Schulter am Fensterrahmen gelehnt, starrte Theresia über den Innenhof ihres einst so mächtigen Klosters hinweg auf den dahinter liegenden Wald. Wütend schlossen sich ihre knöchernen Finger um den feinen Gardinenstoff und quetschten diesen zusammen. Ihre unbändige Wut schnürte ihr Inneres zusammen und nur Sekunden später zerbarst der feine Stoff. Die gesamte Gardinenstange knallte zu Boden und von diesem Geräusch aufgeschreckt, stürzten hastig drei Nonnen in ihre Kammer.

„Verschwindet!", schrie Theresia den verstört dreinschauenden Frauen entgegen.

Hektisch drängten die Frauen wieder nach draußen und schlossen leise die Tür hinter sich.

Mit wutverzerrten Gesicht wandte Theresia sich erneut dem Innenhof zu und zischte vor sich hin.

„IHR werdet mir nicht entkommen! So einfach werde ich es euch nicht machen. Wartet nur ab, bis ich euch wieder in meinen Fingern habe. Quälen werde ich euch, auf das ihr mich anflehen werdet, euch zu töten. Ich habe nicht Jahrzehnte damit verbracht, diese Ausgeburt von einen Clankrieger in meine Fänge zu bekommen, um ihn dann einfach ausbrechen zu lassen. Ich werde dich wieder einfangen und dann wirst du mir endlich sagen, wer mir das angetan hat."

Zitternd ging ihre Hand an ihre Wange, wo das Material ihres Schleiers mit ihrer Haut verschmolzen war. Als sie das Material berührte, durchschoss sie ein unheimlicher Schmerz, der sich durch ihren gesamten Körper fortsetze. Ihr Körper krümmte sich und einige bittere Tränen rannen an ihrer Wange entlang, was sie nie vor jemanden zeigen würde.

Es klopfte.

Hastig wischte sie sich die Feuchtigkeit von der Wange und richtete sich wieder auf.

„Ja!" Ihre Stimme war wieder fest und unnachgiebig.

Die schwere Holztür öffnete sich und Miles wurde von zwei Vampiren ihrer Elite Garde unsanft hereingeführt. Der eine Vampir hatte ihm den Arm auf dem Rücken verschränkt und hielt ihn in diesen unnachgiebigen Griff.

„Miles!" Der gemeine Unterton in ihrer Stimme verhieß nichts Gutes.

Sie drehte sich in seine Richtung, wobei ihr rauschendes Gewand auf dem Holzfußboden entlang schleifte.

Miles hielt seinen Kopf gesenkt und versuchte, seine Atmung unter Kontrolle zu bekommen. Doch als die Hand des Vampirs zu seiner Rechten in seinem Genick landete, pochte sein Puls wie wild.

„Was ist da unten passiert?" In der Stimme von Theresia schwang pure Ungeduld mit.

Miles kaute nervös auf seiner Unterlippe herum, bevor er zu sprechen begann.

„Es gab … einen Ausbruch", flüsterte er.

„Einen Ausbruch? Ach wirklich? Ich dachte, wir haben den Tag der offenen Tür eingeführt. Sieh mich an!", forderte Theresia und tippte sich mit dem Finger gegen ihr Kinn, während ihre Augen groß wurden. „WIE konnte es einer, ach nein, es waren ja vier aus diesen Mauern schaffen? Soweit MIR bekannt ist, ist noch NIE jemand von Calabria zuvor geflohen", zischte sie ihm entgegen, wobei ihre Körperhaltung kalte Arroganz widerspiegelte. „Zumindest ist das in den letzten achthundert Jahren nicht passiert. Vielleicht habe ich es ja auch nicht mitbekommen. Kann ja sein?" Wutentbrannt riss sie die Arme in die Höhe.

Miles zuckte zurück.

Doch die Hand in seinem Nacken hinderte ihn daran.

„Ich frage dich noch einmal und überlege dir gut, was du mir antwortest? Wie kann man aus dem sichersten Gefängnis der Welt ausbrechen?" Ein finsteres zynisches Lächeln trat auf ihre Lippen.

„Ich weiß es ... nicht", stotterte Miles.

„Falsche Antwort!"

In Sekundenschnelle stand sie vor ihm und zerkratzte ihm mit ihren spitzen Fingernägeln das Gesicht.

Sofort quoll Blut aus den Wunden und Rinnsale liefen an seiner Wange entlang.

Miles wollte sein Gesicht bedecken, doch als er seine Hände schützend vor sein Gesicht halten wollte, ergriffen die beiden Vampire seine Arme und zogen ihn ruckartig auseinander. In diesem Moment sah er in das malträtierte Gesicht von Theresia. Nie zuvor hatte er es gewagt, ihr direkt ins Gesicht zu schauen. Jeder wusste, dass darauf die Todesstrafe stand.

Vor ihm stand eine sehr alte Vampirin, die aschfahle Haut zog sich über ihre knöchernen Arme. Ihre Fingernägel waren lang, spitz und dunkel lackiert. Das schwarze Gewand ähnelte sehr einem Kleid aus der Barockzeit. Viele Unterröcke, die der aufbauschende Stoff abrundete. Der dunkle Schleier, der fast das gesamte Gesicht verdeckte, ließ trotzdem Platz für die Stellen, wo ihn das entstellte Gesicht anstarrte.

„Warum?" Zähneknirschend kam das Wort über Theresias Lippen und als sie sah, dass er sie anstarrte, kochte in ihr ihre Macht hoch.

Miles wollte antworten, doch in diesem Moment ließ Theresia eine Welle ihrer Macht auf ihn los.

Die beiden Vampire ihrer Garde mussten sich mit all ihrer Kraft dagegen stemmen. Doch Theresia hatte es sich in diesem Moment anders überlegt. Sie nahm ihre Macht zurück und stürzte sich wie eine Furie auf Miles, dabei schlitzte sie ihm den Hals auf. Sogleich spritzte sein Blut durch die Gegend und traf Theresia und alle Anwesenden.

Gurgelnd wollte Miles noch etwas sagen, doch das Blut quoll aus seinem Hals und hinderte ihm am Sprechen.

Genüsslich leckte sich Theresia das Blut von ihren Fingerspitzen.

„Ich sagte, NIEMALS wird Elisa dieses Kloster verlassen und was war daran nicht zu verstehen?"

Sie legte ihren Kopf zur Seite, holte blitzartig aus und schlitzte Miles vom Bauch bis zum Hals mit ihren spitzen Nägeln auf.

Er stieß ein heftiges Stöhnen aus, zu mehr war er nicht mehr in der Lage.

„Keiner hält sich an meine Anweisungen. Verdammt noch mal. Und weil das nicht genug ist, lasst ihr auch noch den Clankrieger zum Tor hinausspazieren. Wunderbar!"

Sie kniff ihre Augen zusammen und ein weiterer Hieb folgte mit der anderen Hand. Dieses Mal zog sie ihre scharfen Nägel über seine Brust und legte einen bitterbösen Blick auf.

„Um alles muss ich mich alleine kümmern." Sie förderte einen Holzpflock aus ihren langen Ärmel ihres Kleides und fuchtelte vor Miles Augen damit herum. Dieser konnte sich kaum noch auf den Beinen halten, bei dem Blutverlust, den Theresia ihm zugefügt hatte. Doch der Anblick des Pflocks ließ ihn seine Augen weit aufreißen.

„Verdammt seihest du!", schrie sie ihm entgegen, als sie den Pflock in sein Herz rammte.

Kapitel 15

Am nächsten Abend in London …

Er kniete mit seinem rechten Bein auf dem Dach des Hauses. Sein anderes, angewinkeltes Bein diente ihm als Stütze für seinen linken Arm. Seit mehreren Stunden harrte er schon in dieser Stellung aus, wobei sich sein schwarzer Ledermantel wie eine Decke um ihn schmiegte. Es ging ein leichter Wind und über ihm prangte ein sternenklarer Nachthimmel. Währenddessen war sein starrer Blick auf die Tür mit der Aufschrift „Personaleingang" des Etablissements gegenüber gerichtet. Wummernde Bässe drängten trotz der geschlossen Türen durch die Nacht. Die Leuchtreklame, die an der Seite des Gebäudes angebracht war, funkelte in wilden Farben und erleuchtete kurzfristig den Gehsteig, wo sich die Partygänger ihren Weg zum Club bahnten.

Was mache ich hier? fragte er sich schon zum hundertsten Mal. Er haderte mit sich, ob er diesen Platz endlich verlassen sollte. Aber er war nicht ohne Grund hier. Er wollte sie sehen. Nur das zählte für ihn. Warum? Das wusste er selbst nicht. Aus irgendeinem Grund fesselte sie ihn. Warum das so war, konnte er sich nicht beantworten. Seine Unschlüssigkeit trieb ihn noch an den Rand seines Verstandes. Doch nun wurde sein Blick auf etwas anderes gelenkt.

Die Scheinwerfer einer dunklen Limousine erleuchteten die schmale Einfahrt und den schummrig beleuchteten Innenhof. Schleichend kam sie näher und der Fahrer holte aus, um in dem kleinen Hof einen geeigneten Winkel für eine Wendung zu finden. Dann hielt der Wagen an und die hintere Tür wurde geöffnet. Ein mit einem eleganten Schuh bekleidetes Herrenbein kam zum Vorschein. Der Mann stemmte sich aus der Limousine empor und griff in seine Seitentasche seines Jacketts. Sekunden später hatte er sich eine Zigarette herausgeholt und nun erklang das Geräusch eines Feuerzeugs, die die Spitze zum Aufglimmen brachte. Als er den ersten Zug tief inhalierte, stieß er den Rauch aus seinen Lungen, dabei kam das Profil des Mannes in der schummrigen Beleuchtung zum Vorschein.

MIKE dröhnte es sogleich durch seinen Kopf. Die unbändige Wut über seine vergangenen Taten und das Leid, was Mike damit Maddy und ihrer Familie zugefügt hatte, bahnte sich seinen Weg in seine Eingeweide. Auch, dass er ihn damals hätte aufhalten können, ließ ihn wieder an das Häufchen Elend zurückdenken, welches vor ihm auf dem Bürgersteig gekauert hatte. Damals war Mike weniger gefährlich gewesen. Er hatte damals Lady Sentyberry den Tipp mit dem Bistro gegeben. Durch ihn waren sie Maddy so nah gekommen. Dass dieser Kerl nun einer seiner gefährlichsten Gegner wurde, damit hatte Ament nicht gerechnet. Letztendlich hatte es ihn sogar seine Frau gekostet. Sein Puls fing immer heftiger an zu pumpen, und er war nur noch Haaresbreite davon entfernt, sich sofort in den Innenhof zu befördern. Doch es hielt ihn etwas zurück. Verdutzt über sich selbst, hielt er inne und begutachtete die Situation erneut. Früher wäre er sofort losgestürmt, doch nun war er ruhiger geworden. Für seine Verhältnisse viel zu ruhig, aber um einiges überlegter. Nicht für das menschliche Auge sichtbar, wechselte er seine Position, um das Kennzeichen der Limousine zu erkennen und es sich zu merken.

Mike wippte nun unruhig von einem Bein auf das andere. Er schmiss seine halb aufgerauchte Zigarette zu Boden und trat sie mit dem Schuh aus, als sich die Hintertür öffnete.

Ament holte tief Luft und wappnete sich innerlich davor, wer nun durch diese Tür trat. Einen Moment lang hielt er sogar die Luft an und er konnte nur das Rauschen seines Blutes hören.

Gackernd kamen drei Frauen in Begleitung eines hünenhaften Kerls aus der Tür gelaufen. Als sie die Limousine erblickten, hielten sie sich die Hände vor den Mund und tuschelten wild miteinander.

Der Begleiter der Frauen war der Türsteher, den Ament bereits bei seinem letzten Aufenthalt am Eingang gesehen hatte. Er sondierte sogleich die drei Frauen und war sichtlich erleichtert, dass SIE nicht dabei war. Er stieß einen kleinen Seufzer aus.

Die Frauen schlenderten an der Limousine vorbei, wobei sie ihre Blicke nicht von Mike abwenden konnten. Sie riefen ihm einige Worte zu, die dieser absichtlich überhörte.

Abermals öffnete sich die Tür schwungvoll und Mamba erschien. Sein ganzes Erscheinungsbild strotzte nur so vor Überheblichkeit.

Aments Augenbrauen zogen sich nach oben, als er sah wie der Clubbesitzer zielstrebig auf Mike zuging. Er konzentrierte sein übermenschliches Gehör, um den beiden zuzuhören.

„Was machen Sie hier!?", keifte ihn Mamba an und kam drohend näher, wobei seine schwarzen glatten Haare sich wie ein Schal über seinen Designeranzug legten.

„Immer sachte", sagte Mike betont ruhig und hob dabei die Arme leicht an.

„Verschwinden Sie!", forderte Mamba ihn auf und deutete auf die Ausfahrt.

Als er das tat, erschienen fünf seiner Leute hinter ihm und postierten sich im Halbkreis.

Mambas Fangzähne fuhren bedrohlich aus und man konnte seinem Gesicht entnehmen, dass er nicht begeistert war über diesen ungebetenen Besuch.

„Wow ...", betonte Mike. Nun trat er dicht an die Limousine und klopfte zwei Mal auf das Dach. Sogleich stiegen vier Männer aus, die Ament einwandfrei als Vampire identifizieren konnte.

Mamba deutete immer noch auf die Ausfahrt. „Macht, dass Ihr wegkommt. Ihr habt hier nichts zu suchen! Das ist mein Territorium!"

Mamba wollte Mike keinen Spielraum einräumen.

„Mamba", sagte Mike schmalzig. „Wir wollen dein Territorium nicht. Wie kommst du denn auf so eine absurde Idee? Du weißt ganz genau, was wir wollen." Dabei zündete er sich erneut eine Zigarette an und ging nun selbstbewusst auf den aufgebrachten Clubbesitzer zu. Als er nur noch einen Schritt entfernt war, blieb er stehen und blies ihm den Rauch direkt ins Gesicht.

„Ich will dieses Mädchen und du weißt, wo sie ist. Bring sie mir und du bist aus dem Schneider. Bringst du sie mir nicht ... bringen wir dich um."

Die Drohung schwang zu Mamba sanft wie ein Engel. Doch die Worte hallten ihm in den Ohren. Mühsam stemmte er sich gegen diese Drohung.

„Ich kann nicht ... und das wissen Sie."

„Was du kannst oder nicht kannst, ist mir relativ egal. Du kennst unsere Forderung. Erfülle sie, und es läuft alles so weiter wie bisher. So schwer ist das nicht."

Damit drehte sich Mike mit einem Lächeln um und lief zielstrebig auf den Wagen zu. Dort angekommen legte er eine Hand auf der geöffneten Tür und drehte sich noch einmal um.

„Zwei Wochen und keinen Tag länger. Ach ... und sollte ihr in der Zwischenzeit etwas passieren, oder sie sogar getötet werden, wird ..." Nun richtete er seine Hand auf den Club „... das alles nicht mehr existieren, zumindest nicht mehr mit dir. Denke an meine Worte und halte uns nicht zum Narren."

Er glitt in den Wagen und die anderen hünenhaften Vampire stiegen ebenfalls ein. Langsam rollte die Limousine an Mamba vorbei, der sich in den getönten Scheiben spiegelte.

Wütend schoss er herum und jagte seine Mitarbeiter wild gestikulierend wieder in den Club. Er selbst blieb stehen und zog tief die kühle Nachtluft in seine Lungen. Malträtiert stieß er einen Fluch aus und sank auf seine Knie.

In diesem Moment tauchten ein paar schwarze Kampfstiefel in seinem Sichtfeld auf. Sofort rappelte er sich auf und starrte in die unnachgiebigen Augen von Ament.

„Ammeennnt", stotterte er. Sichtlich ertappt, wusste er, dass keine Ausrede, keine Lüge jetzt seinen Hals retten würde. Seine Hand glitt durch sein rabenschwarzes Haar.

Ament behielt seinen unnachgiebigen Blick bei, als sein gegenüber anfing zu sprechen.

„Er will die Frau, die sich wohl bei euch befindet." Sein Blick traf den von Ament.

„Welche Frau?", knurrte dieser hervor, obwohl er wusste, dass es um die Schwester von Raban ging.

„Die, die ihr gekidnappt habt. Er will sie wiederhaben, sonst will er mich vernichten." Pure Ehrlichkeit drang aus seinen Worten.

Doch konnte Ament keine Angst spüren, was ihn verwunderte.

„Welches Interesse hat er an dieser Frau?" Ament wollte ihm auf keinen Fall mitteilen, dass sie diese Frau in Gewahrsam hatten, damit hätte er Maddy in Gefahr gebracht - und das konnte er auf keinen Fall zulassen.

„Sie fehlt ihm wohl seit dem Ball von Cushingham." Entgegnete Mamba nun viel ruhiger.

„Deshalb sucht er dich auf?", fast gelangweilt klangen Aments Worte.

„Ja, weil er mich erpresst. Er weiß, wo meine Schwester ist und er sagt es mir erst, wenn ich ihm diese Frau liefere."

„Blöde Situation für dich." Aments Gesichtszügen konnte man keine Regung entnehmen.

„Ament, wenn ihr diese Frau habt, dann … gebt sie mir und ich bekomme meine Schwester wieder." Nun schwang doch etwas Unsicherheit in den Worten von Mamba mit, was Ament sofort registrierte.

Doch bevor er antworten konnte, öffnete sich erneut die Hintertür des Nachtclubs und Mina trat plötzlich heraus. Sie trug eine Jeans, ein T-Shirt und schlüpfte gerade in eine kurze Lederjacke.

Als sie Ament mit Mamba erblickte, senkte sie ihren Blick und wünschte ihnen nur eine gute Nacht und huschte durch die dunkle Gasse.

Unweigerlich starrte Ament ihr hinterher, was Mamba nicht entging.

„Interesse?", fragte Mamba ironisch.

„Ich weiß nicht, wovon du sprichst", antwortete Ament ihm und sah ihn direkt in die Augen.

Mamba wusste, dass er jetzt besser den Mund zu halten hatte, denn ansonsten könnte er auch gleich sein Testament machen, so impulsiv wie sein Gegenüber gerade drauf war.

Absichtlich drängte Ament auf das Thema zuvor. „Warum bist du nicht in der Lage, deine Schwester selbst zu finden? Du hast doch sonst so gute Verbindungen?"

Nun trat ein böses Funkeln in Mambas Augen. „Ich … weiß, doch sie ist wie vom Erdboden verschluckt. Ich denke ja das Hamilton sie hat und nicht dieser Mike."

HAMILTON, Aments Laune verschlechterte sich immer mehr. Zudem kam hinzu, dass er immer mehr Schwierigkeiten hatte sich zu konzentrieren, denn dieser Name drang durch seine Eingeweide wie ein Tornado.

Ohne weiter auf Mambas Worte zu hören, drehte sich Ament um und schritt die Gasse hinunter.

„Hey Ament … du kannst doch nicht einfach gehen!", rief Mamba ihm hinterher, wobei seine Stimme durch die schmale Gasse hallte.

Und ob ich das kann, dachte sich Ament während nur der Klang seiner Stiefel von den Wänden widerhallte.

„Hey?", hörte er nur noch entfernt hinter sich.

Sein geschmeidiger Gang glich dem eines Panthers, der auf Beutezug war und wenn er sich nicht vor einiger Zeit genährt hätte, wäre er jetzt soweit gewesen, dem nächsten Menschen an die Kehle zu springen und sein Blut zu trinken. Doch nun pirschte er einer anderen Spur nach. Zwischendurch nahm er einen tiefen Atemzug, witterte, obwohl er genau wusste, wohin ihn seine Fährte führte. Er beschleunigte seine Schritte und binnen von Sekunden schoss er durch die Nacht.

Nach mehreren Straßenzügen blieb er abrupt stehen und sein Ledermantel schwang um ihn herum.

Vor ihm stand die schwarze Limousine, in der Mike gesessen hatte.

Sie brannte lichterloh.

Zuerst zuckte sein Mundwinkel zu einem angesetzten Lächeln, doch sogleich musste er feststellen, dass der Wagen leer war. Kein Mensch und kein Vampir hatten in diesem brennenden Wrack den Tod gefunden. Alle Türen standen weit offen und er konnte noch die Reste von einem Brandbeschleuniger ausmachen.

Sie haben den Wagen selbst angezündet, dämmerte es ihm und im selben Moment wurde er noch einmal überrascht.

Hinter ihm erschien einer der Vampire von Isfets Leuten und richtete seine Waffe auf ihn. Aus dem einen Hausflur trat ein zweiter hervor und auch die drei weiteren kamen von der gegenüberliegenden Seite näher.

Shit!

Ament drückte sich heftig ab, sprang in die Höhe, um sogleich in der Drehung den Vampir hinter sich mit seiner Pistole zu erschießen. Die Silbernitratkugel traf den Vampir im Brustkorb. Schreiend löste sich der verwundete Vampir in seine Staubteilchen auf.

Das war der Startschuss für die anderen, die nun auf ihn zustürmten, als er wieder auf der Erde aufkam. Er zog seine langen Klingen unter seinem Mantel hervor und schwang diese tödlich über seinem Kopf, als sich der erste der Kandidaten näherte. Dieser versuchte ihn noch mit seiner Waffe zu treffen, doch alle abgefeuerten Kugeln wurden von seinen Klingen abgewehrt. Als das Magazin des Angreifers leer war, stürzte sich der Vampir auf Ament, wo bei dieser aus einer gehockten Drehung ihm erst die Unterschenkel und mit dem zweiten Hieb die Leibesmitte durchtrennte.

Hinter ihm erklangen Stimmen, wobei er hoffte, dass es keine Menschen waren, die dieses Massaker mitansehen mussten.

„Eh!", brüllte einer.

„Was soll das?", ein anderer.

Schnell kamen ihre Schritte näher.

Doch Ament blieb keine Zeit, sich um die Neuankömmlinge zu kümmern. Für ihn zählte nur, ob es noch mehr Feinde oder lebensmüde Menschen waren, die ebenfalls gleich sterben würden.

Einer der Angreifer stürmte in dieser Sekunde auf ihn zu, wobei der sich von Boden abdrückte und ihn im Flug angreifen wollte. Währenddessen attackierte der andere ihn seitlich.

Doch gleichzeitig verschwand auch der seitliche Angreifer wieder aus Aments Sichtfeld, als er nur aus dem Augenwinkel mitbekam, dass sich die Neulinge diesen geschnappt hatten und heftig auf ihn einschlugen.

Unterdessen konnte Ament mit seiner Klinge den angreifenden Vampir im Flug treffen und schlitzte ihn der Länge nach auf. Das Blut spritzte in alle Richtungen, bis der geschändete Körper des Vampirs sich ebenfalls durch die Beschichtung seiner Schwerter langsam auflöste.

Neben sich hörte Ament nur noch das Keuchen des am Boden liegenden Vampirs.

„Du elender Mistkerl", wurde er übel beschimpft.

„Ihr Ausgeburten!", rief der andere.

Der letzte verbliebene Angreifer hatte Ament eine Kugel durch den Oberarm gejagt, was Ament aufheulen ließ. Es war ein glatter Durchschuss und das Blut durchnässte schon sein T-Shirt, als er sich umwandte.

In dem Moment sprang ihn der Vampir brüllend an und stieß seine Fangzähne in seinen Oberarm.

Ament griff um ihn herum, packte ihn am Nacken und riss ihn mit Gewalt von seinem Oberarm.

Der Vampir schlitterte auf dem Asphalt entlang und nun wurde sein Körper von Wellen geschüttelt. Ament erkannte, dass das die Reaktion auf sein starkes Blut war. Blitzschnell stürzte er sich auf den, sich am Boden windenden Kerl, der die Augen verdreht hatte, und über dessen Körper er nicht mehr Herr der Lage war. Ament ließ seine Klinge direkt in sein Herz rasen. Verbittert starrte er auf den sich auflösenden Vampir, der es gewagt hatte, sein Blut zu Kosten. Er riss den Kopf nach oben und witterte.

Er wandte sich um und erhob sich langsam.

Die drei, die den Vampir nun festhielten, sahen zufrieden mit ihrer Leistung aus.

„Was willst du mit ihm machen?", fragte der, der Ament am nächsten war. Sein klarer Blick verhieß Ament, dass er schon öfter gekämpft hatte.

„Wir werden ihn ...", begann der Zweite. Doch als Ament den Arm hob, verstummte er.

„Lasst ihn los", knurrte Ament und alle traten gleichzeitig beiseite.

Ein roter Punkt tanzte in dieser Sekunde auf der Stirn des Vampirs und keine Sekunde später traf ihn eine Kugel. Er fiel auf die Erde und im selben Moment schnellte Ament herum und konnte den Scharfschützen auf einem Dach, vier Häuser weiter, ausmachen. Sogleich wollte er in Deckung gehen, doch in dem Moment verschwand der Schütze auch schon aus seinem Sichtfeld. Er wusste, dass er ihn, trotz seiner Schnelligkeit, nicht mehr einholen würde. Anderseits war er froh, dass nicht er von dem roten Strahl getroffen worden war.

„Den kriegen wir noch!", rief einer der drei euphorisch.

„Quatsch ... der ist schon über alle Berge."

Der Dritte im Bunde war ruhig. Sagte keinen Ton.

Nun schaute sich Ament die drei etwas genauer an. Sie waren alle drei Teenager schätzte er mal. Vielleicht höchstens 50 Jahre alt. Ihre Haare trugen sie kurz und ihr Hals wurde von einer Tätowierung einer Orchidee geziert. Die Kleidung, die sie trugen war zweckmäßig. Dunkle Jeans, bedruckte T-Shirts und schwarze Lederjacken. Der Duft von Benzin haftete an ihnen und die Bikerstiefel, die sie trugen, deuteten an, dass sie Motorradfahrer waren.

Als er ihnen mit seiner Ausstrahlung entgegentrat, zuckten zwei merklich zurück. Nur der eine schaute ihm aufrichtig in die Augen.

„Was macht ihr hier?", fragte Ament ruhig. Doch seine tiefe Stimme bohrte sich wie ein Pflock in die drei, sodass ihnen die Luft wegblieb.

„Wir wollten nur helfen", fing der mit dem aufrichtigen Blick an. „Es sah so aus, als wenn du Hilfe benötigt hättest."

Nun stand Ament in Sekundenschnelle vor ihm.

„Ach ja ... hab ich das?" Sein heißer Atem traf das Gesicht des jungen Vampirs.

„Ja, sah so aus", erwiderte dieser kühn.

„Ich brauche eure Hilfe nicht!" Zähneknirschend wandte sich Ament ab.

„Ein Danke hätte auch gereicht."

„Jason lass ihn. Komm wir hauen ab." Nun trat der andere an die Seite von Jason und wollte ihn den Bürgersteig entlang ziehen.

Doch dieser wollte nicht so schnell aufgeben.

„Lass mich Kenny. Hey Clankrieger", rief er ihm hinterher. „WIR haben uns gefreut, deine Bekanntschaft gemacht zu haben. Vielleicht sehen wir uns ja mal wieder."

„Jetzt reicht es. Lass ihn einfach. Oder willst du, dass er uns vernichtet?" Kenny zog immer noch an seiner Jacke.

Ament drehte sich nicht einmal um. Langsam lief er die Straße runter. *Jetzt mischen sich schon Kinder in meinen Kampf ein.* Er schüttelte leicht seinen Kopf.

Sekunden später hörte er entfernt, wie Motorräder gestartet wurden und sich dann rasant entfernten.

Er zog tief die Luft in seine Lungen ein. Kein weiterer Vampir war in der Nähe und auch kein Mensch, was ihn wütend werden ließ. Wieder hatte es Mike geschafft, sich aus dem Staub zu machen, während er wieder einmal beschäftigt war, ein paar Vampire zu töten. Zerknirscht richtete er sich auf und ließ seine Klingen wieder in seinem Mantel verschwinden.

Scheinwerfer erhellten die Straße und als der Wagen auf seiner Höhe war, konnte er die erschrockenen Blicke der Fahrerin sehen, die dann hektisch nach ihrem Handy griff. Er war sich sicher, dass sie die Polizei und die Feuerwehr rief und es gleich von Menschen nur so wimmeln würde. Daher beschloss er, sich aus dem Staub zu machen. Er wollte aber noch einmal die Gegend sondieren, vielleicht konnte er Mike doch noch irgendwo aufstöbern. *Diese Missgeburt muss doch irgendwo sein. Der kann doch nicht immer verschwinden, das ist ...* Er stoppte, legte abermals den Kopf in den Nacken und witterte. Sein Kopf schnellte nach rechts, wo er in eine schmale dunkle Gasse blickte. Geschmeidig schlich er in den Schatten der Hauswand, bis er an ein Backsteingebäude kam. Sein Puls raste und sein Arm fing an zu Schmerzen. Immer noch lief das Blut seinen Arm hinab bis zu seinem Handgelenk. *Keine gute Idee, blutend durch die Gegend zu laufen.* Er wollte sich aber nicht von seinem Vorhaben abbringen lassen. Im Zwiespalt mit sich selbst, suchte er nach seinem Handy und rief Raban an.

„Orte meine Position und sondiere die Gegend. Irgendwo hier ist Mike verschwunden", sagte er.

„Gib mir einen Moment", erwiderte Raban ruhig. Im Hintergrund konnte Ament hören, wie Raban auf seine Tastatur hämmerte.

„Hab dich. Rechts von dir ist eine Lagerhalle. Links ist eine Wäscherei. Soll ich dir Verstärkung schicken?"

Ament legte auf. Die Informationen, die er erhalten hatte, brachten ihn nicht voran. Die Lagerhalle konnte sich als Nest von Isfets Leuten entpuppen, die er alleine nicht erstürmen konnte. Die Wäscherei erschien ihm eher als Fiasko. Nun tropfte der erste Tropfen seines Blutes auf die Straße. Er zückte sein kleines Messer aus seinem Gürtel und drückte die Klinge in den Blutstropfen, der sich sofort in Rauch auflöste. Er entschied, dass es zu gefährlich wäre, länger ohne Behandlung durch die Gegend zu laufen. Was ihn dabei wunderte war, dass sich die Wunde immer noch nicht geschlossen hatte. Normalerweise war der Heilungsprozess schneller, aber er konnte sich schon denken, dass auch die Kugel seines Angreifers mit einer Substanz beschichtet war, die ihre Spuren in seinem Arm hinterlassen hatte. Nach kurzer Überlegung drückte er die Hand auf die Wunde und schoss in die Nacht.

Nach einigen Minuten stand er vor dem kleinen Reihenhaus, in dem Mina und ihre Mutter wohnten. Als er gerade klopfen wollte, öffnete sich die Tür wie von Geisterhand. Dunkel lag der Flur vor ihm, als er eintrat. Geräuschlos glitt er tiefer hinein. Hinter ihm schloss sich die Tür und eine zarte Hand legte sich auf seinen Unterarm.

„Du blutest", erklang Minas leise Stimme seitlich von ihm. „Komm mit ins Bad."

Wortlos folgte er ihr.

Mina öffnete die schmale Tür, wo er sich durchdrängte und dann setzte er sich auf den Badewannenrand. Sein Blick war gesenkt, als Mina versuchte ihm den Ledermantel auszuziehen. Er gab keinen Mucks von sich, als sie ihn behutsam aus dem Mantel schälte. Sie ließ ihn auf den Boden fallen, weil sie ihn kaum halten konnte. Sie wollte gar nicht wissen, was dieser Mantel alles verbarg. Sie konzentrierte sich wieder auf seinen Oberarm und schob sein T-Shirt nach oben. Mit einen sauberen Lappen wusch sie das Blut von seinem Arm. Mit einem weiteren Tuch säuberte sie die Wunde, die sich bereits ganz langsam anfing zu schließen. Es war ein glatter Durchschuss, deshalb zog sie vorsichtig die Ränder noch einmal auseinander und legte sie Stoß auf Stoß. Anschließend wickelte sie einen festen Verband um die Ein- und Austrittswunde.

In der ganzen Zeit sprach keiner von ihnen ein Wort.

Als Mina mit allem fertig war, räumte sie die benutzten Utensilien auf und die mit blutgetränkten Lappen und Tücher warf sie in einen Metalleimer. Sie entzündete ein Streichholz und warf dieses ebenfalls in den Eimer. Erst der beißende Geruch, ließ Ament wieder aufschauen.

„Ich bin in der Küche." Mit diesen Worten verließ sie das Bad.

Ament starrte auf das kleine Feuer, welches sich in dem Metalleimer vor sich hin kokelte. Er war überrascht, dass sie sein Blut vernichtete. Beeindruckt stemmte er seinen imposanten Körper in die Höhe und blickte in den Spiegel über dem Waschbecken. Blutspritzer zierten sein Gesicht. Er drehte den Wasserhahn auf und versenkte sein Gesicht in den Wasserstrahl. Etwas unbeholfen wusch er sich sein Gesicht und trocknete sich anschließend ab. Als sein Blick dann den Spiegel erneut traf, blickten ihn rot glühende Augen an. Unbändige Wut kochte in seinen Adern. Sein Puls fing wieder an zu rasen, als die Erkenntnis ihn traf, dass Mike ihm wieder entwischt war. Wieder hatte er ihn abgelenkt, erst mit dem Feuer und dann mit den Vampiren, die ihm aufgelauert hatten, weil er so blöd gewesen war, ihm direkt zu folgen. Dass er nicht in eine Falle geraten war, war pures Glück. Er nahm die letzten züngelnden Flammen in sich auf und sofort erstarb das Feuer. Es blieben keine Rückstände übrig, wovon er sich noch einmal überzeugte, bevor er das Bad mit seinem Ledermantel verließ. Im Flur stehend, überlegte er kurz, ob es nicht besser wäre, gleich zu verschwinden. Doch auf der anderen Seite wollte er sich bei Mina bedanken. *Mist, was soll das alles*, fragte er sich und fand keine Antwort darauf.

Als er an die Haustür trat, griff er nach dem Knauf, als ihn irgendetwas zurückhielt. Er hörte wie die Geräusche in der Küche verstummten und Mina den Raum wechselte. *Sollte ich mich wie ein feiger Kerl davonstehlen, wiederkommen und mich dann entschuldigen? Oder vielleicht gleich zu ihr gehen, oder ... verdammt was soll der ganze Mist? Sie hat mir geholfen und dafür kann man sich bedanken. Daran ist nichts Verwerfliches.*

Er atmete tief aus und drehte sich um. Lautlos lief er auf die Küche zu, öffnete die Tür und sah auf der Ablage einen heißen duftenden Kaffee stehen. Er ging zielstrebig darauf zu und nahm einen großen Schluck. Es wärmte seine Kehle und er ging mit dem Kaffeebecher in Richtung Wohnzimmer. Der Raum war beschaulich eingerichtet. Die Einrichtung erinnerte ihn an ein Puppenhaus, denn alles war mit Blümchenmuster übersät. Er runzelte die Stirn, weil ihm das Ambiente erschlug, mehr als wenn ihm eine Faust getroffen hatte. Auch die rosagestrichenen Wände trugen nicht zu einer Verbesserung bei.

Mina sah ihm die Verwunderung an.

„Komm, lass uns ein wenig auf die Terrasse gehen."

Dieser Einladung folgte er gerne. Mit zügigen Schritten schloss er zu ihr auf und trat auf die kleine gefliese Terrasse. Dort standen moderne Rattan-Möbel in dunklen Braun. Auf dem Tisch standen Teelichter in gläsernen Gefäßen.

Mina setzte sich in den Sessel und bot ihm die Bank an, auf der er bereitwillig seinen massigen Körper niederließ.

„Brauchst du noch etwas?", fragte sie liebevoll.

Er schüttelte den Kopf.

„Sieh dir diesen wunderschönen Sternenhimmel an. Ist er nicht herrlich?" Sie blickte nach oben, wobei sich ihr graziler Hals streckte und ihre roten Haare sich an ihrem Rücken entlang schlängelten.

Ament folgte ihrer Bewegung, und die zarte Haut mit der pochenden Vene darunter, ließ seinen Hunger größer werden als er dachte.

„Ich muss gehen", sagte er schnell.

Sie antwortete ihm nicht und wandte ihren Blick auch nicht vom Firmament ab.

Er stand auf und lief auf sie zu, beugte sich hinab und küsste sie auf die Stirn.

„Danke, Mina." Er wandte sich ab und glitt von der Terrasse.

Sekunden später stand er auf der Straße, lief einige Meter und blieb dann wieder stehen. Sein Blick wanderte für einen Moment zum Nachthimmel empor und dann blickte er über seine Schulter zu dem Haus am Ende der Straße.

„Wo soll das nur hinführen?"

ENDE BAND III

Lesen Sie weiter in:

LISA HEVEN

Das Rote Gold

SCHERGEN DES TODES

Band IV

Leseprobe

Ein weiterer eiskalter Windstoß streifte sein todbleiches Gesicht und ließ seine langen Haare wild durcheinander tanzen. Er stemmte sich ohne Schwierigkeiten gegen eine weitere Boe, die der tosende Wind mit sich führte. Selbst der Mond war hinter einer dicken Wolkenschicht verschwunden und präsentierte sein Antlitz nur für Sekunden. Aufgepeitscht bäumte sich sein langer schwarzer Umhang um ihn herum und ließ ihn noch bedrohlicher in diesem düsteren Szenario wirken. Er, ein Untoter, der beliebig Angst und Schmerz in jedes menschliche und vampirische Herz sähen konnte. Seine messerscharfen langen Fangzähne traten bei seinem tiefen Brüllen hervor, was die unwissende Menschheit in dieser Gegend auf Wolfsgebrüll zurückführte. Tief in seinem Innern kämpften sich seine Emotionen an die Oberfläche, die er so lange wissentlich unterdrückt hatte. Sein unendlicher Schmerz war völliger Zufriedenheit gewichen und durchflutete seinen gesamten Körper wie heiße Lava. Nie hätte er es gewagt, überhaupt noch an dieses unsagbare Glück glauben zu dürfen. Doch nun war alles anders gekommen. Seine ganze Welt, sein ganzes Dasein hatten sich radikal verändert. So nah war alles gewesen und dennoch unerreichbar. Seine Sicht aus seinen sonst so scharfen Augen war plötzlich getrübt. Er spürte, wie sich Tränen in seinen Augenwinkeln bildeten und es ihm einen tiefen Stich in sein Herz gab, was er nicht erwartet hätte. Seine Kontrolle über sich war seine oberste Priorität und dennoch war es passiert. Er hatte sich für einen Moment lang von seinen Gefühlen leiten lassen. Mit einem letzten Blick in der Ruine, stieß er sich von der Wand ab und schoss in die Nacht hinaus, die ihn mit offenen Armen empfing und ihm wieder Geborgenheit schenkte, nach der er sich so sehnte …

Zur gleichen Zeit auf Menderson in der Kommandozentrale …

Immer noch standen sich das ehemalige Clanoberhaupt Eric Sierks, das amtierende Clanoberhaupt Jonathan, Maddy und einige Clanmitglieder gegenüber.

Maddy starrte zu Eric hinüber und dieser erwiderte ihren harten Blick.

Die explosive Stimmung, die den Raum beherrschte, war für alle Anwesenden unerträglich.

Nun unterbrach Mehit die Situation.

„Vielleicht können wir uns alle beruhigen und gemeinsam versuchen, eine Lösung zu finden?"

Doch sein Vorschlag traf bei den Beteiligten auf keine große Zustimmung. Erstaunt blickte er auf Maddy, die plötzlich in seine Richtung sah und ganz ruhig sagte:

„Du hast recht. Wir sollten uns nicht gegenseitig anfeinden, denn das hilft Ramos am aller wenigsten." Ihr Blick war etwas glasig und Mehit konnte die innerliche Unruhe förmlich spüren, die in ihr tobte. Wissentlich streckte er den Arm nach ihr aus und ohne zu zögern glitt Maddy hinein.

In Mehits Nähe fühlte sich Maddy immer noch am Wohlsten. Das gleiche Gefühl hatte sie bei Ament, doch der war gerade in London unterwegs und konnte ihr nicht zur Seite stehen. Ihr prüfender Blick ging nun zu Jonathan.

Der Jonathan, der sie auf das Anwesen eingeführt hat.

Der, der ihr die Geschichte von der Vampirentstehung erzählt hat.

Der, der sie in die Vampirwelt eingeführt hatte.

Doch im Moment kam er ihr eher wie ein Fremder vor, so wie er neben Eric stand. So, als wenn er nicht mehr zu ihnen gehören würde …

Fortsetzung:

LISA HEVEN

SCHERGEN DES TODES

Band IV

Danksagung

Wo möchte man beginnen, sich zu bedanken? Ich möchte damit anfangen, den Menschen zu danken, die es mir ermöglichen, meinem Hobby „Leben" einzuhauchen. Meiner Familie.

Danke an meine bessere Hälfte, der mir mit Rat, Tat und auch mancher Kritik immer zur Seite steht.

Dann gilt mein großer Dank meinen Leserinnen und Lesern, die in die Gemeinschaft um Maddy und ihre Clankrieger eingetaucht sind.

Vielen Dank Jeannette für deine Bereitschaft, immer für mich da zu sein.

Danke auch an Jack, der meine Wünsche für das Cover wunderbar umsetzt.

Danke auch an Katja, die am Ganzen gefeilt hat.

Danke auch an A. Ich drücke dich.

Dank auch an Dieter, der mich immer wieder überrascht.